LA DISPARUE DE NOËL

De la même autrice, aux éditions Charleston
Illusions fatales, 2020

Titre original : *Stranger Child*
Publié par Black Dot Publishing Limited

10, place des Cinq-Martyrs-du-Lycée-Buffon
75015 Paris – France
www.editionscharleston.fr

ISBN : 978-2-36812-715-5

Maquette : Patrick Leleux PAO

Rachel Abbott

LA DISPARUE DE NOËL

Roman

Traduit de l'anglais
par Muriel Levet

belfond

Pour Al.
Vingt ans trop tard.
Mais peut-être mieux qu'une orque ?

Prologue

Dans dix minutes à peine, elle serait chez elle, saine et sauve.

Caroline Joseph poussa un soupir de soulagement. Le long trajet était quasiment terminé. Elle détestait conduire la nuit ; elle avait l'impression d'être privée d'une partie de ses moyens. C'était comme si chaque paire de phares qui approchait l'attirait vers elle, et quand leur lumière blanche illuminait l'habitacle de la voiture, elle devait s'accrocher au volant pour ne pas dévier de sa trajectoire.

Tout serait bientôt terminé, cependant. Elle avait hâte de faire prendre son bain à Natasha, de lui donner une tasse de chocolat chaud et de la border dans son lit. Elle pourrait ensuite consacrer ce qui resterait de la soirée à David. Quelque chose le turlupinait, elle en était certaine, mais si elle parvenait à le convaincre de boire un verre de vin avec elle au coin du feu, elle n'aurait aucun mal à le faire parler de son problème, qui avait sans doute trait à son travail.

Caroline jeta un coup d'œil à son rétroviseur pour observer son adorable petite fille. Sa silhouette frêle la faisait paraître plus jeune, mais Tasha avait déjà six ans (ou six ans trois quarts, comme elle se plaisait à le dire). Ses cheveux blond platine retombaient en ondulations sur ses épaules, et ses traits délicats étaient baignés de lumière jaune chaque fois qu'elles passaient près d'un réverbère. Ses paupières étaient fermées. Et elle semblait si paisible que Caroline ne put s'empêcher de sourire.

Ce jour-là, Tasha s'était montrée comme à son habitude très mignonne, jouant gaiement avec ses petits cousins pendant que les adultes se démenaient pour satisfaire les caprices de son grand-père. Son dernier décret : que Caroline, ses frères et sœurs et leurs familles respectives se rassemblent de toute urgence chez lui pour dîner ensemble avant Noël. Comme toujours, tout le monde s'était plié à sa volonté. Enfin, tout le monde sauf David.

Le carrefour précédant le hameau où ils habitaient se rapprochait. Caroline jeta un dernier coup d'œil à Natasha. Une fois qu'elles auraient quitté la route principale et se seraient éloignées des vitrines vivement éclairées des magasins et de la lueur ambrée des hauts réverbères, la banquette arrière serait plongée dans le noir. La petite avait dormi pendant la plus grande partie du trajet, mais elle commençait à s'agiter.

« Ça va, Tasha ? » lui demanda Caroline. Pas suffisamment réveillée pour répondre, la fillette murmura un vague « hmm » tout en se frottant les yeux avec ses poings. Caroline sourit. Elle freina et rétrograda pour bifurquer. Il ne lui restait plus que trois kilomètres à parcourir dans les routes sombres, étroites et bordées de haies. Trois petits kilomètres, et elle pourrait se détendre un peu. Elle ressentit soudain un élan de colère à l'encontre de David. Il savait bien qu'elle détestait conduire la nuit ; il aurait tout de même pu faire un effort. Au moins pour Natasha. Il leur avait manqué, à toutes les deux, au cours de la soirée.

Tout à coup, un mouvement, à sa gauche, attira son attention. Le cœur battant à se rompre, elle tourna la tête. Une chouette qui volait au-dessus des haies ; son jabot blanc, éclairé par ses pleins phares, et se détachait nettement sur le ciel nocturne. Elle laissa échapper un soupir.

Il n'y avait pas de lune, et le goudron noir des routes étroites qui menaient à leur maison scintillait de fragments de givre. Tout autour d'elle semblait parfaitement silencieux, comme si le temps s'était arrêté, et maintenant que la chouette avait disparu, elle avait l'impression d'être le seul être encore en mouvement. Elle savait que si elle ouvrait sa fenêtre, elle n'entendrait aucun autre bruit que le discret ronronnement du moteur. Il n'y avait pas la moindre lumière, ni devant ni derrière. Or elle avait toujours eu peur du noir, et cette peur menaçait de la submerger.

Dès qu'elle eut mis la radio en sourdine, elle se sentit rassurée par la gaieté des chansons de Noël si familières. Dans quelques jours à peine, elle ne pourrait plus les supporter, mais en cet instant, leur banalité joyeuse eut sur elle un effet apaisant.

Elle sourit. Et au même instant, son téléphone, sur le siège passager, se mit à sonner. Certaine qu'il s'agissait de David appelant pour demander quand elle pensait être rentrée, elle jeta un coup d'œil distrait à l'appareil, mais au dernier moment, elle s'aperçut que l'appel provenait d'un numéro masqué. Machinalement, elle appuya sur l'écran pour l'effacer. Elle ne savait pas qui c'était, mais cela attendrait. Alors qu'elle replaçait le téléphone sur le siège, elle dut aborder un virage serré de sa seule main libre. Les roues patinèrent un peu sur le givre, et elle fut soudain prise de panique. Mais la voiture tint la route, et elle put respirer à nouveau.

Caroline négocia prudemment les quelques virages qui suivirent et elle sentit ses épaules crispées se détendre quand elle arriva à la courte ligne droite que de hautes haies protégeaient des profonds fossés. Tout à coup, elle se pencha vers le pare-brise pour mieux voir. Ses phares venaient d'éclairer une ombre plus sombre que les autres, un peu plus loin sur la route. Craignant un danger quelconque, elle appuya doucement sur la pédale de frein et rétrograda.

Arrivée devant l'obstacle, elle passa la seconde et finit par comprendre avec horreur qu'il s'agissait d'une voiture arrêtée en travers de la route, ses roues avant enfoncées dans le fossé de droite. Il lui sembla discerner une silhouette à l'intérieur, comme le corps d'une personne avachie sur le volant.

Tout en continuant d'avancer lentement, le cœur battant, elle appuya sur le bouton qui permettait de baisser la vitre. Apparemment, la ou les personnes qui se trouvaient dans cette voiture avaient besoin d'aide.

Le téléphone se remit à sonner.

Elle fut d'abord tentée de l'ignorer. Mais s'il y avait bel et bien eu un accident, il faudrait peut-être qu'elle demande de l'aide ? Brusquement, donc, elle saisit l'appareil et décrocha, s'apercevant à ce moment-là que ses mains tremblaient.

« Allô ?

— Caroline ? Tu es rentrée chez toi ? »

La voix lui disait vaguement quelque chose, mais elle n'arrivait pas à la resituer. Sans quitter du regard l'obstacle qui se trouvait devant elle, elle immobilisa la voiture et retira sa ceinture de sécurité.

« Pas encore, non. Pourquoi ? Qui est-ce ?

— Écoute-moi. Quoi qu'il puisse se passer, il ne faut surtout pas que tu arrêtes la voiture. Quoi qu'il arrive, quelles que soient les circonstances, tu ne t'arrêtes pas, d'accord ? » L'homme parlait rapidement, mais d'une voix basse. « Rentre chez toi. Rentre chez toi directement. Tu m'as bien compris ? »

La panique qu'elle percevait dans la voix de son interlocuteur était le reflet de son angoisse grandissante. Elle hésita.

« Mais il y a une voiture en travers de la route, avec quelqu'un dedans, on dirait. Et si cette personne était malade ou si elle avait eu un accident ? Pourquoi est-ce que je ne peux pas m'arrêter ? Qu'est-ce qui se passe ?

— Fais ce que je te dis, Caroline, c'est tout. Ne sors surtout pas de ta voiture. Appuie sur le champignon, contourne le véhicule et ne t'arrête sous aucun prétexte. Ne te pose pas de questions. »

La voix était tendue, insistante. Caroline sentit la panique monter en elle. Qu'est-ce qui était en train de se passer ? Elle jeta un coup d'œil à son rétroviseur et prit sa décision : elle balança le téléphone sur le siège passager et attrapa le volant à deux mains. La voiture immobilisée, longue et basse, occupait quasiment toute la largeur de la route, ses roues arrière légèrement surélevées par rapport à la chaussée et son capot incliné vers le fossé. Il ne restait pas beaucoup de place pour contourner le véhicule par l'arrière, mais il fallait qu'elle le fasse. Elle n'avait pas le choix.

Brusquement, elle enfonça la pédale d'accélérateur. Les pneus patinèrent sur la route givrée, mais la voiture finit par avancer. Caroline braqua à gauche. Les roues, côté conducteur, escaladèrent le talus qui se trouvait entre la route et la haie, et le véhicule resta quelques instants comme suspendu dans cette position périlleuse. Elle tourna le volant vers la droite, et il retomba bruyamment sur le bitume, à contresens. Pour redresser, elle braqua à nouveau à gauche, tout en accélérant brusquement.

Mais tout à coup, elle sentit qu'elle commençait à glisser. Elle tourna le volant comme une folle, dans une direction puis dans l'autre, mais en vain. C'était comme si la voiture ne répondait plus. La chaussée était de la glace noire, et elle allait beaucoup trop vite. Elle se souvenait avoir entendu dire qu'il fallait dans ces cas-là tourner le volant dans le sens du dérapage, mais cela lui semblait impossible.

Un nom lui vint soudain à l'esprit. Elle venait de comprendre qui l'avait appelée. Mais pourquoi lui ? Il ne pouvait plus rien faire désormais, néanmoins elle cria son nom. Son regard était rivé sur le rétroviseur, sur l'arrière de la voiture plongé dans le noir, où tout ce qu'elle pouvait voir était le blanc des yeux de Natasha, grands ouverts, terrifiés.

Elle enfonça la pédale de frein, mais rien ne se produisit. La voiture glissa sur le côté, percuta à nouveau le talus, s'inclina puis se retourna, une fois, deux fois, plusieurs fois, traversant la haie avant de s'écraser dans le fossé, où le corps brisé de Caroline finit par s'immobiliser, la partie inférieure à l'intérieur de la voiture, le buste et la tête de l'autre côté de la fenêtre ouverte.

Au volant de son véhicule, le policier parcourait prudemment les routes étroites, profitant de cet agréable moment de tranquillité au milieu de la folie des fêtes de fin d'année. Un témoin anonyme avait appelé pour signaler une voiture au bord de la route, quelque part près d'ici, mais d'après l'agent qui avait reçu l'appel, l'homme n'avait pas été en mesure de donner le moindre détail. Encore un abruti qui avait dû tomber en panne sèche et laisser son véhicule sur le bas-côté. Quoi qu'il en soit, ça le changeait des cas d'ébriété, qui devenaient de plus en plus fréquents à mesure que Noël approchait. Bref, il se disait que ce petit véhicule abandonné en rase campagne allait le tenir à l'écart du chaos pendant un certain temps. Voire jusqu'à la fin de son service, avec un peu de chance.

Mais son optimisme était peut-être infondé. Cette idée s'insinua lentement en lui, et les phares achevèrent de le convaincre. Personne n'abandonne sa voiture en laissant les phares allumés ; pourtant, au loin, il distinguait une lumière blanche immobile qui brillait vivement, éclairant les arbres nus de l'autre côté de la route. Bientôt, il se retrouva presque aveuglé par l'éclat éblouissant des deux faisceaux. Tout en se protégeant les yeux du dos de la main, il continua à avancer aussi prudemment que possible, au cas où il y aurait sur la route un corps qu'il ne verrait pas. Enfin, il s'arrêta, à environ vingt mètres de la voiture, et éteignit le moteur.

Il comprit immédiatement que la situation était grave. Le véhicule était retourné sur le toit, son capot reposant sur un talus qui bordait la route. Mais ce fut le bruit qui le glaça. Perçant le silence de la campagne environnante, le doux ronronnement du moteur de la luxueuse voiture procurait un subtil fond sonore au célèbre « White Christmas » de Bing Crosby. La musique sirupeuse se déversait dans l'air nocturne glacial par une fenêtre ouverte d'où sortaient un buste et une tête de femme orientée selon un angle si improbable que le policier comprit aussitôt qu'elle était morte.

Lentement, il s'approcha pour couper le moteur et, par la même occasion, la musique. Une fois cette opération effectuée, il eut l'impression de pouvoir respirer à nouveau. Ce n'était plus désormais qu'un accident de la route, tragique, certes, mais classique. Il sortit son téléphone de sa poche.

En attendant l'arrivée des secours, qui ne pourraient certainement rien faire d'autre que confirmer ce qu'il savait déjà, le policier ferma la route, appela ses collègues du département scientifique pour qu'ils enquêtent sur les causes de l'accident et demanda une recherche sur la plaque d'immatriculation du véhicule afin de déterminer l'identité de sa propriétaire. Puis il sortit une puissante lampe torche de son coffre et balaya de son faisceau l'asphalte, les fossés et les talus pour s'assurer qu'un autre corps n'avait pas glissé de la voiture et pour trouver l'obstacle qui aurait pu l'amener à dévier de sa trajectoire. Rien. La route était déserte.

Le silence, au grand soulagement de l'agent, fut soudain rompu par un bruit de sirènes qui se rapprochait du lieu de l'accident. Quelques secondes plus tard, une ambulance s'arrêtait, éclairant de ses phares un cycliste qui semblait hésiter à poursuivre son chemin.

L'homme finit par descendre de son vélo. Le policier s'approcha de lui.

« Je suis désolé, monsieur. Vous ne pouvez pas passer par là.

— D'accord, d'accord. J'essayais juste de rentrer chez moi.

— Je vois. Mais je ne peux pas vous laisser passer par cette portion de route pour le moment. Je suis sûr que vous comprendrez...

— Il y a des blessés ? On dirait la voiture de Caroline Joseph, c'est bien ça ? demanda le cycliste.

— Je ne suis pas en mesure pour l'instant de vous confirmer cette information. »

L'homme se décala sur le côté pour mieux regarder la voiture.

« C'est elle que je vois ? Oh, mon Dieu ! Elle est morte, c'est ça ? » La bouche entrouverte, l'air choqué, le cycliste regarda le policier. « Pauvre David ! C'est son mari... Il va être complètement dévasté. »

Le policier ne releva pas. La seule chose qu'il pouvait faire, en attendant l'arrivée des renforts, était de maintenir cet homme aussi loin que possible de la scène, mais, même depuis cette distance, la tête de la femme était parfaitement visible.

« Natasha n'était pas avec elle, hein ? demanda le cycliste d'une voix tremblante. Une petite fille toute mignonne ? »

L'agent secoua la tête avec un soulagement certain.

« Non, monsieur. Le siège auto, heureusement, était vide. Il n'y avait personne d'autre dans la voiture. »

RÉDUCTION DES MOYENS MIS EN ŒUVRE POUR RECHERCHER LA FILLETTE DISPARUE

Une porte-parole de la police a confirmé que, à compter de ce jour, les moyens mis en œuvre pour rechercher Natasha Joseph autour du lieu de l'accident seraient restreints.

L'inspectrice-chef Philippa Stanley, de la police du Grand Manchester, a fait la déclaration suivante :

« Des équipes de professionnels et de volontaires ont été déployées dans la région pendant plus de deux semaines. Chaque centimètre carré de la campagne environnant le site de l'accident a été passé au peigne fin. En plus des équipes au sol, qui ont fouillé le moindre endroit où une petite fille aurait pu se glisser pour se protéger du froid, nous avons eu recours à des chiens de détection et des hélicoptères équipés de détecteurs infrarouges. Je regrette, cependant, de devoir affirmer que nous n'avons rien trouvé. »

Natasha Joseph (surnommée Tasha par ses proches) a disparu après l'accident de voiture qui a coûté la vie à sa mère sur Littlebarn Lane. Caroline Joseph et sa fille rentraient d'un dîner de famille quand l'accident s'est produit. Aucun autre véhicule ne semble avoir été impliqué. Au moment où la police est arrivée sur les lieux, il n'y avait plus aucune trace de Natasha. Mme Joseph, quant à elle, était déjà décédée.

Les enquêteurs s'orientent désormais vers d'autres pistes. Ils continuent notamment de demander aux personnes qui se trouvaient à ce moment-là autour du lieu de l'accident de venir témoigner.

« Très souvent, les gens sont persuadés de n'être au courant de rien, mais il faut savoir que la moindre petite information (la présence inhabituelle d'une voiture, une personne au comportement étrange) peut nous être d'une aide précieuse, notamment si l'on réussit à l'associer à l'un des indices déjà collectés. Nous avons réquisitionné les lecteurs automatiques de plaques minéralogiques, ainsi que les caméras de surveillance des stations-service et des principales rues de la ville voisine. Mais nous encourageons vivement toute personne qui était de sortie ce soir-là aux environs du lieu de l'accident à venir se présenter à nous. Nos enquêteurs vous aideront à vous rappeler chaque instant de cette soirée. N'hésitez pas : il se pourrait très bien que l'information essentielle dont nous avons besoin pour retrouver Natasha se trouve actuellement enfouie dans vos souvenirs. »

Les enquêteurs ont affirmé que, si les recherches physiques dans la zone de l'accident avaient été réduites, le nombre de détectives travaillant sur l'enquête restait toujours aussi élevé.

Le riche homme d'affaires David Joseph, père de Natasha et époux de Caroline, a lui aussi lancé, la semaine dernière, un appel à témoins, qui a été diffusé à la télévision :

« Quelqu'un doit savoir où se trouve ma petite fille. La pauvre petite Tasha a perdu sa mère ; elle doit être bouleversée, désorientée, effrayée. S'il vous plaît, aidez-moi à la retrouver. J'ai besoin de ma petite fille. J'ai tout perdu. »

Vous trouverez un interlocuteur de confiance au 0800 6125736 ou au 0161 7913785.

1

SIX ANS PLUS TARD

L'inspecteur-chef Tom Douglas se surprit à fredonner une chanson en parcourant les couloirs qui menaient à son bureau. Il avait toujours adoré retourner travailler après quelques jours de congé, tout comme, enfant, il aimait rentrer à l'école après les longues vacances d'été. Un enthousiasme très certainement lié à l'anticipation d'une journée qui lui apporterait de nouveaux défis à relever. Et puis il y avait la bonne ambiance qui régnait au sein de son équipe. Ses hommes, s'il n'aurait pas vraiment pu les qualifier d'amis, étaient des alliés sur qui il savait qu'il pourrait toujours compter. Son travail avait beau ne pas être le plus facile du monde, il s'ennuyait rarement en le faisant, ce qui à son sens était déjà très bien.

Après avoir ouvert la porte de son bureau, il tendit la jambe gauche pour mettre son cale-porte en place. Mais son pied ne rencontra aucun obstacle. Surpris, il baissa les yeux. Aucun signe du gros cochon dont il se servait pour maintenir sa porte ouverte. Tout en fronçant les sourcils, il accrocha sa veste à la patère puis alla s'accroupir pour regarder sous son bureau.

Ce fut à ce moment-là que quelqu'un frappa.

« Entrez », marmonna-t-il.

La porte s'ouvrit et il entendit une voix qu'il reconnut aussitôt. La voix de quelqu'un qui peinait à dissimuler son hilarité.

« Tout va bien, là-dessous ?

— Ça va. Mais on m'a piqué mon cochon. »

Tom se releva en époussetant ses genoux pour les débarrasser des saletés du sol, qui n'avait manifestement pas été nettoyé depuis son départ. « Franchement, j'aurais pensé que dans un commissariat on aurait tout de même plus de chances de tomber sur des citoyens honnêtes et respectueux de la loi. Je me disais que quelqu'un avait peut-être mis un coup de pied dedans et qu'il avait roulé là-dessous, ou un truc comme ça, mais je ne le vois nulle part.

— Si tu veux mon avis, le type qui aurait mis un coup de pied dans ton cochon, on l'aurait retrouvé par terre avec un orteil cassé. Et puis il faudrait vraiment être stupide pour aller piquer un truc à un inspecteur-chef. Hmm, à bien y réfléchir, je crois qu'on a quelques suspects potentiels. Je vais mener ma petite enquête, si tu veux. »

Tom s'assit et invita Becky à faire de même. « Comment ça va, Becky ? Il s'est passé quelque chose d'intéressant pendant mon absence ?

— La routine, répondit Becky en attrapant une chaise. Mais on a tout de même eu un viol particulièrement violent, dont nous avons d'abord pensé qu'il avait été commis par une personne étrangère à la victime.

— Mais…

— En fait, c'était son salopard de petit ami. Il avait mis une cagoule et il l'a interceptée sur son trajet, alors qu'elle rentrait du travail. Puis il lui a cassé la figure et les côtes, l'a sauvagement violée et l'a laissée pour morte.

— Et qu'est-ce qui l'a trahi ?

— Elle. Au départ, quand elle est arrivée à l'hôpital, elle a dit qu'elle ne savait pas du tout qui c'était, mais on a tous eu l'impression qu'elle nous cachait quelque chose. En fait, il s'est avéré qu'elle avait peur que son petit ami ne la tue si elle le dénonçait. Au bout du compte, elle a fini par lâcher le morceau, mais elle a dit qu'elle ne porterait pas plainte contre lui parce qu'il n'y avait pas de preuve et que c'était sa parole contre la sienne. »

Tout en se penchant en avant, Becky croisa les bras.

« Mais la preuve, on a fini par la trouver. Il avait pensé à utiliser un préservatif, et cet abruti l'a balancé dans une poubelle, à environ cinquante mètres du lieu du viol. Il a dit que sa petite amie l'avait bien cherché, parce qu'elle n'arrêtait pas de flirter avec d'autres types, dans le pub où elle travaille. »

Becky eut une petite moue de dégoût, et Tom n'eut aucun mal à imaginer la détermination de glace dont elle avait dû faire preuve quand elle avait interrogé ce type. Dans sa vie personnelle, son équipière était une femme très sensible, mais dans une salle d'interrogatoire, elle avait un véritable don pour tirer les vers du nez des gens.

« Bon, fit Becky, et comment se sont passées tes vacances ?

— Très bien, je te remercie. Leo et moi sommes partis quelques jours à Florence puis nous sommes allés dans mon cottage dans le Cheshire. J'avais tout un tas de documents ayant appartenu à mon frère à trier, et Leo devait réviser pour un examen. Bref, ça a été l'une de ces semaines tranquilles et agréables qui semblent passer en un rien de temps. »

De manière générale, Tom parlait peu de sa vie privée, ce n'était que très récemment qu'il s'était mis à mentionner de temps à autre le nom de Leo devant ses collègues. Il avait été amusé quand il s'était rendu compte que deux ou trois d'entre eux n'avaient pas compris que Leo était le diminutif de Leonora et, avant que Becky ne mette les choses au clair, il s'était retrouvé plusieurs fois confronté à des expressions de surprise totale à peine dissimulées.

Peu de personnes savaient que Tom possédait une demeure dans le Cheshire, qu'il avait achetée après son départ du Met[1]. De même, il ne parlait que très rarement de son frère Jack, mais il savait que Becky était au courant du tragique accident qui lui avait coûté la vie quelques années plus tôt, tout

1. Diminutif couramment utilisé pour désigner le Metropolitan Police Service, c'est-à-dire la force territoriale de police responsable du Grand Londres, à l'exception de la cité de Londres, qui dispose de sa propre force de police (City of London Police) (*N.d.T.*).

comme elle était au courant que Jack avait légué à Tom l'immense fortune qu'il avait amassée en travaillant dans le milieu de la sécurité des systèmes d'information. Mais Becky ne se permettait jamais d'évoquer le sujet si Tom ne l'avait pas lui-même abordé.

La sonnerie du téléphone les empêcha néanmoins de pousser plus loin cette conversation d'ordre privé.

« Tom Douglas », dit-il en décrochant.

Ce fut alors que sa supérieure, la commissaire Philippa Stanley, lui apprit la nouvelle. Le genre de nouvelle qu'il avait toujours détesté entendre. Sa bonne humeur s'évanouit aussitôt.

« Prends ton manteau, Becky, dit-il quand il eut raccroché. On a un corps. Et je suis navré de te dire que c'est apparemment celui d'une petite fille d'à peine douze ans. »

2

Pour une fois, Tom avait cédé : il avait accepté que ce soit Becky qui les emmène sur la scène de crime. Mais il regretta cette décision quelques minutes à peine après qu'ils furent montés dans la voiture. La conduite désinvolte de Becky ainsi que son manque de considération pour les autres usagers de la route avaient été une source de dispute entre eux dès leur première rencontre. Et depuis, rien n'avait changé. Tom avait essayé plusieurs fois de la convaincre de reprendre des leçons de conduite, mais Becky n'en voyait pas la nécessité. Elle affirmait qu'elle n'avait jamais eu d'accident. Sûrement parce que les gens la voyaient venir de loin et se dépêchaient de dégager le passage pour l'éviter...

Quand elle finit par s'arrêter au bord d'une longue ligne droite, derrière plusieurs autres véhicules de police, Tom fut donc ravi de descendre.

La route était bordée d'arbres aux dimensions impressionnantes qui protégeaient des regards un ensemble de luxueuses propriétés situées sur la droite. Sur la gauche, séparée de l'accotement par un muret, s'étendait une vaste zone boisée. Et à environ cinquante mètres devant eux, un officier en uniforme montait la garde devant un vieux portail à bétail qui s'ouvrait sur un étroit chemin de terre menant au bois. Le ruban de scène de crime avait déjà été mis en place.

Sans dire un mot, ils enfilèrent des vêtements de protection et se dirigèrent vers le portail.

Après avoir brièvement communiqué leurs identités à l'officier de police, Tom et Becky se mirent à avancer l'un derrière l'autre dans le chemin boueux et à moitié envahi par des ronces qui ne cessaient de s'accrocher au bas de leurs pantalons. Ils finirent par arriver devant un tunnel voûté, bardé lui aussi de ruban. Peut-être une ancienne ligne de chemin de fer passait-elle au-dessus, songea Tom. Becky fronça le nez au moment où ils pénétrèrent ensemble dans l'espace sombre et lugubre. À en juger par l'odeur et par les déchets qui jonchaient le sol, on aurait dit que le tunnel était utilisé pour des activités plus ou moins douteuses, et alors qu'ils enjambaient des bouteilles cassées et des canettes de bière vides, faisant de leur mieux pour rester au milieu du chemin et éviter ainsi les autres détritus peu ragoûtants amassés le long des murs, Tom regarda attentivement autour de lui. Si l'adolescente avait été assassinée, pourquoi le tueur aurait-il commis son crime à l'extérieur, et non pas ici, où il avait bien moins de chances d'être aperçu ? On ne pouvait pas encore le savoir, mais une chose était sûre : les lieux avaient connu leur lot de dépravations.

De l'autre côté du tunnel, un nouvel officier leur indiqua la direction à suivre. Un peu plus loin devant eux, ils pouvaient voir deux tentes blanches érigées de part et d'autre d'un chêne et attachées ensemble autour de son large tronc. Au-delà du ruban délimitant le périmètre de la scène, Tom aperçut la silhouette imposante de Jumuke Osoba, plus connu sous le surnom de Jumbo. Parfait, songea-t-il. Pour quelque raison inconnue, on avait assigné à cette enquête le meilleur ingénieur de police scientifique que Tom ait jamais rencontré. Pour une fois, cependant, le grand sourire communicatif de Jumbo n'était pas au rendez-vous.

Tom hocha la tête pour le saluer.

« Alors ?

— Jeune fille, répondit Jumbo. À vue de nez, je dirais douze ans environ, mais peut-être un peu plus. On a de la chance : on nous a déjà envoyé un légiste du Bureau de l'Intérieur ; on n'aura pas à attendre bien longtemps. Il est avec elle en ce moment, et il sera sûrement en mesure de vous en dire davantage. D'autant plus que j'ai oublié de vous signaler que c'est James Adams. Bref, un type qui connaît bien son boulot. Avant qu'on ne monte les tentes, j'ai eu le temps de constater que la petite était restée là plusieurs jours. Donc, autant dire que ce n'est pas très beau à voir. » Il adressa à Tom un regard plein de compassion. « Tu y vas ? »

Tout en acquiesçant, Tom souleva le ruban qui délimitait le périmètre pour se glisser en dessous. Puis il se tourna vers Becky.

« Je ne pense pas qu'il soit nécessaire que nous soyons deux. Reste avec Jumbo ; je veux qu'il te dise tout ce qu'ils savent pour le moment. » Becky ne chercha pas à dissimuler le soulagement que lui inspiraient ces propos. Des cadavres, elle en avait vu des dizaines, mais avec les enfants, les choses étaient toujours beaucoup plus difficiles. Surtout quand ils étaient morts depuis plusieurs jours.

Lorsque Tom arriva dans la tente, son regard fut immédiatement attiré par le corps devant lui. De là où il se trouvait, il pouvait voir que son état de putréfaction était avancé, et comme on était au début du mois de mars et qu'il faisait assez froid pour cette période de l'année, il en déduisit que la jeune fille avait dû rester là un certain temps. Son cadavre était à moitié adossé au chêne et en partie recouvert par un tas de feuilles mortes en décomposition ; elle ne portait qu'une fine chemise de nuit blanche et des baskets d'un blanc grisâtre dont les semelles étaient décollées à l'avant. Il y avait, en boule par terre à quelques mètres du corps, ce qui ressemblait à un anorak bleu, et le col de la chemise de nuit était déchiré.

Tom regarda autour de lui, mais il n'y avait apparemment rien d'autre à voir. Il incombait désormais à James Adams et à l'équipe de Jumbo de collecter des indices qui lui permettraient de déterminer ce qui était arrivé à cette jeune fille. Il eut une brève conversation avec le légiste puis il le laissa à son travail.

En sortant de la tente, il prit une longue bouffée d'air frais et ferma les yeux quelques secondes en songeant à la famille. Si la disparition de la victime avait été signalée, ils ne tarderaient pas à l'identifier.

Tout en veillant une nouvelle fois à bien marcher sur les plaques de cheminement pour ne pas polluer la scène de crime, il retourna vers le chemin. À en juger par son langage corporel, il semblait bien que Becky avait hâte de lui dire quelque chose. Peut-être les types des bureaux avaient-ils déjà réussi à identifier le corps ? En tout cas, il fallait l'espérer...

« Qu'est-ce que tu as trouvé, Becky ?

— Rien. *Nada*, que dalle. On m'a juste appelée pour me dire qu'aucune disparition d'adolescente âgée de dix à quatorze ans n'avait été signalée dans les deux dernières semaines. On est face à un mur. Il va falloir qu'on épluche la liste des disparitions d'enfants plus anciennes et qu'on étende nos recherches aux régions voisines.

— À mon avis, elle n'a pas été enlevée depuis bien longtemps, répondit Tom en secouant la tête. Et elle n'a pas l'air de venir d'un milieu défavorisé. Vous avez vu ? Elle porte une chemise de nuit blanche ! Vous imaginez une gamine de la rue mettant une chemise de nuit pour aller se coucher ? Qu'est-ce que tu en penses, Jumbo ? »

Il se tourna vers le scientifique, qui avait jusqu'ici écouté la conversation en silence.

« Nous n'avons pas retrouvé d'effets personnels, mais tant que nous n'aurons pas déplacé le corps, nous ne pourrons pas fouiller la zone qui l'entoure immédiatement. Je n'ai découvert aucun signe d'identification dans les poches de son anorak. Mais je suis Tom sur ce coup-là : ce n'est pas une gamine de la rue.

— L'anorak se trouvait-il par terre, loin du corps ? demanda Tom.

— À l'endroit même où tu l'as vu, répondit Jumbo. Tout a été photographié, bien sûr, mais je l'ai remis comme il était après avoir fouillé les poches pour que vous puissiez le voir *in situ.* »

Ce fut à ce moment-là que le talkie-walkie de Becky se mit à biper. Tout en s'éloignant un peu de Tom et de Jumbo, elle sortit son carnet et prit l'appel.

« Mais si elle a disparu de chez elle dans les huit ou dix jours qui viennent de s'écouler, de toute évidence, personne ne s'est donné la peine de nous le signaler, affirma Tom. Toutes ces fugues qui ne sont pas rapportées... je trouve ça scandaleux. J'imagine que ses parents ou tuteurs pensaient qu'elle reviendrait la queue entre les jambes après avoir passé quelques nuits dehors dans le froid.

— Ouais, et la plupart des gamins ne se rendent pas compte qu'ils représentent une proie pour tout un tas de prédateurs qui n'attendent que de sauter sur l'occasion. »

Percevant un changement de ton dans la voix de Becky, les deux hommes s'interrompirent brusquement. Becky se retourna et vint à leur rencontre.

« Son origine ethnique a-t-elle été définie ? Ils ont repris la liste de toutes les fillettes portées disparues et il y en a quelques-unes qui pourraient correspondre. Il faut juste connaître son appartenance ethnique. »

Tom regarda Jumbo.

« James a affirmé qu'elle était blanche. Je ne sais pas comment il peut dire ça comme ça, mais il en était certain. Ils ont quelqu'un à l'esprit ? »

Becky répéta l'information dans son talkie-walkie, et tous trois écoutèrent la réponse de son interlocuteur.

« Nous avons passé en revue toutes les vieilles affaires : des enfants ayant disparu depuis des mois, voire des années. Et au vu de ce que vous venez de nous dire, je pense que nous pouvons retenir trois possibilités : Amy Davidson, Hailey Wilson et Natasha Joseph. »

3

La bonne humeur d'après vacances de Tom s'était complètement évaporée lorsque Becky et lui rentrèrent au commissariat. La vue de la housse mortuaire au moment où le corps avait été transporté hors de la tente l'avait bien plus affecté qu'il ne l'aurait pensé. Constater qu'on a fait du mal à un enfant a toujours quelque chose de bouleversant, mais l'image de cette jeune fille vêtue de sa chemise de nuit blanche et adossée à un arbre, ses jambes fines étendues devant elle, lui avait paru particulièrement traumatisante. Il pensa à sa fille, Lucy, et se demanda ce qu'elle était en train de faire en ce moment.

Le médecin légiste, James Adams, l'avait appelé pour lui communiquer son rapport initial :

« Il s'agit d'une jeune fille d'origine caucasienne âgée d'environ douze ans, je dirais. Aucun signe d'identification sur elle et aucun signe distinctif notable. Cheveux blonds naturels ; de constitution très fine, mais pas mal nourrie. Nous avons ensaché ses mains sur place, mais je pense qu'on va avoir du mal à obtenir des empreintes. Je verrai ce que je peux faire une fois que j'aurai pratiqué l'examen post mortem. À première vue, j'aurais dit qu'elle était là depuis une semaine environ, mais comme le temps a été particulièrement froid, et encore plus la nuit, il se pourrait que je révise mon jugement à la hausse. Pour le moment, je ne suis pas en mesure de définir la cause de la mort, mais naturellement, tu seras le premier à être informé de mes conclusions là-dessus. J'imagine que tu comptes assister au post mortem ? »

Tom confirma qu'il serait là, et il venait à peine de raccrocher que Becky entra dans son bureau en ouvrant la porte d'un coup de hanche. Elle tenait dans ses mains deux tasses de café bien méritées et avait une pile de dossiers coincée sous un bras.

« Je crois qu'on a bien besoin de ça, tous les deux, chef, dit-elle en posant les tasses et en tirant une chaise. Ils sont en train de préparer la salle de travail, mais je t'ai apporté quelques notes sur les trois jeunes filles disparues. »

Tom but une gorgée de café. Le liquide amer lui brûla la langue, mais il le remarqua à peine.

« OK, on va jeter un œil à ça. Il ne faut cependant pas oublier qu'il y a certainement tout un tas de gamines qui ont fugué ces deux dernières semaines sans que leur disparition ait été rapportée. Alors ne nous limitons pas à ces trois-là, d'accord ? Je ne sais pas trop pourquoi, mais il y a quelque chose qui me dérange dans cette chemise de nuit. D'un côté, c'est comme si la petite avait été arrachée à son lit, mais de l'autre, combien de gamines de son âge portent des chemises de nuit blanches boutonnées jusqu'au cou ? L'autre truc sur lequel je pense qu'il faudrait réfléchir, c'est le col, qui a été déchiré. Les boutons étaient fermés, ce qui signifie que quelqu'un a dû mettre sa main à l'intérieur du col et tirer violemment. Il serait intéressant de savoir si James peut trouver des preuves d'agression sexuelle, mais quoi qu'il en soit, je n'aime pas du tout la façon dont les choses se présentent. »

Becky hocha la tête, avant de se plonger dans ses notes.

« James a affirmé qu'il n'y avait aucun signe apparent de malnutrition, dit-elle. J'en déduis que c'est soit une fugueuse récente qui s'est retrouvée tout à coup face à l'un de ces salopards qui s'en prennent aux enfants vulnérables, soit l'une de ces trois filles disparues depuis très longtemps, et dont on ne peut donc rien savoir de la vie qu'elles ont menée ces derniers mois ou années. Sur les trois, néanmoins, on peut déjà en éliminer une : Hailey Wilson, qui était brune. Ce qui nous laisse Amy Davidson et Natasha Joseph. Amy Davidson était en famille d'accueil. Elle a commencé à faire le mur quand elle avait huit ans environ, une nuit par-ci, une nuit par-là au départ, puis ses fugues sont devenues de plus en plus fréquentes, et un beau jour, il y a dix-huit mois, elle n'est pas rentrée, elle a disparu pour de bon. Elle avait alors onze ans. Nous n'avons pas d'échantillon ADN pour le comparer, et je ne connais pas bien son histoire familiale. Il va falloir qu'on regarde ça de plus près. »

Becky posa par terre le dossier qu'elle tenait entre les mains et ramassa le suivant. « Natasha Joseph. Tu sais quelque chose sur elle ? Tu étais à Manchester à l'époque, non ? »

Tout en acquiesçant, Tom décida de ne pas mentionner le fait qu'il avait dû prendre un congé pour raisons personnelles quelques jours à peine après la disparition de l'enfant. « Je me rappelle bien cette affaire, mais je n'étais pas dessus. Sa mère est morte dans un accident de voiture, et Natasha aurait dû se trouver à l'arrière du véhicule, mais elle n'y était pas. On n'a jamais découvert la moindre trace d'elle, ni de raison plausible pour expliquer l'accident, d'ailleurs.

— Jumbo se souvient aussi de l'affaire, dit Becky. Ils l'ont appelé quand ils se sont rendu compte que c'était plus qu'un simple accident, mais d'après lui, il n'y avait rien d'intéressant à rapporter. Aucun signe qui pouvait laisser penser que l'enfant ait été blessée au cours de l'accident ; et même aucun signe qui pouvait indiquer qu'elle se soit vraiment trouvée dans la voiture. Ils ont toujours son ADN dans le dossier, mais il dit qu'il faut tout de même se montrer prudent. Il provient d'une brosse à cheveux, et il aurait très bien pu être contaminé par les cheveux d'une autre personne. Même si son père a toujours maintenu qu'elle était la seule à l'utiliser.

— Pourquoi n'essaierais-tu pas de le retrouver pour lui expliquer la situation ? Demande-lui un échantillon ADN pour comparaison, mais fais-lui bien comprendre que le but est simplement d'éliminer Natasha de la liste. Même chose pour Amy Davidson. Ce seront les services sociaux qu'il faudra avertir dans son cas, ainsi que sa famille d'accueil, mais si tu pouvais aussi retrouver l'un de ses parents pour faire un prélèvement... Il va également nous falloir informer les parents de Hailey Wilson qu'il ne s'agit pas de leur fille. Je ne voudrais pas qu'ils se mettent à paniquer quand la nouvelle sera connue. En parlant de ça, d'ailleurs, je préférerais que toute cette histoire reste sous le boisseau avant que les personnes essentielles à l'enquête aient été informées. En réalité, nous ne savons rien de cette jeune fille et nous ne pouvons pas prendre le risque de compromettre le bon déroulement de l'enquête en écoutant tous les récits hystériques qui vont incontestablement nous revenir aux oreilles si l'histoire est rendue publique avant que nous ne soyons prêts. »

4

PREMIER JOUR

« Allez, allez, mon petit grognon. Tu es tout propre, maintenant, alors tu peux bien me faire un sourire. »

Emma chatouilla le petit ventre d'Ollie, qui se mit à rire gaiement. Le plus joli son du monde, à ses oreilles. Ollie avait toujours détesté qu'on l'habille. Quelques jours après sa naissance, d'ailleurs, Emma avait eu peur qu'il n'ait un problème : cette terrible maladie qui empêche de toucher les enfants parce que leurs os se brisent très facilement. Pendant des semaines, donc, elle avait redouté de l'habiller. Mais un jour, elle s'était rendu compte que tout le reste du temps il était plutôt content lorsque l'on manipulait ses petits membres. C'était simplement le fait d'enfiler des vêtements qui ne lui plaisait pas. Maintenant encore, il opposait parfois un peu de résistance quand elle essayait de glisser ses jambes dans l'une de ses adorables petites salopettes, et il hurlait son indignation avec véhémence. « Hep ! » faisait-il, un tic de langage qu'il avait repris au chef de chantier qui était venu travailler sur leur cuisine. L'homme en question disait cela chaque fois qu'il voulait quelque chose. « Hep, Billy ! Passe-moi ce marteau » ou « Hep, ma petite dame ! Vous nous offririez pas un coup à boire ? » Ollie l'avait copié, et c'était devenu l'un de ses sons préférés. Il pouvait crier des « Hep » d'indignation, comme pour dire : « Arrête de faire ça », mais le plus souvent, c'était juste pour attirer l'attention. Emma espérait que cette manie allait disparaître à mesure que son vocabulaire s'étendrait au-delà de sa limite actuelle d'une dizaine de mots.

Allongée à son côté sur le lit, appuyée sur un coude, elle se servit de sa main libre pour parcourir le petit corps d'Ollie de ses doigts en murmurant : « C'est la petite bête qui...

— Qui mon', qui mon', qui mon' ! cria Ollie.

— Bravo, mon chéri ! Tu es très intelligent. » Elle souffla sur son petit ventre, littéralement folle de joie à l'idée que ce magnifique bébé était le sien. Elle avait trente-sept ans quand elle avait épousé le papa d'Ollie et, de crainte de voir ses espoirs déçus, elle n'avait même pas osé envisager d'avoir des enfants.

« Viens. Maman va te mettre tes chaussettes », lui dit-elle en souriant de son propre comportement. Elle s'était toujours juré de ne jamais parler d'elle à la troisième personne. Cela paraissait tellement bizarre. Et pourtant... pourtant, elle s'y était mise.

Dix minutes plus tard, Emma descendit avec Ollie au rez-de-chaussée et s'arrêta en bas des marches (comme elle le faisait toujours quand elle était seule à la maison) pour contempler le portrait qui se trouvait face à elle, au bout du hall d'entrée.

La première femme de son mari était très belle. Il n'y avait aucun doute là-dessus. Ses traits délicats et sa peau pâle, presque translucide, avaient été reproduits à la perfection dans ce tableau que son père avait commandé pour son vingt et unième anniversaire. Emma essayait de ne pas trop faire de comparaisons entre la beauté fragile de cette femme et son propre physique moins éthéré, voire disgracieux. Mais ce n'était pas chose facile. Elle ne pourrait néanmoins jamais demander que le tableau soit retiré.

Irritée par son incapacité à se débarrasser des derniers vestiges de son manque d'assurance, elle ouvrit la porte de sa fabuleuse nouvelle cuisine. Il avait fallu à Emma plusieurs mois pour parvenir à ses fins. David vivait dans la maison depuis sept ans avant qu'elle ne s'y installe, et il disait qu'il trouvait les choses très bien comme elles étaient. Mais Emma lui avait patiemment expliqué tous les avantages qu'il y aurait à démolir l'arrière de la maison et à y ajouter une extension pour créer une vaste pièce unique, à la fois cuisine, séjour et salle à manger. Et elle avait fini par le convaincre.

Depuis le départ des artisans, cette pièce était devenue leur univers, à elle et à Ollie. Il y avait assez de place pour que son fils puisse jouer sur un tapis d'éveil dans la partie salon, et comme le chauffage se faisait par le sol, elle n'avait jamais peur qu'il n'ait froid, même au cœur de l'hiver. En réalité, elle ne pouvait nier que son but avait également été d'imprégner la maison de sa personnalité. Elle devait trouver un moyen pour cesser de s'y sentir comme une étrangère. Cette nouvelle extension, c'était son espace à elle.

« *London Bridge is falling down, falling down, falling down* », entonna-t-elle en entrant dans la cuisine, appuyant au passage sur l'interrupteur et se tournant vers l'évier, où la vaisselle l'attendait. Ollie se mit à se balancer dans ses bras, cognant sa petite tête contre son épaule.

« Hep, hep ! » s'exclama-t-il.

Emma se prit à rire. « Tu veux chanter avec moi, mon chéri ? » Elle le déposa délicatement sur sa chaise, mais il ne la regarda pas. « Tu es un petit garçon plein d'humour, toi », dit-elle, avant de déposer un baiser sur ses cheveux blonds tout fins.

Elle tourna son regard vers le ciel sinistre. Les nuages noirs et lourds de pluie avaient engendré une telle obscurité qu'il était indispensable d'allumer la lumière, bien qu'on fût au début de l'après-midi.

Son regard se fixa sur le jardin, qui paraissait vraiment négligé. Les artisans n'avaient guère prêté attention à la pelouse et aux massifs en faisant leurs allers-retours avec leurs grosses bottes, mais cela ne la chagrinait pas. Elle voyait déjà le printemps et le soleil arriver et n'avait aucun mal à imaginer Ollie en train de jouer dehors sur une couverture en plastique. Elle allait dessiner et concevoir un véritable petit jardin à l'anglaise, avec des tas de roses. Elle avait toujours adoré les roses.

Pendant quelques instants, Emma resta immobile, le regard perdu dans le vide. Dans sa tête, elle voyait le jardin terminé, ses massifs éclatants de leurs fleurs tout récemment plantées. Elle pouvait presque sentir l'odeur de la lavande qu'elle allait placer dans les bordures.

Elle n'aurait pu dire à quel moment exact cela se produisit. Cela ne correspondit pas à un point défini du temps, ce fut une prise de conscience progressive : alors qu'elle regardait du coin de l'œil la fenêtre noire en rêvassant, il lui sembla voir quelque chose bouger. Son regard étant concentré sur le jardin, elle le redirigea vers la vitre que les vives lumières de la cuisine, contrastant avec le ciel sombre au-delà, avaient changée en un parfait miroir.

Et quand son cerveau finit par reconnaître ce qu'elle était en train de regarder, elle sentit son corps se crisper et laissa échapper un petit cri.

Des yeux. Des yeux rivés sur son dos, en train de l'observer.

Juste derrière elle, tout près.

Dans sa cuisine.

5

Un rayon de soleil filtrant à travers les nuages noirs illumina la fenêtre de la cuisine, faisant disparaître le reflet comme s'il n'avait jamais existé. Instinctivement, Emma s'accrocha au rebord de l'évier. Avait-elle pu imaginer tout cela ? Mais le soleil avait à peine eu le temps de percer qu'il fut chassé par les nuages. Et le reflet réapparut.

Sans quitter des yeux cette image fantomatique qui devenait de moins en moins nette à mesure que la lumière à l'extérieur passait du noir au gris, Emma se mit à tâtonner devant elle, cherchant une arme potentielle. Mais il n'y avait rien d'autre sur l'égouttoir qu'un bol en plastique. Sans réfléchir, elle tendit le bras vers le panier à couverts et éprouva une douleur aiguë suivie d'une sensation de chaleur liquide au moment où elle referma sa main sur la lame d'un couteau désosseur. Nerveusement, elle fit remonter ses doigts humides et poisseux le long de l'acier pour empoigner le manche.

Ne voulant pas briser le fragile contact visuel, ne serait-ce qu'une seconde, de crainte que la personne ne se déplace, ne se rapproche d'elle ou d'Ollie, ne quitte son champ de vision ou ne parte vers le hall, où elle serait contrainte de la suivre, Emma inspira profondément et se retourna, appuyant ses jambes, soudain devenues faibles, contre le placard sous l'évier.

Le cœur battant, la gorge trop serrée pour lui permettre de hurler, elle regarda fixement la personne qui se trouvait en face d'elle, tandis que des décharges d'adrénaline lui traversaient le corps, comme pour la préparer au combat ou à la fuite.

C'était une toute jeune fille, presque une enfant.

Elle était de constitution fine, avec des cheveux blonds hirsutes qui retombaient au niveau de ses épaules sur un duffle-coat gris élimé, dans les poches duquel elle avait enfoncé ses mains. Les yeux dont Emma avait vu le reflet dans la fenêtre étaient hypnotisants. Grands, ovales et d'un gris-vert sombre semblable à celui de l'océan quand il est agité par la tempête, ils cillèrent légèrement au moment où Emma brandit le couteau. Mais la jeune fille ne bougea pas.

Emma reposa l'ustensile sur le plan de travail de l'îlot, mais ne lâcha pas son manche. Elle ne savait pas ce que voulait cette fille, mais malgré son jeune âge, elle ne lui faisait pas confiance.

« Qu'est-ce que tu fais dans ma cuisine ? lui demanda-t-elle. Sors d'ici tout de suite, ou j'appelle la police. »

L'adolescente ne bougea pas. Et elle continua de regarder Emma. Ses yeux étaient rivés sur son visage, et la jeune femme crut y lire de l'hostilité, mais peut-être était-ce de la confusion ou de la peur.

« Hep, hep ! » s'exclama soudain Ollie, qui n'avait pas l'habitude d'être ignoré.

Mais aucun regard ne se tourna vers lui, pas même pour une seconde.

« Écoute, je ne vais pas te le dire deux fois : soit tu t'en vas maintenant, soit tu me dis qui tu es et ce que tu fiches dans ma cuisine », répéta Emma.

Silence.

L'inconnue resta là où elle était et continua de la fixer, mais ses yeux s'étrécirent légèrement, comme si elle cherchait à la jauger. Et soudain, très rapidement, elle baissa les yeux vers le couteau qui se trouvait dans la main d'Emma, avant de se concentrer à nouveau sur son visage.

« Tu as peur ? » lui demanda Emma. Elle ne comprenait pas comment cette jeune fille avait pu arriver chez elle, tout à coup, comme surgie de nulle part, mais une idée venait de lui traverser l'esprit : peut-être avait-elle peur de quelque chose ou de quelqu'un ; peut-être avait-elle fui un danger ? Dans ces cas-là, si Emma se calmait un peu, cette petite finirait certainement par lui expliquer pourquoi elle était là.

Emma respira plusieurs fois profondément et sentit son cœur s'apaiser. Si l'adolescente avait eu l'intention de l'agresser, elle l'aurait sûrement déjà fait, et peut-être même avant d'être vue.

Prenant son courage à deux mains, elle repoussa le couteau aussi loin d'elle que possible sur le plan de travail. Puis elle porta son doigt blessé à sa bouche et aspira un peu de sang, avant de lever la main par-dessus son épaule pour arracher un morceau d'essuie-tout qu'elle enroula autour de la coupure. Le tout, néanmoins, sans jamais quitter la jeune fille du regard.

« Je m'appelle Emma. Tu es en sécurité, ici. Ne t'inquiète pas. » Elle ne savait pas pourquoi elle avait dit ça, peut-être parce que, malgré son regard fixe et inexpressif, cette petite n'était après tout qu'une enfant. Elle ne pouvait pas lui vouloir du mal.

La jeune fille sortit lentement ses mains de ses poches. Ses poings étaient serrés, ses bras raides comme des bâtons. Et elle portait des gants. Emma sentit son corps se crisper. Ces gants... était-ce parce qu'elle ne voulait pas laisser de traces de sa présence ici ?

« Écoute, qu'est-ce que tu veux ? Explique-moi ! »

Tout ce qu'Emma disait se heurtait au silence.

La jeune fille continua de la fixer pendant quelques instants, et soudain elle regarda frénétiquement de gauche à droite, comme si elle cherchait quelque chose dans la pièce. Enfin libérée du faisceau hypnotique de ce regard froid, Emma décida de profiter de cet instant de répit pour mieux étudier l'intruse. Son manteau était trop grand d'au moins deux tailles, comme si elle l'avait emprunté à sa sœur aînée, voire à son frère aîné. Il s'arrêtait bien en dessous de ses genoux, et les manches dissimulaient la plus grande partie de ses mains. Son jean bleu foncé était tout froissé et ses baskets blanches étaient sales. Mais en dépit de tout cela, sa beauté fragile paraissait en décalage total avec l'hostilité de son regard.

« Bon, je ne sais ni qui tu es, ni pourquoi tu es là, mais si tu ne me le dis pas, il va falloir que j'appelle la police. Parce qu'il doit bien y avoir quelqu'un qui s'inquiète pour toi, qui se demande où tu es. »

La jeune fille tourna vivement la tête vers elle et ouvrit grand les yeux, avant de lancer un bref regard vers la porte donnant sur le jardin. Et brusquement, Emma eut peur qu'elle ne s'enfuie. Deux minutes plus tôt, elle aurait été soulagée de la voir partir, mais quelque chose avait sûrement dû arriver à cette enfant pour qu'elle se retrouve dans sa cuisine. Peut-être avait-elle eu un accident et avait-elle marché jusqu'ici ? Ou peut-être s'était-elle perdue ?

« Pourquoi tu ne t'assiérais pas ? Tu ne veux pas me dire ton nom ? Moi, c'est Emma. Et lui – prenant soin de sourire pour le rassurer, elle se tourna vers son fils –, c'est Ollie. »

Les yeux verts ne révélèrent aucune trace de bienveillance quand ils se concentrèrent sur Ollie, qui regardait avec curiosité l'adolescente tout en martelant le plateau de sa chaise haute de sa cuillère en plastique.

Le portable d'Emma était à l'étage, dans son sac à main, et la fille se tenait entre elle et le téléphone de la cuisine. Bien qu'elle ait reposé son arme, Emma craignait de s'être méprise sur son compte et ne voulait toujours pas se retrouver à portée de main de l'intruse.

« S'il te plaît, assieds-toi. » Emma pointa du doigt la table de la salle à manger, à l'autre bout de la pièce. La fille ne bougeant toujours pas, elle commença à la contourner lentement, mais sans trop s'approcher d'elle, dans l'espoir d'atteindre le téléphone. Quand elle reprit la parole, elle fit de son mieux pour garder un ton calme et détaché :

« Très bien. Alors je vais appeler la police. Ne t'inquiète pas : si j'appelle, ce n'est pas parce que je veux te faire arrêter pour t'être introduite dans ma maison. Je veux juste que tu sois en sécurité et que tu rentres chez toi. Écoute... je ne sais même pas si tu comprends ce que je te dis. »

À ces mots, sa visiteuse se précipita vers le téléphone et, brutalement, l'arracha de sa base et le lança à travers la pièce. Puis elle tourna les talons et traversa la cuisine en courant, s'arrêtant devant l'îlot central pour s'emparer du couteau qu'Emma y avait laissé. Désormais adossée au mur, elle avait de nouveau les poings serrés, dont un autour du manche du couteau, prêt à frapper.

Emma étouffa un cri de terreur. Elle ne devait pas faire peur à Ollie. Essuyant ses paumes humides de sueur sur son pantalon, elle contourna l'îlot pour se placer entre le couteau et son bébé, les yeux rivés sur la fille. Toutes les inquiétudes qu'elle avait pu avoir concernant le bien-être de celle-ci disparurent de son esprit au moment où elle comprit qu'elle était piégée. Elle ne pouvait plus sortir de la cuisine pour aller chercher son portable. Même si elle réussissait à passer devant la fille, elle ne pourrait pas laisser Ollie seul.

« Sors d'ici. Sors d'ici tout de suite. Tu fais peur à mon bébé », ordonna Emma d'une voix assurée qui lui parut en contradiction totale avec ses sentiments réels. *Ce n'est qu'une enfant*, ne cessait-elle de se répéter. *C'est toi qui as le contrôle de la situation.*

Elle jeta un coup d'œil à Ollie, qui paraissait en effet désorienté. Son regard ne cessait de passer de sa mère à l'inconnue, et ses yeux bleu foncé s'emplissaient de larmes à mesure que la tension dans la pièce atteignait de nouveaux paliers. Instinctivement, Emma tendit le bras vers lui pour lui caresser le visage du dos de la main.

« Chut. Tout va bien, mon chéri. » Elle ne voulait pas de nouveau hausser le ton contre la fille, mais elle voulait qu'elle s'en aille. À l'affût des moindres mouvements de l'intruse, elle prit la tasse d'Ollie sur le plan de travail et la lui tendit. Mais la fille ne la regardait plus. Les sourcils légèrement froncés, tournant frénétiquement la tête de gauche à droite, elle balayait la pièce du regard. Cherchait-elle un moyen de s'évader ?

Ollie, toujours assis sur sa chaise, l'observait lui aussi, et Emma sentit sa colère croître au moment où elle caressa ses fines boucles blondes et ses petites joues rebondies désormais humides de larmes. Il était hors de question qu'on fasse du mal à son bébé. Et si cette fille s'approchait de lui, elle se battrait avec elle à mains nues, malgré le couteau, sans une seule seconde d'hésitation.

Pour l'instant, cependant, elle n'avait aucune idée de ce qu'elle devait faire. David ne serait pas rentré avant plusieurs heures, mais c'était là une information qu'il valait sans doute mieux ne pas révéler.

« Écoute, je ne sais pas pourquoi tu es ici, je ne sais pas ce que tu veux, mais mon mari devrait arriver d'une minute à l'autre, et je te préviens que... » Elle s'interrompit. Mieux valait ne pas la menacer.

Si cette fille souffrait de problèmes psychologiques, un discours violent risquait de déclencher en elle une réaction brutale. « S'il te plaît, dis quelque chose, parle-moi. »

Dans son esprit tourmenté, Emma essaya de se rappeler tout ce qu'il venait de se passer. L'adolescente ne l'avait pas agressée, elle était restée immobile, silencieuse et totalement inexpressive jusqu'au moment où elle avait pensé qu'Emma allait contacter la police. On aurait dit qu'elle voulait obtenir quelque chose d'elle, mais la jeune femme ne voyait pas du tout ce que cela pouvait être.

« Bon, je sais que tu ne veux pas me parler, mais si je te donnais un papier et un stylo, est-ce que tu pourrais m'écrire ton nom dessus ? » demanda Emma, dans un élan soudain d'inspiration. Il lui était tout à coup venu à l'esprit que la fille ne pouvait peut-être tout simplement pas parler.

Après avoir doucement repoussé la chaise d'Ollie pour l'éloigner au maximum de l'intruse, elle prit un carnet et un stylo sur l'étagère surplombant le plan de travail puis les posa sur l'îlot et les poussa vers elle.

« S'il te plaît, écris-moi ton nom. J'ignore comment tu t'appelles, et si tu veux que je t'aide, je dois savoir qui tu es. »

Sans prêter attention au papier et au stylo qui étaient devant elle, la fille continuait de la regarder fixement.

Sous le coup de l'agacement, Emma ferma les yeux. Peut-être David aurait-il plus de chance ? Dans le cas contraire, de toute façon, ce serait à la police de tirer les choses au clair.

Elle était en train de se faire cette réflexion quand, comme par magie, le rugissement d'un puissant moteur vint briser le silence oppressant. La Range Rover de David. Si soulagée qu'elle fût, Emma ne put s'empêcher de se demander pourquoi il rentrait si tôt.

Quelques secondes plus tard, la porte d'entrée s'ouvrit bruyamment, et Emma eut envie de se précipiter dans le hall pour aller à la rencontre de son mari. Mais, curieusement, elle avait peur que l'adolescente ne disparaisse si elle quittait la pièce et que personne ne croie à son histoire quand elle la raconterait.

Le soulagement fit place à la surprise quand, soudain, la fille jeta le couteau sur le plan de travail, tira le carnet vers elle et se mit à écrire dessus. Quelques lettres à peine, et elle tournait le papier vers Emma.

« Emma ? » David laissa tomber ses clefs dans la vasque qui se trouvait dans l'entrée et elle entendit ses pas se rapprocher d'elle. « Emma ? Il s'est passé quelque chose de terrible. Où es-tu ? » Il avançait rapidement et elle percevait de l'anxiété dans sa voix.

Elle regardait fixement les cinq lettres comme si elles n'avaient pas de sens. Mais elles en avaient bien un. Un frisson lui parcourut le corps et elle sentit les fins poils qui couvraient ses avant-bras se hérisser.

Il faut que je prévienne David, songea-t-elle. Mais c'était trop tard. Son mari venait d'ouvrir la porte et dirigeait son regard droit vers elle.

« Euh... j'ai une mauvaise nouvelle... », commença-t-il à dire. Mais soudain, son regard fut comme attiré vers l'angle de la pièce. Il se tourna vers la jeune fille et fronça les sourcils. Puis il se retourna vers Emma en reprenant sa marche, la tête légèrement inclinée sur le côté, comme pour l'interroger. Il fallait qu'elle dise quelque chose, elle le savait, mais elle ne trouvait pas ses mots.

« Hep, papa ! Hep ! » cria alors Ollie.

Mais David ne répondit pas à son fils. Il pivota vers l'inconnue et s'immobilisa, la bouche légèrement ouverte. L'air stupéfait, il se mit à la fixer, et son visage devint blanc comme un linge.

La jeune fille le fixa en retour, deux marques rouge vif sur ses joues trahissant une émotion certaine, dont son regard était néanmoins dépourvu. Le silence était lourd, et une idée traversa soudain l'esprit d'Emma : sa vie, à partir de cet instant précis, ne serait plus jamais la même.

Enfin, d'une voix à peine audible, David reprit la parole :

« Tasha. »

6

Quand David eut prononcé ces deux syllabes, l'atmosphère changea. Un petit cri s'échappa de sa gorge, et il traversa la pièce presque au pas de course. Emma, impuissante, regarda son mari s'arrêter devant sa fille. Il commença à lui caresser les bras de la paume de ses mains, le regard rivé sur elle, l'expression de son visage passant de la stupéfaction à la joie. Des larmes vinrent lui emplir les yeux, et il les laissa couler librement sur ses joues, tandis qu'il essayait d'attirer le corps rigide de Tasha contre le sien.

Emma était certaine qu'il pensait à Caroline, à ce qu'étaient les choses quand Caroline, Tasha et lui étaient ensemble. Elle n'avait aucun mal à imaginer ce qu'aurait été la scène si les deux parents avaient été là pour assister au retour de leur fille, la façon dont ils se seraient réjouis ensemble. Et soudain elle se rendit compte que des larmes coulaient sur son visage à elle aussi. Elle les essuya d'un revers de main. Comme il était cruel que David et Tasha aient été séparés pendant si longtemps !

Aucune raison valable n'avait jamais été avancée pour expliquer l'accident de Caroline, et aucune trace de Natasha n'avait été retrouvée jusqu'à ce jour. David avait raconté à Emma ce qui s'était passé : les gens des environs s'étaient mobilisés pour passer au peigne fin les champs qui entouraient le lieu de l'accident, des hélicoptères avaient survolé la zone, des appels à témoins désespérés avaient été diffusés dans la presse et à la télévision. Mais jamais on n'avait retrouvé le moindre signe d'une autre présence dans la voiture que celle de Caroline.

Et maintenant, Tasha était là. Dans leur cuisine.

David avait amèrement regretté de n'avoir pas voulu assister au dîner familial. Il savait très bien que Caroline n'avait pas confiance en elle au volant, surtout quand il faisait noir, et pourtant il avait refusé de l'accompagner. Il avait prétexté qu'il avait du travail, et il avait menti : la vérité était qu'il n'aimait pas la compagnie du père de Caroline. Il avait donc fallu à Emma beaucoup d'amour et de patience pour tâcher de lui faire comprendre qu'il n'était pas responsable de ce qui s'était passé.

David s'était mis à parler sans discontinuer à sa fille. Mais c'était Natasha qu'Emma observait. Natasha, qui semblait complètement insensible à tout ce que son père pouvait dire, son regard inexpressif s'étant depuis plusieurs secondes déjà détourné de lui.

« Tasha. Oh, chérie. » David secoua la tête comme s'il n'avait aucune idée de ce qu'il devait dire. « Je n'arrive pas à y croire. Tu m'as manqué. Tu ne peux pas savoir à quel point. Tu es tellement belle. Tu ressembles tellement à ta mère. Est-ce que tu sais ça ? »

Tremblant d'émotion, il essaya de nouveau de la prendre dans ses bras, mais Natasha se raidit encore plus et ses yeux s'étrécirent. De là où elle se trouvait, Emma pouvait voir que les mâchoires de la petite étaient crispées.

C'était un peu tard, naturellement, mais Emma finit par percevoir la ressemblance avec Caroline : la courbe des joues de Natasha, ses longs cils noirs contrastant avec ses cheveux blonds et le rose délicat de ses lèvres. Caroline n'était pas blonde, mais ce n'était là qu'une différence superficielle. Sous sa masse de cheveux châtains, sur le portrait accroché dans le hall, la première femme de son mari la regardait avec le regard impénétrable que Tasha affichait en cet instant.

Tandis qu'elle songeait à tout cela, David continuait de marmonner des mots d'amour, sans pour autant obtenir la moindre réaction de la part de Natasha.

« David », murmura Emma. Elle s'approcha de lui et posa tendrement sa main sur son dos. « Je sais que ça peut paraître bizarre, mais Tasha ne se souvient probablement pas très bien de toi. Peut-être qu'elle a un peu peur, tu sais ? »

Il se tourna vivement vers elle. « Peur ? Mais qu'est-ce que tu racontes ? Elle sait bien que je suis son papa. Sinon, pourquoi serait-elle revenue ? » Elle pouvait voir dans les yeux gris de son mari la douleur qu'avait fait naître en lui le rejet de Natasha, et elle eut du mal à reconnaître l'homme détendu et sûr de lui qui avait quitté la maison ce matin-là. Son corps était désormais crispé par la tension, sa peau rougie par l'anxiété.

Ses traits se détendirent et un sourire vint les illuminer au moment où il se retourna vers sa fille pour dégager doucement ses cheveux de son visage. Mais Natasha, aussitôt, secoua la tête pour les remettre en place et continua de fixer la table de son regard inexpressif.

« Et si on allait s'asseoir tous ensemble pour discuter ? finit par dire Emma. On pourrait demander à Tasha comment elle a retrouvé son chemin jusqu'à toi et où elle a vécu pendant toutes ces années ?

— Elle est revenue. C'est tout ce qui compte. On se fiche pas mal de l'endroit où elle était. »

Emma se mit à dévisager son mari. On ne s'en fichait pas, non, pas du tout. Et si elle avait été séquestrée ? Et si elle avait été violée ? Il y avait bien quelqu'un, quelque part, qui avait fait disparaître cette enfant ; ils ne pouvaient tout de même pas ignorer ce qui s'était passé au cours de ces six dernières années.

Tandis qu'elle se faisait ces réflexions, David avait conduit Natasha jusqu'à la table de la salle à manger, à l'autre bout de la pièce, et avait tiré une chaise pour qu'elle s'y asseye. « Je regrette que ta maman ne soit pas là, Tasha. Naturellement, elle n'a jamais su que je t'avais perdue, mais elle aurait été tellement contente pour nous deux, aujourd'hui. »

Natasha n'avait toujours pas ouvert la bouche, mais Emma fut choquée par le regard que la fillette lança à son père. Était-ce bien de la colère qu'elle avait vue briller dans ses yeux ?

« Euh... Excuse-moi, David, mais... est-ce que tu crois qu'on pourrait avoir une petite conversation en privé, rapidement ? » Elle sourit à Natasha, mais n'obtint qu'un regard glacial en réponse.

La pièce, qui avait toujours été pour elle un havre de chaleur et de paix, même les jours les plus froids et les plus mornes, lui parut soudain étouffante et sombre, malgré les lumières allumées. Les nuages noirs avaient fini par céder, et de grosses gouttes de pluie martelaient désormais les fenêtres.

David se tourna vers Emma et lui adressa un regard vaguement perplexe. Mais il la connaissait suffisamment bien pour savoir que, si elle demandait à lui parler, ce n'était pas sans raison. Il se pencha par-dessus la table pour caresser le bras de Natasha.

« Je reviens tout de suite, ma chérie. »

Tout en le regardant contourner l'îlot de cuisine pour la rejoindre, Emma tâcha de réfléchir aux mots qu'elle allait employer.

« Si Tasha reste, il va falloir qu'on lui achète des vêtements et qu'on lui fasse une chambre. Je serais ravie de m'occuper de ça. Qu'est-ce que tu en penses ? » Emma se sentait honteuse : elle éprouvait un besoin presque désespéré de fuir l'atmosphère étouffante de la pièce et d'emmener Ollie dans un endroit sûr pour qu'ils puissent tous deux se détendre et respirer un peu.

« Comment ça, si elle reste ?

— David, écoute, nous souhaitons qu'elle reste, bien sûr. Mais je ne sais pas comment ça se passe dans ces cas-là, et toi non plus. On ignore tout de ce qu'elle a vécu jusqu'ici et de ce que les services sociaux vont dire de tout ça.

— Tu as contacté les services sociaux ?

— Non ! » Irritée, elle s'interrompit pour avaler sa salive. « Je n'ai appelé personne. Je voulais appeler la police, mais...

— La police ? » David se tourna vivement vers elle, et elle se crispa légèrement. « Pourquoi est-ce que tu voulais appeler la police ? »

Emma ferma les yeux un bref instant.

« Il y avait une fille dans ma cuisine. Une fille que je ne connaissais pas et qui ne voulait pas me parler. J'ai pensé qu'elle s'était peut-être égarée ou qu'elle avait eu un accident, mais elle refusait de me dire quoi que ce soit. J'ai pensé qu'il fallait appeler la police, mais Tasha a pris le téléphone, et je n'ai donc pas pu le faire.

— Elle a fait quoi ? »

Emma ne put se résoudre à évoquer le couteau, qui reposait désormais innocemment sur le plan de travail. Avait-elle eu une réaction exagérée ?

« Qu'importe ; on verra ça plus tard. Mais il va falloir qu'on les appelle. Elle n'a que treize ans ; et encore, elle vient juste de les avoir. Nous ne savons pas si quelqu'un lui a fait du mal. Nous ne savons pas comment elle est arrivée jusque chez nous, ni où elle a vécu pendant ces six dernières années, ni ce qui lui est arrivé ce terrible soir où elle a disparu. »

David se passa les doigts dans les cheveux pour dégager son front. Un signe caractéristique de tension qu'Emma ne connaissait que trop bien. « J'ai juste besoin d'un peu de temps avec elle, Em. Est-ce trop te demander ? »

Emma prit quelques instants pour réfléchir. Si Natasha avait été sa fille, n'aurait-elle pas porté sur la situation le même regard que David ? Peut-être avait-elle accordé trop d'importance à l'aspect rationnel des choses, alors qu'elle aurait dû simplement se réjouir du retour de Natasha ? Peut-être. Mais, du point de vue de la police, celle-ci demeurait une adolescente portée disparue.

« C'est une enfant, mon chéri. Il faut que la police sache qu'elle est rentrée. Ils nous aideront à découvrir ce qui lui est arrivé et à comprendre ce que nous pouvons faire pour l'aider. »

David lui prit le bras et l'attira plus près de lui.

« Écoute, je sais que tu as raison. Le problème, c'est juste que j'ai peur qu'on me la prenne à nouveau. Mais de toute façon, je ne les laisserai pas faire. Euh... Bon, est-ce que tu pourrais t'occuper de passer ce coup de fil ? J'ai envie de rester seul avec Tasha.

— Bien sûr. » Elle serra son mari dans ses bras et sentit son corps se détendre contre le sien. « Je m'en occupe tout de suite. »

S'étant doucement écartée de David, elle tourna les talons.

Tasha était adossée à la porte du hall, les bras croisés.

« Pas la police », dit-elle, ses yeux durs brillant comme du marbre.

7

« Pas la police, répéta-t-elle. Si vous appelez la police, je m'en vais. »

C'étaient les premiers mots qu'ils entendaient de la bouche de Natasha, et Emma vit dans les yeux de David sa crainte qu'elle ne fasse ce qu'elle disait. Mais c'était ridicule. Ils devaient en parler à la police, ils n'avaient pas le choix.

Depuis que Natasha avait fait cette déclaration, Emma avait réussi à la convaincre de se rasseoir à la table, mais pas de retirer son manteau, bien qu'elle doive avoir beaucoup trop chaud. On aurait dit qu'elle n'était pas encore certaine de rester.

« Il faut que je fasse la tisane d'Ollie, finit par dire Emma en déposant un tendre baiser sur la joue de son fils. Allez, viens, mon petit bonhomme. Je vais te faire ta préférée, d'accord ? » Elle enfouit le nez dans son cou et se mit à l'agiter, espérant ainsi entendre son rire. Mais Ollie se contenta de sourire, une réaction bien plus calme que celle qu'il avait généralement. Pauvre petit. Il avait toujours vécu dans une ambiance sereine ; il devait être un peu déstabilisé par toute cette agitation.

Emma s'approcha de la station d'accueil pour iPod et l'alluma. Alors que les premières mesures de « Pop Goes the Weasel » emplissaient la pièce, Ollie se mit à se balancer sur sa chaise. David et Natasha pouvaient bien penser ce qu'ils voulaient, il était temps pour elle de se concentrer sur les besoins de son fils.

« Tu pourrais venir me donner un coup de main, s'il te plaît, David ? » demanda Emma. Il fallait qu'ils parlent. Qu'ils décident de ce qu'ils allaient faire.

En observant le visage de David, elle vit qu'il avait compris. Grâce à la musique, Natasha étant à l'autre bout de la pièce, ils allaient pouvoir parler en privé. David se leva et enlaça les épaules de sa fille, qu'il serra brièvement.

« Ça ira mieux dans un jour ou deux, je te le promets. »

Emma sourit de ces propos bien caractéristiques de son mari, dont la philosophie avait toujours été la suivante : ignore les problèmes, ils finiront par se régler tout seuls.

« Nous devons appeler la police. Tout de suite, David. »

Il acquiesça. « Pour tout te dire, la situation est pire que tu ne le penses. C'est pour ça que je suis rentré plus tôt. Il faut que je te dise quelque chose. Mais pas ici, Em. Je n'ai pas envie que Tasha nous entende.

— Très bien. Mais je ne veux pas laisser Ollie seul avec elle.

— Enfin, pourquoi dis-tu ça ? Que veux-tu qu'elle lui fasse ? C'est son frère ! »

Emma n'avait pas d'explication rationnelle à donner, mais il n'en était pas question. Elle ne laisserait pas Ollie seul avec Natasha.

« Tourne-toi vers moi et parle doucement ; Tasha ne t'entendra pas. »

David s'adossa au plan de travail et se mit à parler d'une voix si basse qu'Emma eut de la peine à l'entendre.

« Les flics sont venus me voir au bureau. Ils ont retrouvé le corps d'une jeune fille ce matin, et ils ont pensé que cela pourrait être Tasha. Ils ont prélevé mon ADN pour vérifier. »

Emma, sidérée, ouvrit de grands yeux.

« Quoi ? Oh, mon chéri, ça a dû être terrible pour toi. » Elle le prit dans ses bras puis s'écarta de lui, laissant néanmoins ses mains reposer sur sa taille. « Donc, ce coup de fil est encore plus important que je ne le pensais : il faut leur téléphoner pour leur dire que ça ne peut pas être Tasha puisqu'elle est là, assise dans notre cuisine. Il y a d'autres pauvres gens qui ont perdu leur enfant ; la police doit découvrir qui est cette jeune fille, sans perdre de temps à vérifier s'il s'agit de Tasha. »

David ferma les yeux un bref instant puis hocha la tête.

« Le mieux, je pense, c'est que tu donnes sa tisane à Ollie et que tu me laisses encore dix minutes seul avec Tasha. Après ça, on lui expliquera ensemble pourquoi il faut qu'on appelle la police. Ça te va ? »

Elle fit glisser ses doigts le long de son dos, avant de l'attirer une nouvelle fois contre elle. À travers le fin tissu de sa chemise, elle pouvait sentir la chaleur de sa peau, mais son corps mince paraissait vulnérable. Elle le serra plus fort contre elle.

8

Le trajet entre son bureau et son domicile aurait dû prendre à Tom environ vingt minutes, mais ce soir-là les obstacles semblaient se multiplier. Tout était une question de timing et, de toute évidence, il avait mal calculé le sien. Il devait y avoir un boys band à la Manchester Arena, car les rues étaient bondées de jeunes filles tout excitées qui convergeaient vers la salle de concert en gambadant joyeusement, traînant derrière elles des parents tolérants, l'air abattu et résigné. Et tandis qu'il observait les visages heureux et souriants de ces adolescentes, une image se rappela soudain à sa mémoire : celle d'un autre visage juvénile, déformé par les ravages de la mort. Quoi qu'il ait pu arriver à la jeune fille qu'ils avaient découverte ce matin-là, il allait retrouver le salopard qui était responsable de tout cela.

Becky s'était portée volontaire pour accomplir la terrible mission consistant à aller voir les familles des deux jeunes filles correspondant au profil de la victime. Le père de Natasha Joseph avait été facile à localiser ; Becky l'avait rencontré dans les bureaux de sa société un peu plus tôt dans la journée. Les choses, en revanche, avaient été beaucoup plus compliquées pour Amy Davidson, qui avait vécu en famille d'accueil depuis l'âge de deux ans et dont personne ne savait qui était le père. Sa mère, incarcérée à la prison de Styal, avait affiché une indifférence totale quand elle avait été informée que la police cherchait à déterminer si une adolescente retrouvée morte dans des circonstances suspectes était ou non sa fille. Elle n'avait pas vu son enfant depuis qu'elle avait été placée en famille d'accueil et n'avait jamais manifesté le moindre intérêt à son égard. Malgré sa froideur, cependant, son ADN était le seul qu'ils pouvaient utiliser pour procéder à l'identification.

Les choses avaient été totalement différentes avec David Joseph. Il avait supplié Becky de le laisser voir le corps, pour vérifier par lui-même s'il s'agissait ou non de sa fille. Mais Becky avait naturellement refusé. Elle lui avait promis de procéder rapidement à la comparaison d'ADN, mais elle avait eu bien du mal à lui expliquer qu'il y avait de grandes probabilités qu'il ne s'agisse pas de sa fille. Quoi qu'il en soit, plus vite ils pourraient apaiser son esprit, mieux ce serait.

Si l'enfant se révélait être Natasha Joseph, l'orientation de l'enquête se trouverait toutefois modifiée, car quand elle avait disparu, à l'âge de six ans, Natasha n'avait rien d'une fugueuse. Si elle avait été enlevée, Tom n'osait même pas imaginer ce qu'elle avait pu vivre au cours des quelques années qui venaient de s'écouler.

Pendant l'absence de Becky, il avait passé un appel : « Jumbo ? Excuse-moi de te déranger, j'imagine que tu dois avoir des tas de trucs à faire, mais Becky m'a dit que tu avais travaillé sur l'affaire Natasha Joseph il y a six ans. J'ai lu le dossier, mais j'ai pensé que ta mémoire encyclopédique pourrait m'apporter quelques précisions utiles...

— Je ne sais pas si ma mémoire est encyclopédique, mais ce qui est sûr, c'est que je me souviens bien de cette affaire. Un homme qui avait perdu sa femme et son enfant en une nuit. Les types sur place nous ont appelés pour que l'on examine la voiture quand ils se sont rendu compte que la petite avait disparu. Mais je ne suis pas sûr de pouvoir t'aider, Tom, parce que je n'ai absolument rien trouvé. Pas de sang, c'est certain. En dehors de celui de la mère, bien sûr. Et elle avait des blessures atroces ; son cou était brisé.

— Je me demandais comment la petite fille avait pu descendre de la voiture, parce que je présume que la portière était équipée d'une sécurité enfant ? Quelles conclusions avez-vous tirées ?

— Pour être honnête, on n'a jamais trouvé de véritable réponse. La portière adjacente au siège auto était verrouillée, mais l'autre non, alors il se pourrait qu'elle soit passée par là. On s'est demandé si quelqu'un était venu à son secours et l'avait emmenée. Mais on n'a trouvé aucun indice permettant d'étayer cette hypothèse, alors on a conclu qu'elle avait dû sortir de la voiture pour essayer de demander de l'aide et qu'elle s'était ensuite perdue. »

Jumbo n'avait pas été en mesure de l'éclairer davantage, ce à quoi Tom s'était attendu. S'il y avait eu quoi que ce soit d'autre, cela aurait figuré dans le dossier.

Mais alors, où cette enfant avait-elle bien pu passer ?

Il n'avait toujours pas la réponse quand il se gara devant sa maison et remarqua, non sans déception, que la voiture de Leo n'était pas là. Elle devait avoir été retardée, elle aussi. Après avoir récupéré ses affaires sur le siège arrière, il se dirigea rapidement vers la porte d'entrée et inséra sa clef dans la serrure, guettant le bip de l'alarme. Puis il s'approcha du boîtier de contrôle et l'éteignit.

Depuis le cambriolage qui avait eu lieu dans son cottage du Cheshire l'été précédent, Tom avait redoublé de prudence. Les intrus, de toute évidence, étaient à la recherche de quelque chose qui se trouvait dans les papiers de son frère Jack. Papiers qui étaient désormais ici, dans sa maison.

Tom savait qu'il ne serait pas tranquille tant qu'il n'aurait pas pris le temps de passer en revue ces documents pour comprendre pourquoi quelqu'un pouvait vouloir les dérober. À moins bien sûr qu'il ne soit trop tard et que les voleurs n'aient déjà trouvé ce qu'ils recherchaient au cours du cambriolage de l'été.

Perdu dans ses pensées, il sortit un verre du placard de la cuisine, se versa une généreuse dose de Glenmorangie et l'emporta dans le séjour. Machinalement, il s'installa sur le canapé, mais il abandonna bien vite le confort de ses coussins moelleux pour se laisser glisser sur le tapis. Et une fois assis par terre, le dos appuyé contre le bas du fauteuil qu'il venait de quitter, il prit la télécommande sur la table basse et appuya sur un bouton pour mettre un morceau au hasard.

C'était à Jack que Tom devait ses goûts éclectiques en matière de musique. Depuis le début de l'adolescence de Tom jusqu'au jour de la mort de Jack, les deux frères avaient régulièrement débattu avec passion pour déterminer quel était le meilleur genre de musique. Tom se souvenait encore très nettement du premier soir où Jack lui avait dit de venir dans sa chambre pour qu'il « fasse son éducation ». Assis en tailleur sur le lit de son frère, Tom avait essayé de lui démontrer qu'il avait très mauvais goût en matière de musique. Mais au final, Jack avait sorti deux canettes de bière de sous le lit et en avait mis une dans la main de Tom.

« Bois ça, détends-toi et écoute », avait-il dit à l'ado de treize ans légèrement surpris mais ravi qu'était alors Tom.

C'était une habitude qu'ils avaient conservée jusqu'à la mort de Jack. Deux fois par an, ils se retrouvaient pour boire de la bière et écouter de la musique. Tom buvait rarement de la bière en d'autres occasions. C'était le rituel avec Jack, un goût qu'il associait immanquablement à son frère.

Il but une gorgée de scotch. Il s'accordait rarement le droit de penser à Jack et il avait peur qu'examiner ses papiers ne revienne à ouvrir une sorte de boîte de Pandore. Ces documents étaient restés chez le notaire de son frère pendant plusieurs années, et même après les avoir récupérés, Tom les avait royalement ignorés. Il se méfiait des souvenirs. Ils n'étaient pas tous positifs et ils constituaient pour lui la chose la plus difficile à affronter.

La vérité était que Jack n'avait jamais obéi qu'à ses propres lois. Il ne supportait aucune forme de contrôle ou de discipline, et son cerveau à l'ingéniosité sidérante était sans cesse à la recherche de nouveaux défis à relever. Jusqu'à ce qu'il trouve le truc qui ne pouvait que continuer à se développer en complexité et à stimuler son esprit. L'informatique. Avec le temps, cela était devenu une véritable obsession. À compter du jour où il était revenu à la maison avec un ZX Spectrum, Jack n'avait quasiment plus quitté sa chambre.

Tom était complètement fasciné. Ce garçon aux cheveux noirs indisciplinés plus ou moins domptés dans ce qui ressemblait vaguement à un catogan et au regard bleu clair qui semblait brûler chacune des surfaces sur lesquelles il se posait... c'était son frère ! Jack n'avait que trois ans de plus que Tom, mais il se comportait comme si des années-lumière les séparaient. Il appelait toujours Tom « petit frère ». Presque comme s'il n'arrivait pas à se souvenir de son prénom. Et ces soirées si spéciales au cours desquelles Tom était autorisé à pénétrer dans le monde secret de la chambre de Jack, où des vêtements s'entassaient sur le sol et où AC/DC hurlait dans des enceintes faites maison, étaient tout simplement inoubliables.

Tom prit une autre gorgée de whisky, se forçant à écarter Jack de ses pensées pour se concentrer sur ce qui importait dans le temps présent. Comme cette adolescente qui avait subi Dieu sait quoi et qui avait été retrouvée morte dans un bois humide et froid.

Il sortit son téléphone de la poche de son pantalon et appuya sur l'écran.

« Lucy ? C'est papa. Je voulais juste savoir comment tu allais... »

9

Assis tranquillement dans sa chaise haute, inconscient de la tension qui régnait autour de lui, Ollie mâchouillait un toast tartiné de son fromage préféré.

Natasha n'avait pas rouvert la bouche mais, d'une façon ou d'une autre, il allait falloir qu'ils trouvent un moyen de communiquer avec elle.

« Dis-lui la vérité, chuchota Emma. Explique-lui pourquoi nous devons dire à la police qu'elle est revenue. »

L'air dubitatif, David inclina la tête sur le côté. Mais il savait qu'il n'avait pas le choix.

« Tasha, des agents de police sont venus me voir aujourd'hui, pour m'interroger sur toi. »

À ces mots, Tasha ouvrit de grands yeux apeurés ; son regard ne cessait de passer de David à Emma.

« Je ne suis pas censé parler de cela à qui que ce soit, parce que la nouvelle ne sera rendue publique que demain, mais le corps d'une jeune fille a été retrouvé ce matin, dans un bois. La police a pensé qu'il pouvait s'agir de toi. »

Tasha baissa la tête. Ses cheveux lui couvrirent le visage. Mais Emma était certaine d'avoir vu ce qui semblait être des larmes dans les yeux de la petite. Elle émit un bruit qui ressemblait vaguement à un sifflement.

« Ne t'inquiète pas, Tasha, dit Emma. C'est juste qu'ils ne savaient pas qui était cette jeune fille et qu'elle avait à peu près ton âge, alors ils ont voulu vérifier avec ton papa, c'est tout. »

Tasha ne releva pas la tête.

« Qu'est-ce qui ne va pas, ma chérie ? » demanda David en se levant.

Il se pencha vers elle pour la prendre doucement dans ses bras. Mais Natasha s'écarta brusquement.

« Ne me touche pas ! » siffla-t-elle. Et elle resta sur la défensive jusqu'à ce que son père retire les mains de ses épaules. S'il y avait eu des larmes dans ses yeux, il n'en restait désormais plus aucune trace.

Emma ressentit la douleur de David comme si c'était la sienne, mais sa plus grande préoccupation était cependant Ollie. Il n'aurait pas dû voir ça. L'espace de quelques secondes, il parut surpris, puis son visage se décomposa, les coins de sa bouche s'affaissèrent et de grosses larmes se mirent à couler sur ses joues rougies. Il aurait dû être au lit depuis longtemps, mais Emma n'avait pas voulu se séparer de lui ne serait-ce qu'un instant.

« Tasha, je vois bien que ça ne va pas, et j'en suis désolée, mais il va falloir que j'emmène Ollie se coucher. Tout cela est trop stressant pour lui ; ça le déstabilise. Et puis je trouve qu'il a l'air fiévreux. Je n'appellerai pas la police, d'accord ? Pas avant que nous ayons réglé les choses avec toi, je te le promets. Et je tiens toujours mes promesses. »

Sans attendre d'avoir reçu l'autorisation de qui que ce soit, Emma sortit Ollie de sa chaise et le serra fort dans ses bras.

« Viens, mon petit bonhomme. On va aller au dodo. Chut. Tout va bien, mon chéri. Tout va bien. » Emma embrassa sa peau chaude.

Mais, au moment où elle se tourna vers la porte, Natasha s'approcha brusquement d'elle.

« Je viens », dit-elle.

Emma ouvrit la bouche pour protester, mais il lui suffit de jeter un coup d'œil au visage de la jeune fille pour comprendre que ce serait inutile : elle était déterminée à la suivre. Tâchant de refouler son angoisse, Emma s'efforça de se dire qu'il ne s'agissait après tout que d'une enfant.

Qu'aurait fait Caroline à ma place ?

« On n'a qu'à tous monter, alors. Comme ça, on te montrera où tu vas dormir et ton papa pourra te faire redécouvrir la maison pendant que je coucherai Ollie.

— Excellente idée », commenta David, qui semblait ravi de pouvoir faire quelque chose qui donne à la présence de sa fille un caractère pérenne.

Il y eut un moment délicat quand ils arrivèrent sur le palier. La chambre d'amis, destinée à Natasha, était la première pièce sur la droite, mais quand Emma, tout sourire, en ouvrit la porte en disant : « Voilà, Natasha », la jeune fille passa droit devant elle pour se rendre dans la chambre suivante, devenue celle d'Ollie. Après en avoir entrouvert la porte, elle s'immobilisa et se mit à regarder fixement l'intérieur de la pièce.

Le visage marqué par la culpabilité, David se passa de nouveau une main dans les cheveux. « On aurait dû mettre Ollie autre part. Laisser sa chambre telle qu'elle était, chuchota-t-il. C'était une erreur, Em. Elle va avoir l'impression que je l'ai oubliée. »

Emma ne répondit rien. C'était du David tout craché. Plutôt que de donner à sa fille une explication rationnelle pour justifier le changement de chambre, il s'inquiétait de savoir si elle allait ou non comprendre d'elle-même. Et surtout, si elle allait ou non lui en vouloir.

Le moment étant néanmoins mal choisi pour se disputer, elle décida de prendre la responsabilité d'expliquer les choses à Natasha :

« C'est la chambre d'Ollie, maintenant, ma chérie. Tu peux entrer pour jeter un œil, si tu veux, mais c'est un peu petit pour une adolescente, alors on va te donner la première. On pourra changer la décoration, bien sûr, mais il y a un grand lit et la pièce est beaucoup plus vaste. Qu'est-ce que tu en penses ? »

Natasha se tourna vers eux, le visage dénué de toute expression, puis entra dans sa chambre et referma la porte derrière elle.

À l'heure du dîner, Tasha n'avait toujours pas réapparu. David avait frappé à sa porte pour lui dire qu'elle pouvait venir manger avec eux, mais elle n'avait pas répondu. Emma y était elle-même allée dix minutes plus tard. Elle avait essayé d'ouvrir la porte, inquiète pour Tasha, qui n'avait après tout que treize ans et qui devait certainement être ébranlée par tout ce qui venait de se passer. Mais quelque chose avait été poussé contre la porte, qui n'avait pas bougé d'un millimètre quand Emma avait voulu l'ouvrir.

Celle-ci s'était imaginé Tasha repliée sur elle-même dans son lit, déstabilisée, bouleversée, et elle avait eu de la peine pour elle.

« Tasha, s'il te plaît, laisse-moi entrer, ou au moins dis-moi que tu vas bien. »

Comme elle s'y était attendue, elle n'avait pas obtenu de réponse. Et si elle était partie ? Se pouvait-il qu'elle soit passée par la fenêtre ? Non, c'était impossible. Mais si elle s'était fait du mal ?

« Natasha, si tu n'ouvres pas cette porte ou si tu ne me parles pas, je vais devoir demander à ton papa d'entrer de force, soit par la porte, soit par la fenêtre. Alors maintenant, dis-moi si tu vas bien.

— Laisse-moi ! avait-elle entendu crier depuis l'intérieur.

— D'accord, ma chérie. Je voulais juste savoir si tu n'étais pas malade. Je sais que ça doit être très dur pour toi, Tasha. Mais nous allons t'aider. Je peux t'apporter à manger ici, tu sais, si tu n'as pas envie de descendre dîner avec nous ?

— Laisse-moi, je t'ai dit. » Il ne s'agissait plus d'un cri, mais il y avait dans le ton de la voix un degré de détermination qui ne laissait pas de place à la discussion.

Emma avait posé le front contre la porte. Elle ne savait pas quoi faire, et Natasha ne leur avait toujours pas dit pourquoi elle était prête à disparaître à nouveau s'ils appelaient la police.

« Bon. Je vais redescendre, alors. Si tu veux dîner, c'est tourte au bœuf et pommes de terre sautées. »

David avait mangé en silence, sans chercher à dissimuler la déception causée par le refus de Tasha de se joindre à eux, et Emma n'était pas parvenue à trouver des mots de réconfort qui ne seraient pas apparus comme de vides platitudes. Comment aurait-elle pu comprendre ce qu'il ressentait ? Son sourire enthousiaste était comme un lointain souvenir, et elle avait envie de partager sa douleur et sa confusion. Mais il était inaccessible. Il était autre part. En un lieu hors de sa portée.

Ce qui était sûr, cependant, c'est que quelque chose n'allait pas dans cette histoire. Pourquoi Natasha ne voulait-elle pas leur dire où elle avait vécu ? Pourquoi avait-elle peur de la police ?

Emma n'avait pas de réponses à ces questions, mais quand ils avaient fini de dîner et de ranger la cuisine, elle avait monté une part de gâteau au chocolat et un grand verre de lait et les avait déposés près de la porte de la chambre de Natasha.

Elle avait envie de dire à David que, dès le lendemain, elle allait appeler la police, que Natasha le veuille ou non. Quelqu'un l'avait tenue à l'écart de sa famille pendant des années, et ils n'avaient aucune garantie qu'elle ait été la seule dans ce cas. Et si d'autres petites filles avaient été arrachées à leur famille ? Et puis, comment avait-elle fait pour revenir ? Ils habitaient à trois kilomètres de la ville la plus proche, et il n'y avait pas de bus.

Ils ne posaient pas les bonnes questions.

« Allons nous coucher », finit-elle par murmurer en prenant la main de David.

Il la repoussa doucement.

« Ça ne te dérange pas si je reste un petit moment en bas ? J'aimerais boire un verre de brandy et réfléchir un peu... »

Emma était certaine qu'il avait également besoin d'être seul pour penser à Caroline, et elle ne pouvait pas lui en vouloir, encore moins ce jour-là.

« Pas de problème. Je ne dormirai sûrement pas quand tu monteras te coucher. Si tu as envie de parler encore... »

Il déposa un tendre baiser sur ses lèvres et elle se dirigea vers l'escalier.

En passant devant la chambre de Natasha, elle constata, non sans déception, que le gâteau et le lait se trouvaient toujours sur la petite table où elle les avait laissés. Mais il y avait autre chose : la porte était légèrement entrouverte. Un peu surprise, Emma frappa doucement.

« Tasha ? » appela-t-elle à voix basse, pour ne pas la réveiller au cas où elle se serait endormie. Pas de réponse. Vaguement inquiète, elle décida de pousser la porte pour vérifier si sa nouvelle belle-fille allait bien. La pièce était vide.

Emma se retourna vivement. La porte de la salle de bains était grande ouverte ; elle n'était de toute évidence pas à l'intérieur. En revanche, la porte de la chambre d'Ollie était fermée.

La porte de la chambre d'Ollie n'était jamais fermée.

Emma courut l'ouvrir. À l'intérieur, la veilleuse projetait autour d'elle de vagues images d'étoiles, de bulles et de poissons, baignant les murs sombres d'une lueur vert pâle. Une lueur sur laquelle se détachait une silhouette, à l'extrémité du petit lit d'Ollie, penchée au-dessus de lui.

10

DEUXIÈME JOUR

Le ciel matinal, de l'autre côté de la fenêtre de la chambre de son fils, était clair et limpide, mais des nuages étaient déjà en train de s'accumuler, leur noirceur lugubre planant comme une menace à l'horizon.

Emma regardait le jardin sans le voir. Cette journée ne pouvait être que meilleure que celle de la veille. Elle avait le corps lourd et engourdi par le manque de sommeil, mais la fatigue importait peu, elle allait se battre. Sa famille avait besoin d'elle.

Elle avait passé la nuit dans la chambre d'Ollie, terrifiée à l'idée de le laisser seul. Au début, elle avait essayé de dormir dans le fauteuil. Mais, au bout de quelque temps, elle avait fini par se coucher sur le tapis, juste devant le petit lit à barreaux. De cette façon, si elle devait s'endormir, il faudrait littéralement que quelqu'un lui passe sur le corps pour toucher à son bébé.

Quand elle avait trouvé Natasha penchée au-dessus du lit, la veille, elle avait hurlé de terreur : « Qu'est-ce que tu fais ? Qu'est-ce que tu fais là ? »

Natasha l'avait observée fixement pendant quelques instants, le regard inexpressif. Puis elle l'avait poussée pour sortir de la pièce et était retournée calmement dans sa chambre, où elle s'était de nouveau barricadée. Pendant toute la nuit, Emma avait été à l'affût du moindre bruit, mais cette scène terrifiante ne s'était pas répétée, et son bébé avait dormi paisiblement jusqu'à maintenant.

Emma se retourna pour sortir Ollie de son lit et l'emmena jusqu'à la banquette qui se trouvait sous la fenêtre, serrant son petit corps chaud contre le sien avant de déposer un tendre baiser sur le sommet de sa tête. Que pouvait-il bien penser de tout cela ? Ce petit amour, qui était habitué à une vie si paisible, devait percevoir l'angoisse qui émanait d'elle. Une fois encore, Emma sentit des larmes lui monter aux yeux, mais elle se reprit aussitôt. Ce n'était pas en se montrant émotive qu'elle réussirait à arranger la situation.

Elle se redressa, remua ses pieds pour essayer de détendre les muscles de ses jambes et inspira profondément.

« Sois positive », murmura-t-elle.

Il fallait qu'elle oublie les événements de la nuit passée. Elle avait sans doute paniqué pour rien. Tasha avait sûrement juste voulu regarder son petit frère. Rien de plus, rien de moins. Il fallait qu'elle arrange les choses. Pour le bien de tous.

Déterminée, elle se leva et, serrant toujours son fils dans ses bras, commença à se diriger vers l'escalier. « Qu'est-ce que tu crois que cette journée va nous apporter, mon petit Ollie ? » lui dit-elle en lui adressant son plus beau sourire.

Elle s'arrêta devant la porte de la chambre de Natasha et frappa.

« Tasha, Ollie et moi descendons prendre notre petit déjeuner. Ton papa est sous la douche. Tu veux des œufs brouillés ? »

Elle attendit en silence et fut surprise quand la porte s'ouvrit sur Natasha. La jeune fille portait exactement la même tenue que la veille. Il allait vraiment falloir qu'ils lui achètent des vêtements, et peut-être une ou deux choses pour égayer sa chambre.

Le visage de Natasha était toujours aussi inexpressif, mais ses yeux étaient cernés et injectés de sang. Avait-elle pleuré ?

C'est ma faute. Je n'aurais pas dû crier. Emma sentit le feu lui monter aux joues, et elle se pencha vers Ollie pour masquer sa gêne coupable.

« Dis bonjour à Tasha, Ollie.

— Tassa, Tassa, hep, hep », fit le petit en souriant à sa demi-sœur et en agitant sa main.

Natasha détourna le regard.

Étonnée par l'indifférence qu'affichait la jeune fille, Emma fronça les sourcils, mais elle s'efforça de ne rien laisser paraître et commença à se diriger vers la cuisine.

« Excuse-le. Il n'arrive pas encore à faire les "ch". Bon, un jus d'orange pour Ollie. Et je suppose que tu en prendras un aussi », dit-elle. Il venait de lui traverser l'esprit que la meilleure politique était sans doute de ne pas attendre de réponse.

Elle remplit un gobelet pour Ollie et un verre pour Natasha.

« Va t'asseoir à la table, Natasha. Je t'apporterai ton petit déjeuner quand il sera prêt. »

Elle se tourna vers le réfrigérateur, en sortit deux œufs et glissa deux tranches de pain dans le toasteur, l'esprit ailleurs.

Elle avait reparlé à David de la police et avait réussi à le convaincre d'appeler. Quand il s'était réveillé, il lui avait demandé où elle avait passé la nuit. Mais, si elle lui avait révélé les véritables raisons qui l'avaient conduite à dormir dans la chambre d'Ollie, il lui aurait certainement dit que sa réaction était exagérée. Ollie était un peu chaud, lui avait-elle donc répondu, et pour ne pas avoir à se lever plusieurs fois dans la nuit afin de vérifier s'il allait bien, elle avait préféré rester à son chevet.

Elle n'avait jamais menti à son mari auparavant.

Emma sentait le regard de Natasha posé sur elle et avait le sentiment étrange que la jeune fille pouvait lire chacune de ses pensées. Comme si elle la haïssait de tout son être, Natasha plissa légèrement les yeux. Lui en voulait-elle d'avoir pris la place de sa mère ? Un frisson la traversa. Si elle les détestait tant, pourquoi était-elle là ?

David entra dans la cuisine. Affichant un sourire qui paraissait forcé, il se dirigea droit vers Natasha.

« Coucou, ma chérie, dit-il d'un air radieux. Je suis ravi que tu sois là et ravi de pouvoir prendre le petit déjeuner avec toi. Tu as bien dormi ? »

Passant un bras autour de ses épaules, il l'attira vers lui pour l'embrasser sur le sommet de la tête. Mais Natasha résista si fort que, quand David relâcha son étreinte, son bras heurta son verre de jus d'orange, qui se renversa sur la table.

Natasha se leva d'un bond.

« Arrête de me toucher, dit-elle d'une voix sourde, les yeux brûlants et la mâchoire tendue. J'aime pas ça. »

Elle repoussa rageusement sa chaise d'un coup de pied et quitta la cuisine en claquant la porte derrière elle.

Emma ne savait pas quoi faire, mais elle ne pouvait supporter de voir la douleur dans les yeux de David. La réaction de Natasha était compréhensible, mais qui aurait pu reprocher à David son comportement ?

« Tu veux que j'aille la chercher ? finit-elle par lui demander en s'efforçant d'adopter un ton neutre et détaché. On lui a promis de ne pas contacter la police sans le lui dire, mais ça va avoir l'air vraiment bizarre si on ne le fait pas rapidement. Qu'est-ce que tu en penses, mon amour ? »

David secoua la tête.

« Tu as raison, bien sûr. Je vais aller la prévenir. Mais avant, je vais verrouiller la porte d'entrée. Comme ça, si elle veut s'enfuir, elle sera obligée de passer par ici. Et je l'arrêterai. On n'a pas le choix, c'est vrai, mais je ne veux pas la perdre encore une fois. »

11

La salle de travail bourdonnait d'activité quand Tom arriva. Becky semblait contrôler parfaitement la situation, et la presse avait désormais été informée de la découverte du corps de la jeune fille. La commissaire Philippa Stanley avait décidé de se faire la porte-parole de l'affaire. Ce qui n'avait guère étonné Tom. Philippa avait toujours été très disposée à se montrer en public, et Tom devait reconnaître qu'elle était très douée pour cela.

Il savait ce qui allait se passer désormais. Toutes les familles qui n'avaient pas signalé la disparition de leur fille à la police se manifesteraient. L'idée qu'elle rentrerait « quand elle serait prête » ne serait plus aussi évidente.

Tom n'avait pas bien dormi. Ses souvenirs de Jack et de la jeune fille morte auraient naturellement suffi à perturber son sommeil, mais en plus de cela, Leo et lui avaient découvert quelque chose dans les papiers de son frère la veille au soir, et il ne pouvait se défaire de l'idée que cela pouvait être important.

Il n'avait aucune envie de se plonger dans les documents de Jack, mais quand Leo était rentrée à la maison, elle l'y avait encouragé : il ne pouvait pas remettre indéfiniment cette tâche à plus tard.

« Procrastination, Tom.

— Oui, je sais. Le voleur de temps. »

Leo lui avait jeté un regard suffisant. « Peut-être, mais ce n'est pas ça que je voulais dire. La procrastination, ça rend les choses faciles difficiles, et les choses difficiles plus difficiles encore.

— Tu l'as trouvée toute seule, celle-là ? lui avait-il demandé en souriant.

— Ce n'est pas le problème. Le problème, c'est que la menace que représentent ces documents est toujours là, à planer au-dessus de toi. Tant que tu ne sauras pas s'il y a là-dedans quelque chose d'intéressant, ou une preuve que quelque chose a déjà été volé, ces papiers resteront pour toi un fardeau qui deviendra de plus en plus lourd à porter. Allez, je vais t'aider. Ce qui est fait n'est plus à faire. »

Il avait regardé Leo, vêtue comme à son habitude d'une jolie tenue monochrome – jean noir et chemisier ample à rayures noires et blanches –, et il avait songé à tout ce qu'il aurait préféré faire avec elle. Au bout du compte, cependant, il avait fini par céder.

« Très bien, tu as gagné. Je vais chercher les cartons. »

Au départ, la tâche lui avait semblé particulièrement ingrate et dépourvue d'intérêt : rien de plus intéressant à se mettre sous la dent que des documents détaillant les prestations de Jack pour des clients potentiels. Ses inquiétudes ne s'étaient donc pas manifestées : il n'avait pas été assailli par les souvenirs. Puis Leo avait découvert une carte SD coincée sous l'un des rabats, au fond d'un carton. Elle avait voulu l'insérer immédiatement dans son ordinateur portable, mais Tom avait hésité. Il n'avait aucune envie de voir Jack en train de chanter du Def Leppard en jouant (mal) de la guitare. Il n'était pas sûr de pouvoir surmonter ce genre de chose, alors il lui avait dit qu'ils en avaient suffisamment fait pour la soirée et avait mis la carte de côté.

Ce qui était une mauvaise idée, avec le recul. Car il n'arrivait plus à penser qu'à cette saleté de truc. Il l'avait mise dans sa poche le matin avant de partir et maintenant, la meilleure solution, et de loin, était probablement d'y jeter un œil sans plus tarder, dans l'intimité de son bureau. Ainsi, il pourrait tranquillement affronter ce qu'il y avait dessus. Sûr de sa décision, il sortit la carte et la glissa dans son ordinateur portable.

Il n'y avait qu'un fichier. SILVERSPHERE. xls. Tom regarda fixement l'écran. Un document Excel. Quant à Silver Sphere, il ne connaissait que trop bien ce nom.

C'était le pseudonyme de hacker de Jack. À l'époque où il était adolescent, son frère s'était lancé dans le piratage informatique pour s'amuser, pour prouver qu'il était plus fort que le système. Il se croyait réellement invincible.

Tom cliqua sur le fichier pour l'ouvrir. Pendant une seconde, rien ne se produisit. Puis une boîte de dialogue s'afficha.

Veuillez entrer votre mot de passe.

Il resta quelques instants le regard fixé sur l'écran puis, poussant un soupir de déception, il éjecta la carte et la remit dans sa poche.

Tom en était à son deuxième café de la matinée quand, en levant les yeux, il vit que Becky attendait devant la porte. Une fois encore, il fut frappé par le changement qui s'était opéré en elle, changement si positif que, malgré sa mauvaise humeur, il se prit à sourire. La personne qui se trouvait devant lui n'avait plus rien de commun avec celle qui était arrivée à Manchester quelques mois plus tôt. La pâleur hagarde de la jeune femme qui luttait pour reprendre confiance en elle après un échec sentimental avait complètement disparu. Les joues de Becky avaient retrouvé leurs couleurs et ses yeux pétillaient d'un intérêt sincère pour la vie. Elle avait recouvré toute son exubérance naturelle. Ce jour-là, sa tenue était en accord avec sa personnalité intelligente et impertinente : un pantalon de tailleur noir bien coupé assorti à une veste qui mettait en valeur la finesse de sa taille ; sous la veste, un chemisier vert émeraude, et autour du cou une fine chaîne en or. Elle avait laissé pousser ses cheveux, auparavant coiffés en carré bien lisse, et des mèches souples et soyeuses retombaient désormais plus librement sur ses épaules.

« Je peux entrer ? demanda-t-elle. J'hésitais en te voyant : tu as l'air complètement ailleurs. Oh ! Je vois que tu as retrouvé ton cochon. »

Tom dut réfléchir quelques instants. Son cochon ? Quel cochon ? Il suivit le regard de Becky.

« Ah oui. Mon cale-porte. C'était notre ami l'inspecteur Tippetts qui me l'avait pris.

— Ryan ? Mais pourquoi ?

— Je ne lui ai pas demandé. Et je n'ai pas cru à ses excuses une seule seconde. Quelque chose d'intéressant dans les appels concernant la jeune fille disparue ? »

Becky s'assit en grimaçant.

« Pas vraiment. Comme il fallait s'y attendre, il y a tout un tas de gens qui téléphonent pour dire que leur fille de seize ans ne fait que douze ans ou nous demander si on est sûrs que la fille était blanche, etc. Mais on a des nouvelles de Jumbo. Il est en train de rédiger son rapport et il m'a appelée pour m'en communiquer les grandes lignes. »

Tom mit de côté les statistiques des crimes et délits qu'il était en train de lire sans y prêter vraiment attention.

« Qu'est-ce qu'il a trouvé ? demanda-t-il en se penchant en avant.

— Ils ont fait une recherche d'empreintes dans le tas de feuilles mouillées qui se trouvait à côté d'elle, et ils ont découvert une seringue.

— Oh non, dit Tom, qui sentit aussitôt la tristesse s'abattre sur lui. Est-ce qu'ils pensent que cette pauvre gamine s'est fait ça toute seule, ou plutôt qu'un salopard l'a emmenée là-bas et lui en a injecté une trop forte dose ?

— Ils n'en savent rien pour le moment. Et ils disent qu'il se pourrait même que ce soit sans relation. On n'en sera sûrs que quand on aura les résultats des analyses toxicologiques, mais même si on demande que ce soit fait en urgence, ça prendra bien deux semaines. Comme tu as dû le remarquer, cependant, ce joli petit tunnel regorgeait de toutes sortes de délices et de douceurs. Dont des seringues, si mes souvenirs sont bons. Il se pourrait donc que ce soit seulement une coïncidence que celle-ci se soit trouvée près du corps. De toute façon, Jumbo et son équipe essaient également de collecter d'autres indices. »

Tom fit une grimace.

« Ils vont avoir du mal à prendre des empreintes sur le corps, reprit Becky, mais il y en a sur la seringue. Aucune correspondance avec qui que ce soit pour le moment, néanmoins. Quant aux empreintes de pas, ils n'en ont relevé aucune. Même pas celles de la fille. Mais tout a dû être un peu chamboulé, avec le temps qu'il a fait ces deux dernières semaines.

— Est-ce qu'ils savent ce qu'il y avait dans la seringue ? demanda Tom.

— De la kétamine.

— De la kétamine ? Je ne m'y attendais pas. Que pouvons-nous en déduire ? Qu'un salopard l'aurait assommée avec ça parce qu'il avait envie de se faire une gamine, et une gamine comateuse par-dessus le marché ? »

Ce fut au tour de Becky de faire la grimace.

« La kétamine est un choix qui paraît curieux, je suis d'accord. Mais même si quelqu'un lui en avait injecté, ça l'aurait simplement plongée dans un profond sommeil. Et dans ce cas-là, il se pourrait qu'elle soit morte d'hypothermie. Elle n'avait pas une once de graisse, à ce que j'ai pu voir sur les photos. Tu n'étais pas là la semaine dernière, mais avant qu'on ait tout ce vent et toute cette flotte, il a fait un froid de chien. Ils disent que c'est le mois de mars le plus froid qu'ait connu Manchester depuis 1962. C'est même descendu jusqu'à – 6 la nuit. »

La conversation fut interrompue : quelqu'un venait de frapper à la porte ouverte. Tom leva les yeux. L'inspecteur Ryan Tippetts.

« Chef, dit-il, c'est Natasha Joseph. »

Tom observa le visage de Becky, qui s'était brutalement assombri, sans doute à l'idée de transmettre cette triste nouvelle au père de la petite.

« Merci, Ryan. C'est confirmé, alors ? »

L'inspecteur parut déconcerté par la question. Mais il se reprit rapidement.

« Ah. Je vois ce que vous voulez dire. Non : le corps n'est pas celui de Natasha Joseph. C'est juste qu'elle est rentrée chez elle. Comme ça, sans crier gare, apparemment. Hier.

— Hier ! » Le mot avait jailli de la bouche de Becky au moment où elle s'était brutalement tournée vers Ryan. « Mais pourquoi est-ce qu'ils ne nous l'ont pas dit avant ?

— Hé ! Je ne fais que transmettre le message ! s'exclama Ryan en levant les deux mains en l'air. C'est tout ce que je sais. Ah non : ils ont aussi dit que la gamine ne voulait pas parler à la police. Elle a dit que si on venait, elle ferait une fugue. »

Becky secoua la tête d'un air incrédule. « Super. Vraiment super. Merci, Ryan. » Elle se tourna vers Tom. « Merde alors. Ça change tout. Qu'est-ce que tu en penses ?

— Je me demande bien d'où elle a pu sortir, après tout ce temps. On retrouve un corps qu'on pense être le sien, et tout à coup elle débarque comme ça ? Drôle de coïncidence... »

Tom trouvait cette histoire bien curieuse. La petite Joseph avait disparu quand elle avait six ans. Quelqu'un avait donc dû l'héberger. Pourquoi cette personne l'avait-elle laissée partir précisément maintenant ?

« Comment veux-tu que je la joue ? demanda Becky.

— Il faut que tu ailles voir les Joseph. On doit être sûrs qu'elle est bien qui elle prétend être. Si elle refuse de te parler, dis aux Joseph qu'on accepte de lui laisser deux jours pour se remettre, mais qu'on devra de toute façon avoir une discussion avec elle. Et prends un officier de liaison familiale[1] avec toi, un qui a été formé pour interroger les enfants. Il faut absolument qu'on sache où elle était, qui l'a cachée pendant toutes ces années et, évidemment, pourquoi. »

---

1. Officier de police criminelle spécialement formé pour établir un lien particulier avec les familles de victimes dans le but de leur apporter un soutien psychologique et moral, mais aussi de récolter des informations utiles aux enquêtes (*N.d.T.*).

12

Elle se sentait en sécurité dans la pièce quand elle était barricadée. Au départ, elle s'était demandé si elle serait assez forte pour pousser la grosse commode contre la porte, mais elle avait réussi, et ça lui semblait un peu plus facile à chaque fois. Elle avait trouvé un endroit où cacher les trucs, mais elle ne pouvait pas prendre le risque de les laisser entrer dans la pièce quand ils voulaient et comme ils voulaient.

David (il voulait qu'elle l'appelle papa ; il pouvait toujours rêver) lui avait donné un ancien portable à lui pour qu'elle puisse « appeler ses amis ». Elle avait eu envie de rire. C'était un vieux truc merdique, mais il avait semblé tout fier de son geste plein de prévenance.

Et puis il fallait qu'il arrête de la toucher. Ça lui donnait la chair de poule.

Elle savait qu'Emma avait fouillé dans les poches de son manteau quand elle avait fini par le retirer, la veille au soir. Natasha avait claqué la porte de sa chambre, mais ensuite elle était discrètement sortie sur le palier et avait surpris Emma en train de jeter des coups d'œil coupables autour d'elle, les mains plongées dans son duffle-coat, qui était resté là où elle l'avait accroché, dans le hall. Elle s'attendait sûrement à y trouver un téléphone. Comme si elle était assez bête pour débarquer avec un portable.

Il y avait peu de chances pour qu'Emma ait dit à David ce qu'elle avait fait. Il aurait trouvé que c'était mal. Mais Emma ne lui faisait pas confiance. Et ça, ça risquait de poser un problème.

Durant la nuit, quand tout le monde était au lit, Natasha était discrètement descendue. Elle avait allumé la lumière du hall et avait regardé le tableau qui y était accroché. Elle avait oublié le visage de sa maman.

Comment est-ce qu'elle avait pu oublier ça ?

Elle était belle. Et elle aimait Tasha de tout son cœur. Tasha ne savait plus comment elle était à l'époque où sa maman l'aimait, mais elle était sûre d'une chose : elle n'était plus la même.

Maintenant, David avait appelé les flics, et il allait falloir qu'elle réfléchisse, vite et bien. Ils allaient décortiquer chacun des mots qu'elle prononcerait ; ce n'était pas prévu dans le plan. Elle avait tout essayé pour convaincre David de changer d'avis, mais Emma avait refusé de céder.

David aurait été plus facile à manipuler s'il avait été tout seul. C'était un homme écrasé par le poids de la culpabilité. Elle aurait pu le persuader de laisser les flics en dehors de tout ça. Mais Emma était plus coriace. Elle avait dit qu'ils devaient leur parler à cause de la fille. La fille qui était morte. Tasha étouffa un sanglot. Et si c'était... ? Non. Elle ne devait surtout pas penser à ça.

De toute manière, Emma avait gagné la bataille et convaincu David de passer l'appel. Elle pensait connaître la différence entre le bien et le mal.

Le bien, elle le connaissait peut-être, mais le mal, elle ne savait pas ce que c'était. Non, elle n'avait pas la moindre idée de ce que pouvait être le mal.

Tasha sourit. Tout n'était plus qu'une question de temps.

13

Becky regarda les champs qui entouraient le domicile de David Joseph. La maison de briques rouges, massives, était assez jolie en elle-même, mais Becky n'aurait pas aimé y habiter. L'idée de vivre à la campagne ne l'attirait pas du tout, et si un jour elle devait changer d'avis et craquer, ce serait pour une maison avec une jolie vue. Ici, tout était un peu plat et monotone à son goût. Et, en bonne fille de la ville, elle n'arrivait pas à s'habituer à la vague odeur de fumier qui flottait dans l'air.

Le jardin de la « Maison du pré bleu » ressemblait à la plupart des jardins au mois de mars : de façon générale, assez terne, mais avec un joyeux parterre de jonquilles qui s'élevaient comme une promesse de la chaleur des mois à venir. Exception faite de cette explosion de jaune, en observant les ombres projetées par les sombres nuages ayant chassé les quelques brefs rayons de soleil du matin, Becky aurait dit que l'appellation « Maison du pré gris » aurait été plus appropriée. La bonne nouvelle, en tout cas, c'était que la pluie avait cessé.

Tout en appuyant sur la sonnette, Becky jeta un bref coup d'œil au visage serein et confiant de Charley Hughes, l'officier de liaison familiale qui avait été spécialement formé pour interroger les enfants. La jeune femme avait les cheveux blonds et courts, et ses traits semblaient avoir été sculptés avec beaucoup de finesse et d'habileté : des pommettes saillantes, de grands yeux noisette et des lèvres généreuses. C'était l'un de ces visages qui à première vue semblent tout simplement jolis, mais qui, chaque fois qu'on les regarde, deviennent plus intéressants.

« Je suis vraiment curieuse de voir comment tu vas te débrouiller, Charley. J'ai du mal à croire que Natasha Joseph ait disparu durant plus de six ans et que personne n'ait entendu parler d'elle pendant tout ce temps.

— Je ferai de mon mieux, répondit Charley. Mais j'ai cru comprendre qu'elle ne voulait pas nous parler, alors il se pourrait qu'on ne puisse que vérifier qu'elle est bien qui elle prétend être, pour le moment. »

La conversation fut interrompue : une femme au visage pâle, qui semblait avoir dans les quarante ans, venait d'ouvrir la porte. Elle avait le regard perturbé des gens qui viennent de subir un choc.

« Bonjour, dit Becky. Madame Emma Joseph ? Je suis l'inspectrice Becky Robinson, et voici l'agent Charlotte Hughes. »

La femme hocha la tête. « Entrez, je vous en prie. » Elle ouvrit la porte en grand pour laisser

Becky et Charley pénétrer dans le vaste hall d'entrée. À l'autre bout de la pièce, devant elles, se trouvait une très belle table en bois ancienne décorée d'un vase de fleurs fraîches dont les couleurs vives se détachaient nettement sur le mur beige pâle. Mais ce fut le tableau accroché au-dessus des fleurs qui attira l'attention de Becky. Un portrait représentant une magnifique jeune femme, presque une jeune fille, assise sur une méridienne, les jambes repliées sous elle.

Emma Joseph surprit le regard de Becky.

« C'est la première épouse de mon mari, Caroline. La mère de Tasha. »

Becky observa la femme qui se tenait devant elle, cherchant d'éventuelles traces de ressentiment à l'idée que le portrait de l'ex trône toujours dans l'entrée. Mais elle n'en trouva pas. Le visage d'Emma Joseph exprimait seulement une certaine tristesse.

« Tasha est avec son père. Je vais vous conduire jusqu'à eux. »

Becky ne bougea pas. « Avant que nous ne les rencontrions, madame Joseph, pourriez-vous nous éclairer un peu sur ce qui s'est passé hier ? J'ai cru comprendre que vous l'aviez tout à coup trouvée dans votre cuisine... »

Emma Joseph repoussa derrière son oreille quelques mèches de cheveux raides qui s'étaient échappées de sa queue-de-cheval.

« Oui, c'est très bizarre. J'étais en haut avec Ollie, mon petit garçon. Je suis descendue à la cuisine, et elle était là, debout, immobile et silencieuse.

— Comment pensez-vous qu'elle est arrivée jusqu'ici, madame Joseph ?

— Elle a dû contourner la maison et passer par la porte de derrière. Je ne la verrouille jamais, cette porte, quand je suis là toute la journée. Je devrais peut-être le faire, mais... » Elle haussa les épaules.

« Et que vous a-t-elle dit ? Sur la façon dont elle est arrivée jusqu'ici, le lieu où elle a vécu... ?

— Rien. On n'a pas réussi à lui faire dire quoi que ce soit, sinon qu'elle ne voulait pas qu'on appelle la police. » Elle secoua la tête et regarda Becky dans les yeux. « Elle est juste apparue, comme ça. Comme si elle avait trouvé son chemin par magie.

— Elle n'a vraiment rien dit ?

— Elle ne veut même pas parler à son père.

— Très bien, madame Joseph. Une dernière chose, si ça ne vous dérange pas : avant que vous ne descendiez et ne trouviez Natasha dans votre cuisine, vous souvenez-vous d'avoir entendu quoi que ce soit d'inhabituel à l'extérieur ? »

L'espace d'un instant, Emma Joseph parut déconcertée, mais c'était une femme intelligente. « Ah. Vous voulez dire une voiture ou quelque chose comme ça ?

— Eh bien, à ma connaissance, il n'y a pas d'arrêt de bus dans le coin, et avec toutes ces petites routes, j'ai du mal à imaginer qu'elle ait pu arriver toute seule jusqu'ici.

— Moi aussi. Mais je n'ai rien entendu. Cela étant, avec le bruit que faisait le tracteur dans le champ d'à côté, un char d'assaut aurait débarqué à côté de la maison que je ne m'en serais même pas rendu compte. Mais si vous pensez que quelqu'un l'a déposée ici, pourquoi cette personne l'aurait-elle gardée pendant six ans pour ensuite la ramener ? »

Becky inspira profondément.

« Je l'ignore, je ne comprends pas. Pour le moment, ça n'a aucun sens. »

Emma Joseph poussa une porte, et Becky jeta un rapide coup d'œil à la pièce qui se trouvait devant elle, un séjour avec cuisine qui paraissait des plus confortables, comme tout droit sorti d'un magazine de décoration. C'est alors que son regard se posa sur un homme qui leur tournait le dos et qui, les mains enfoncées dans les poches de son pantalon, semblait regarder fixement le jardin de derrière à travers une immense porte vitrée. Ses épaules voûtées le faisaient paraître bien plus âgé que l'homme sûr de lui et séduisant, malgré sa taille moyenne et sa faible corpulence, que Becky avait rencontré vingt-quatre heures plus tôt.

La journée de la veille avait été extrêmement éprouvante pour lui. Becky se souvenait encore de la scène : son visage qui avait perdu toute couleur et son corps qui s'était effondré sur une chaise au moment où elle lui avait appris que le cadavre d'une jeune fille avait été retrouvé. Mais l'ambiance aurait dû être à la fête, désormais. Or tout ce que Becky pouvait sentir autour d'elle n'était que confusion et déception.

Le seul mouvement, dans la pièce, provenait d'un petit garçon assis sur une chaise haute. Il leva les yeux vers elles quand elles arrivèrent et son visage poupin s'illumina à la vue de sa mère. Il était en train de jouer avec des œufs en plastique de couleurs vives, et il en abattit joyeusement un sur son plateau lorsqu'elle apparut. Becky regarda Emma. Ses traits se détendirent un peu au moment où elle adressa un bref sourire à son fils, avant de se tourner vers son mari.

« David, dit-elle alors doucement, les enquêtrices sont arrivées. »

David Joseph tourna brièvement la tête puis, après avoir jeté un dernier coup d'œil au jardin, fit volte-face et s'approcha de Becky et de Charley en tendant la main.

« Merci d'être venues. Je sais que j'aurais dû vous avertir plus tôt, mais Tasha semblait extrêmement fragile et elle refusait que vous soyez informées de sa présence. Elle disait qu'elle disparaîtrait à nouveau si nous vous téléphonions.

— Mais elle est toujours là ? » demanda Becky.

David acquiesça. « J'avais verrouillé toutes les portes quand nous lui avons expliqué pourquoi il était indispensable que nous vous appelions. Nous lui avons parlé de la jeune fille. Celle que vous avez trouvée hier. Ça a eu l'air de la perturber un peu. Du coup, je lui ai assuré que vous vouliez simplement vérifier si elle était bien ma fille (même si je n'ai moi-même aucun doute là-dessus) pour pouvoir boucler l'affaire. »

Le moment aurait bien sûr été mal choisi pour le contredire, mais si David Joseph pensait que l'affaire était close, il se trompait. Où que sa fille ait pu séjourner, quelqu'un l'avait cachée pendant plus de six années. Et d'après ce que lui avait appris son expérience de flic, c'étaient six années d'une vie qu'un enfant ne devrait jamais connaître.

« On va faire au plus simple aujourd'hui, monsieur Joseph, si cela peut vous aider, finit-elle par dire. Où est Natasha ? »

Sans répondre, il retourna se poster près de la porte-fenêtre. Les trois femmes le suivirent. À travers la vitre, on pouvait voir des massifs de fleurs tout écrasées, ainsi qu'une pelouse boueuse sur laquelle on aurait dit que l'équipe de football locale venait de disputer un match. Mais il y avait un petit carré de gazon intact à l'extrémité du jardin, et au milieu de ce carré, une balançoire sur laquelle une jeune fille mince au dos voûté oscillait d'avant en arrière en repoussant le sol d'un pied, les mains fermement accrochées aux chaînes. On aurait dit qu'elle regardait au loin, les yeux perdus dans le vide, l'esprit complètement ailleurs.

« Elle est là depuis qu'on lui a dit qu'on allait vous appeler. Je l'ai surveillée pour m'assurer qu'elle n'essayait pas de s'enfuir. Quand elle était petite, elle passait des heures sur cette balançoire. Elle disait qu'un jour elle irait si haut qu'elle arriverait à toucher les étoiles.

— Pouvons-nous lui parler ? » demanda Becky.

Sans laisser à son mari le temps de répondre, Emma annonça :

« David, si ça ne te dérange pas, je crois que je vais emmener Ollie. Il doit se demander ce qui se passe. »

David Joseph regarda sa femme d'un œil vide et haussa les épaules, l'air dédaigneux.

« Oui, bien sûr. Je ne pense pas que ta présence soit nécessaire. » Il se tourna vers Becky et Charley. « Je me trompe ? »

Becky observa le visage d'Emma. Visiblement, elle avait pris les paroles de son mari comme un camouflet : elle semblait très vexée.

« Vous pouvez y aller, madame Joseph, répondit-elle. Mais nous aimerions pouvoir vous parler à nouveau, pour nous assurer que nous avons bien tous les faits. Le plus tôt sera le mieux. Je pense d'ailleurs que votre présence pourrait nous être très utile. Donc, si votre bébé doit bientôt faire la sieste, n'hésitez pas à revenir vous joindre à nous. »

Emma adressa un bref sourire de gratitude à Becky avant de quitter la pièce avec Ollie, qui, manifestement peu content de partir, se mit à crier.

David ouvrit la porte et commença à avancer prudemment dans le jardin boueux pour s'approcher de sa fille. Becky et Charley décidèrent tacitement de le laisser quelques instants seul avec elle, mais elles l'observèrent. Il s'accroupit pour être à son niveau et lui dit quelque chose qu'elles ne purent entendre. Natasha ne le regarda pas. Il tendit la main pour lui toucher le bras. La jeune fille se crispa et s'écarta vivement de lui.

« Qu'est-ce que tu en penses, Charley ? demanda Becky.

— Pour être honnête, je dois dire que je ne comprends pas très bien. Elle est de retour chez elle, mais elle rejette tout le monde. Et notamment son père, semble-t-il. Tant qu'on ne saura pas pourquoi elle est tout à coup revenue, et surtout pourquoi maintenant, je ne pense pas qu'on pourra comprendre quoi que ce soit.

— Si tu veux mon avis, pour lui, c'est perdu d'avance. Viens. On va voir si on peut obtenir un échantillon d'ADN. Ensuite, je crois qu'on ferait bien de suivre le conseil de Tom : leur transmettre tous les contacts dont ils pourraient avoir besoin et les laisser en paix. Au moins pour un jour ou deux. »

Les deux femmes traversèrent le jardin pour rejoindre David. Alors qu'elles approchaient de la balançoire, Becky se concentra sur Natasha, qui paraissait un peu trop petite et menue pour une jeune fille de treize ans. Là où ses bras dépassaient des manches de son pull, Becky pouvait voir des poignets si fins qu'il semblait qu'on aurait pu les briser rien qu'en les serrant. Mais, lorsqu'elle observa ses yeux, ils contaient une tout autre histoire. Ce n'étaient pas les yeux d'un enfant. Il y avait de l'amertume dans ce regard fixe et dur, et quelque chose qui évoquait la ténacité. En dépit de cela, cependant, les pupilles de Natasha étaient légèrement dilatées ; un symptôme classique de peur.

Mais de quoi avait-elle peur ?

« Bonjour, Natasha. Je m'appelle Becky, et elle, c'est Charley. Je sais que tu ne veux pas nous parler. Ton papa nous a expliqué. Mais ne t'inquiète pas : nous n'allons pas trop t'embêter. »

Natasha avait trouvé un fil décousu sur l'une des manches du pull à la propreté douteuse qu'elle portait. Elle tirait dessus et le regardait se dérouler d'un air fasciné.

« C'est très calme par ici, hein ? dit Charley. On entend les oiseaux chanter maintenant qu'il ne pleut plus. Tu entendais les oiseaux chanter, là où tu habitais avant ? »

Becky détecta un léger mouvement au niveau de la bouche. Mais la jeune fille n'avait pas l'intention de répondre. C'était simplement un sourire de dérision.

Charley se mit à rire doucement. « Vu la tête que tu fais, j'imagine que c'est non, hein ? »

La petite resta muette.

« Tu crois que tu pourrais me parler un peu de l'endroit où tu habitais ? »

Pas de réponse. David esquissa le geste de passer son bras autour des épaules de sa fille, mais elle s'écarta de lui.

« Ces dames sont là pour t'aider, ma chérie. Elles ne vont pas te gronder. Elles veulent juste comprendre où tu étais et comment tu es revenue jusqu'à moi. »

Le regard de Natasha passa de Becky à Charley, et de Charley à Becky. L'espace d'un instant, Becky pensa qu'elle allait leur dire quelque chose, quelque chose d'important. Mais David tendit le bras pour la toucher à nouveau, et le sort fut rompu. Plaçant ses mains de chaque côté du siège de la balançoire, l'adolescente sauta à terre et se tourna vers son père.

Le ton grave de sa voix résonna dans le silence du jardin :

« Je t'avais dit de pas appeler la police. T'aurais dû m'écouter. »

Alors qu'elle repartait vers la maison, Becky se mit à se masser la nuque : ses cheveux, à cet endroit, étaient comme hérissés.

14

Emma regarda dans le miroir du dressing et fut consternée par le visage au teint pâle et brouillé qu'elle y vit. Quelle histoire ! David paraissait encore plus abattu depuis la scène qui avait eu lieu avec Natasha dans le jardin. Deux profonds sillons s'étaient creusés dans ses joues, et ses yeux étaient gonflés et injectés de sang. Pauvre David. Il devait se sentir déchiré entre le bonheur d'avoir retrouvé sa fille et la souffrance d'être rejeté. Mais elle ne voyait pas comment elle pouvait l'aider. Elle avait l'impression de manquer à tous ses devoirs.

Même Ollie paraissait affecté. Il était fasciné par sa nouvelle sœur, mais l'ambiance qui régnait désormais, l'impression constante que tout pouvait basculer à tout moment, avait changé son petit garçon calme et joyeux en un bébé légèrement irascible. Il pleurait plus souvent que de coutume et ne semblait que trop conscient de la détresse de sa mère.

Après le départ des deux policières, qui n'avaient rien pu obtenir d'autre de Natasha qu'un échantillon d'ADN, Emma avait essayé de faire les choses bien. Elle était sortie avec Ollie pour acheter de nouveaux vêtements à sa belle-fille. Après s'être longuement interrogée sur ce que les jeunes de son âge aimaient porter, elle avait fini par se décider pour des valeurs sûres : jeans slims et T-shirts amples. Cela ferait certainement l'affaire en attendant que Natasha puisse l'accompagner pour choisir elle-même.

Quand elle était venue les apporter à la petite, qui s'était une fois de plus isolée dans sa chambre, elle avait essayé de lui parler de ses choix et lui avait proposé de venir faire du shopping avec elle la prochaine fois. Mais rien de ce qu'elle avait dit n'avait suscité de réaction, et Emma s'était demandé si elle lui en voulait de s'être immiscée dans leurs vies. Aux yeux de Natasha, c'était la maison de Caroline, pas la sienne.

Emma s'était assise sur le rebord du lit, mais l'adolescente lui avait tout de suite tourné le dos.

« J'imagine que ça a dû te paraître bizarre, Tasha, de me trouver dans cette maison, mariée à ton papa. Mais tu sais, ta maman était partie depuis bien longtemps quand j'ai commencé à vivre avec lui. »

Natasha ne semblait pas montrer le moindre intérêt pour ce qu'elle disait, mais au moins elle n'était pas sortie de la chambre en courant. Emma avait donc continué de parler, espérant pouvoir ainsi briser certaines barrières.

« J'ai rencontré ton papa par le biais de mon fiancé. Il travaillait pour la société de ton père et nous avons assisté ensemble à quelques soirées caritatives. Ta maman était là aussi. Elle était très belle,

Tasha. Et je l'appréciais vraiment beaucoup. Le hasard a fait que nous nous sommes presque toujours retrouvées à la même table, elle et moi, et nous avons passé de très bons moments ensemble. Elle parlait beaucoup de toi, elle disait que tu étais la meilleure chose qui lui soit jamais arrivée. »

Emma s'était risquée à jeter un coup d'œil à Natasha. Son dos était raide. Elle semblait écouter, cependant.

« Je n'ai pas su tout de suite pour l'accident. À ce moment-là, mon fiancé et moi avions rompu et j'étais partie vivre en Australie chez mon papa. Je ne voulais plus entendre parler de quoi que ce soit ou de qui que ce soit qui ait le moindre rapport avec Manchester. Mais j'ai fini par m'apaiser et par revenir. Et quand je suis arrivée, il y avait un article sur toi dans le journal. Cela faisait un an que tu avais disparu, et ton papa avait lancé un nouvel appel à témoins pour essayer de te retrouver. J'ai repris contact avec lui pour lui dire ma compassion. Il a fait tout ce qu'il a pu pour te retrouver, tu sais ? Il était complètement brisé, Tasha. »

Apparemment, elle n'aurait pas dû dire ça. Natasha ne s'était pas retournée, mais elle s'était mise à parler d'une voix dure, comme si elle avait dû arracher les mots au cœur même de son être :

« Tu sais pas, hein ? Tu y crois vraiment, à ce que tu dis. »

Emma avait été choquée. Chacun des mots de son récit était vrai. Elle avait essayé d'interrompre Natasha, mais celle-ci avait secoué la tête.

« Quoi qu'il puisse se passer ensuite, dis-toi bien que c'est sa faute à lui. Pas la mienne. »

Qu'avait-elle voulu dire par là ? Elle avait refusé de s'expliquer.

Cela faisait trois heures environ, et désormais ils étaient une famille divisée. David se trouvait dans le petit salon qu'ils utilisaient rarement, Ollie et elle étaient dans la cuisine et Natasha s'était de nouveau barricadée dans sa chambre.

Emma éprouvait un profond sentiment d'échec. Sentiment encore accentué par les émotions que lui inspirait cette étrangère qui avait fait une entrée explosive dans leurs vies. Elle aurait voulu pouvoir retrouver l'harmonie dans laquelle elle vivait encore quelques jours plus tôt, et elle s'en voulait énormément pour cela.

Elle inspira et battit furieusement des cils pour chasser les larmes qui commençaient à lui monter aux yeux. Elle ne devait pas pleurer. Ollie ne devait pas voir qu'elle était bouleversée. Ce n'était pas bon pour lui. Ignorant le « hep » de mécontentement du bébé, qui jouait paisiblement sur le tapis d'éveil, elle le prit dans ses bras et serra son corps chaud contre le sien, en veillant à maintenir sa tête contre sa poitrine pour qu'il ne puisse pas voir ses yeux larmoyants.

Tout en essuyant ses joues d'un revers de main, elle l'emmena dans le salon, à l'avant de la maison. Mais quand elle aperçut David assis sur le canapé, le regard fixé sur le mur, tous les efforts qu'elle avait faits pour garder son calme faillirent être réduits à néant. Les yeux pleins d'espoir, David tourna la tête, mais au moment où il reconnut sa femme et son fils, il reprit sa position initiale, sans chercher à dissimuler sa déception. Elle comprenait. Elle savait au fond d'elle-même que ce n'était pas parce qu'il ne les aimait pas, mais parce qu'il aurait voulu que sa fille vienne à lui.

Sachant qu'il allait marcher à quatre pattes vers David, elle posa Ollie sur le tapis. Passer quelques instants avec son fils lui ferait peut-être du bien. De toute façon, elle avait besoin de rester un peu seule pour se libérer des émotions qui se bousculaient en elle.

Sans prononcer le moindre mot, elle quitta la pièce, retenant son souffle jusqu'à ce qu'elle ait atteint le sanctuaire de sa chambre. Elle ne voulait pas que Natasha soit témoin de sa détresse, pas plus qu'Ollie. Mais, de toute façon, la porte de la chambre de sa belle-fille était toujours fermée.

Ravalant un sanglot, elle entra dans la sienne et referma la porte derrière elle. Après s'être assise sur le rebord du lit, elle ouvrit le tiroir de sa table de chevet pour y chercher ses mouchoirs. Elle ne les trouva pas.

Étonnée, elle s'essuya les yeux avec le coin de la couette et se mit à fouiller plus profondément dans le tiroir. Les mouchoirs étaient bien là. Mais ils étaient à l'autre extrémité du tiroir, et non du côté du lit, où elle les avait laissés.

C'est drôle, songea-t-elle, oubliant soudain ses larmes.

Elle se leva pour s'approcher de la commode, dont elle ouvrit le tiroir du haut. C'était le bazar, comme d'habitude. Mais ce n'était pas son bazar. David avait beau dire qu'il ne savait pas comment elle faisait pour retrouver quoi que ce soit dans cette pagaille de rouges à lèvres inutilisés, de fards à paupières et de crèmes, elle connaissait exactement l'emplacement de chaque produit. Rien ne semblait avoir disparu, mais il ne faisait aucun doute que tous les objets avaient été déplacés.

Elle ouvrit tour à tour les autres tiroirs. Même constat. Aucun objet n'avait apparemment disparu, mais tous semblaient avoir été touchés, bougés, examinés. Et ensuite reposés.

Une seule personne pouvait avoir fait ça, et Emma n'avait aucune idée de la façon dont elle devait réagir.

Qui était cette enfant ? Qu'était-elle devenue ?

15

À la fin de la journée, Tom était complètement épuisé. Il avait dû assister à l'examen post mortem, ce qui avait été éprouvant, et n'avait nullement été surpris d'apprendre que le légiste avait trouvé des traces d'agression sexuelle, mais pas de sperme. Malheureusement, à cause de l'état du corps, il était impossible de dire si l'activité sexuelle avait eu lieu juste avant la mort ou dans les jours qui l'avaient précédée. De nombreux préservatifs usagés avaient été retrouvés dans le tunnel voisin de la scène de crime, mais qui pouvait savoir si l'un d'entre eux était en lien avec l'affaire ?

Le corps n'avait toujours pas été identifié, et depuis la déclaration publique qu'avait faite Philippa le matin, la liste des jeunes filles pouvant correspondre au profil de la victime ne cessait de s'allonger. Il semblait néanmoins que Becky ait eu raison concernant les causes de la mort.

« Il est toujours difficile d'affirmer avec certitude que l'hypothermie est la cause du décès, avait dit le légiste. Mais en procédant par élimination, c'est la seule que l'on peut retenir ici. Nous n'en serons néanmoins certains qu'après les résultats de l'analyse toxicologique. Le fait que l'anorak semble avoir été jeté sur le côté et que le col de la chemise de nuit ait été déchiré tend à étayer cette hypothèse. On pourrait supposer qu'il s'agit d'un cas de déshabillage paradoxal, très courant dans les cas de mort par hypothermie. »

Tom n'avait pas été totalement convaincu par l'explication du légiste. Il avait déjà été confronté à cet étrange symptôme de l'hypothermie. Il n'est pas rare, en effet, que des personnes mourant littéralement de froid retirent leurs vêtements parce qu'elles ont l'impression de bouillir. Mais il avait une hypothèse qui lui semblait tout aussi plausible :

« Ne serait-il pas également possible qu'elle ait été droguée, que ses vêtements aient été déchirés au cours d'un viol, puis qu'elle ait été laissée pour morte et ait fini par mourir de froid ?

— Cela me semble également envisageable, oui, avait répondu le légiste. Mais attendons le retour du labo. Il se pourrait aussi très bien qu'elle se soit elle-même injecté la kétamine... »

Heureusement, les cas de suicide étaient extrêmement rares chez les enfants de cet âge en Angleterre, mais c'était une hypothèse qu'ils ne pouvaient pas éliminer. Apparemment, la jeune fille avait quitté son domicile au milieu de la nuit sans emporter ni vêtements ni argent. Donc, soit quelqu'un l'avait forcée à partir, soit elle avait fui quelque chose ou quelqu'un.

Becky avait contacté la brigade spécialisée dans la lutte contre l'exploitation sexuelle des enfants pour voir si elle n'aurait pas des informations en lien avec la victime, et Tom ne pouvait se défaire de l'idée que quelqu'un avait revêtu la jeune fille de cette chemise de nuit blanche. Il n'arrivait pas à croire qu'elle ait elle-même choisi de porter quelque chose d'aussi démodé.

Il était sur le point de ranger ses dossiers et d'éteindre son ordinateur quand Becky fit son apparition sur le pas de sa porte.

« Tu as une minute pour faire le point ? lui demanda-t-elle en prenant place devant lui sans attendre sa réponse. Natasha Joseph : elle a refusé de parler et s'est montrée particulièrement hostile à la police en général. Il y a eu un bref moment où j'ai cru qu'on allait réussir à lui faire dire quelque chose, mais aussitôt elle s'est refermée comme une huître. Donc, nous n'avons aucune idée du lieu où elle a pu rester ni de la façon dont elle est revenue.

— Bon. Alors qu'est-ce que tu comptes faire, maintenant ?

— Puisque pour le moment elle refuse de parler, je me suis dit qu'on ferait bien de revenir à l'accident. »

Tom hocha la tête. « Je suis d'accord. Continue, je t'en prie.

— OK. J'ai relu plusieurs fois le rapport, et il semblerait que Caroline Joseph ait planté la voiture alors qu'elle roulait à contresens. Il n'y avait aucun signe de dérapage jusqu'à ce qu'elle redescende du talus. La question est : pourquoi a-t-elle roulé à contresens ?

— Je ne vois que deux raisons, répondit Tom. Soit elle a cherché à éviter quelque chose, disons un animal qui aurait traversé la route, soit elle a été distraite par quelque chose. Nous savons qu'elle a reçu un appel sur son portable quelques secondes avant l'accident. Ça l'a peut-être déconcentrée. Malheureusement, cet appel provenait d'un portable non enregistré, on n'a donc pas pu identifier son correspondant. Mais quoi qu'il ait pu se passer, la voiture a fini sur le toit.

— Tout le monde a toujours supposé que Natasha était sortie de la voiture et s'était enfuie, effrayée par ce qui venait de se passer, dit Becky. On a pensé qu'elle était tombée dans un fossé ou un trou quelconque, ou encore qu'elle s'était cachée dans un bâtiment désaffecté. Donc, tous les endroits possibles ont été fouillés, mais naturellement, quand on fait ce genre de recherches, on ne peut jamais être sûr à cent pour cent d'avoir tout couvert. Cela étant, maintenant que nous savons qu'elle n'était pas dans un fossé ou un trou, nous ne pouvons que conclure que quelqu'un l'a enlevée. Par exemple quelqu'un qui rêvait d'avoir un enfant (apparemment, c'était une très jolie petite fille). Dans cette hypothèse, son ravisseur l'aurait cachée volontairement. Car au vu de l'ampleur médiatique qu'a prise l'affaire, il aurait difficilement pu prétendre ignorer qui était Natasha.

— Tu penses donc qu'elle aurait été enlevée sur le lieu de l'accident ? » demanda Tom.

Becky s'adossa à son siège et se mit à enrouler une mèche de cheveux autour de son doigt. L'espace d'un instant, Tom crut qu'elle allait la mettre dans sa bouche comme le faisait sa fille Lucy quand elle réfléchissait. Mais Becky dut surprendre son regard amusé, car elle lâcha aussitôt la mèche et se pencha vers lui.

« J'aimerais savoir ce qui s'est réellement passé, mais il me semble improbable qu'une personne ayant désiré un enfant à ce point se soit trouvée sur cette route pile au bon moment. Ça paraîtrait tout de même extraordinaire. L'autre question que je me pose, c'est si Natasha n'aurait pas été témoin de quelque chose qui se serait produit. Admettons par exemple que l'accident ait été causé par un homme en état d'ébriété. Le chauffard aurait pu enlever la fillette de peur qu'elle le dénonce. Ça serait plausible s'il était vraiment très alcoolisé.

— Aussi plausible que n'importe quel autre scénario, pour le moment... Et le retour de Natasha à son domicile ? Qu'est-ce que tu en penses ?

— Je me dis que, comme elle était très jeune, avec le temps elle a peut-être fini par oublier l'endroit où elle habitait. Et puis quelque chose le lui aurait rappelé, aurait fait resurgir en elle le souvenir de sa maison. Il se pourrait aussi qu'elle ait fait du stop, mais l'endroit est assez isolé, je ne pense pas qu'il y ait beaucoup de passage.

— Encore une fois, quelqu'un aurait aussi pu la déposer. Parce que l'intérêt qu'elle représentait avait disparu.

— Possible. Et ça paraît d'autant plus vraisemblable qu'elle tend maintenant à rejeter sa famille. Si elle avait elle-même choisi de revenir, pourquoi se montrerait-elle aussi hostile ?

— Parce qu'elle a l'impression de ne plus avoir sa place ? C'est une étrangère pour les siens, et ils sont des étrangers pour elle. Et si elle ne les rejetait pas mais qu'elle avait peur d'être rejetée ? De toute façon, la seule personne qui pourrait nous éclairer là-dessus, c'est elle. Or elle refuse de parler. »

La voiture de Leo ne se trouvait pas devant la maison quand Tom se gara, mais il se dit qu'elle ne devait pas être très loin. Pour le second soir d'affilée, il ne se sentait pas d'humeur à cuisiner. Leo avait donc accepté de prendre au passage le seul et unique plat de fast-food qu'il aimait vraiment. Du *fish and chips.*

Il était rentré depuis vingt minutes environ lorsqu'il entendit la porte d'entrée s'ouvrir. Au moment où il arriva dans le hall, Leo était déjà en train d'enlever son manteau.

« Il flotte encore », marmonna-t-elle en accrochant le vêtement humide à la patère. Puis elle se retourna et adressa à Tom un sourire éblouissant tout en brandissant un cabas d'où il semblait émaner de la vapeur.

Il l'enlaça. Aussitôt son bras se glissa autour de ses épaules, sa main appuya sur sa nuque pour attirer sa bouche vers la sienne. Il pouvait sentir chaque centimètre carré de son corps appuyé contre le sien, et il était sur le point de reléguer le dîner au bas de la liste de ses priorités quand Leo s'écarta doucement de lui, sans néanmoins séparer sa bouche de la sienne, dont elle se mit à mordiller la lèvre inférieure.

« Le dîner d'abord. Allez. Il n'y a rien de pire que des frites molles et froides. »

Tom poussa un petit grognement. « Vous êtes une femme dure, Leo Harris. »

Elle haussa les sourcils et le regarda sans rien dire ; il prit le sac de *fish and chips* et se dirigea vers la cuisine.

Pas mauvais, songea-t-il en mâchant avec appétit un morceau de haddock pané croustillant. Mais il lui semblait que le goût n'était plus tout à fait le même qu'à l'époque où on cuisinait encore à la graisse de bœuf. C'était l'une des saveurs de son enfance. Une image de Jack lui vint brusquement à l'esprit. Le *fish and chips* était son plat préféré ; il n'y avait qu'avec ça qu'on pouvait le faire sortir de sa chambre.

« Tu as l'air ailleurs, Tom. Des problèmes au travail ? » lui demanda Leo.

Tom sourit. « Non. C'est le *fish and chips*. Ça me fait remonter plein de souvenirs de quand Jack et moi étions petits. C'était le seul plat qu'on avait le droit de manger devant la télé quand il y avait *Blake's 7*. On était tous les deux complètement accros.

— Aux frites ou à *Blake's 7* ?

— Les deux, répondit Tom en souriant.

— Tu ne parles pas très souvent de Jack, tu sais ? dit Leo. Je comprends que tu n'aies pas envie d'évoquer ce que tu as ressenti quand il est mort, mais comme je t'ai aidé avec ses papiers, est-ce que tu pourrais au moins me dire comment il a débuté dans le milieu de la sécurité informatique ? »

Tom prit une gorgée de vin. Il avait passé des années à éviter de parler de son frère *geek*. Les vieilles habitudes ont la vie dure.

« Je dirais que ça s'est fait par étapes. Jack n'obéissait qu'à ses propres lois, mais une fois qu'il s'est pris de passion pour l'informatique, il est devenu un véritable fanatique des jeux vidéo, son seul désir était de craquer des codes pour découvrir comment chaque jeu était construit afin de pouvoir lui-même élaborer quelque chose de plus grand, de meilleur. On a toujours pensé qu'il deviendrait développeur de jeux vidéo, mais quand il a eu seize ans, il a fini par se lasser de tout ça. Et puis il s'est passé quelque chose... » Tom s'interrompit un instant pour songer à cette journée qui avait changé le destin de son frère. « Il avait connu un type au lycée. Comment il s'était débrouillé pour faire la connaissance de quelqu'un dans les deux ou trois jours où il s'était donné la peine d'assister aux cours ? je ne sais pas. Mais bref, il me semble que ce type s'appelait Ethan. Oui, c'est ça : Ethan Bentley. Jack l'appelait "Posh Guy[1]" parce qu'il avait un nom de voiture de riche et, contrairement aux autres gamins de notre école, il avait un père qui avait de l'argent et qui dirigeait un hôtel plutôt louche. Un hôtel qui s'appelait le Bentley's, évidemment.

— Louche ? Comment ça, louche ? demanda Leo.

— Tout le monde connaissait le Bentley's. Ils ne louaient pas vraiment de chambres à l'heure, mais c'était l'un des repaires des caïds de Manchester. Ils y venaient avec leurs maîtresses, et s'ils n'en avaient pas, on leur en procurait. Ça et toutes sortes d'autres choses, d'ailleurs. »

1. Le type snob, le snob (*N.d.T.*).

Leo esquissa une petite moue de dégoût. Tom poursuivit :

« Je crois que M. Bentley proposait plusieurs services dont personne ne voulait être surpris en train de profiter, si tu vois ce que je veux dire. Et un jour, Ethan est venu trouver Jack. Pour lui dire que quelqu'un avait piraté l'ordinateur de son père afin d'accéder à son fichier clients. Heureusement, le pirate n'avait réussi à obtenir que deux ou trois informations, mais il faisait chanter son père en le menaçant de révéler les noms à la presse s'il ne lui donnait pas d'argent. Ethan, donc, a eu une petite conversation avec Jack, qui s'est occupé de l'ordinateur du Bentley's pour le rendre totalement impénétrable. Un jeu d'enfant, d'après Jack. Après ça, le père d'Ethan a dit à tous ses clients qu'il pouvait désormais leur garantir une discrétion absolue grâce à son génial système de sécurité. Et évidemment, quelques-uns d'entre eux ont contacté Jack pour solliciter ses services. Petit à petit, donc, l'affaire s'est développée. Ethan – Posh Guy – était tout le temps à la maison, à cette époque-là.

— Tu as fait une drôle de tête quand tu as dit ça. Tu ne l'aimais pas ?

— Il n'était vraiment pas sympa avec moi. Il me disait d'aller me faire foutre chaque fois que je rentrais dans la chambre de Jack et qu'il était là.

— Charmant. Et Jack, qu'est-ce qu'il disait ?

— Les confrontations n'étaient pas son truc. Alors il prenait simplement un air penaud, comme s'il voulait protester et n'y arrivait pas. Mais il essayait tout de même d'arrondir les angles en marmonnant : “À tout à l'heure, petit frère”, ou un truc dans ce genre-là.

— Je vois. Mais malgré ses mauvaises fréquentations, Jack a fini par réussir sa vie. Et bien, même. »

Tom ne répondit pas. Le moment aurait sans doute été bien choisi pour parler à Leo du fichier de la carte SD, et du fait qu'il était protégé par un mot de passe. Sans oublier l'autre chose importante : le nom du fichier, qui correspondait au pseudonyme de hacker de Jack. Mais il ne pouvait pas. Ou pas encore, en tout cas. Car Leo allait certainement insister pour qu'il se plonge là-dedans, et il n'était pas tout à fait sûr d'avoir envie de le faire.

16

TROISIÈME JOUR

La cuisine parut froide à Emma, le lendemain matin. David et elle s'étaient disputés avant qu'il ne parte travailler, et depuis elle se sentait glacée jusqu'aux os. Elle ne se souvenait pas s'être jamais fâchée avec lui depuis qu'ils se connaissaient. Leur relation était calme et harmonieuse, et ils s'étaient toujours satisfaits de la sérénité qu'elle leur apportait.

La veille au soir, ils s'étaient serrés dans les bras l'un de l'autre et elle l'avait écouté parler de ses sentiments.

« Chaque fois que je regarde Tasha, je vois Caroline, et je me sens à nouveau assailli de remords », lui avait-il confié.

Personne n'avait jamais réussi à savoir ce qui était arrivé à Caroline et à Natasha ce soir-là, et Emma avait passé des années à essayer de convaincre David que la vie était une série de coïncidences, parfois bonnes, parfois mauvaises. Une décision prise en un quart de seconde pouvait tout changer. Admettons par exemple qu'une personne ait décidé de faire un détour pour rentrer chez elle. Elle pouvait tout aussi bien rencontrer sur sa route l'amour de sa vie que trébucher sur un obstacle et finir ses jours à l'hôpital. La vie était faite de tous ces chemins potentiels, et le soir en question, si David avait choisi de ne pas accompagner sa famille, c'était pour de bonnes raisons. Mais, manifestement, il s'était remis à douter du bien-fondé de cette décision.

Alors qu'ils chuchotaient dans la pièce plongée dans le noir, Emma avait tendrement caressé les cheveux de David, comme il avait toujours adoré qu'elle le fasse. Peu à peu, il avait fini par se détendre, et par s'endormir. Mais soudain, Emma s'était crispée. Elle avait entendu quelque chose.

Tout en marmonnant des paroles incompréhensibles, David s'était un peu agité, mais elle lui avait de nouveau caressé les cheveux en murmurant « Chut » dans son oreille, et il s'était aussitôt rendormi.

La porte de la chambre était ouverte, le palier éclairé par la faible lueur d'une veilleuse. Emma, comme hypnotisée, ne pouvait détacher son regard de l'espace délimité par le chambranle. Rien. Mais elle avait continué d'observer, en retenant son souffle.

Au final, elle avait décidé de compter. Si à dix elle ne voyait rien, elle pourrait fermer les yeux et se détendre. Elle avait compté jusqu'à dix ; il ne s'était rien passé. Elle s'était remise à compter.

Tournée sur le côté, face à la porte, elle sentait David ronfler doucement contre son épaule. Et tout à coup, elle l'avait vue.

Une ombre silencieuse, éclairée à contre-jour par la veilleuse, était apparue dans l'embrasure de la porte. Puis elle avait avancé de deux pas dans la pièce.

Malgré le pyjama trop grand, Emma avait immédiatement reconnu la frêle silhouette de sa belle-fille. Elle avait entendu son propre pouls qui battait contre l'oreiller mais, pour une raison qu'elle n'arrivait toujours pas à s'expliquer, elle avait laissé passer quelques secondes.

Natasha avait de nouveau avancé d'un pas, et tout ce qu'Emma pouvait voir était le blanc de ses yeux rivés sur le dos de David. Alors, Emma avait fini par parler, d'une voix qui lui avait paru inutilement sonore pour le silence de la pièce.

« Qu'est-ce que tu veux, Natasha ? »

La jeune fille était restée immobile quelques secondes, puis elle avait tourné les talons et, sans prononcer le moindre mot, avait lentement et calmement quitté la chambre.

Emma s'était levée d'un bond pour aller chercher Ollie. Exceptionnellement, il dormirait dans leur lit. Elle voulait que sa famille soit réunie, dans une seule pièce.

Quand David s'était réveillé le matin et avait aperçu Ollie, il lui avait dit qu'elle était ridicule.

« Tu es complètement paranoïaque. Je sais que ce n'est pas notre fille, mais c'est la mienne, et je l'aime. Tout ce que je te demande, c'est de respecter ça et de ne pas la traiter comme une étrangère.

Qu'est-ce que ça peut faire qu'elle soit venue dans notre chambre ? Quand Ollie aura treize ans, est-ce que tu auras la trouille s'il entre dans notre chambre au milieu de la nuit ? J'imagine que non. Tu te diras juste qu'il a fait un cauchemar ou qu'il ne se sent pas bien. Mais Tasha, tu ne lui as même pas demandé comment elle allait, je présume ? »

Emma s'était sentie coupable, bien que les choses ne se soient pas du tout passées comme ça. La réalité, c'était que Natasha s'était « introduite » dans leur chambre. Mais comment aurait-elle pu expliquer cela à David ? De toute façon, il ne lui avait pas laissé la moindre chance de le faire.

« Surveille-la bien aujourd'hui, Emma. Je ne voudrais pas la perdre encore une fois. Et ne la fais pas fuir. »

Qu'est-ce qu'il croyait ? Qu'elle allait chasser Natasha pendant qu'il était au travail ? Il exagérait. Néanmoins, bien qu'elle ait du mal à l'admettre, certaines choses qu'il avait dites étaient peut-être plus justes qu'elle ne voulait l'admettre. Elle était sans doute un peu paranoïaque. Et elle en voulait sans doute un peu à Natasha d'avoir bouleversé l'équilibre paisible de leur vie.

Tout en poussant un petit grognement, elle frotta ses yeux fatigués. Ollie l'observait silencieusement depuis sa chaise haute. Jamais avant cette semaine il n'avait eu l'occasion de la voir triste. En tout cas, elle ne le pensait pas.

Un bruit de pas se fit entendre sur le parquet de chêne du hall. Emma se hâta de modifier l'expression de son visage pour en adopter une aussi neutre que possible. Dans le reflet de la fenêtre, elle vit la porte de la cuisine s'ouvrir. Natasha avança puis s'arrêta. Comme il devait être difficile pour cette pauvre petite de se sentir comme une étrangère dans sa propre maison !

« Bonjour, Tasha, finit-elle par dire d'une voix enjouée en baissant les yeux vers Ollie pour ne pas avoir à regarder sa belle-fille.

— Où il est ? » Emma comprit tout de suite de qui Tasha voulait parler. Jusqu'ici, la petite n'avait jamais voulu prononcer le mot « papa ». David en souffrait énormément, c'était évident, mais il lui avait tout de même dit que, si cela la mettait plus à l'aise, elle pouvait l'appeler par son prénom. Une suggestion qui avait apparemment embarrassé Tasha : du coup, elle ne savait plus comment appeler son père.

« Où est ton papa ? dit Emma. Il a pensé qu'il était temps pour lui de retourner travailler. Il est venu te voir pour t'en parler, tout à l'heure, mais tu dormais profondément, et il n'a pas voulu te réveiller. Cela dit, il ne va travailler que ce matin. Il sera de retour dans deux heures, pour déjeuner avec nous. Est-ce qu'il y a quelque chose que tu aimerais faire, aujourd'hui ? »

Emma releva les yeux vers Tasha, qui secoua la tête.

« Bon. On en est au petit déjeuner. Est-ce que tu pourrais faire les toasts ou aider Ollie à manger son yaourt ? Il aime bien se servir de sa petite cuillère, mais en général la moitié du yaourt atterrit sur son visage. »

Ollie regardait sa sœur en souriant d'un air béat. « Hep, Tassa ! » s'exclama-t-il, avant d'éclater de rire en lui tendant sa cuillère.

Emma observa Tasha. Elle avait tourné la tête vers Ollie et, l'espace d'un instant, l'expression de son visage, comme toujours renfrognée, parut s'attendrir un peu. Mais tout à coup, comme si elle s'était aussitôt reprise, elle s'approcha du toasteur, dans lequel elle inséra deux tranches de pain aux céréales en tournant le dos à Ollie, qui parut très déçu. De toute évidence, le petit s'était pris d'affection pour sa sœur, et ce malgré le fait qu'elle l'avait depuis son arrivée royalement ignoré et qu'elle regardait désormais le toasteur comme s'il était beaucoup plus important à ses yeux que toutes les personnes présentes dans la pièce.

Emma aida donc Ollie à terminer son yaourt, puis lui essuya le visage et le posa sur le sol. Aussitôt, il se mit à avancer à quatre pattes, se dirigeant droit vers Natasha, dont il attrapa la jambe pour se redresser. Il n'allait pas tarder à marcher ; ce n'était plus qu'une affaire de semaines.

Emma observa la scène. Le dos toujours tourné, Natasha baissa les yeux et sourit brièvement, avant de se reconcentrer sur son toast, dont elle prit une bouchée.

« Tassa », dit Ollie en tirant sur le jean de la jeune fille. Il leva les yeux vers elle, puis enlaça sa jambe de ses deux bras et laissa sa joue retomber contre son mollet. « Oooh », fit-il, comme si la petite avait mal et qu'il voulait lui faire un câlin pour la consoler.

Qu'est-ce qu'il voit que je ne vois pas ? se demanda Emma. *Ai-je été trop dure avec cette enfant ?* Tandis qu'elle se posait ces questions, Tasha s'était penchée vers Ollie. L'expression de son visage était indéchiffrable. Mais soudain, elle ferma les yeux et secoua très légèrement la tête, avant de se remettre à mordre dans son toast et à ignorer son petit frère.

« Viens, Ollie. » Emma prit son fils dans ses bras, sans prêter attention à son cri de protestation. « On va aller se changer. Tu veux venir avec nous, Tasha ? Il faut parfois un peu se battre pour l'habiller, mais c'est mignon. »

Sans prendre la peine de se retourner, Natasha secoua la tête.

Tu pourrais me répondre, s'il te plaît ? pensa Emma. Elle se garda toutefois de prononcer cette phrase à voix haute. Parce que David aurait été furieux s'il l'avait appris. Mais aussi parce qu'elle se demandait si son irritation était justifiée ou si elle était simplement due à son statut de belle-mère. Si Tasha avait été sa fille, peut-être aurait-elle réagi différemment face à son impolitesse.

« Bon. Si tu as faim, n'hésite pas à prendre d'autres toasts. Je n'en ai pas pour plus de dix minutes », finit-elle par dire en tâchant d'adopter un ton jovial et chaleureux. Mais sa voix sonna faux à ses propres oreilles. Qu'était-elle en train de faire ? Il fallait qu'elle soit elle-même, rien de plus, rien de moins. C'était juste une question de bon sens.

Elle referma la porte derrière elle, non sans avoir remarqué que Natasha, désormais, l'observait : son corps mince était tendu, et son regard ne cessait de passer de son visage à la pendule accrochée au mur. Avait-elle hâte que David rentre ? Cherchait-elle à déterminer combien de temps elles allaient rester seules ? Emma sentit un frisson lui parcourir le dos.

« Maman est ridicule », chuchota-t-elle à Ollie.

Debout dans la cuisine, Natasha écoutait le bruit étouffé des pas d'Emma, à l'étage. Elle pouvait l'entendre chantonner doucement pour Ollie, qui l'accompagnait en poussant de petits cris.

Elle avait bien vu le regard qu'Emma lui avait lancé avant de partir, et elle espérait que son visage ne l'avait pas trop trahie.

Elle jeta un coup d'œil par la fenêtre. Les choses avaient mieux fonctionné qu'elle ne l'avait pensé. Mais est-ce que c'était le bon moment ?

Elle se sentait stressée. Avant, tout paraissait super simple, mais maintenant... Ç'avait l'air d'un truc énorme, comme un gros camion qui fonçait tout droit vers elle sans qu'elle puisse s'écarter de son chemin.

Elle avait été tellement confiante, tellement sûre de pouvoir le faire.

Elle se souvint soudain du pourquoi : pourquoi elle s'était dit que ce serait facile ; pourquoi elle s'était dit qu'elle devait le faire. Et puis elle songea à ce qui se passerait si elle ne le faisait pas. Et elle sentit son corps se détendre un peu.

Elle jeta un nouveau coup d'œil à l'horloge.

Il ne fallait que deux ou trois minutes à Emma pour changer la couche d'Ollie, mais le petit était encore en pyjama, et elle allait donc devoir aussi l'habiller. Ce serait plus long, et en plus, Natasha la soupçonnait de vouloir faire traîner les choses pour passer moins de temps ici. Avec elle.

Tant mieux ; ça l'arrangeait. Elle préférait largement qu'Emma la déteste.

Mais est-ce que c'était le bon moment ?

Elle avança sur la pointe des pieds jusqu'à la porte, qu'elle ouvrit légèrement. De l'étage, elle pouvait entendre les cris de protestation d'Ollie et le doux rire d'Emma. Bizarrement, elle savait qu'Emma était en train de chatouiller le ventre de son fils.

Elle referma doucement la porte et vérifia l'horloge pour la dernière fois.

Les bras tendus le long du corps, elle serra les poings.

« Tu peux le faire, marmonna-t-elle. Tu peux le faire. »

17

Depuis que l'appel à témoins avait été lancé après la découverte du corps de la jeune fille dans le bois, Becky et son équipe avaient été débordées de coups de téléphone. Des gens leur signalaient qu'une fille de leur connaissance avait disparu depuis quelques jours. Mais, bien que tous les détails aient été communiqués concernant l'âge, le groupe ethnique et la couleur des cheveux, les recherches finissaient presque toujours par révéler que l'enfant en question était noir, avait dix-sept ans, ou même, dans un cas, était un garçon. Quoi qu'il en soit, à chaque témoignage, il fallait vérifier. Non pas pour résoudre l'affaire en cours, mais parce que les adolescents signalés pouvaient évidemment être en danger. Et la plupart du temps les recherches aboutissaient à des impasses.

« Mais bordel, ce n'est pas un jeu », marmonna Becky, sans s'adresser à personne en particulier. Le problème était qu'ils ne pouvaient pas diffuser de photos ; les images auraient été trop choquantes. Ils espéraient obtenir rapidement les résultats de l'analyse ADN de la mère d'Amy Davidson, ne serait-ce que pour supprimer définitivement la jeune fille de leur liste. Liste qui s'allongeait malheureusement à chaque appel.

La seule chose qu'ils avaient pu faire pour le moment avait été de transmettre des photos de Natasha Joseph à différents services de police. Comme ils ne savaient toujours pas ce qui lui était arrivé et où elle avait séjourné pendant toutes ces années, ils s'étaient dit que des collègues à eux avaient tout à fait pu la repérer. Et apparemment, ils avaient eu raison...

« Je crois qu'on a du lourd ! s'exclama Nic Havers en agitant un morceau de papier devant Becky, l'air content de lui. Vous avez un moment ?

— Bien sûr. » Depuis qu'il avait intégré la police judiciaire, Nic affichait un perpétuel sourire. Il ressemblait à un petit chiot joyeux, avec d'énormes pieds et le visage d'un enfant le matin de Noël.

« Je viens de parler à la police des transports, dit-il. Ils pensent avoir repéré Natasha sur leurs caméras. D'ailleurs, ils l'ont dans le collimateur. Ils attendaient qu'elle remonte dans un train pour surveiller ses agissements. Voire pour l'arrêter. »

Becky ne chercha pas à dissimuler son étonnement.

« De quoi la soupçonnent-ils ?

— Ils préfèrent venir sur place pour nous en parler.

— Bien joué, Nic. Je vais appeler l'inspecteur-chef Douglas pour voir s'il veut se joindre à nous. Quand comptent-ils passer ?

— Maintenant, si j'ai bien compris. »

Surprise, Becky haussa les sourcils et prit son téléphone.

En attendant l'arrivée de Tom et des hommes de la police des transports, Becky décida d'aller rejoindre Charley à l'autre bout de la salle de travail.

« Maintenant que tu as eu un peu de temps pour y réfléchir, qu'est-ce que tu penses de Natasha, Charley ? »

La jeune femme se mit à secouer doucement la tête en se mordillant la lèvre inférieure.

« Je pense qu'elle est désorientée. Elle devait se sentir en sécurité chez les gens avec qui elle vivait. Je ne sais pas comment ils se sont comportés avec elle, mais j'imagine qu'elle doit désormais considérer cela comme normal. L'impression que j'ai, c'est qu'elle préférerait retourner dans ce milieu dont elle connaît les règles.

— Tu veux dire qu'elle pourrait souffrir d'un genre de syndrome de Stockholm ? Comme Patty Hearst ? demanda Becky. Je suis trop jeune pour avoir pu suivre cette affaire, mais je sais que Patricia Hearst a été kidnappée vers la fin de son adolescence et qu'au bout de quelque temps elle s'est liée d'amitié avec ses ravisseurs. Elle a même cambriolé une banque avec eux. Si quelques semaines de manipulation mentale, de séquestration et de maltraitance peuvent suffire à pousser une jeune fille de dix-neuf ans à s'identifier à ses kidnappeurs, quel impact pourraient avoir six ans de cette vie sur une fille enlevée aussi jeune que Natasha ? »

Le profond dégoût qui se peignit sur le visage de Charley à cette idée n'échappa guère à Becky. Manifestement, la jeune femme avait encore beaucoup à apprendre. « Attends-toi au pire, et tu seras agréablement surprise si ce n'est pas aussi grave que tu le pensais. » Telle était la devise de Becky. Cela lui permettait de ne jamais se sentir choquée ou ébranlée par ce qu'elle voyait dans son métier.

Le cours de ses pensées fut interrompu par un léger grincement. La porte de la salle de travail venait de s'ouvrir sur deux hommes en uniforme de la police des transports. Ils devaient faire un bon mètre quatre-vingt-dix, et l'un d'eux avait des épaules de footballeur américain et le visage qui allait avec : nez épaté et large front. S'il l'avait arrêtée pour non-paiement de son titre de transport, Becky n'aurait jamais cherché à discuter avec lui.

Tom Douglas marchait sur leurs talons. Elle s'approcha pour accueillir ses visiteurs.

Une fois les formalités accomplies, l'homme qui s'était présenté comme l'inspecteur Mark Heywood demanda à Becky s'il pouvait utiliser son ordinateur pour accéder aux vidéos issues des caméras de surveillance qu'il avait téléchargées. Il ne fallut pas plus de quelques secondes à Heywood pour faire apparaître sur l'écran une image granuleuse. Il cliqua sur « lecture ».

La séquence durait quelques secondes.

Tasha, songea Becky. Une adolescente aux cheveux blonds marchait dans un train. Un garçon aux cheveux bruns, qui semblait âgé d'une quinzaine d'années, avançait dans sa direction et se poussait sur le côté pour la laisser passer. Elle le regardait avec un demi-sourire mais ne lui parlait pas et poursuivait son chemin, avant de disparaître du champ de la caméra.

« C'est votre fille ? demanda Heywood à Becky.

— Oui. Je suis certaine qu'il s'agit de Natasha Joseph. Mais pourquoi avoir sauvegardé cette vidéo ?

— On nous a informés qu'il se passait des trucs louches sur les lignes du nord de la ville, alors on a récupéré les films des caméras de surveillance pour la période qui nous intéressait. C'est comme ça qu'on a trouvé votre fille.

— Quand était-ce et qu'a-t-elle fait ? demanda Tom.

— Il y a deux semaines, elle a pris un train pour Leeds à la gare de Manchester Victoria. Elle est descendue à Boswell Bridge. On va vous montrer. » Il cliqua à nouveau. À l'écran apparut l'image d'une petite gare de province. Tout en discutant avec un garçon légèrement plus âgé qu'elle, Natasha, debout sur le quai, retirait son sac à dos et le posait sur un banc. Quelques minutes plus tard, elle s'en allait ; le garçon récupérait le sac et partait dans la direction opposée.

Becky savait exactement ce que cela signifiait ; elle n'avait pas vraiment besoin de demander.

« Drogue ? » murmura-t-elle cependant.

L'inspecteur Heywood hocha lentement la tête.

18

Quand Emma était tombée enceinte, elle n'avait pas voulu savoir si ce serait un garçon ou une fille. Elle avait donc choisi de peindre la chambre d'Ollie en un vert clair qu'elle avait décoré d'un immense arbre blanc peint au pochoir. La pièce était chaleureuse, et Emma regretta de devoir la quitter pour retrouver l'atmosphère glaciale du rez-de-chaussée.

Elle avait été bien inspirée de mettre une banquette sous la fenêtre. Elle y passait beaucoup de temps avec Ollie, à pointer du doigt les oiseaux, les arbres et les rares avions qui traversaient le ciel, mais sa place préférée était la bergère inclinable qu'elle avait achetée pour pouvoir y allaiter son fils. Elle était tellement confortable qu'il lui était souvent arrivé de s'y endormir paisiblement, enveloppée dans une couverture, après l'avoir nourri.

Il était cependant ridicule de rester cachée là.

« Viens, mon petit bonhomme. On a fini. » Emma mit à Ollie sa seconde chaussette et le regarda durant quelques instants. Il était toujours un peu chaud, et semblait perturbé et irascible. Il allait vraiment falloir qu'elle trouve un moyen de revenir à une forme de normalité, ne serait-ce que pour le bien de son fils.

Elle le prit dans ses bras en soupirant et commença à descendre l'escalier, tout en réfléchissant au ton qu'elle allait employer et aux mots qu'elle allait choisir pour ne pas se montrer trop agressive avec Tasha.

« Bon, je vais faire un gâteau. Tu veux m'aider ? » dit-elle d'un air joyeux en ouvrant la porte de la cuisine.

Puis elle baissa les yeux vers Ollie en souriant. « Tu as envie de nous aider à faire un gâteau, ta sœur et moi ? »

S'attendant à y trouver Tasha occupée à terminer son petit déjeuner, elle s'était dirigée vers la table. Rien. Elle jeta un coup d'œil derrière elle pour inspecter l'autre extrémité de la pièce puis, sidérée, se retourna.

La cuisine était vide.

Natasha avait disparu.

« Oh, mon Dieu. Mais où est-elle ? » murmura-t-elle en essayant de dissimuler son anxiété à Ollie, qu'elle garda collé contre sa hanche pendant qu'elle faisait le tour des pièces du rez-de-chaussée.

« Elle est sans doute en haut. Elle a dû monter pendant que je t'habillais. » Elle essaya de gravir les marches quatre à quatre, mais les onze kilos d'Ollie commençaient à peser lourd dans ses bras.

« Tasha ! cria-t-elle d'une voix qui lui parut étrange en ouvrant la porte de la chambre de l'adolescente. Tu es là, ma chérie ? »

Pas de réponse. Étant donné l'attitude de Natasha, cela ne voulait pas dire grand-chose. Il fallait tout de même qu'elle vérifie. Marchant d'un pas précipité, Emma inspecta toutes les pièces de l'étage, y compris la suite parentale : chambre, salle de bains et dressing. Aucune trace de Tasha.

« Où est-elle donc passée ? » marmonna-t-elle en descendant l'escalier aussi rapidement qu'elle le pouvait sans mettre Ollie en danger.

Une fois en bas, elle vérifia les endroits où elle n'avait pas pensé à regarder : les toilettes, et même le placard sous l'escalier. Mais Tasha ne se trouvait nulle part. Elle n'était plus dans la maison.

« Et merde ! » marmonna Emma en jetant un coup d'œil inquiet à Ollie. Mais le petit était trop perturbé par toute cette agitation pour prêter attention aux mots qu'elle pouvait prononcer. Pauvre trésor !

Arrivée dans la cuisine, la jeune femme jeta un œil au jardin. Rien, en dehors des gravats qu'y avaient laissés les artisans.

Elle ouvrit la porte, récupéra la poussette sous le porche de la cuisine et y installa Ollie.

« On va aller dehors pour la chercher, mon chéri. D'accord ?

— 'accord. » Ollie sourit. Il ne pouvait pas comprendre de quoi il retournait et, apparemment, il prenait son angoisse pour une forme d'enthousiasme.

Le laissant là où il se trouvait, Emma repartit vers la porte de devant pour aller chercher sa polaire rouge. Elle n'y était pas.

« Mais qu'est-ce que j'en ai fait ? » Elle prit la polaire gris anthracite de David et une couverture pour Ollie. Après avoir chaussé une paire de bottes en caoutchouc, elle retourna dans la cuisine et enveloppa le petit dans la couverture.

« Reste bien là-dessous, mon bébé chat. On va vite rentrer, ne t'inquiète pas. »

Elle ouvrit la porte en grand avec son pied, puis fit lentement descendre la poussette le long des marches noires du porche.

Courant aussi vite qu'elle le pouvait, elle prit ensuite l'allée latérale qui longeait la haute et impénétrable haie, parallèle à un étroit chemin menant aux champs. Elle se trouvait à peu près au milieu de l'allée quand elle perçut un bruit de voix venant du bout de la haie. Elle entendit distinctement ces mots :

« C'est pas ma faute. »

Emma s'arrêta pour tendre l'oreille. C'était la voix de Natasha. Elle aurait aimé pouvoir écouter la suite, mais Ollie avait entendu lui aussi.

« Hep, hep, Tassa ! » se mit-il à crier à pleins poumons.

La discussion s'interrompit, et Emma se mit à courir. Il fallait qu'elle sache qui était avec Natasha. Elle fonça dans l'allée, le regard rivé sur Ollie, bringuebalé dans tous les sens. Quand elle arriva au portail latéral, sa belle-fille apparut devant elle, vêtue de sa polaire. Son visage était rouge, et ses yeux brillants. De larmes retenues ou de colère ? Emma aurait été incapable de le dire.

« Avec qui parlais-tu, Natasha ? lui demanda-t-elle en essayant d'adopter un ton aussi neutre que possible.

— Quoi ? répondit impoliment la jeune fille, en évitant son regard. T'entends des voix... »

Laissant Ollie dans sa poussette, Emma s'approcha d'elle et regarda derrière son épaule afin de vérifier par elle-même. Mais Natasha se pencha au-dessus du portail auquel elle s'accouda nonchalamment.

« Pousse-toi », lui dit Emma.

Les lèvres pincées, Natasha secoua la tête.

« Pousse-toi, Natasha », répéta Emma.

La jeune fille la regarda d'un air de défi.

Emma tira la poussette pour la placer à un endroit où elle pourrait garder un œil sur Ollie puis repartit en courant vers la maison. Une fois dans le jardin de devant, elle passa le portail. Mais, au moment où elle arriva dans la rue, elle était déserte.

Soudain, entendant un rire mauvais derrière elle, elle se retourna vivement.

« Viens, Ollie, dit Natasha en s'emparant de la poussette et en la tournant vers la maison. On rentre.

— Laisse-le ! Ne le touche pas ! » hurla Emma.

Là-dessus, elle sentit tous ses muscles se crisper. Pourquoi avait-elle dit cela ? Elle ne le savait pas et elle s'en moquait complètement. Tout ce qu'elle savait, c'était qu'elle ne voulait pas que Natasha reste seule avec son bébé.

19

« Mais pourquoi l'as-tu laissée sans surveillance ? Tu sais bien à quel point elle est fragile en ce moment. Je ne comprends pas ce qui t'est passé par la tête. » David arpentait la cuisine de long en large, tout en repoussant régulièrement les mèches de cheveux qui ne cessaient de retomber sur son front.

« Écoute, David, elle a treize ans ! Ce n'est tout de même pas une petite fille qui pourrait tout à coup traverser une route sans regarder. Et je me suis dit que la dernière chose dont elle avait envie, c'était de se sentir enfermée. Je ne sais pas comment elle a été traitée dans le passé, mais il me semble que ce serait contre-productif de se comporter comme ça avec elle si on veut la réintégrer dans la famille.

— Comment ça, “si on veut la réintégrer dans la famille” ? Elle en fait déjà partie, de la famille. Elle n'a pas besoin d'être réintégrée. » David s'était immobilisé et regardait désormais fixement Emma, qui regretta aussitôt ses propos.

« OK, excuse-moi. Je me suis mal exprimée. Naturellement qu'elle fait partie de la famille. Ce que je voulais dire, c'est "si on veut qu'elle accepte cette idée".

— Déjà, si tu arrêtais de la traiter comme une étrangère, ça irait peut-être plus vite », répliqua-t-il d'une voix amère.

Emma voulut riposter, mais sa colère disparut subitement. Le comportement de David avait beau être aussi irritant qu'irrationnel, elle osait à peine imaginer ce qu'il devait ressentir en cet instant. Et elle ne pouvait pas non plus ignorer les sentiments négatifs que lui inspirait par moments sa belle-fille.

Elle s'approcha de son mari et lui tendit la main.

« Arrêtons de nous disputer ; Ollie dort, dit-elle en se tournant vers le petit. Il est déjà assez perturbé comme ça. Après le coup de fil que je t'ai passé, il m'a fallu quasiment une heure pour l'endormir. »

Même dans son sommeil, Ollie semblait agité. Il ne cessait de bouger la tête de gauche à droite, et ses joues étaient rouges. Il fallait qu'elle trouve un moyen de calmer les choses, pour le bien de son fils. Et pour le sien.

« L'important, c'est que Tasha soit revenue, murmura-t-elle en serrant la main de David dans la sienne. Elle a dit qu'elle avait envie de prendre un peu l'air et que c'était pour ça qu'elle était allée faire un tour dans le chemin.

— Tu m'as dit que tu l'avais entendue parler à quelqu'un. Et si les gens qui l'ont enlevée étaient revenus la chercher, hein ? Et s'ils me l'avaient prise à nouveau ? »

Emma sentit un léger frisson lui parcourir le corps. Elle attira doucement David vers elle et passa les bras autour de sa taille.

« Justement, répondit-elle, c'est pour ça que je lui ai couru après. J'ai beaucoup réfléchi à tout ça, tu sais ? Et je suis persuadée que quelqu'un l'a ramenée ici. » Il lui jeta un regard impatient ; elle s'interrompit quelques secondes. Mais il fallait qu'elle poursuive : « Écoute, essaie de réfléchir, toi aussi. Comment aurait-elle pu arriver ici toute seule ? L'après-midi où elle est tout à coup apparue dans la cuisine... elle n'était pas mouillée. Or il pleuvait depuis le début de la matinée. Ça veut dire qu'elle n'a pas pu venir à pied. Bref, je suis convaincue qu'on a décidé de la laisser partir, pour des raisons que nous ignorons encore mais que nous ne tarderons pas à découvrir. Sinon, oui, il me semble bien l'avoir entendue parler à quelqu'un, mais je n'ai pas été assez rapide pour voir qui c'était, et il se peut que je me sois trompée. »

Elle attira David plus près d'elle et appuya sa joue contre son épaule.

« Il y a tellement de choses que nous ne comprenons pas, murmura-t-il. Pourquoi refuse-t-elle de me parler ? C'est ma fille... »

Alors qu'Emma cherchait les mots pour le réconforter, le silence momentané fut interrompu par le son strident de la sonnette. Elle releva la tête vers David et lui lança un regard interrogateur.

« J'y vais, dit-il. Je ne sais pas qui c'est, mais je vais m'en débarrasser. » Il lui sourit – le premier sourire normal depuis des jours – et elle sentit son angoisse s'atténuer. Resta néanmoins la terreur latente qui n'avait pas de nom, celle qu'elle ne pouvait même pas exprimer à son mari.

Elle entendit le bruit des pas de David, qui revenait vers la cuisine, et elle comprit immédiatement qu'il n'était pas seul.

La porte s'ouvrit. « C'est la police, annonça-t-il en faisant signe à Becky Robinson et à Charlotte Hughes d'entrer. Elles voudraient reparler à Tasha. »

Becky perçut un subtil changement d'ambiance quand elle entra dans la cuisine des Joseph. Emma et David semblaient désormais à même d'agir, et non plus seulement de réagir aux événements. Mais elle allait malheureusement devoir briser le fragile équilibre qu'ils venaient de retrouver.

« Inspectrice Robinson, que pouvons-nous faire pour vous ? demanda Emma, qui semblait à présent décontenancée.

— Je suis désolée de devoir vous déranger. Je sais que nous vous avions promis de vous laisser deux jours, mais nous avons eu du nouveau à propos de Natasha, et nous devons accélérer nos démarches. Appelez-moi Becky, je vous en prie. Et appelez mon équipière Charley. Natasha sera sûrement plus à l'aise avec nous si elle voit qu'on se passe de formalités.

— Ça ne vous gêne pas si on change de pièce ? » demanda Emma en désignant d'un mouvement de tête son petit garçon. Becky sourit en observant son adorable visage. À ses yeux, les bébés n'étaient jamais aussi mignons que lorsqu'ils dormaient.

« Bien sûr que non. Du moment qu'il y a une table... »

David les conduisit dans une salle à manger traditionnelle qu'elle n'avait pas eu l'occasion de voir la première fois qu'elle était venue. Une pièce qui ne devait pas être très souvent utilisée, compte tenu de l'immense table qui se trouvait dans le séjour-cuisine. Mais cet environnement moins chaleureux était peut-être plus en adéquation avec le but de sa visite...

Quand ils se furent tous assis, elle commença à expliquer, lentement et avec autant de détails que possible, ce qu'ils avaient vu sur les vidéos des caméras de surveillance et les conclusions qu'ils en avaient tirées.

« Vous êtes sûre que c'était bien Tasha ? demanda David.

— Oui. Mais naturellement, vous pouvez vérifier par vous-même. »

Becky ouvrit sa sacoche et en sortit quatre grandes photos tirées des vidéos : les meilleures images de Natasha qu'ils avaient pu en extraire.

David regarda les documents puis releva les yeux vers elle. Il n'eut pas besoin de confirmer quoi que ce soit ; son expression était parlante.

« Ce que je ne comprends pas, c'est pourquoi vous présumez que cela a quelque chose à voir avec un trafic de drogue. Vous voyez une jeune fille de treize ans qui prend le train, comme le font, j'imagine, des tas d'adolescents pour se rendre à l'école. Elle descend du train, parle avec quelqu'un et oublie son sac à dos. Qu'est-ce qui vous fait penser à un trafic de drogue ? »

Ils n'avaient pour l'instant trouvé aucune preuve que Natasha se soit jamais rendue dans une quelconque école. En train ou autre. Mais Becky se garda bien de le mentionner.

« Écoutez, je ne voudrais pas vous inquiéter, mais au départ, la police des transports a pensé qu'il s'agissait soit de trafic de drogue, soit de trafic d'armes. Nous sommes désormais quasi certains qu'il s'agit de drogue, à cause de la gare où elle est descendue. Nos collègues surveillent la ligne depuis un bon bout de temps maintenant, et ils ont constaté que ce genre de pratique était fréquent. Le problème, c'est qu'ils ne veulent pas arrêter les enfants. Ce serait inutile, vraiment. Ce qui les intéresse, ce sont les enfoirés qui les contrôlent. Et c'est là un objectif un peu plus difficile à atteindre. » Becky observa les deux visages qui se trouvaient en face d'elle et n'y vit rien d'autre que de l'incompréhension.

Très bien. Ils méritaient une explication.

« Quelqu'un a dû se servir d'elle comme coursière. Peut-être régulièrement ou peut-être juste cette fois-ci, nous ne le savons pas. Les enfants comme Natasha sont utilisés comme mules. Ça ne veut pas dire qu'elle est responsable de quoi que ce soit : si ça se trouve, elle ne savait même pas ce qu'elle transportait. Par contre, cela laisse entendre que le lieu où elle a vécu était en lien étroit avec des gangs, voire un réseau de crime organisé. »

Le teint de David était devenu pâle et cireux. « Mais pourquoi ces gangs utilisent-ils des enfants pour faire ça ? Natasha a eu treize ans il y a à peine deux semaines.

— Il faut bien qu'ils trouvent des combines. Sinon ce serait trop facile pour nous de les attraper. En tout cas, nous sommes en train d'essayer de remonter la piste du garçon à qui elle a laissé le sac à dos, et je suis quasiment certaine que nous finirons par le retrouver. À partir de là, on devrait en savoir davantage. »

Becky regarda David. Des images de la vie que sa fille avait menée, une vie dont il n'avait pas réussi à la protéger, avaient manifestement déjà commencé à le hanter.

« Vous pensez qu'on pourrait parler à Natasha maintenant ? Comme tout cela signifie malheureusement qu'elle est suspectée d'avoir commis un délit, il faut que vous restiez, David. »

Emma se leva.

« Je vais dire à Tasha de descendre, je resterai avec Ollie. Je vous laisse vous en occuper. »

Brusquement, David prit la main de sa femme.

« Non, Em. Il est temps que Tasha commence à nous voir comme une unité. Nous la soutenons tous les deux, nous sommes tous les deux du même côté. Et si Ollie se réveille, eh bien il viendra avec nous, et ce sera tant mieux. » Becky vit le doute dans les yeux d'Emma, et David sembla le percevoir aussi. « S'il te plaît, Em... »

Emma lui adressa alors un sourire si compréhensif et chaleureux que Becky en fut presque jalouse.

En attendant sa femme et sa fille, David essaya vaguement d'alimenter la conversation. Mais il était de toute évidence distrait, occupé à guetter les bruits de pas dans l'escalier. Personne, cependant, n'entendit Natasha quand elle arriva. Elle était si légère qu'elle n'avait pas émis le moindre son. Elle apparut tout à coup, pieds nus, dans l'encadrement de la porte, le regard fixe et inexpressif.

L'espace de quelques secondes, la survenue de cette étrange enfant les réduisit tous au silence, mais la fascination qu'elle exerçait sur eux fut rompue par un autre bruit de pas. Emma finit par apparaître à côté d'elle. Elle serrait dans ses bras son bébé, qui avait encore le regard tout ensommeillé, ce qui ne l'empêcha pas de se pencher sur le côté pour tirer sur le pull de sa demi-sœur. Il cherchait apparemment à attirer son attention. Mais la jeune fille l'ignora.

« Assieds-toi, Natasha, lui dit David. Becky et Charley voudraient discuter un peu avec toi. » Il releva les yeux vers sa femme, qui repartait vers la porte. « Em ? Tu viens ?

— J'arrive. Je vais juste chercher quelque chose à boire pour Ollie et pour Tasha. »

Becky sourit et salua Natasha, sans attendre ni obtenir la moindre réponse de sa part. Une fois assise, la jeune fille rabattit les manches de son pull sur ses poignets et, la tête baissée, se remit à jouer avec le fil qu'elle avait déjà tiré la dernière fois qu'elles l'avaient vue.

Sans la quitter du regard, Becky retourna les clichés face vers le haut et les poussa vers elle.

« Est-ce que tu pourrais jeter un œil à ces photos, Tasha ? » demanda Charley de sa voix douce.

Natasha leva les yeux vers elle, et Becky perçut de la vulnérabilité dans son regard. On aurait dit qu'elle cherchait à implorer sa compréhension. Mais elle se referma immédiatement.

Elle se pencha pour observer les photos, et son visage changea. Elle ouvrit grand les yeux et se mordit la lèvre inférieure. Puis elle ne chercha plus à croiser le regard de qui que ce soit, gardant le sien rivé sur la théière qui se trouvait au centre de la table.

« Tu pourrais nous parler de ça, Tasha ? » demanda Charley.

Pas de réponse.

« Qu'est-ce qu'il y avait dans ce sac ? Tu pourrais nous expliquer ? ajouta Becky. Nous te demandons de nous dire la vérité, Tasha. »

Le père de la jeune fille prit la parole : « Allez, Tasha, réponds à l'inspectrice, s'il te plaît. » Becky se demanda si cette soudaine référence à son statut avait pour but d'effrayer l'adolescente. Si c'était le cas, cela n'eut pas l'effet escompté. Un long silence suivit. Au bout de quelques secondes, David tourna les yeux vers Becky. Elle secoua légèrement la tête. Il sembla comprendre le message : il ne chercha plus à intervenir.

Personne ne parla pendant au moins deux minutes.

« C'étaient des livres.

— Ah oui ? Quelle sorte de livres ? Des romans, des manuels scolaires ?

— Des livres, c'est tout.

— Bon. Alors pourquoi as-tu laissé le sac à dos ?

— Je l'ai oublié.

— Est-ce que tu as dit à quelqu'un que tu l'avais perdu ? »

Elle secoua la tête une seule fois.

« À qui étaient ces livres ?

— À moi.

— Tu as quel genre de livres, Tasha ? »

Haussement d'épaules.

« Qui était le garçon avec qui tu as parlé à la gare ? Tu le connais ?

— Non.

— Alors pourquoi tu lui as parlé ? »

Haussement d'épaules.

« Tasha, nous savons que tu as ensuite pris le premier train pour rentrer. Tu n'as jamais quitté la gare, en fait. Tu es arrivée dans un train, tu as parlé à ce garçon, tu as abandonné ton sac à dos et tu as pris un autre train pour rentrer un quart d'heure plus tard. Alors pourquoi as-tu fait tout ce chemin ?

— Je devais retrouver une copine.

— Comment s'appelle-t-elle ? »

Il y eut une pause. Natasha haussa à nouveau les épaules, mais soudain elle sembla se rendre compte qu'elle aurait dû connaître le nom de l'amie en question. Le silence se prolongea pendant quelques secondes.

« Elle s'appelle Serena.

— Et quel est son nom de famille ?

— J'en sais rien. Je l'appelle juste Serena. »

Et ainsi de suite. Impasse sur impasse. Becky et Charley ne parvinrent pas à obtenir quoi que ce soit d'elle. Elle ne savait pas où habitait Serena et n'avait aucun moyen de la contacter. « Elle a déménagé », finit-elle par dire devant leur insistance.

Mais Becky avait encore une dernière carte à jouer. Elle ouvrit sa sacoche et en sortit une nouvelle photo.

« Qui est-ce ? » lui demanda-t-elle.

Natasha jeta un regard indifférent au cliché. Elle s'attendait apparemment à découvrir une autre image du garçon de la gare. Mais ce n'était pas lui sur la photo. C'était une tout autre personne.

La jeune fille ne releva pas la tête, mais elle ouvrit légèrement la bouche et tous les muscles de son corps se contractèrent. Pendant un moment, elle resta immobile, assise sur le rebord de sa chaise. Et quand elle releva enfin les yeux, son visage était totalement dépourvu d'expression.

« Je le connais pas. »

Sa capacité à se composer un visage impassible était remarquable pour son âge, mais, comme Becky le savait, personne ne pouvait empêcher ses pupilles de se dilater.

20

« Boh, boh, bip, bip », fit Ollie d'une voix mélodieuse, alors qu'Emma montait avec lui pour lui faire prendre son bain et le coucher. Il semblait néanmoins loin d'être fatigué : comme s'il avait une chanson dans la tête, il ne cessait de se balancer de gauche à droite. Heureusement, Emma savait que, dès qu'elle le mettrait au lit, il fermerait les yeux et sombrerait dans le sommeil.

Un long sommeil, de préférence, puisque ni David ni elle n'avaient eu l'occasion de passer une bonne nuit depuis des jours.

Quand les deux inspectrices étaient parties après avoir lâché leur bombe, David avait rattrapé sa fille en bas de l'escalier et lui avait demandé de revenir dans la salle à manger. Emma et lui avaient essayé de lui parler du trafic de drogue, mais une fois encore, Natasha s'était murée dans son silence.

« Personne ne te reproche quoi que ce soit, Tasha. Nous savons que parfois les gens vivent dans des environnements où la drogue est monnaie courante et où les enfants sont contraints de faire des choses. J'ai bien compris que tu ne voulais pas nous parler de la vie que tu as menée jusqu'ici, mais si on t'a forcée à faire des choses, quelles qu'elles soient, tu dois bien te dire que ce n'est absolument pas ta faute, d'accord ? »

David s'était montré étonnamment calme et raisonnable, mais malgré tout, il n'avait rien réussi à obtenir de Natasha. Au bout de quelques minutes, il avait donc affirmé qu'il devait retourner à son bureau pour terminer un rapport. Mais Emma ne l'avait pas cru. Il avait envie de rester seul pour panser ses plaies, voilà tout. En attendant son retour pour le dîner, la jeune femme avait décidé de profiter du calme pour jouer avec son bébé comme si tout était normal. Natasha, naturellement, était dans sa chambre, et il était fort peu probable qu'elle soit tentée de redescendre.

Emma déposa tendrement Ollie sur son lit et se pencha pour l'embrasser, inspirant profondément son odeur de talc et frottant un peu son nez contre sa peau douce. Puis elle s'assit dans son fauteuil confortable pour regarder son fils s'endormir. Ce moment lui était toujours apparu comme une parfaite représentation du bonheur : voir ses petites paupières s'agiter pendant quelques secondes puis se fermer totalement. Mais les bouleversements provoqués par l'arrivée de Natasha avaient brisé l'équilibre paisible de sa famille. Emma s'en voulait beaucoup, mais elle ne pouvait s'empêcher de penser qu'elle aurait préféré que l'adolescente reste là où elle était.

Elle eut soudain l'impression qu'il faisait trop chaud, qu'elle manquait d'air. Le sentiment de culpabilité causé par son égoïsme lui avait fait venir le feu aux joues. Elle se leva et ouvrit légèrement la fenêtre, puis tira les rideaux pour protéger Ollie d'un éventuel courant d'air.

Au bout de quelques instants, il lui sembla vaguement qu'on parlait à l'extérieur. Mais peut-être avait-elle laissé la radio allumée en bas ?

Non. Elle venait d'entendre un mot, distinctement : « Quand ? »

Emma tendit l'oreille. Il n'y eut rien d'autre que le silence pendant quelques secondes. Puis : « S'il te plaît ! Dépêche-toi. »

Non, ce n'était pas la radio. La voix avait un ton plaintif qu'elle n'avait jamais entendu auparavant, mais Emma en était certaine : c'était Natasha.

« David, elle a parlé à quelqu'un », chuchota-t-elle dans le téléphone de la cuisine, terrifiée à l'idée que Natasha puisse descendre et la surprendre en train de la dénoncer à son père. « Oui, évidemment que j'en suis sûre. Elle avait l'air bouleversée, mais quand je suis allée frapper à sa porte, elle a refusé de me dire quoi que ce soit. J'ai essayé d'ouvrir la porte, mais elle l'avait encore bloquée avec je ne sais quoi. Je ne voulais pas qu'elle sache que je l'avais entendue, alors je lui ai demandé si elle voulait m'aider à faire une pizza, mais évidemment, elle ne m'a pas répondu.

— Ah, j'attendais ça depuis longtemps, répondit David, et Emma put percevoir son sourire dans le ton de sa voix. Pas qu'elle soit bouleversée, bien sûr, mais qu'elle utilise le téléphone que je lui ai donné pour contacter quelqu'un de son autre vie.

— Tu veux dire... pour qu'on puisse retrouver les gens qui l'ont gardée ? demanda Emma, soudain pleine d'espoir.

— Oui. Je traque tous ses appels. J'ai téléchargé une application sur le téléphone avant de le lui donner. Ça me permet de voir qui elle a contacté, de lire ses textos et de savoir où elle se trouve à n'importe quel moment.

— Mais... pourquoi ne m'en as-tu pas parlé ? balbutia Emma, qui ne savait pas si elle devait féliciter son mari pour son ingéniosité ou s'inquiéter de la duplicité dont il faisait preuve envers sa fille.

— Parce que je ne savais pas si tu approuverais. Et je te voyais très bien aller le lui répéter si tu avais pensé que ce n'était pas une chose à faire. »

Emma en resta sans voix.

« Pas la peine de bouder, tu sais ? Si elle redisparaît, je veux savoir où elle est. Je ne veux pas la perdre encore une fois. Et n'oublie pas que tu étais toi-même folle d'inquiétude quand elle est sortie de la maison, ce matin.

— C'est vrai », dit doucement Emma. Si quelqu'un lui avait pris Ollie, elle aurait eu envie de lui arracher la tête à mains nues. Elle pouvait donc comprendre ce que David ressentait.

Il y eut un cliquetis à l'autre bout de la ligne, comme si David tapait quelque chose sur son clavier.

« J'ai vérifié ce matin, et jusqu'à présent, elle n'a pas utilisé son téléphone pour quoi que ce soit. Mais je devrais pouvoir le vérifier maintenant. Ah, voilà. »

Il y eut un silence.

« Hmm. C'est bizarre... Tu es sûre que tu l'as entendue parler, Emma ? Ça ne pouvait pas être la radio ?

— J'en suis certaine. Pourquoi ?

— Parce que je viens de vérifier une nouvelle fois son journal et qu'elle n'a ni passé ni reçu le moindre appel. Elle ne s'est pas servie de son téléphone une seule fois depuis le jour où on le lui a donné. »

Ça va pas du tout. J'ai merdé.

Natasha regardait par la fenêtre de sa chambre mais ne voyait rien. Tout avait semblé si facile, au départ. De toute manière, n'importe quoi aurait semblé facile comparé à l'autre possibilité. Si elle avait refusé, on l'aurait jetée dans le puits. Juste le temps nécessaire pour l'obliger à faire ce qu'on lui dirait. Et ensuite, elle aurait suivi le même chemin que les autres et elle aurait fini comme Izzy.

Ses yeux la picotaient, mais elle refoula ses larmes. Après tout, elle s'était peut-être trompée à propos d'Izzy. Ce n'était pas forcément son corps que les flics avaient retrouvé. Mais de toute façon, elle n'aurait jamais dû lui parler du job. C'était bête et risqué. Ouais, mais sur le moment, elle avait vraiment besoin que quelqu'un lui dise qu'elle avait fait le bon choix...

Et puis maintenant, les flics avaient cette vidéo du train. Elle avait été tellement bête de lui sourire comme ça. Si cette info s'ébruitait et arrivait à leurs oreilles, ils la tueraient. Plus jamais ils ne lui referaient confiance.

Emma non plus, d'ailleurs, ne lui faisait pas confiance. Quand elle avait fini par rentrer à la maison, le matin, elle avait cru que sa belle-mère allait lui faire les poches. Mais elle avait refusé de retirer la polaire et était partie se réfugier dans sa chambre en la gardant sur son dos. Elle avait réussi à tout cacher, mais elle l'avait échappé belle.

Ce soir-là, il allait falloir qu'elle se faufile en bas pendant qu'ils dormiraient pour faire ce qu'on lui avait dit de faire. La cuisine et le séjour. C'étaient les instructions. Elle savait comment s'y prendre. Elle avait déjà bidouillé la chambre de David et Emma, et tout avait l'air de bien fonctionner.

Normalement, elle aurait dû se sentir heureuse. Le moment de la vengeance était enfin arrivé. Mais les flics étaient venus mettre leur nez là-dedans, et elle n'avait pas pu l'empêcher. Elle allait être punie. Comme si elle n'avait pas déjà assez souffert comme ça...

La faute à qui ? murmura une petite voix à son oreille.

Elle connaissait la réponse. Elle savait qui était responsable de tout ça.

Elle était en train de s'attendrir, en vivant dans ce monde où les gens faisaient semblant d'être gentils les uns avec les autres. Mais personne n'est gentil, en vrai. Elle le savait ; elle avait vu ça toute sa vie. Tous ces gens gentils comme tout qui, tout à coup, sans qu'on sache pourquoi, vous mettaient sur la gueule.

Emma faisait semblant d'être gentille, mais Tasha savait bien ce qu'elle pensait vraiment. Elle pensait qu'elle était venue perturber sa petite vie parfaite.

Emma avait remplacé sa maman dans cette maison, et maintenant, elle ne voulait pas se retrouver obligée de vivre avec sa belle-fille, même si elle prétendait le contraire.

Si tu crois que c'est le bazar dans ta vie, Emma, eh ben dis-toi que t'as encore rien vu.

Sa maman avait toujours été gentille, elle ; il fallait qu'elle s'accroche à cette idée. Il fallait qu'elle se rappelle qu'elle ne faisait pas ça juste pour elle. Qu'elle le faisait aussi pour sa maman, qui était morte.

Tu méritais pas de mourir, maman.

21

Tom avait du mal à se concentrer sur son travail ; il allait vraiment falloir qu'il fasse quelque chose. Il pensait sans arrêt à la carte SD et au tableur. La veille, il avait fini par parler à Leo du fichier protégé par un mot de passe ; il ne savait pas pourquoi il se faisait du souci à ce sujet, mais il ne cessait d'y songer. C'était comme une démangeaison qu'il n'aurait pas pu gratter.

« Bordel de merde..., marmonna-t-il en attrapant son téléphone. Becky ? Mise au point ! Dans mon bureau ! » Il n'avait aucune raison de passer ses nerfs sur son équipière, mais il n'avait pu s'en empêcher.

Becky passa la tête dans l'encadrement de la porte ; son visage, généralement jovial, paraissait soucieux.

« Je peux entrer ? Ce n'est pas trop risqué ? » demanda-t-elle avant de rougir légèrement, comme si elle regrettait le ton facétieux qu'elle avait employé.

Tom lui adressa un sourire penaud pour s'excuser. Becky prit place en face de lui.

« OK, voilà où on en est, dit-elle en consultant le dossier qu'elle avait apporté. Les forces de police locales ont arrêté le garçon à qui Natasha a parlé brièvement à la gare. Ils n'ont rien trouvé sur lui. Ils lui ont demandé pourquoi il avait récupéré le sac à dos que Natasha avait laissé sur le banc, et il a répondu qu'il l'avait pris pour demander à sa mère ce qu'il devait en faire. Comme c'était une gare sans guichet, il n'y avait personne à qui il pouvait le donner. Mais il a dit qu'il était ensuite tombé sur des copains en rentrant chez lui et qu'il avait fini par abandonner le sac.

— Bien sûr, bien sûr. Et je présume qu'il ne se souvient pas où ? »

Becky acquiesça. « Les gars de la police locale pensent qu'il reçoit ses ordres d'un type, mais ils supposent que lui-même ne sait pas qui est ce type. Ils pensent que ces enfants transportent du cannabis cultivé quelque part à Manchester. Ah, et d'après eux, ce n'est pas un truc d'amateur. C'est organisé. »

Tom, qui s'en était douté, eut envie de soupirer. Le crime organisé, la drogue, la violence et l'exploitation sexuelle des enfants étaient une réalité quotidienne qui coûtait très cher au pays chaque année et qui causait d'immenses préjudices à des milliers d'individus, à des communautés entières. Il détestait ça, et tout ce qui y était lié, depuis toujours.

Voyant que Becky l'observait, il essaya de prendre une expression neutre pour lui faire comprendre qu'elle pouvait continuer.

« On a montré à Natasha une photo de l'autre garçon du train. Tu te rappelles ? Celui qui ressemblait à Tom Cruise en plus jeune et plus bouffi, avant qu'il n'ait ce menton. Elle l'a reconnu, j'en suis certaine. Et apparemment, quand elle a compris qu'on avait sa photo et qu'on l'avait vue en train de lui sourire, elle a eu peur. Quoi qu'il en soit, les types des transports pensent avoir une piste le concernant ; ce n'est pas la première fois qu'ils le voient. Et on a vraiment l'impression que lui et Natasha se sont passé un message. S'ils font partie du même gang, on devrait pouvoir trouver un lien et découvrir le rôle que joue Natasha dans tout ça. Mais toutes ces nouvelles informations m'ont amenée à réfléchir. »

Becky se pencha en avant et appuya ses avant-bras sur le bureau de Tom.

« L'interprétation la plus logique des événements d'il y a six ans est que Natasha, une adorable petite fille, aurait été retrouvée juste après l'accident et que quelqu'un aurait décidé de la garder. Mais alors, pourquoi serait-elle réapparue maintenant ? S'est-elle échappée de l'endroit où elle était séquestrée ou a-t-on voulu se débarrasser d'elle ? Je n'ai toujours pas de réponse à cette question, mais il me semble que le trafic de drogue donne à son kidnapping initial un caractère beaucoup plus sinistre, tu n'es pas d'accord ? »

Fixant son regard sur un point indéfini du fade mur beige qui se trouvait en face de lui, Tom repoussa sa chaise en arrière pour mieux écouter les idées de Becky. Son esprit était désormais à cent pour cent concentré sur Natasha Joseph.

« Soyons réalistes, Tom : quelles sont les chances pour que cette petite fille, par une sombre nuit d'hiver, au fin fond de la campagne, ait été retrouvée par des membres d'une organisation criminelle ? Des gens assez rusés pour utiliser des enfants comme mules afin de pouvoir faire circuler leur shit sans être inquiétés ? Genre, ils seraient partis faire un petit tour à la campagne ce soir-là et ils seraient tombés sur elle par hasard ? Si tu veux mon avis, il y a plus de chances de se faire percuter par un éléphant sur l'autoroute. »

Tom sourit. « Je suis d'accord avec toi. Mais il se pourrait aussi que ce soit un salopard habitant dans le coin qui l'ait trouvée. Un type qui aurait été tout en bas de la hiérarchie. Il a sans doute pensé qu'il pourrait se servir d'elle. Demander une rançon à son père, ou un truc comme ça. C'est une hypothèse tout à fait plausible, même si, avec toutes les recherches qui ont été menées à l'époque, il aurait fallu qu'il attende un bon bout de temps pour avoir des chances de réussir son coup.

— Tout ce que je peux dire, c'est que, si elle a été enlevée par une personne associée de près ou de loin au crime organisé, elle a dû vivre un véritable enfer. Par conséquent, elle aurait dû se sentir soulagée de rentrer. Or elle n'a pas l'air du tout à son aise chez elle. » Becky s'interrompit. « Mais je ne peux pas m'empêcher de revenir au soir de l'accident. Et si on était passés à côté de l'évidence ? Et si c'était elle qui avait été ciblée ?

— Cela m'est également venu à l'esprit. Mais pour quelle raison ? »

Becky haussa les épaules. « Aucune idée pour le moment. Mais, quoi qu'il ait pu se passer et indépendamment de l'identité de ses ravisseurs, il faut qu'on sache si ce sont ces personnes qui l'ont laissée partir ou si elle a réussi à s'échapper. Car, dans ce dernier cas, je suis certaine qu'ils vont essayer de la retrouver. Si elle a fait passer de la drogue pour eux, ils doivent considérer qu'elle en sait trop. Bref, il faudrait vraiment qu'on s'assure que cette enfant n'est pas en danger. »

La discussion s'était brutalement interrompue quand Becky s'était souvenue qu'il était l'heure du briefing du soir. Tom, qui l'avait accompagnée, resta au fond de la salle de travail à l'écouter passer en revue les indices qu'ils avaient trouvés et donner des instructions à l'équipe sur les prochaines étapes à suivre.

Elle était douée. Rigoureuse et toujours prête à écouter les idées des autres.

Pour lui laisser un peu de liberté, il décida de quitter discrètement la salle avant la fin de la réunion. Ne voyant pas ce qu'il pouvait faire d'autre pour le moment, il prit son manteau et passa un bref coup de téléphone à Leo pour lui dire qu'il partait.

Il avait fallu à Tom beaucoup de temps pour trouver le courage d'entamer une nouvelle liaison après l'échec de son mariage, mais quand il s'était installé dans son cottage du Cheshire et avait rencontré Leo Harris, la sœur de sa voisine d'à côté, il avait immédiatement été sous le charme. Tom se prit à sourire en y resongeant. Il avait fallu qu'il tombe sur la femme la plus difficile et la plus phobique de l'engagement de tout le nord de l'Angleterre. Il avait parfois l'impression qu'elle ne lui ferait jamais entièrement confiance, et il n'était pas sûr de pouvoir vivre avec ça, mais comme le père de Leo, qui avait été marié à deux femmes en même temps, avait mené une double vie pendant des années, il comprenait qu'elle ait du mal à se fier aux hommes en général.

Ce soir-là, il avait été convenu qu'ils se retrouveraient à l'appartement de Leo. Comme la jeune femme devait rédiger un devoir pour son diplôme de psychologie, Tom avait accepté de venir préparer le dîner chez elle, de manger en sa compagnie et de la laisser travailler.

Il s'arrêta en chemin au supermarché pour acheter de quoi cuisiner un rapide sauté, et quand il arriva dans l'appartement, il fut comme toujours frappé par la beauté des lieux : un vaste loft situé dans un ancien atelier rénové, où les espaces de cuisine, de repas, de détente et de travail se fondaient harmonieusement les uns dans les autres, entre les murs en briques apparentes et le parquet verni.

Leo, qui semblait pourtant intensément concentrée sur son écran d'ordinateur, se tourna vers lui pour lui adresser un sourire. Elle fit mine de se lever de son fauteuil, mais il s'approcha d'elle et se pencha pour l'embrasser.

« Ne t'interromps pas pour moi. Je vais commencer à faire le dîner. Tu veux un verre ? »

Leo passa un bras autour de ses hanches et l'attira plus près d'elle. Elle laissa sa tête retomber doucement contre sa taille.

« Tu es mon sauveur, tu sais ?

— Pourquoi ? Parce que je t'ai fait retrouver confiance en la gent masculine ? répondit Tom en lui caressant tendrement les cheveux.

— Non ! » Elle lui mit une petite tape sur les fesses. « Parce que tu me prépares à manger. Si tu n'étais pas là, je ne me nourrirais que de toasts et de yaourts.

— Ah. Alors je ferais peut-être bien de m'y mettre. Tu veux faire une petite pause ou tu préfères attendre que le repas soit prêt ? »

Leo repoussa son clavier et s'étira.

« Je pense qu'une petite pause ne me ferait pas de mal. Et puis il y a un truc dont je voudrais te parler. »

Tom lui jeta un regard interrogateur.

« Moi, je parle ; toi, tu fais à manger. » Elle se leva et l'attira vers l'espace cuisine. Puis elle s'installa sur l'un des tabourets du bar.

Il prit une bière dans le réfrigérateur et en tendit une à Leo, mais celle-ci secoua la tête.

« Si je commence à boire, je ne finirai jamais mon devoir. Par contre, j'aurais bien aimé te parler de Jack et de la carte SD. »

À ces mots, les pensées que Tom s'était efforcé de mettre de côté revinrent brutalement envahir son esprit. Il en voulut à Leo de lui avoir gâché sa soirée. Il regrettait presque de lui avoir parlé de ce fichier.

« Pas la peine de faire cette tête, Tom. Je sais bien que tu préférerais ignorer le problème. Maintenant que tu as trouvé quelque chose de potentiellement intéressant, tu essaies de l'enfouir à nouveau dans cette petite boîte où tu mets tous les trucs auxquels tu ne voudrais jamais penser. »

Tom se mit à fouiller dans un placard pour y chercher la sauce soja. Mais il ne répondit pas.

« Tu ne comprends pas ? Tant que tu n'auras pas réglé ce problème et trouvé pourquoi quelqu'un aurait pu en avoir après les papiers de Jack, tu auras toujours ça dans un petit coin de ta tête. Il faut qu'on résolve cette énigme, qu'on découvre la vérité. Ensuite seulement, tu pourras aller de l'avant. Ce n'est pas en ignorant les choses qu'on réussit à les surmonter.

— Putain, Leo, tu te rends compte que tu es en train de me traiter comme si j'étais un cas d'étude ? Est-ce que j'ai l'air d'un type névrosé ?

— Oh, tu me gonfles. Bien sûr que non. C'est à toi que je pense, c'est tout. Et tu le sais très bien. »

Tom ne répondit rien. Il avait compris son exaspération. Elle avait raison. Et elle n'avait apparemment pas terminé.

« Bon, reprit-elle, tu m'as dit que le fichier était protégé par un mot de passe. Est-ce que tu crois que toi ou l'un de tes petits génies pourriez le craquer ? »

Tom sourit. Si Jack avait voulu rendre ce fichier impénétrable, personne ne parviendrait jamais à l'ouvrir. Néanmoins, il ne s'était pas montré tout à fait honnête avec Leo : il avait bien une petite idée de ce que pouvait être le mot de passe. Mais il n'était pas sûr d'avoir envie d'ouvrir le fichier, pour des raisons qu'il n'arrivait pas même à s'expliquer.

Leo le regardait attentivement.

« Qu'est-ce que tu me caches ? » finit-elle par lui demander.

Tom repoussa sur le côté les carottes qu'il s'était mis à couper et s'appuya de ses deux mains sur le plan de travail.

« Jack avait une méthode pour les mots de passe. Simple mais efficace. Il me l'a apprise. Mais c'était il y a des années, et il se pourrait très bien qu'il ait changé sa façon de faire entre ce moment-là et sa mort. Cela étant, je pense que ça vaut le coup d'essayer. Je me sers toujours de cette méthode aujourd'hui, mais j'y ai apporté quelques modifications. »

Comme pour lui reprocher silencieusement de ne pas avoir eu l'intention de lui en parler, Leo se mit à le regarder avec de grands yeux, la bouche légèrement ouverte.

« OK, OK, fit-il. J'aurais dû te le dire avant. Mais je voulais d'abord essayer de me souvenir comment fonctionnait la version de Jack. »

Leo garda le silence pendant une dizaine de secondes.

« Bon, tu m'expliques, maintenant ? dit-elle enfin.

— D'accord. Tu prends le nom du fichier ou du site web qui te demande un mot de passe. Dans ce cas, SILVERSPHERE, en un seul mot. Ensuite, tu remplaces une lettre sur deux par un symbole ou un nombre. Je ne suis pas sûr de pouvoir me souvenir de tout, mais le mot de passe commençait toujours par la lettre d'origine. Un S majuscule, en l'occurrence. Suivi du symbole pour la lettre I, qui, si mes souvenirs sont bons, était un point d'exclamation. Ensuite, L majuscule, et il me semble bien qu'il utilisait le signe "inférieur" pour le V. Mais je ne me rappelle plus ce qu'il utilisait pour le R. H, j'en suis sûr, c'était le dièse. Ah, mais non, on n'a pas besoin de ça, je suis bête. On a besoin du P. Je crois que c'était le symbole de la livre. Et pour le E, c'était l'euro. Mais je ne me souviens plus du tout de ce que c'était avant la création de l'euro.

— Euh... j'ai perdu le fil au moment où tu parlais du signe "inférieur". »

Tom s'approcha de la table et prit un papier et un stylo.

« D'accord. Voilà. »

S!L<E ?S£H€R€

« Ce qui est bien avec ce système, c'est qu'on peut avoir des mots de passe différents pour chaque site sans jamais les oublier. À partir du moment où on se souvient des symboles, bien sûr.

— Alors tu penses que c'est ça ? demanda Leo.

— Malheureusement non. Et je ne me souviens pas de ce qu'il mettait pour le R. »

Il regarda le clavier de Leo pendant un moment, passant mentalement en revue tous les symboles possibles.

Puis il sortit la carte SD de la poche de son pantalon, l'inséra dans l'ordinateur de Leo et cliqua sur l'icône du fichier.

« Je crois avoir retrouvé le symbole, dit-il d'une voix basse et hésitante. Il me semble que c'est la parenthèse fermante. »

Il tapa le code, appuya sur « Entrée » et attendit.

Il s'était trompé. Le mot de passe fut refusé.

« Et merde ! J'étais sûr que c'était la parenthèse », marmonna-t-il en pianotant nerveusement sur la table.

Il regarda à nouveau le clavier.

« J'ai une idée. » Il modifia le mot de passe et appuya sur « Entrée ». Une page Excel apparut sur l'écran.

« Voilà ! C'était l'accolade, pas la parenthèse », dit-il alors que l'écran affichait la première page du fichier.

Honegger Wys & Cie
A/c no 53696C766572205370686557265

C'était une page de titre, qui n'évoqua rien à Tom. Mais il y avait un tableau distinct et il cliqua dessus. La deuxième page présentait trois colonnes : une avec des dates, l'autre avec des noms, et la troisième avec des chiffres. Il y avait le symbole de la livre au-dessus de la colonne des chiffres.

Leo était désormais penchée par-dessus son épaule.

« Descends un peu », lui dit-elle.

Il savait ce qu'elle voulait voir. Le total.

Au bas de la troisième colonne, sous le symbole de la livre, figurait un nombre d'un peu plus de quatre millions. La dernière date de la liste remontait à quatre ans avant la mort de Jack.

Leo, dont l'intérêt pour l'affaire semblait être totalement retombé, regarda Tom en haussant les épaules. « Étant donné que tu as déjà touché tout l'argent de Jack, j'imagine que ce n'est que le relevé d'une partie de sa fortune. Pas aussi intéressant que je l'aurais pensé », dit-elle en repartant vers la cuisine pour aller chercher la bouteille de bière de Tom.

Sans répondre, Tom ouvrit un moteur de recherche et tapa le nom « Honegger Wys & Cie ». La réponse ne le surprit pas. Une banque suisse. Ce qui expliquait pourquoi il n'y avait pas de nom rattaché au compte, mais seulement un numéro. Et c'était bien là le problème : Tom savait d'expérience que les gens n'ouvrent des comptes numérotés que quand ils ont quelque chose à cacher.

D'autre part, Leo avait tort au sujet de ce compte. Tom ne l'avait jamais vu auparavant. Il n'était pas inclus dans l'héritage de Jack, ce qui signifiait que même le notaire ignorait son existence.

Qu'est-ce que tu cachais, Jack ?

Tom regarda la liste des noms et sentit son sang se glacer.

Le premier était « Bentley ». Le montant s'élevait à deux mille cinq cents livres et la date était novembre 1982.

Tom comprit brusquement ce que Jack avait dissimulé ; c'était un secret, et son frère l'avait bien enterré.

22

QUATRIÈME JOUR

« Je ne suis qu'une sale égoïste », marmonna Emma en poussant son chariot dans le supermarché. David ayant refusé de croire qu'elle avait entendu Natasha parler et pleurer la veille au soir, elle avait eu envie de fuir l'ambiance oppressante de la maison pendant une heure ou deux. Et comme David avait pris sa journée, elle lui avait dit qu'il n'avait qu'à garder les deux enfants. Elle, elle allait faire les courses.

C'était puéril, certes, mais la paix avait disparu de son foyer. Même quand Natasha était dans sa chambre, Emma n'était pas tranquille : elle appréhendait sans cesse la prochaine révélation ou le prochain refus de coopérer. C'était comme si un nuage noir était suspendu au-dessus de leur maison, n'attendant que de fondre sur eux et de les envelopper. Même Ollie s'était mis à la regarder avec un visage plus grave. Ce matin-là, il lui avait doucement caressé la joue en murmurant « Oh » comme elle le faisait quand il pleurait.

Néanmoins, elle regrettait d'être sortie et d'avoir laissé David seul. Peut-être devrait-elle l'appeler pour lui demander ce qui lui ferait plaisir pour le dîner ? Il fallait qu'elle fasse un peu plus d'efforts si elle voulait que les choses reviennent à la normale.

Elle poussa son chariot jusqu'à un endroit calme et chercha son téléphone dans son sac. Après avoir vérifié qu'elle avait bien du réseau, elle appuya sur l'écran pour appeler David. Impossible d'activer la communication. Sa batterie était chargée à 71 % et elle avait un excellent signal. Mais elle avait beau appuyer sur toutes les touches possibles et imaginables, rien ne se produisait.

« Merde ! » siffla-t-elle, ce qui lui valut un regard désapprobateur de la part d'un vieux monsieur coiffé d'un feutre. Elle rangea le téléphone dans son sac. Tant pis. Pour se rattraper, elle allait prendre les ingrédients dont elle avait besoin pour cuisiner le plat préféré de David : le curry de poulet.

Une fois les courses chargées dans le coffre, elle retourna à la maison l'esprit plein de bonnes résolutions. Entre autres rétablir l'équilibre de sa relation avec David. Celui-ci avait été bouleversé au cours des derniers jours, et Emma avait l'impression de l'avoir perdu.

Jusqu'alors, elle n'avait jamais été jalouse de Caroline. Comment aurait-elle pu être jalouse d'une femme morte ? Mais désormais elle se demandait parfois si David pourrait un jour l'aimer autant qu'il avait de toute évidence aimé sa première femme. Et elle avait l'impression que la présence de Natasha lui rappelait tout ce qu'il avait perdu.

Tout en se garant devant la maison, elle prit la résolution de se montrer plus compréhensive envers Tasha, et également de jouer davantage avec son fils. Depuis l'arrivée de sa demi-sœur, Ollie semblait vraiment souffrir de la tension ambiante.

Pleine de bonne volonté, Emma récupéra ses courses dans le coffre, contourna la maison et ouvrit la porte de derrière.

« Coucou », dit-elle à David, qui, seul dans la pièce, était occupé à faire des mots croisés, les lunettes qu'il portait rarement perchées sur le bout de son nez. Elle trouvait que cela lui allait vraiment bien, mais comme il les percevait pour sa part comme un signe de vieillissement, il les retira aussitôt. Elle fut déçue pour lui que Natasha ne soit pas là pour lui tenir compagnie, mais d'un autre côté, elle se sentit elle-même plutôt soulagée.

« Coucou, lui dit-il en souriant. Tu as l'air un peu plus reposée. Je sais que ce n'étaient que les courses, mais je suis content que tu aies pu prendre du temps pour toi. Tu veux boire quelque chose ? Un thé ou un verre de vin ? »

Emma faillit répondre un thé, mais elle se reprit. Et merde, après tout, elle pouvait bien se détendre un peu, pour une fois. « Oui, du vin, pourquoi pas ? Merci, mon chéri. Tu as couché Ollie ? C'est l'heure de sa sieste, il me semble. »

David ouvrit le réfrigérateur et en sortit une bouteille. Puis il prit un verre dans le placard.

« Non, il ne dort pas encore. Il s'est produit une sorte de miracle, cet après-midi. Mais ne te réjouis pas trop vite ; si ça se trouve, ça ne durera pas.

— De quoi est-ce que tu parles ? demanda Emma tout sourires, se sentant aussitôt gagnée par le bonheur manifeste qu'affichait son mari.

— Tasha est non seulement sortie de sa chambre, mais elle m'a en plus proposé de s'occuper d'Ollie pendant un moment. Elle est partie lui faire faire une promenade. Comme tu m'as dit hier qu'il fallait lui laisser un peu de liberté, j'ai pensé que ce n'était pas une mauvaise idée. Et donc, ils sont partis. »

Emma resta figée sur place. Son sang se glaça.

« Comment ça ? Où est-ce qu'elle l'a emmené ? » Le ton de sa voix lui parut mesuré et raisonnable, mais David dut le percevoir différemment car il se tourna vers elle d'un air irrité, la bouche légèrement tordue.

« Enfin, Emma, elle est assez grande pour emmener Ollie faire un tour en poussette, non ? Elle est partie il y a une demi-heure environ, elle ne va pas tarder à revenir. Et puis tu sais bien qu'Ollie l'adore. Une relation frère-sœur, c'est exactement ce qu'il faut pour la ramener parmi nous.

— Où sont-ils partis, David ? » Sa voix lui paraissait toujours normale, mais elle commençait à avoir du mal à respirer.

« Juste dans notre rue. Je lui ai dit de rester sur la portion qui a un trottoir et de ne pas s'aventurer dans les parties plus étroites. Elle a très bien compris.

— Alors pourquoi ne l'ai-je pas vue en rentrant ? C'est par ce chemin que je suis passée ; j'aurais dû la voir. Où sont-ils ? » Sa voix était plus forte, désormais, et ses genoux fléchissaient, comme si ses jambes ne pouvaient plus supporter son poids.

« Arrête, Em. Elle a dû faire un tour à la ferme pour montrer les animaux à Ollie. Si elle n'est pas rentrée dans dix minutes, j'irai la chercher. D'accord ?

— Non ! hurla-t-elle. Non ! Tu y vas maintenant ! Et tu as intérêt à la retrouver, David. OK ? Tu as intérêt à la retrouver. »

Déconcerté par ce changement de ton, David ouvrit légèrement la bouche et fronça les sourcils.

« Écoute, Emma, tu ne crois pas que tu exagères, là ? » Il se leva, prit le pull posé sur le dossier de sa chaise et l'enfila. Puis il se tourna vers Emma. En souriant.

« Tu as entendu ? Le portail latéral. Oh, et regarde par la fenêtre. C'est Tasha ! Avec la poussette ! Tu as vu ? Tout est bien qui finit bien. »

Il lui adressa un sourire acerbe, et alors qu'il partait ouvrir la porte, Emma sentit ses muscles crispés se détendre.

« Coucou, Tasha. J'étais sur le point d'aller voir ce que tu faisais. J'avais peur que tu te sois perdue. » Comme s'il regrettait ses propos un peu infantilisants, il fit une petite grimace. « Ollie s'est endormi ? » demanda-t-il en se penchant pour regarder dans la poussette.

Il releva la tête et se tourna vers Natasha avec une expression qu'Emma ne put interpréter.

Et tout à coup, elle comprit.

Elle se précipita vers la porte, attrapa la poussette et releva la capote.

Un cri commença à monter dans sa poitrine, elle le sentit lutter pour échapper au confinement de ses côtes, de ses poumons.

« Où est-il, Natasha ? Où est Ollie ? » balbutia-t-elle. Sous le coup de la peur, ses muscles s'étaient affaiblis, et elle dut s'accrocher à l'arrière de la poussette pour rester debout, tout en regardant Natasha qui, tête baissée, affichait un étrange et léger sourire. Elle eut envie de la secouer, de la gifler, de faire n'importe quoi pour qu'elle dise ce qu'elle avait fait d'Ollie.

Mais David la devança. Brusquement, il attrapa sa fille par les bras.

« Ne t'inquiète pas, Tasha. Il faut juste que tu nous dises où il est pour que nous puissions aller le chercher. Allez, ma chérie. Dis-nous où il est. »

Natasha releva la tête et regarda Emma bien en face. Son visage pâle était dénué de toute expression et ses yeux semblaient des bassins vides.

« Parti », dit-elle.

23

« PARTI. »

Les sons qu'avait produits le mot continuaient de se répercuter dans la tête d'Emma, de résonner comme un écho, sans pour autant faire sens. Que voulait-elle dire par « parti » ? Elle se pencha de nouveau pour regarder dans la poussette, certaine qu'elle s'était trompée. Puis elle releva les yeux vers Natasha, qui soutint son regard. David, sur le côté, dévisageait sa fille. Ils étaient tous les trois immobiles, figés, tels les personnages d'un affreux tableau.

Le silence fut rompu par un cri de douleur qu'Emma perçut comme venant d'elle, mais qu'elle fut totalement incapable d'arrêter. Elle se précipita sur Natasha, déterminée à l'étrangler jusqu'à ce que mort s'ensuive, mais la jeune fille utilisa la poussette comme bouclier, la tournant de gauche à droite devant le chambranle de la porte pour empêcher

Emma de l'atteindre. Ses yeux froids et mornes paraissaient désormais enflammés.

David, toujours pétrifié, continuait de regarder fixement sa fille comme s'il ne la voyait pas, sans essayer ni de la défendre ni de stopper sa femme.

Tout à coup, Natasha rejeta la poussette de côté et pointa du doigt Emma.

« Assieds-toi ! hurla-t-elle pour couvrir ses cris. Si tu veux revoir ton bébé un jour, assieds-toi. Tout de suite ! »

Mais Emma ne voulut pas l'écouter. Elle l'écarta de son passage et se précipita dehors. Après avoir follement balayé du regard le jardin, elle se mit à courir dans l'allée, cherchant si son bébé n'était pas là, quelque part, caché sous un buisson.

« Ollie ! » cria-t-elle, guettant le son de sa petite voix.

Silence.

Elle s'élança vers le portail qui menait à la route. Personne. Et pas une voiture en vue.

La rue, pensa-t-elle. *Il doit être dans la rue.*

Elle courut le long de la façade de la maison, hurlant le nom de son bébé, sanglotant entre ses cris. Mais la rue qui longeait leur jardin était tout aussi déserte.

Croisant ses bras contre sa poitrine, elle s'accroupit sur l'asphalte.

« Ollie ! » cria-t-elle à nouveau, avant de retenir son souffle pour guetter sa réponse.

Silence.

Elle n'aurait su dire depuis combien de temps elle se trouvait là, accroupie au milieu de la rue, quand elle sentit son mari l'étreindre. Après l'avoir doucement aidée à se relever, David la ramena vers la maison. Vers Natasha.

« Qu'est-ce qu'elle a fait, David ? Qu'est-ce qu'elle a fait d'Ollie ? »

David n'avait pas de réponse à lui apporter.

Emma n'avait plus qu'une envie, tuer la fille de son mari, et quand David l'eut conduite jusqu'à la porte, elle se jeta sur Natasha, les mains comme des griffes. Mais David lui attrapa les bras et l'attira de nouveau vers lui, la serrant fort contre lui tandis qu'elle continuait de sangloter et de gémir.

« Chut, Em. Il faut qu'on l'écoute. Si elle l'a caché quelque part, il faut qu'on l'écoute. Pour pouvoir le retrouver aussi vite que possible. S'il te plaît, Em, assieds-toi et écoute ce qu'elle a à dire. S'il te plaît. J'ai envie de le retrouver tout autant que toi. S'il te plaît, ma chérie. »

David la conduisit, toute tremblante, vers une chaise. Elle avait froid désormais, et elle pouvait aussi sentir les frissons qui parcouraient le corps de son mari. Elle s'effondra sur le siège, des larmes ruisselant sur son visage. Mais elle se mordit très fort la lèvre pour essayer de se contrôler jusqu'à ce que Natasha lui ait dit où était son bébé. Une fois qu'elle le saurait, elle pourrait partir le chercher. Le cauchemar ne pouvait pas durer plus de quelques minutes. Horrifiée, elle continuait de regarder fixement Natasha, cette enfant qu'elle ne reconnaissait pas, en espérant que ce n'était pour elle qu'une sorte de jeu.

David s'assit à côté d'elle et prit l'une de ses mains dans les siennes. Natasha alla s'installer de l'autre côté de la table. Son regard fou ne cessait de passer de son père à Emma sans jamais s'attarder plus d'une seconde sur l'un ou l'autre.

« Qu'est-ce que tu as fait ? » lui demanda David. Sa voix paraissait calme, mais Emma y perçut le tremblement qu'il essayait de réprimer.

« Ollie est en sécurité, David. Ton précieux petit garçon va bien. Est-ce que t'étais comme ça aussi, quand tu m'as perdue ? » Elle s'interrompit quelques secondes, avec un sourire en coin. « Nan, je crois pas. »

Emma ne put retenir le grognement qui s'échappa de sa gorge. C'était le plus long discours qu'ils aient jusqu'ici entendu de la bouche de Natasha, et sa petite voix légèrement haut perchée, avec son accent de Manchester, ressemblait à celle d'une enfant. Mais son langage était celui d'un voyou.

« Dis-moi que tu ne lui as pas fait de mal, l'implora David d'une voix douce. Ce n'est encore qu'un bébé. Tu l'as caché quelque part ? Qu'est-ce que tu veux qu'on fasse ? Dis-le-moi, Natasha, qu'on puisse aller le chercher. »

Natasha se mit à rire. Un rire sincère, mais complètement dépourvu de gaieté.

« Il est pas dehors, David. Je te l'ai déjà dit : il est parti. Ils l'ont pris.

— Appelle la police, dit Emma à David sans détacher son regard de sa belle-fille.

— Natasha, je suis ton papa. Je ne suis pas juste David. Je suis ton *papa*. Je ne sais pas quel est le problème, mais tu vas me l'expliquer, et nous le réglerons ensemble. Pour le moment, il faut qu'on retrouve Ollie, et je vais appeler la police.

Ne t'inquiète pas : je m'arrangerai pour que tu ne sois pas ennuyée. D'accord, ma chérie ? Nous savons que tu as vécu des moments difficiles, mais je te promets que nous allons régler tout ça. »

Il prit son portable sur la table. Sans quitter sa fille des yeux.

Natasha garda le silence pendant que son père commençait à pianoter sur l'écran. Mais soudain David s'immobilisa, le regard rivé sur l'appareil. Quand, enfin, il releva les yeux vers sa fille, il semblait complètement décontenancé.

« Il marche plus, David, dit Natasha en souriant d'un air satisfait. Et le tien non plus, Emma. Je m'y connais en téléphones, tu vois ? J'ai passé des années à en bidouiller et à en réparer. Tu pensais vraiment que t'allais m'avoir avec ta ridicule petite appli ? Allez ! Je suis une pro. »

Emma regardait silencieusement et fixement l'étrangère qui se trouvait en face d'elle. Mais Natasha n'en avait pas terminé.

« Et pas la peine d'essayer d'aller dans votre chambre pour appeler. Les lignes sont désactivées. Sauf celle du téléphone qu'est ici. Vous pouvez répondre, au cas où les fliquettes qui sont venues appelleraient, mais vous pouvez pas appeler. Ma mission, c'est de m'assurer que vous appeliez pas les flics. Pigé ? »

Les derniers espoirs d'Emma s'évanouirent, brisant le peu de foi qu'elle avait en cette fille en milliers d'éclats qui transpercèrent chacun des organes de son corps comme des tessons. Il ne s'agissait pas d'une décision impulsive, mue par la jalousie ; tout avait été minutieusement planifié.

« Je suis la seule à avoir un téléphone, maintenant », dit Natasha en brandissant un portable qu'Emma n'avait jamais vu. Était-ce l'objet dont elle avait discerné la forme dans la poche de la polaire, la veille ? Certainement. Mais Natasha s'était remise à parler :

« Je vous dirai ce que vous devez faire dès qu'eux me le diront. Ensuite, Ollie pourra revenir, et moi je pourrai rentrer à la maison. T'as compris, David ? »

David ne bougea pas. Sans quitter du regard sa fille, il reposa son portable sur la table, son visage éclairé par les vives lumières de la cuisine.

Emma ferma les yeux pour se concentrer sur une image de son bébé. Ollie. Intérieurement, elle hurla le nom de son fils. Les sons autour d'elle convergèrent pour ne plus faire qu'un, de même que les images, qui se mêlèrent dans un tourbillon incontrôlable au moment où, complètement repliée sur elle-même, elle se sentit tomber contre son mari. Un cri sourd de désespoir résonna dans la cuisine.

Ils n'arrivaient à rien. Pendant vingt minutes, ils avaient supplié, imploré, hurlé, mais Natasha n'avait pas dit un mot de plus et elle refusait désormais de les regarder dans les yeux. Toujours assise à la même place, elle observait son portable comme s'il s'agissait d'un objet précieux, ou comme si la réponse s'y trouvait. David avait essayé de le lui prendre pour regarder le répertoire, mais elle lui avait dit d'un ton méprisant de ne pas se faire plus bête qu'il l'était, et il avait fini par reculer, le regard troublé, comme s'il s'était soudain rendu compte qu'il avait failli faire du mal à l'un de ses enfants dans le but de sauver l'autre.

Emma était debout de l'autre côté de la cuisine, en proie à la colère, au désespoir et à la douleur. Jamais au cours de sa vie elle n'avait éprouvé le besoin de faire du mal, physiquement, à qui que ce soit. Mais Natasha n'était pas sa fille et elle ne savait pas si elle allait pouvoir se retenir. Mieux valait que cette petite peste reste dans son champ de vision, mais aussi loin d'elle que possible. Car elle n'avait qu'une envie : l'attraper par les cheveux et la traîner dehors pour qu'elle aille chercher Ollie. Ollie, son bébé. Que pouvait-il ressentir en ce moment ? Se rendait-il compte de ce qui était en train de se passer ? En tout cas, il sentait que sa maman n'était pas là. Avait-il peur ? Et puis il était si chaud ; il devait sûrement couver quelque chose. Ces gens qui l'avaient pris allaient-ils bien s'occuper de lui ?

« Ollie ! » Le cri avait fusé du fin fond de ses entrailles, un gémissement de douleur trop intense pour que son corps le contienne. Elle se dirigea d'un pas décidé vers Natasha et se pencha brusquement vers elle. « Est-ce que tu sais qu'Ollie t'adore, espèce de petite pute ! » Elle regretta le mot qu'elle avait utilisé dès qu'il fut sorti de sa bouche. Mais cette insulte n'était rien comparée à ce qu'elle ressentait. Il n'existait pas de mot assez fort. Instinctivement, elle s'approcha encore et tendit les bras pour attraper l'adolescente.

« Arrête, Em. Ça ne servira à rien. Regarde son visage. »

David avait raison.

« Pourquoi nous détestes-tu, Natasha ? » demanda-t-il.

Natasha adressa un regard indécis à Emma. Mais quand elle se tourna vers David, ses yeux redevinrent durs. Plus durs encore qu'auparavant.

« Me dis pas que tu sais pas, répondit-elle avant de se remettre à rire.

— Non. Non, je ne sais pas. Alors, dis-le-moi. Dis-le-moi ! » implora David.

Elle secoua la tête. « Emma, t'arrives peut-être à la tromper. Mais avec moi, ça marche pas. »

Emma, immobile, continuait de regarder fixement sa belle-fille, dont le calme et la détermination semblaient en totale contradiction avec son jeune âge. De quoi parlait-elle donc ?

Elle ne parvenait pas à décrypter l'expression de David. Son front était plissé, et un muscle, au coin de l'un de ses yeux, avait tressauté.

« Il faut que tu la fasses parler, David. Il faut qu'elle nous explique ce qui se passe. Prends-lui cette saloperie de téléphone qu'elle a l'air de garder comme si sa vie en dépendait.

— Si vous me prenez le téléphone, vous le regretterez, répondit Natasha. Il faut que je les appelle dans une heure pour leur dire que je vais bien, que vous m'avez pas fait de mal et que vous avez pas appelé les flics. Si je les appelle pas, vous reverrez jamais Ollie. Alors t'as intérêt à te calmer, Emma. Et toi aussi, David. Vous savez pas à qui vous avez affaire. »

Emma comprit qu'elle ne mentait malheureusement pas.

Mais elle ne leur avait rien expliqué. Pourquoi quelqu'un aurait-il pu vouloir du mal à Ollie ?

N'y tenant plus, elle se mit à courir vers la porte du hall. Il fallait qu'elle sorte de là.

Derrière elle, elle entendit la voix de Natasha :

« Laisse-la, David. On a pas besoin d'elle, de toute manière. »

« On » ? Mais qui était ce « on », bon sang ?

Le seul endroit où Emma avait envie de se trouver était la chambre d'Ollie, mais quand elle en ouvrit la porte, elle lui sembla glaciale. On aurait presque dit que la pièce, qui s'attendait à accueillir son petit occupant, était déçue de la voir arriver seule.

Emma essaya de réfléchir à tout ce qui s'était passé depuis l'arrivée de Natasha, mais elle n'arrivait pas à se concentrer plus de deux minutes sans penser à Ollie. Elle avait envie de l'entendre crier : « Hep, hep ! », de serrer son petit corps chaud et potelé contre le sien, de sentir la douceur veloutée de sa joue contre la sienne.

Pour se réconforter, et pour ne pas s'effondrer, elle finit par s'asseoir dans son fauteuil d'allaitement, les bras serrés contre son corps, les mains crispées sur ses épaules. Et elle se mit à repenser à toutes les nuits qu'elle avait passées ici au chevet de son fils.

Il fallait qu'elle fasse quelque chose. Quoi ? Elle n'en avait aucune idée, mais elle ne pouvait pas rester assise là, passive, alors qu'elle devait manquer à son bébé tout autant que lui-même lui manquait.

David avait affirmé qu'il fallait écouter Natasha et faire ce qu'elle disait. Pour lui, c'était la seule solution. Mais pas pour elle. Elle n'allait pas attendre en espérant que tout finirait par s'arranger. Que pouvaient bien vouloir ces gens, dont elle ignorait toujours l'identité ? David et elle n'étaient pas suffisamment aisés pour payer une rançon intéressante, mais si c'était de l'argent qu'ils voulaient, elle se débrouillerait pour en trouver.

Emma se redressa brusquement. Elle ne connaissait qu'une personne qui avait de l'argent. Et cette personne avait d'ailleurs essayé de lui en donner à plusieurs reprises, il y avait des années de cela. Mais elle avait toujours refusé. Parce que, à cette époque, le simple fait de lui parler aurait été douloureux, et aussi parce qu'elle était trop fière pour accepter ce qui lui était apparu comme un dédommagement financier.

Si seulement elle pouvait le contacter… Mais comment ?

Emma s'enfonça dans son fauteuil et prit le koala en peluche que son père avait envoyé à Ollie pour son premier anniversaire. Ollie adorait ce doudou. Il s'asseyait souvent par terre pour discuter avec lui dans son étrange et adorable langage de bébé.

Une idée cherchait à percer son esprit embrumé et endolori. Elle regarda la peluche. Il y avait quelque chose. Quelque chose dont elle aurait dû se souvenir. Quelque chose qui avait trait au voyage qu'elle avait fait en Australie avec David, juste après leur mariage.

Et soudain, elle comprit. Elle se leva d'un bond et se précipita dans sa chambre. Il n'y avait pas de verrou à la porte. Or elle ne pouvait pas prendre le risque de laisser Natasha entrer, et elle n'était même pas sûre que David approuverait ce qu'elle s'apprêtait à faire. Mais tant pis. Déterminée, elle prit la vieille cale en bois et la glissa sous la porte close. À cet instant, une idée vint la frapper avec toute la violence d'un coup en plein visage : ils n'en auraient pas besoin ce soir pour garder leur porte ouverte afin d'entendre Ollie s'il venait à se réveiller.

Parce que Ollie n'était plus là.

Elle ravala le hurlement d'angoisse qui menaçait de s'échapper de ses lèvres. *Concentre-toi, Emma. Il faut que tu le retrouves.*

Elle monta sur une chaise pour atteindre l'étagère du haut de la penderie, sur laquelle se trouvait une vieille boîte à chaussures. Une fois redescendue, elle ouvrit la boîte sur le lit. Il était là. Le téléphone à carte prépayée que son père lui avait donné pour qu'elle puisse l'appeler quand elle serait en Australie sans que cela lui coûte une fortune. Son père avait toujours détesté gaspiller l'argent. Elle ne savait pas si la carte SIM était toujours active et s'il y avait encore des unités dessus : leur voyage remontait à plus de trois ans, mais elle ne pensait pas qu'ils avaient épuisé tout le crédit. Elle appuya sur le bouton pour allumer l'appareil, mais rien ne se produisit.

Imbécile. Évidemment, la batterie devait être à plat depuis tout ce temps. Elle passa au crible le bric-à-brac qu'elle avait fourré dans la boîte. Il devait bien y avoir un chargeur quelque part. S'ils voulaient de l'argent, elle allait leur en trouver. Sa fierté ne constituerait pas un obstacle ; elle la ravalerait. La seule chose qu'elle espérait, désormais, c'était qu'il n'avait pas changé de numéro de portable.

24

Le téléphone de Tom était en train de sonner quand il arriva dans son bureau après le briefing du début de l'après-midi. Une réunion qui n'avait pas été très productive. Ils avaient remonté toutes les pistes qu'ils avaient trouvées et n'étaient arrivés nulle part. La comparaison ADN avec la mère d'Amy Davidson s'était révélée négative. La jeune fille retrouvée morte dans le bois n'était donc pas Amy, qui par conséquent était toujours portée disparue. Tom avait demandé que des renforts soient déployés. Quelqu'un devait bien savoir qui était cette petite. La disparition d'une adolescente ne pouvait tout de même pas passer inaperçue.

Perdu dans ses pensées, il finit par décrocher.

« Tom Douglas.

— Tom, c'est Leo. J'espère que je ne te dérange pas. Je voulais juste te dire un mot au sujet du compte en banque de Jack. J'ai regardé la liste ce matin, et je suis quasi certaine que quelques-uns des noms qui s'y trouvent figuraient également sur la liste de clients que j'ai passée en revue l'autre soir. Tu veux que je vienne chez toi pour qu'on puisse les comparer ? »

Tom garda le silence. Il avait déjà fait la relation entre les deux, mais il n'était pas encore prêt à partager cela avec Leo, et il ne savait pas s'il le serait un jour. L'autre chose qu'il avait notée, c'était que les dates des transferts d'argent sur le compte en Suisse étaient toutes antérieures aux dates des contrats signés avec les clients correspondants.

« Ne t'embête pas avec ça, répondit-il. Profite de ta journée. J'y jetterai moi-même un œil quand je rentrerai à la maison.

— Tu as réussi à joindre la banque ? demanda-t-elle.

— Oui. Ils vont me rappeler. Mais ils m'ont dit que, si le compte était bien celui de Jack, je ne pourrais pas avoir accès aux fonds, à moins d'avoir été nommé bénéficiaire dans le dossier d'ouverture. Ce n'est pas que j'aie vraiment besoin de cet argent, mais je m'étais dit que je pourrais en faire don à une association, ou un truc comme ça. Bref, ils vont regarder ça de plus près et me recontacter.

— Une dernière question, et je te laisse tranquille. Cette jeune fille qui est revenue de nulle part, son nom, c'est bien Natasha Joseph ?

— Oui. Pourquoi ?

— Et son père, c'est bien David Joseph, le propriétaire de Joseph & Son à Manchester ?

— Lui-même. David est le fils. Le père est mort il y a quelques années. Pourquoi tu me demandes ça ?

— Apparemment, il faisait partie des clients de Jack : son nom figure sur les deux listes. Un dépôt initial de dix mille livres sur le compte en Suisse. Et je me suis arrêtée sur son nom quand je l'ai vu l'autre soir sur la liste des clients. Ça a dû faire tilt à cause de l'histoire de la disparition de sa fille. »

Tom était sur le point de répondre quand son portable se mit à vibrer.

« On en reparlera plus tard, Leo. Excuse-moi, mais j'ai un appel sur mon portable, et on dirait que c'est un numéro étranger. Il faut que je réponde. À ce soir. »

Après avoir raccroché, il regarda attentivement le numéro affiché, mais celui-ci ne lui évoqua rien.

« Tom Douglas. »

Une voix murmura à l'autre bout de la ligne, presque trop bas pour qu'il l'entende :

« S'il te plaît, ne dis rien. Je n'ai pas beaucoup de temps, et je ne sais pas combien il me reste de crédit sur ce téléphone. C'est Emma. La Emma de Jack. Je sais que ça fait très longtemps, Tom, mais j'ai vraiment besoin de ton aide. »

« OK, Tom. Tu connais la marche à suivre. Pas de communications sur des ordinateurs non sécurisés et pas de conversations sur des téléphones publics. Choisis les hommes que tu vas prendre sous couverture et fais-moi ensuite connaître tous les noms. Mais avant de mettre la machine en route, explique-moi rapidement comment tu connais Emma Joseph et raconte-moi tout ce que tu pourrais savoir d'intéressant sur elle. »

Tom s'était senti soulagé de trouver Philippa Stanley dans son bureau après sa conversation téléphonique avec Emma. Étant donné le mot d'ordre, « pas de police », l'affaire allait devoir être confiée à une équipe spécialisée. Il pourrait certainement y inclure Becky, mais il aurait besoin du soutien de sa supérieure pour rassembler les bonnes personnes.

Appuyant ses coudes sur ses cuisses, il se pencha vers Philippa. Il n'arrivait toujours pas à se remettre du choc qu'il venait de recevoir : d'abord, réentendre la voix d'Emma après toutes ces années, et ensuite, découvrir qu'elle était la belle-mère de Natasha Joseph. Il aurait dû connaître cette information. D'autant plus qu'il avait encore pensé à Emma la veille au soir, quand il avait parlé de Jack à Leo.

« Ça faisait des années que je n'avais pas eu de nouvelles d'Emma. C'était la fiancée de mon frère Jack, et ils formaient un super couple. Je ne sais pas ce qui s'est passé. Tout semblait bien aller entre eux, mais tout à coup Jack a largué Emma et il n'a pas voulu me dire pourquoi. Après ça, Emma est partie vivre en Australie avec son père.

— Et puis Jack est mort, c'est bien ça ?

— Oui. Dans un accident de hors-bord dans la mer Adriatique. Après le décès, j'ai réussi à contacter Emma. Je voulais lui proposer une partie de l'argent de Jack, parce qu'à mon sens c'était à elle que son héritage devait revenir. Mais elle a catégoriquement refusé. Et à partir de là, je n'ai plus jamais entendu parler d'elle. Quant à David Joseph, je ne l'ai jamais rencontré ; c'est Becky qui s'occupe de l'affaire Natasha Joseph. Je n'avais donc aucun moyen de savoir que son épouse était la Emma de Jack.

— Eh bien, d'un certain côté, c'est plutôt une bonne nouvelle. Si j'ai bien compris, tu la connais, mais tu n'as pas de lien étroit avec elle. Dans ce cas, si elle te fait confiance (c'est là un point essentiel), tu peux continuer de mener cette enquête. »

Cherchant un moyen d'éluder la question, Tom se gratta la tête.

« Si Emma m'a contacté, ce n'est pas parce que je suis dans la police, mais parce qu'elle pense que les ravisseurs vont demander une rançon. Elle voulait savoir si j'accepterais de la payer, ce que je ferais très volontiers. Mais pour l'instant, aucune demande n'a été formulée, et quand je lui ai expliqué que, en qualité d'inspecteur de police, il allait falloir que je rapporte ce qu'elle venait de me dire, elle est devenue complètement dingue. J'ai réussi à la calmer, mais pas à la convaincre totalement de la nécessité de notre implication. Il va donc falloir qu'on se montre très prudents. De plus, elle n'a pas dit à son mari qu'elle m'avait contacté. Ou du moins, pas encore. »

Tom aurait vraiment voulu emmener toute la famille dans un endroit sûr, loin de cette maison. Quoi qu'on ait pu dire aux Joseph, une négociation de rançon était bien plus susceptible de réussir si elle était faite sous contrôle policier.

« Qu'est-ce que tu penses de tout ça, Tom ? Que te dit ton instinct ? » Philippa lui adressa un demi-sourire. Tom n'ignorait pas qu'à ses yeux la seule chose qui comptait pour le moment était les faits. Mais Philippa le connaissait et elle savait que, lorsqu'il parlait de ses intuitions, il parvenait souvent à élaborer une forme de réflexion parallèle qui pouvait produire des résultats. Résultats que sa supérieure n'aurait cependant jamais attribués à son « instinct ».

Tom lui fit part de ses doutes. Il ne pensait pas que l'enfant avait été kidnappé dans le but d'obtenir une rançon. Philippa hocha la tête pour lui signifier qu'elle était du même avis.

« Il se pourrait que j'aie tort, dit-il, et du reste, je n'en ai même pas parlé à Emma, mais pour moi, il y a là toutes les caractéristiques d'un *tiger-kidnapping* classique : mon instinct me dit que ces gens vont exiger que David Joseph commette un crime ou un délit pour leur compte. Et si Natasha doit rester avec eux, c'est parce que, si nous venons l'interroger et que nous ne la trouvons pas, le plan, quel qu'il soit, échouera. »

Comme si soudain tout faisait sens, Philippa s'adossa à sa chaise en croisant les bras.

« Je comprends mieux pourquoi Natasha refusait qu'ils appellent la police. En tout cas, il semblerait que les gens qui l'ont enlevée l'aient bien formée. D'après le portrait qu'on m'en a brossé, cette gamine est complètement insensible. Qu'est-ce que tu comptes faire pour rester en contact avec Emma ? »

Tom avait décidé de faire appel à Gil Tenant, le technicien en qui il avait le plus confiance. Personne n'aurait jamais pu le soupçonner d'être flic : on aurait dit qu'il pouvait s'envoler à la moindre rafale de vent, et, s'il était fidèle à ses habitudes, il porterait certainement des tennis roses, avec une polaire assortie.

« Gil va trouver un moyen d'ajouter du crédit au téléphone d'Emma en passant par l'opérateur australien. J'aimerais également l'envoyer chez les Joseph pour qu'il vérifie s'il y a des micros. En tout cas, je prie pour qu'il n'y en ait pas dans la salle de bains d'Emma. Cela dit, elle a dû regarder un peu trop de films, parce que, quand elle m'a appelé, elle avait ouvert tous les robinets et s'était carrément enfermée dans la cabine de douche. Je suis donc presque sûr que notre conversation n'a pas été surprise.

— Et son mari ? Tu m'as dit qu'il ne savait pas qu'elle t'avait contacté ? »

Tom soupira en se rappelant ce que lui avait dit Emma. « Il a déjà enduré l'horrible épreuve de perdre un enfant, alors je pense qu'il préférera faire tout ce qu'on lui dira plutôt que de faire courir le moindre risque à Ollie. »

Philippa haussa les sourcils. « Mais Emma Joseph pourra-t-elle affronter la situation seule ?

— Il va bien falloir. De toute façon, si elle veut qu'on retrouve son fils, elle n'a pas le choix. »

25

On aurait dit qu'un épais brouillard gris s'était installé autour d'Emma et qu'il gagnait du terrain, ne laissant qu'un objet coloré au centre de son champ de vision : le visage impassible et déterminé de sa belle-fille.

Assise en face d'elle, de l'autre côté de la table, Natasha semblait parfaitement indifférente à la torture qu'elle leur faisait subir. Quant à David, il arpentait la cuisine de long en large, en se passant nerveusement la main dans les cheveux.

« Pourquoi as-tu fait ça ? » siffla Emma entre ses dents serrées, la gorge étranglée par les sanglots. David lui jeta un regard anxieux.

La seule chose qui lui permettait de tenir le coup était l'idée que Tom Douglas était désormais au courant. Quelqu'un au-delà de ces quatre murs, en dehors des salopards qui détenaient son fils, savait la souffrance qu'elle endurait. Tom allait les aider. Elle avait failli hurler quand il lui avait dit qu'il était obligé de rendre les choses officielles, mais désormais elle se sentait soulagée. Le retour de son fils ne reposait plus exclusivement sur ses épaules. David, naturellement, le désirait tout autant qu'elle, mais l'acte horrible qu'avait commis sa propre fille conférait à sa douleur une dimension particulière et différente.

Emma avait dû lutter pour résister à l'envie de rester assise à côté du portable, au cas où Tom la rappellerait. Elle avait fini par cacher l'appareil dans la chambre d'Ollie (lieu où elle doutait que Natasha aille fouiller) en prenant soin de couper la sonnerie et le vibreur. Comme elle s'en était doutée, Tom avait bien fait les choses. Un premier texto lui avait dit qu'elle disposait d'un important crédit sur sa carte et un deuxième avait demandé des informations sur leur alarme : David se souvenait-il de la dernière fois qu'on leur avait envoyé quelqu'un pour la maintenance ?

Environ une heure plus tard, quand la sonnette avait retenti, certaine qu'il renverrait le visiteur, quel qu'il soit, Emma s'était débrouillée pour empêcher David d'aller ouvrir. Et elle avait trouvé sur le pas de sa porte un petit homme élégant avec un porte-bloc et une boîte à outils, qui lui avait dit qu'il ne lui faudrait pas plus d'un quart d'heure pour vérifier l'ensemble du dispositif d'alarme. Contrôle de routine. Quand il leur avait demandé de quitter la cuisine pour qu'il puisse tester les détecteurs infrarouges, David avait adressé à Emma un regard incrédule : compte tenu de la situation, comment avait-elle pu accepter ? Mais elle avait haussé les épaules en inclinant la tête sur le côté pour lui laisser entendre qu'elle n'était pas dans son état d'esprit normal.

David l'avait alors serrée dans ses bras, et une chaleur temporaire était venue emplir le vide froid qu'elle avait au fond d'elle.

L'ingénieur venait de partir, et le combat avait repris.

« Je t'ai posé une question, Natasha. Pourquoi as-tu fait ça ? répéta Emma en veillant cette fois-ci à ne pas se laisser submerger par l'émotion.

— Ils vont vous le rendre, votre précieux bébé. Il faut juste que vous fassiez ce qu'ils vous disent. Après, je pourrai me barrer. En attendant, si tu voulais bien fermer ta gueule... »

David cessa de marcher. « Natasha ! » s'exclama-t-il d'un air horrifié qui, en d'autres circonstances, aurait fait sourire Emma. Comment pouvait-il être choqué par quelques grossièretés, alors que cette fille venait d'enlever son enfant ?

« Je monte, finit-elle par dire. J'ai envie de rester un peu dans la chambre d'Ollie. Et je désire être seule, merci. Je ne veux pas vous parler. Ni à l'un ni à l'autre. »

Elle n'eut pas besoin de regarder le visage de David pour savoir que ses paroles l'avaient blessé. Mais si elle ne l'avait pas rejeté, il serait monté avec elle et, tout en essayant de la réconforter, il aurait avancé des arguments pour excuser le comportement de Natasha. Or elle n'avait pas envie d'entendre les âneries qu'il inventerait pour justifier les actes de sa fille, et de toute façon elle devait être seule, au cas où elle recevrait des nouvelles de Tom.

Et elle espérait vraiment en avoir.

À moins d'un kilomètre de la Maison du pré bleu, le domicile des Joseph, Tom attendait Becky dans son véhicule. Il l'avait envoyée inspecter les petites rues adjacentes à la maison pour repérer toute éventuelle trace d'activité suspecte avant de trop s'approcher. Il devait trouver un endroit qu'Emma pourrait atteindre à pied, car il était certain que Natasha avait reçu l'ordre de les empêcher d'utiliser leurs voitures.

Gil avait appelé pour dire qu'il avait trouvé des micros dans la cuisine, la salle à manger et la chambre de David et Emma. Tom, évidemment, lui avait dit de ne pas y toucher : ces micros devaient rester en place s'ils ne voulaient pas que les kidnappeurs sachent que la police avait été contactée.

D'après Gil, il s'agissait de micros GPS activés par le son. En théorie, ils auraient très bien pu intercepter le signal entre la maison et le récepteur, ce qui leur aurait permis de localiser le dispositif d'écoute. Mais il était tout à fait possible que ceux qui l'avaient installé, de toute évidence pas des amateurs, emploient eux-mêmes des techniques de contre-surveillance.

Tom avait besoin de savoir si les abords de la Maison du pré bleu étaient sûrs. Le paysage plat qui l'entourait n'offrait pas beaucoup de possibilités de se cacher, mais il ne savait que trop bien que, dans des cas comme celui-ci, des types pouvaient rester couchés pendant des heures dans des champs de maïs pour surveiller une propriété. Il avait donc fait survoler la zone par un hélicoptère équipé de détecteurs infrarouges. Et les nouvelles étaient bonnes : il n'y avait personne dans la campagne environnante.

Dans son rétroviseur, il vit la Golf noire de Becky se garer derrière sa BMW bleu marine (une voiture dont il ne se servait que pour le travail). Une seconde plus tard, la jeune femme s'installait sur le siège passager.

« Il fait un froid de canard. Et dire que cette pauvre Emma va devoir marcher pour te retrouver... Je préfère que ce soit elle que moi. Tu vas lui dire de te rejoindre dans la voiture ?

— Surtout pas. Si elle monte dans une voiture, tout est fini. Je la retrouverai dans le bois longeant la route qui part de chez eux.

— Il commence à faire nuit. Tu la vois vraiment aller dans une forêt toute seule dans le noir ?

— Elle est désespérée. Je doute que le froid ou le noir l'arrête. Mais toi, qu'est-ce que tu as trouvé ?

— Rien. Les passagers des rares voitures que j'ai croisées avaient l'air parfaitement normaux. J'ai relevé toutes les plaques. Et je vais les vérifier dès maintenant. Sinon, aucun véhicule garé nulle part et aucun truc bizarre. Apparemment, ils font confiance à la technologie. Et à Natasha. »

Becky regarda Tom d'un air anxieux.

« Tu es vraiment à l'aise avec cette affaire, Tom ? C'est déjà assez difficile comme ça quand nous ne connaissons pas les victimes, alors j'imagine que pour toi... Comment est Emma ? »

Tom tourna son regard vers la fenêtre pour ne pas avoir à soutenir celui de Becky.

« Elle apportait une véritable stabilité à mon frère, qui était plutôt du genre foufou. Mais du jour au lendemain, il l'a larguée. »

Il se garda bien de parler à Becky du soutien qu'Emma lui avait apporté quand son propre couple s'était désagrégé, quelques mois à peine après la séparation de Jack et d'Emma. Et de lui confier qu'au fil des années qu'elle avait passées avec Jack, il avait fini par la considérer un peu comme la sœur qu'il n'avait jamais eue.

« C'est quelqu'un qui donne, si tu vois ce que je veux dire. Elle est toujours prête à aider les autres, mais elle a beaucoup de mal à accepter quoi que ce soit en retour. J'ai toujours regretté que nous ayons perdu contact. Et je le regrette plus encore maintenant.

— Mais ce contact, elle vient de le renouer. Tu sais, Tom, j'ai peur que tu ne réussisses pas à rester détaché, dans cette affaire. Est-ce que Philippa sait à quel point vous étiez proches ? »

Tom se tourna vers Becky en plissant les yeux. « Je ne suis pas proche d'elle. C'est une femme que j'ai connue dans le passé, et c'est pour ça qu'elle a pu entrer en contact avec moi. Je n'ai aucune raison de m'impliquer personnellement dans cette affaire. La seule chose que je veux, c'est que ce bébé soit rendu à sa mère. Est-ce qu'on s'est bien compris ?

— Parfaitement. Mais si tu avais cette conversation avec quelqu'un d'autre, il faudrait que tu te montres plus convaincant. »

26

Le confort du fauteuil de la chambre d'Ollie ne parvenait pas à apaiser Emma. Elle sortit le téléphone de sous la couverture qu'elle tenait contre elle (une bonne cachette, au cas où quelqu'un déciderait d'entrer dans la chambre). Il n'y avait rien d'affiché à l'écran. Mais elle avait déjà vérifié dix secondes plus tôt.

Elle regarda le lit vide de son fils. À l'heure qu'il était, elle aurait dû être en train de lui donner son biberon, de sentir son petit corps chaud blotti contre le sien. Il aurait levé vers elle ses grands yeux portant en eux les premières traces de fatigue. Qui s'occupait de lui ? Ces gens ne pouvaient pas savoir qu'il détestait les pommes mais adorait les poires. Et s'il avait froid ? Est-ce que David lui avait bien mis son manteau avant que Natasha sorte avec lui ?

Machinalement, elle tirait le téléphone de sous la couverture toutes les dix secondes et le recachait.

Elle le reprit. Cette fois, l'écran s'illumina. Son cœur bondit.

Il y a un petit bois à environ 700 mètres de chez toi sur la route qui mène à la ferme du Saule. Sors de la maison et retrouve-moi là-bas quand tu pourras. N'oublie pas de prendre une lampe électrique. Je t'attendrai aussi longtemps que nécessaire. Ta maison est sur écoute. Fais attention à ce que tu dis. Tom.

Dieu merci.

Tout compte fait, elle n'avait pas été si ridicule que ça de s'enfermer dans la cabine de douche pour lui téléphoner.

Mais comment faire pour sortir de la maison ? Natasha s'y opposait, de même que David, probablement. Il allait falloir qu'elle se montre ferme. Cela étant, maintenant qu'elle savait que quelqu'un écoutait chacun des mots qu'elle prononçait, chaque nuance de sa voix, elle ne se sentait plus aussi sûre d'elle. Elle parviendrait peut-être à convaincre son mari et sa belle-fille, mais qu'en serait-il de cet auditeur invisible ?

Ollie. Elle le faisait pour Ollie. Il fallait qu'elle réussisse. Elle n'avait pas le choix.

Déterminée, elle éteignit le téléphone et alla l'enfouir tout au fond du coffre à jouets de son fils, en essayant de ne pas trop en regarder le contenu.

Puis elle se redressa en s'accrochant aux barreaux du lit et inspira profondément.

« Allez. On y va. »

Après avoir descendu l'escalier d'un pas décidé, elle alla chercher son manteau dans le placard de l'entrée.

Mais sa détermination vola en éclats quand elle ouvrit la porte de la cuisine : David était à genoux à côté de la chaise de Natasha.

« Natasha, s'il te plaît, ma chérie, dis-nous où il est. Je m'arrangerai pour que tu ne sois pas ennuyée. Je t'aime, Tasha. Je t'ai toujours aimée. J'ai déjà perdu ma petite fille une fois, et j'ai eu l'impression qu'on m'avait arraché le cœur. Je ne veux pas te perdre à nouveau, et je ne veux pas perdre Ollie. S'il te plaît, ma chérie... »

Emma vit dans le visage de Natasha quelque chose qui attira son attention. Quelque chose qui ressemblait à de l'incertitude. Elle fut tentée de se joindre à son mari et d'aller la supplier, mais elle savait que cela ne marcherait pas. Aux yeux de Natasha, elle n'était rien. Elle n'avait donc pas d'autre choix que de jouer les méchants flics.

« Tu perds ton temps, David. Cette petite garce n'a pas de cœur. » Elle appuya ses avant-bras sur la surface polie de la table et se tourna vers Natasha. « Ton petit frère t'adore, et tu le sais très bien. Ollie n'arrêtait pas de crier ton nom. "Hep, hep, Tassa !" Tu t'en souviens ? Il passait ses petits bras potelés autour de tes jambes et il t'embrassait avant d'aller se coucher. Tu te souviens de ses adorables petits bisous de bébé ? Il était prêt à t'aimer si tu l'avais laissé faire. Mais toi, voilà ce que tu lui as fait. Tu crois qu'il ressent quoi, en ce moment, avec ces gens qu'il ne connaît pas ? Ces gens qui ne lui font pas de câlins et qui ne rient pas quand il croit qu'il est drôle ? Il ne pleurera pas seulement après son papa et sa maman, maintenant, tu sais ? Il pleurera aussi après toi. Toi, "Tassa", celle qui l'a trahi. Tu lui manques aussi. »

Emma perçut comme un écho de sa propre détresse dans les yeux de Natasha et se demanda si elle devait continuer d'attaquer ou lui laisser le temps de méditer ses propos. Mais Tom l'attendait. Elle relancerait l'assaut plus tard.

« Je sors », dit-elle en enfilant son manteau.

Ils se retournèrent tous deux vivement vers elle, les yeux grands ouverts. Et soudain, d'un bond, Natasha se leva et se mit à passer rapidement ses mains sur le corps d'Emma.

Bon Dieu, elle me fouille. Et elle sait parfaitement s'y prendre.

Heureusement qu'elle avait laissé le téléphone à l'étage. En songeant au désastre qu'elle avait évité, elle sentit les battements de son cœur s'accélérer.

« Ne sors pas, dit David, qui, resté à genoux, paraissait totalement pitoyable. On a besoin de toi ici, Em. Il faut qu'on parle de tout ça.

— Non, David. Elle n'écoute pas. Elle n'a pas de sentiments. Et puis je ne suis pas sûre qu'elle dise la vérité. Je ne suis pas sûre que quelqu'un ait enlevé Ollie. Et si elle lui avait fait du mal pendant cette promenade et qu'elle avait inventé toute cette histoire pour brouiller les pistes ? Je vais voir si je ne peux pas le trouver dehors. »

Elle regarda fixement sa belle-fille.

« Est-ce que tu lui as fait du mal, Natasha ? Est-ce que tu l'as laissé quelque part dehors ? Est-ce que tu as fait du mal à ton petit frère ? »

Natasha se détourna.

« Nan, murmura-t-elle. J'aurais jamais fait ça. J'aurais jamais fait de mal à Ollie. Il est en sécurité. Et vous allez le récupérer. Il faut juste que vous fassiez ce qu'on vous dira. Il est pas dehors, je le jure. » La voix de Natasha se brisa sur ce dernier mot.

Oh, mon Dieu. Elle va pleurer.

Mais David se précipita vers elle pour la prendre dans ses bras. Et l'ambiance changea. Natasha le repoussa violemment et son visage redevint dur.

« Reste là, Emma, lui dit-elle. Ils seront pas contents si tu sors de la maison.

— Ça m'est égal, répondit Emma sans se soucier de David qui secouait la tête pour montrer sa désapprobation. Je ne crois pas que quelqu'un ait enlevé mon fils. À mon avis, il n'y a que toi, Natasha. De toute façon, je veux vérifier par moi-même. Voir si je peux retrouver mon bébé. J'aurais dû le faire il y a des heures. »

Tom entendit un bruissement ; quelqu'un était en train d'approcher dans le chemin couvert de feuilles mortes. C'était un petit bois, presque un bosquet, mais les arbres les protégeaient du regard d'éventuels automobilistes qui seraient passés sur la route. Becky avait raison : le vent était glacial et, tout en soufflant sur ses doigts, Tom regretta de ne pas avoir pensé à prendre ses gants.

Il braqua le faisceau de sa lampe vers le sol, sur le chemin. Et soudain, il la vit.

Il aurait aimé pouvoir lui dire qu'elle n'avait pas changé, et il était presque sûr qu'une semaine plus tôt, ç'auraient été les premiers mots qui seraient sortis de sa bouche, mais il ne pouvait pas mentir. En dehors de l'ombre pourpre qui lui cernait les yeux, son teint était dénué de toute couleur, et sa queue-de-cheval serrée donnait à son visage pâle un aspect terne et anguleux, en contradiction totale avec la douceur dont il avait gardé le souvenir.

Elle se précipita vers lui pour le prendre dans ses bras. Ses mains, dans son dos, étaient comme des blocs d'acier. Pensait-elle pouvoir atténuer sa douleur en le serrant si fort contre elle ? Quand il avait dû faire le deuil de Jack, cette femme, bien malgré lui, lui avait beaucoup manqué. Elle l'avait aidé à se rapprocher de son frère, et il ne pourrait jamais assez l'en remercier.

« Je suis désolé pour tout ce qui s'est passé, Emma. Ça doit être un véritable cauchemar pour toi, mais nous allons tout faire pour retrouver Ollie », murmura-t-il contre son oreille.

Après s'être doucement écartée de lui, Emma se retourna nerveusement pour regarder derrière elle dans la pénombre.

« Tu crois que quelqu'un aurait pu me suivre ?

— Non. On a bien examiné les environs, et la maison n'est pas surveillée. Ou alors juste au niveau des points d'accès aux routes qui y mènent. Becky doit être en train de parler à David et Natasha en ce moment, sous prétexte qu'on aurait découvert une nouvelle information sur le garçon du train. Elle va veiller à ce qu'ils restent à l'intérieur, et s'il y a le moindre problème, elle appellera, ne t'inquiète pas. »

Emma ouvrit de grands yeux. « Becky est au courant ? Et s'il y avait une taupe dans votre équipe, ou je ne sais quoi ? »

Tom lui prit délicatement le bras et regarda ses yeux troublés.

« Ne te fais pas de souci. Nous avons une procédure pour ça. Presque tous les kidnappings commencent par les mots “Ne dites rien aux flics”, et nous savons exactement quoi faire dans ces cas-là. En ce moment précis, seules quatre personnes sont au courant : moi, ma supérieure, Becky et le type qui est venu vérifier si la maison était sur écoute. Nous sommes en train de monter une équipe, mais, tant que nous ne saurons pas exactement à quoi nous sommes confrontés, cette équipe restera restreinte et confidentielle. »

Emma hocha la tête et se laissa tomber contre Tom, qu'elle prit à nouveau dans ses bras. Son corps tremblait légèrement contre le sien ; de froid ou de peur, il n'aurait su le dire, mais il resserra son étreinte autour d'elle, comme s'il pouvait ainsi lui donner une partie de sa force.

Manifestement incapable de rester en place, la jeune femme s'écarta de nouveau de lui et le vent, glacial, balaya la sensation de chaleur que son corps lui avait procurée. Il resserra les pans de son manteau.

« Explique-moi tout ce qui s'est passé.

— Il n'y a pas grand-chose de plus que ce que tu sais déjà. J'imagine que tu étais au courant pour le retour de Natasha. Elle s'est montrée extrêmement distante depuis son arrivée. Elle a refusé de nous dire où elle avait vécu, comment elle était revenue et si elle avait ou non été maltraitée. Apparemment, elle en veut à David de ne pas s'être trouvé avec elles ce soir-là. On dirait qu'elle a envie de le lui faire payer. Comme s'il n'avait pas déjà assez souffert...

— Est-ce qu'elle vous a expliqué pourquoi elle a fait ça ?

— Elle nous a juste dit qu'il allait falloir qu'on fasse quelque chose et qu'on n'allait pas tarder à nous dire quoi. Après ça, on pourra récupérer Ollie. » Sa voix se brisa dans un sanglot. « Ce n'est qu'une enfant, Tom. Comment a-t-elle pu faire une chose pareille ? »

Tom n'eut pas le cœur de lui parler de tous les jeunes délinquants et criminels auxquels il se retrouvait régulièrement confronté, des enfants et adolescents pour la plupart aussi durs que leurs homologues adultes. De toute façon, elle n'attendait pas de réponse. Elle avait juste envie de parler, de s'alléger d'une partie de sa peine en la partageant.

« David passe son temps à la supplier. Il ne veut pas lui crier dessus, parce qu'il pense qu'elle est perturbée. Mais je crois avoir fait une découverte importante : Ollie est complètement fou de Natasha, et elle a eu beau essayer de garder ses distances vis-à-vis de lui, c'est un adorable petit bébé, et une ou deux fois, je l'ai surprise en train de le regarder d'un air attendri. C'est pour ça que je me dis qu'elle finira peut-être par craquer. Qui sait ? Il faut bien que je fasse quelque chose, que je trouve une faille à exploiter. »

Tom hocha la tête. « Écoute, Emma, nous ne savons pas comment vont se passer les quelques heures ou les quelques jours qui viennent, mais je crois que le mieux serait de vous envoyer tous dans un endroit sûr pour que nous puissions de notre côté négocier le retour d'Ollie en toute sécurité. »

Emma s'accrocha à son bras.

« Non, Tom. Non ! Je sais qu'en te mettant au courant j'ai brisé leurs règles et pris un immense risque. Mais je veux qu'ils pensent que nous nous plierons à leur volonté. Et c'est ce que David veut, lui aussi : accepter tout ce qu'ils pourraient demander, pour que cette histoire se termine le plus vite possible.

— OK. Mais tu ne dois pas oublier que la maison est sur écoute : la cuisine, la salle à manger et votre chambre. Donc, si jamais tu décidais, à un moment ou à un autre, de dire à David que tu m'avais contacté, il faudrait t'assurer que votre conversation ne puisse pas être entendue. »

Tout en hochant la tête, Emma lâcha son bras.

« Mais... comment va-t-on faire pour récupérer Ollie ? Ils ne m'ont pas encore demandé d'argent. Combien de temps vont-ils nous faire attendre ? »

Tom prit quelques instants pour réfléchir. Mieux valait ne pas lui dire que ce n'était peut-être pas de l'argent qu'ils voulaient. Elle avait déjà assez peur comme ça.

« Nous avons plusieurs pistes et nous allons les suivre attentivement. Mais les gens à qui nous avons affaire sont très organisés, et nous devons donc nous montrer très prudents. On va essayer de retrouver le garçon à qui Natasha a souri dans le train. S'il fait partie du même gang qu'elle, il pourra nous mener quelque part.

— Mais moi, qu'est-ce que je peux faire ? Tu crois que je devrais essayer de trouver de l'argent ?

— Ne t'inquiète pas pour l'argent ; je m'occupe de ça. Concentre-toi sur Natasha : essaie de la faire parler un maximum. Dis-toi bien que chaque petite information que tu obtiendras de sa part pourra nous être utile. La prochaine fois qu'on aura l'occasion de parler, tu me raconteras tout, jusqu'aux détails les plus triviaux. D'ici là, comporte-toi comme si tu suivais leurs instructions. »

Tom plaça ses mains sur les épaules d'Emma et regarda son visage baigné de larmes.

« Tu te débrouilles très bien, Emma. Continue de jouer la carte de la culpabilité. Je pense aussi que ça peut marcher. »

La jeune femme le prit dans ses bras une dernière fois. « Merci », lui chuchota-t-elle à l'oreille.

Puis elle tourna les talons pour s'en aller, les épaules affaissées, comme si sa souffrance était telle qu'il lui était difficile de se tenir droite.

« Emma, dit-il doucement. Je suis désolé pour la façon dont Jack t'a traitée. Je n'ai jamais compris pourquoi il avait fait ça et j'ai toujours regretté de ne pas avoir eu le temps d'en parler avec lui pour le forcer à m'expliquer. Je n'aurais jamais cru que ce petit con mourrait comme ça. Est-ce que tu sais pourquoi ? »

Emma se redressa brusquement, mais ne se retourna pas.

« Pourquoi il m'a quittée, ou pourquoi il est mort ? »

Tom fronça les sourcils. « Pourquoi il est mort ? » Que voulait-elle dire par là ? Sans attendre sa réponse, cependant, Emma se tourna légèrement vers lui, mais elle évita son regard.

« Est-ce que tu savais qu'il m'avait annoncé sa décision de me quitter par e-mail ? Est-ce qu'il t'a dit ça ? Non. Je parie que non. On avait loué une maison en Croatie pour un an, si tu te souviens bien, et Jack était reparti en Angleterre pour travailler sur un projet, chose qui était devenue rare depuis qu'il avait vendu sa société. C'est là qu'il a rencontré Melissa, la femme pour qui il m'a quittée. Et donc, il m'a juste envoyé un petit mot pour me dire que c'était fini entre nous.

— Quoi ! Mais... ça ne se fait pas... Je n'aurais jamais cru ça de Jack. Et puis vous aviez l'air tellement proches...

— On l'était. On avait bien quelques problèmes, comme n'importe quel couple au bout de dix ans de vie commune, mais rien qui n'aurait pu être réglé avec quelques compromis. Je ne m'attendais vraiment pas à ça.

— Et après ? Il n'a pas cherché à te recontacter ?

— Oh, si. » Emma releva la tête et se mit à regarder le ciel obscur au-dessus de Tom, comme si elle y voyait une chose qui ne pouvait être révélée qu'à elle seule. « Il a cherché à me recontacter. La veille de sa mort. Ça a été comme si je l'avais perdu une deuxième fois. »

Il y eut un long, très long silence, et Tom comprit que les mots qui allaient suivre lui feraient du mal. Elle baissa la tête et riva son regard au sien.

« Si je n'ai pas pu te voir depuis, Tom, si je t'ai ignoré pendant tout ce temps, c'est parce que je n'aurais pas pu te parler sans te le dire. Mais maintenant, je pense que le moment est venu de le faire. Jack m'a écrit la veille de sa mort pour me dire adieu. Je suis désolée de te le dire, mais la vérité, c'est que son décès n'est pas dû à un accident. Jack s'est suicidé. »

27

La route semblait s'étendre à l'infini devant Tom, qui marchait rapidement, tête baissée, pour revenir à l'endroit où il avait garé sa voiture. Dans la campagne ouverte, il se sentait exposé, incapable de se concentrer, incapable d'accepter ce qu'Emma venait de lui dire. Il fallait qu'il se concentre sur le bébé disparu, mais il décida de passer un marché avec lui-même : quelques minutes, juste quelques minutes, pour essayer de s'adapter à la vérité et de revoir tout ce qu'il avait toujours pensé de la mort de Jack.

Après avoir lâché cette nouvelle dévastatrice, Emma avait tourné les talons, mais Tom lui avait pris le bras pour l'empêcher de partir. Ce qui n'était sans doute pas très juste, au vu de tout ce que la pauvre femme avait déjà à endurer.

« Je sais que tu as d'autres soucis en ce moment, Em, mais y a-t-il autre chose que tu pourrais me dire ? Cette lettre, que contenait-elle ? » Tom avait très nettement perçu de la détresse dans sa propre voix. Le suicide était une chose qu'il avait toujours eu du mal à appréhender dans le cadre de son travail. Cela impliquait un niveau de désespoir bien au-delà de sa compréhension. Même dans les pires moments de sa vie, il avait toujours réussi à garder confiance en l'avenir, à se dire que les choses finiraient par s'améliorer.

De la paume de sa main, Emma avait caressé sa joue, endossant le rôle de consolatrice, alors que sa propre vie était totalement brisée. Il avait eu honte.

« Dans cette lettre, Jack disait qu'il avait commis beaucoup d'erreurs dans sa vie et que le moment de rendre les comptes était arrivé. Pour reprendre ses mots, il avait pris une décision qui allait engendrer beaucoup de souffrance, et il la regrettait déjà, mais il ne voyait pas d'autre moyen de mettre un terme à une existence qui lui était devenue insupportable. Je suis désolée, Tom. »

Tom avait eu très envie de retenir Emma pour lui poser davantage de questions, mais il lui avait suffi de jeter un coup d'œil à son visage, où la compassion qu'il lui inspirait se mêlait à la peur et au désespoir suscités par le kidnapping, pour revenir durement à la réalité.

« Merci de me l'avoir dit, avait-il murmuré en écartant doucement sa main de son visage. Ça va être très difficile à digérer, mais j'aurai tout le temps de me pencher là-dessus quand nous aurons retrouvé Ollie. Rentre, Em. Retourne voir David et continue de me tenir au courant. On va retrouver Ollie et le ramener. Je sais bien que les flics ne doivent jamais faire de promesses, mais je t'assure que je remuerai ciel et terre pour te ramener ton bébé. »

Après s'être serrés une dernière fois dans les bras, ils s'étaient séparés : Emma était repartie vers sa maison et Tom avait pris la direction opposée pour quitter le petit bois.

Sa voiture était en vue désormais, et, tout en déverrouillant les portières, il accéléra encore le pas. Ce fut donc presque en courant qu'il arriva à son véhicule. Et quand il se glissa sur le siège conducteur, il eut l'impression d'avoir atteint un sanctuaire, un lieu où il pourrait clarifier ses pensées.

Aussitôt assis, il croisa ses bras sur le volant et laissa sa tête retomber dessus.

« Pourquoi, Jack ? » marmonna-t-il.

Son frère avait certes un comportement imprévisible, mais il était doté d'un solide sens de l'humour et avait toujours « pris la vie comme une blague », pour reprendre ses termes. Cependant, son génie et son succès n'avaient pas effacé la part sombre de lui-même : Tom n'avait jamais compris pourquoi, mais il avait toujours eu le sentiment que Jack manquait de confiance en lui. Quand ce n'était pas juste « petit frère », Jack l'appelait ironiquement « le gentil », parce qu'il le considérait comme un type bien. Par opposition à lui.

Tom se laissa retomber contre son dossier et ferma les yeux. Les raisons pour lesquelles Jack s'était suicidé n'allaient certainement pas lui apparaître ici, tout à coup, dans un flash.

Mais pourquoi n'est-il pas venu m'en parler ?

Il ne servait à rien de se poser cette question. Il ne saurait jamais.

Il rouvrit les yeux et mit la clef dans le contact. Il était temps maintenant de penser au bébé. De se concentrer sur la vie, et pas sur la mort.

28

« Où étais-tu ? » Les mots avaient jailli de la bouche de David au moment où Emma était entrée dans la cuisine. Son front, d'ordinaire si lisse, était plissé par l'inquiétude. Manifestement, il n'avait pas bien supporté son absence.

« Je suis allée jusqu'au petit bois. Il y a une espèce de tronc d'arbre que des enfants ont dû traîner jusqu'à la clairière pour s'en servir comme tabouret. Je me suis assise dessus pour réfléchir. »

David prit un air horrifié.

« Mais il fait nuit ! Tu n'as pas eu peur, toute seule, dans le noir ? »

Emma ferma les yeux.

« Écoute, mon enfant vient d'être enlevé. Je ne vois pas ce qui pourrait être plus terrifiant que ça. Le noir, les rats, les orages, les bandes de jeunes voyous... tout ça, c'est ridicule, à côté. »

Elle regretta aussitôt de s'être montrée si dure avec lui.

« Tu n'aurais pas dû sortir, dit David. Nous ne pourrons récupérer Ollie que si nous faisons exactement ce qu'ils nous disent. Il faut que tu respectes les règles, Emma. Et quand tout sera terminé, on pourra demander de l'aide pour Tasha. Il faut juste qu'on reste ici. »

David lui faisait parfois penser à une autruche enfonçant sa tête dans le sable pour se forcer à croire que tout finirait par s'arranger. C'était l'une des rares choses qu'elle trouvait agaçante chez lui. Non pas son optimisme, mais son incapacité à regarder la réalité en face et sa tendance à privilégier les solutions de facilité.

Cette fois-ci, de toute façon, ça ne pourrait pas marcher. Il n'y avait pas de solution de facilité.

En rentrant du bois, Emma avait décidé d'attaquer Natasha en deux temps pour essayer de la déstabiliser. David cherchait à l'amadouer, mais Natasha était parfaitement capable de résister à cela. La chose à laquelle elle était moins susceptible de résister, en revanche, était la gentillesse, l'idée d'un foyer chaleureux dans lequel elle était la bienvenue. Cette idée, Emma allait donc tout faire pour la lui donner. Mais dès que Natasha commencerait à baisser la garde, elle reviendrait à la charge en évoquant Ollie.

« Bien, dit-elle. Personne dans cette maison n'a mangé quoi que ce soit depuis ce matin. Compte tenu de la situation, nous ne pouvons pas nous permettre de tomber dans les pommes. Donc, que ça vous plaise ou non, nous allons dîner. »

Elle sortit du réfrigérateur une sauce bolognaise qu'elle avait faite quelques jours plus tôt et elle la mit au micro-ondes. Elle voulait que sa belle-fille ait la sensation que la vie était agréable dans cette maison, qu'il s'agissait d'un véritable foyer. Peut-être serait-elle moins disposée à le détruire.

Sans rien dire, David commença à mettre la table. Du coin de l'œil, elle le vit prendre une bouteille de vin.

« Désolée, chéri, mais je ne crois pas que ce soit une bonne idée. Et si tu devais conduire ce soir et que tu te faisais arrêter par la police ? »

David prit un air irrité.

« C'est pas ce soir, c'est demain », intervint Natasha.

C'était la toute première information qui sortait de sa bouche.

« Qu'est-ce qui est demain, Tasha ? » demanda David d'un ton désinvolte, comme s'il s'agissait d'une conversation tout à fait ordinaire.

Mais Natasha se contenta de pousser un petit soupir méprisant.

David et Emma échangèrent un rapide coup d'œil. Ils dînèrent dans un silence total, tous trois picorant le contenu de leurs assiettes avec peu d'appétit. Le moins que l'on pouvait dire était que la stratégie d'Emma avait échoué. Le pire, c'est que l'idée même de manger lui donnait des nausées. Il y avait une dernière chose, cependant, qu'elle voulait essayer.

Son ordinateur portable se trouvait toujours à l'autre bout de la table. Elle le tira vers elle, en s'assurant que David et Natasha pouvaient en voir l'écran. Puis elle cliqua sur une icône. Et tout à coup, Ollie fut partout dans la pièce. Ollie en train de rire, de marcher à quatre pattes. Emma se souvenait encore très bien du moment où elle avait pris cette vidéo avec son portable. Elle savait ce qui risquait de se passer après. Mais elle ne devait pas se laisser aller, elle ne pouvait pas pleurer maintenant ; cela ruinerait son plan.

Tout d'abord, on voyait une paire de chaussures, puis le jean d'une personne assise sur le canapé en cuir au bout de la cuisine. Emma avait zoomé pour que l'on puisse bien voir Ollie attraper les jambes de Natasha pour se redresser. « Tassa, Tassa ! » criait-il avec un immense sourire au moment où sa petite tête arrivait presque au niveau de la sienne. Gros plan sur le visage de Natasha. Emma avait réussi à immortaliser le très bref instant où elle s'était laissée aller à sourire à Ollie, avant de reprendre son habituel air renfrogné.

Comme hypnotisés, ils avaient tous les trois le regard rivé sur l'écran, mais soudain, Natasha se leva et referma violemment le clapet de l'ordinateur.

« Ça marchera pas, tu sais ? Je suis pas débile. T'as cru que j'étais une enfant normale qui fait ce qu'on lui dit et qu'a peur de se faire gronder ? » Elle eut un rire glacial. « Quand tu viens de là où je viens, les trucs dont t'as peur, c'est d'être jetée dans le puits et qu'on te donne rien à manger jusqu'à ce que tu sois prête à faire n'importe quoi, ouais, n'importe quoi, juste pour un bout de pain. Ou pire encore : t'as peur qu'un des types balèzes, un des fous furieux, vienne te trouver. Tu sais comment on les appelle, ces types ? Nan, je parie que nan. On les appelle les "exécuteurs". Alors tu vois, c'est pas avec tes spaghettis bolo et ta petite vidéo de famille que tu vas réussir à m'attendrir. »

Emma n'arrivait plus à détacher son regard de Natasha. Une image de la vie qu'elle avait dû mener au cours de ces six dernières années venait de se graver dans son esprit. Et au même moment, tous ses espoirs avaient disparu.

29

Quand Becky vit Tom arriver, elle comprit immédiatement qu'il s'était passé quelque chose. Tom avait ce que sa mère appelait un visage franc : de grands yeux bleus qui vous regardaient toujours en face et une expression sereine et confiante. Mais, ce soir-là, on aurait dit que son visage avait rétréci : ses yeux étaient légèrement enfoncés dans leurs orbites et de petits plis s'étaient creusés entre ses sourcils. Sa peau semblait plus pâle également, et ses lèvres généreuses étaient pincées, comme s'il avait les dents serrées. Mélancolique. Ce fut le mot qui vint à l'esprit de Becky.

Il n'était pas mal du tout, il fallait bien le dire. Un bon mètre quatre-vingt-cinq, des épaules larges, un torse puissant. Et avec son attitude confiante et décontractée, on se sentait toujours à l'aise et en sécurité à son côté. Cela dit, il avait du caractère. Un caractère qui pouvait facilement devenir mauvais en présence de suspects, notamment quand les victimes étaient des enfants. Et il pouvait parfois se montrer un peu bourru et un peu trop direct. Mais, à bien y réfléchir, tout cela ne faisait qu'ajouter à son charme, auquel elle ne devait surtout pas succomber, d'ailleurs. Il avait Leo. Une fille belle et intelligente, apparemment. Et qui étudiait la psychologie, rien que ça.

« Tu veux un thé ? » lui demanda-t-elle en essayant de chasser le léger et irrationnel sentiment de jalousie qu'elle éprouvait à l'égard de cette femme qu'elle ne connaissait même pas. Tom, qui n'avait pas eu l'air de le remarquer, se contenta de lui jeter un regard distrait en poursuivant sa route vers son bureau. Prenant cela pour un oui, elle se dirigea vers la petite cuisine.

« Comment ça s'est passé avec Emma ? » lui demanda-t-elle cinq minutes plus tard, en posant un mug sur son bureau.

Tom fixa son regard sur le thé. « Il n'y a pas grand-chose à raconter, répondit-il évasivement.

— Bon. Moi, comme convenu, je suis allée voir David et Natasha. » Mieux valait sans doute parler un peu pour lui laisser le temps de se remettre des émotions qui avaient l'air de le tourmenter. « Évidemment, je me suis montrée très prudente, à cause des micros. Comme je savais qu'elle ne me dirait rien, j'ai commencé par l'interroger sur l'endroit où elle avait vécu. Elle a fini par partir. Mais je l'ai suivie et je l'ai coincée dans le hall. Je lui ai dit qu'on avait de nouvelles informations et que je voulais lui soumettre quelques noms. Elle m'a fait une tête, genre "Tu crois vraiment que je te le dirai ?" Comme de toute façon, ces noms, je les avais inventés, je m'en fichais complètement. Il m'a semblé quand même percevoir une petite réaction quand j'ai dit Rick Harvey, ou Richard Harvey. Je ne me souviens plus si c'était Rick ou Richard, mais je crois que c'était plutôt Rick. À la base, je voulais juste l'énerver un peu, mais si ça a fait tilt, tant mieux, c'est toujours bon à prendre. »

Becky s'interrompit. Tom l'avait observée pendant tout le temps où elle avait parlé, mais son regard était distant, vague.

« OK. Bien joué, Becky. » Il ferma les yeux pendant une seconde. Ses épaules se soulevèrent et s'affaissèrent, comme s'il essayait de se maîtriser.

« Mais on part de rien, ou presque, reprit-il. Que savons-nous exactement ? »

De nouveau, ils passèrent en revue les maigres informations dont ils disposaient sur les ravisseurs de Natasha, les personnes qui l'avaient ramenée à son domicile et celles qui avaient enlevé Ollie. Ils n'avaient rien, en effet, ou presque.

Le téléphone de Tom se mit à sonner dans sa poche. Il le sortit et en consulta l'écran. Et tout à coup, pour la première fois depuis que Becky était arrivée, il décolla le dos de sa chaise et se tint droit.

Il la regarda dans les yeux. Elle sentit les battements de son cœur s'accélérer.

« Un texto d'Emma. Ça avance. On ne sait toujours pas ce qu'ils veulent ni ce qu'ils ont prévu, mais, d'après Natasha, c'est demain que ça se produira. »

De nouveau seul dans son bureau, Tom se sentait accablé de frustration. Ils avaient rassemblé et briefé une petite équipe pour travailler sur le kidnapping et ils avaient étudié toutes les pistes qui leur étaient venues à l'esprit mais, comme ils ne disposaient d'aucune information, ils n'étaient arrivés nulle part.

Son téléphone portable se mit à sonner.

« Tom Douglas.

— Salut, Tom. C'est Leo. »

Il soupira. Il avait complètement oublié de lui dire qu'il ne rentrerait sans doute pas ce soir-là. Et il n'avait aucune idée de la façon dont elle réagirait lorsqu'il lui dirait qu'il était tenu au secret professionnel et ne pouvait rien lui dire de plus.

« Et merde ! Excuse-moi, Leo. Écoute, je te rappelle. Je suis désolé, mais je ne peux pas utiliser mon téléphone perso en ce moment. Laisse-moi juste deux minutes. »

Il raccrocha. C'était le seul numéro auquel Emma avait accès. Il ne pouvait pas se permettre de bloquer la ligne en bavardant avec Leo.

Mal à l'aise, il composa le numéro de celle-ci sur son téléphone de bureau.

« Excuse-moi, dit-il. Mais j'attends un appel sur l'autre ligne.

— C'est Lucy ? » demanda-t-elle d'un air inquiet. Leo avait rencontré sa fille plusieurs fois, et elles s'entendaient de mieux en mieux. Au départ, il y avait eu une légère réaction de méfiance de la part de Lucy, mais Leo avait agi avec beaucoup de tact et de finesse, parant ainsi à tout éventuel sentiment de jalousie.

« Non, ne t'inquiète pas. C'est professionnel, mais je ne peux pas te donner de détails. Désolé. »

Il y eut un bref silence ; on aurait dit qu'elle ne l'avait pas cru. Curieusement, Tom se sentit soudain pris d'un accès de colère. Mais les mots que prononça ensuite Leo ne laissaient rien deviner de ses sentiments :

« Je voulais savoir si je pouvais tester mes compétences limitées pour préparer quelque chose à dîner. »

C'était une très mauvaise cuisinière, mais il ne voulait pas la vexer. « Ce serait vraiment super ; malheureusement, je pense que je ne vais pas rentrer ce soir. Ou alors, ce sera très tard dans la nuit.

— Qu'est-ce qui se passe ? Je croyais que tu avais toutes tes enquêtes en cours bien en main.

— Ah. Hélas, tu sais, le crime ne s'arrête jamais à Manchester. On a toujours de nouvelles enquêtes, je peux te l'assurer. Et il faut les suivre de près. Quand tu penses que tu peux prendre un peu de temps pour réfléchir, il y a toujours un enfoiré pour faire un coup tordu qui requiert toute ton attention. Mais là, c'est encore différent. Et il faut que je reste pour régler ça. Je suis désolé.

— Tu ne comptes pas me dire ce qui se passe ?

— Je ne peux pas.

— Très bien. De toute façon, j'ai des tonnes de trucs à lire. La question est : est-ce que je dois rester ici, chez toi, ou repartir chez moi ?

— Eh bien... j'espérais, dans l'éventualité où je pourrais rentrer à la maison, et les chances sont minces, avoir le bonheur de retrouver ton corps nu et chaud dans mon lit. Qu'est-ce que tu en penses ? »

Il entendit un doux rire à l'autre bout de la ligne. *Ah, c'est mieux.*

« Alors réveille-moi quand tu rentreras. Ça ne me ferait pas de mal à moi non plus de retrouver ton corps chaud et nu. »

À ces mots, toutes les inquiétudes concernant Jack et Ollie disparurent de son esprit, effacées par une image de Leo, ses longs cheveux noirs éparpillés sur l'oreiller, son beau corps mince étendu sur le lit, n'attendant que lui.

« Je ne t'entends plus, Tom, dit-elle d'une voix taquine. Contente de t'avoir remonté le moral. Tu avais l'air de mauvais poil quand je t'ai appelé. Oh, j'allais oublier : tu as un message sur ton répondeur. Tu veux que je te le fasse écouter ?

— Oui, merci », répondit-il, en luttant pour se reconcentrer sur son travail.

Il entendit le bruit des pas de Leo sur le parquet de son entrée, un bruit qui s'atténua légèrement quand elle marcha sur le tapis. Puis il y eut un clic.

« Ce message s'adresse à M. Tom Douglas. Je suis Raoul Charteris, de la banque suisse Honegger Wys & Cie. Nous avons bien reçu votre requête concernant le compte dont le code commence par 53696C766. Il se trouve que vous en avez bien été désigné comme bénéficiaire. Cependant, nous avons constaté certaines irrégularités concernant ce compte dont nous voudrions discuter avec vous. J'aimerais vous parler le plus vite possible, monsieur Douglas. Merci de me rappeler rapidement. Vous pouvez me joindre au 41 43 733 5360, à n'importe quelle heure du jour ou de la nuit. »

30

La nuit était très calme et, à travers la fenêtre ouverte de la chambre d'Ollie, Emma pouvait voir un mince croissant de lune et des myriades d'étoiles. Elle avait ressenti le besoin d'ouvrir les rideaux et la fenêtre. De voir l'astre qui brillait au-dessus d'Ollie, de sentir l'air qu'il respirait lui aussi. Curieusement, il lui semblait qu'en laissant la fenêtre fermée elle aurait créé un cocon de confort dont son fils aurait été exclu, et depuis qu'elle l'avait ouverte en grand, elle avait l'impression de pouvoir transmettre ses pensées et son amour aux étoiles pour qu'elles les reversent sur lui. Ollie.

Elle avait commencé la nuit dans son lit, à côté de David, en espérant qu'ils pourraient se réconforter l'un l'autre, mais c'était plus difficile qu'il n'y paraissait. Comment pouvait-elle partager les sentiments qu'il éprouvait pour sa fille, cette garce qui leur avait pris Ollie ? C'était comme s'ils étaient séparés par un fossé d'un kilomètre de large.

David avait fini par sombrer dans un sommeil profond. Elle ne comprenait pas comment il pouvait dormir, mais il était vrai qu'il était épuisé et, à en juger par son haleine, il avait dû se remettre à boire du brandy pour atténuer son chagrin. Quand ils avaient su que « ça » se passerait le lendemain, il n'avait plus eu aucune raison de résister au leurre de l'alcool. Elle, pour sa part, avait dû s'en passer. Si Ollie avait eu besoin d'elle ?

Elle avait envie de se sentir en symbiose avec son bébé. Et c'était dans sa chambre qu'elle voulait être. Dès que David s'était endormi, donc, elle avait fui le lit conjugal pour rejoindre le lieu où elle se sentait le plus proche de son fils.

Désormais, elle se demandait ce qui pouvait se passer dans la tête de Natasha. Elle avait beau essayer, elle n'arrivait pas à concilier l'image de cette adolescente d'apparence fragile avec celle de la personne qui s'était dressée devant eux pour leur dire que rien de ce qu'ils pourraient faire ne parviendrait à l'effrayer.

Mais, à bien y réfléchir, il y avait au Moyen-Orient des enfants plus jeunes qu'elle qui participaient à des conflits armés et étaient formés pour tuer. Elle avait par ailleurs vu un documentaire qui disait qu'au Royaume-Uni pas moins de cinq cents enfants de moins de quatorze ans avaient été condamnés pour des crimes violents au cours de l'année écoulée. Le comportement de Natasha avait beau défier l'entendement, il n'était peut-être pas aussi extraordinaire qu'il y paraissait.

Emma mit une couverture sur ses jambes. Elle ne savait même pas pourquoi elle s'était préparée à aller se coucher. Elle n'avait que très peu dormi depuis l'arrivée de Natasha, et pourtant elle ne pouvait se résoudre à fermer les yeux. Et si elle manquait quelque chose d'important ? Et s'ils ramenaient Ollie et le laissaient dehors, tout seul, à pleurer pendant qu'elle dormait ? Et s'il tombait malade et qu'ils se mettent à paniquer ? Bref, il fallait qu'elle soit éveillée et prête à faire tout ce qu'il faudrait pour récupérer son fils.

Seule une mince cloison la séparait de la cause de tous ses problèmes. Un petit mur. Natasha avait dû se barricader dans sa chambre, comme à son habitude. Mais peu importait : Emma formula ses questions de sorte qu'elles traversent la cloison et s'insinuent dans la tête de sa belle-fille.

Comment as-tu pu faire ça à ton petit frère ? lui demanda-t-elle silencieusement, en dirigeant le flux de ses pensées vers Natasha, qu'elle imaginait endormie dans son lit. *Que t'a fait ce petit bébé ? Que t'avons-nous fait ?*

Elle était tellement concentrée qu'elle faillit ne pas le percevoir.

Tiens.

Un bruit. Natasha était en train de se déplacer dans sa chambre. Figée, Emma se concentra de toutes ses forces pour écouter les sons en provenance de la pièce adjacente. Il y avait un bourdonnement qui ressemblait à une voix, mais il était si faible qu'elle ne pouvait en être sûre.

Tout à coup elle identifia un mot distinct, dit sur un ton qui paraissait désespéré :

« Pourquoi ? »

Et puis plus rien. Juste le bruit du vent dans les feuilles du houx sous la fenêtre.

Emma se laissa doucement glisser sur le sol. Elle avait laissé la porte de la chambre entrouverte, par habitude et par manque de courage. La fermer aurait souligné ce qu'elle ne savait que trop bien : Ollie n'était pas là. Mais elle avait bien fait, avec le recul, car de cette façon elle allait pouvoir mieux entendre. Assise par terre à côté de la porte, elle ramena ses genoux sous son menton et passa ses bras autour de ses jambes.

Le murmure avait cessé. Il y eut un silence qui dura quelques instants puis un bruit différent : un tiroir que l'on ouvrait lentement.

Qu'est-ce qui était en train de se passer ?

Emma percevait des mouvements dans la pièce adjacente, des sons si faibles qu'il fallait vraiment se concentrer pour les saisir. Mais le dernier qui parvint à ses oreilles fut plus net que les autres : la porte de Natasha qui s'ouvrait.

Emma se hâta de reculer pour se cacher dans les ombres de la chambre. Ce qui ne l'empêcha pas néanmoins d'entendre sa belle-fille parcourir le palier sur la pointe des pieds pour se diriger vers l'escalier.

Derrière la porte de la chambre, Emma écoutait les bruits de la maison. David n'avait pas mis l'alarme avant de se coucher, elle en était certaine ; c'était elle qui lui avait demandé de ne pas le faire, au cas où quelqu'un s'introduirait chez eux pour ramener Ollie.

Il lui fallut moins de deux secondes pour se décider : si Natasha allait quelque part, elle irait avec elle. Tom lui avait dit que la maison n'était pas surveillée ; elle ne savait pas s'il avait tort ou raison, mais peu lui importait. Elle voulait savoir ce que l'adolescente mijotait.

Où pouvait-elle bien aller ? Elle entendit la porte de derrière s'ouvrir et se refermer doucement.

S'il te plaît, supplia-t-elle silencieusement, *ne prends pas les clefs pour refermer de l'extérieur.*

Elle regarda son pantalon de pyjama bleu marine. Tant pis ; il allait falloir faire avec. Comme une furie, elle entra dans sa chambre, reprit le pull noir qu'elle avait enlevé un peu plus tôt et descendit l'escalier en courant, sans se soucier du bruit qu'elle faisait. David ne l'entendrait pas. Il avait le sommeil lourd ; même les rares cauchemars d'Ollie ne le réveillaient pas. Quant à Natasha, elle était déjà partie. Et il fallait absolument qu'elle la rattrape.

Après avoir enfilé une paire de mocassins dotés de semelles en caoutchouc (plus silencieuses s'il fallait marcher sur la route), elle se hâta de sortir par la porte de derrière, qu'elle referma. Il faisait un froid glacial, mais ce n'était pas ça qui allait l'arrêter.

Évitant l'allée de gravier, elle traversa la pelouse jusqu'au portail puis regarda des deux côtés de la route. La lumière de la lune était faible, mais elle parvint tout de même à discerner une silhouette qui se dirigeait vers la gauche, c'est-à-dire vers le bois où elle avait elle-même rencontré Tom un peu plus tôt dans la soirée. Si elle la suivait, elle serait exposée aux regards. Emma réfléchit rapidement. De l'autre côté de la route, il y avait un accotement pentu bordé par une haute haie. Il fallait qu'elle arrive jusque-là. Si Natasha se retournait pour vérifier qu'elle n'était pas suivie, il y avait peu de risques qu'elle pense à regarder de ce côté. Emma attendit quelques secondes et se lança : elle traversa la route en courant, remonta le talus et s'immobilisa.

Natasha ralentit le pas et regarda par-dessus son épaule gauche, juste à l'endroit où Emma se trouvait quelques secondes plus tôt. La jeune femme retint son souffle. Mais sa belle-fille se retourna et poursuivit sa marche. Tout en la suivant du regard, Emma longea la haie. Natasha prit le premier chemin qui menait au bois.

Emma décida de lui laisser quelques mètres d'avance. Puis elle retraversa l'étroite bande de bitume noir afin de gagner à son tour l'entrée du chemin.

Le bois était totalement silencieux. Il n'y avait pas de vent et ils étaient trop loin de la ville pour percevoir le bruit de la circulation. Emma pouvait s'entendre respirer ; la peur avait rendu ses inspirations plus fortes et plus courtes. La lumière du mince croissant de lune était faible et les feuilles qui avaient recouvert le chemin depuis l'automne étaient pleines de givre. Si elle marchait dessus, elles risquaient de craquer. Elle ne pourrait donc pas utiliser les bruits de la nuit pour couvrir celui de ses mouvements. Elle s'arrêta pour réfléchir.

Natasha allait très certainement se diriger vers la petite clairière où elle avait elle-même rencontré Tom. Pariant là-dessus, elle décida de contourner le bois par les pâturages, où l'herbe grasse étoufferait le bruit de ses pas. Elle espérait par ailleurs pouvoir tout entendre et tout voir en se cachant derrière les arbres clairsemés.

Ayant pris sa décision, elle entra en rampant dans un pré, en veillant à rester tout près des arbres. Elle pouvait entendre les feuilles craquer sous les pieds de Natasha. Mais quelque chose n'allait pas. Le bruit était de plus en plus fort. L'adolescente marchait dans sa direction. Tout à coup elle la vit, à dix mètres à peine. Elle s'était arrêtée pour regarder autour d'elle. Emma s'aplatit sur le sol en baissant la tête pour que la faible lumière de la lune ne se reflète pas sur son visage clair.

Natasha se remit à marcher, cette fois-ci d'un pas déterminé. Elle s'enfonça davantage dans le bois et Emma comprit qu'elle allait devoir la suivre. Elle pouvait désormais entendre des voix. Celle de Natasha et celle d'un homme.

Emma s'approcha en rampant et en observant bien le sol pour éviter les plus gros tas de feuilles mortes. Les voix devinrent plus nettes.

« T'es complètement con, Shelley », dit l'homme d'une voix tendue et comme empreinte d'une colère refoulée.

Emma releva la tête pour regarder entre les arbres. Mais elle ne vit personne d'autre que Natasha. Qui était Shelley ?

« Si on merde sur ce coup-là, c'est pas seulement toi qui vas prendre, c'est aussi moi. Et j'ai pas envie d'avoir des emmerdes. T'as compris ? Je veux que tu me dises que t'as bien pigé tout ça. Et je veux voir ta tête, parce que t'as pas intérêt à me mentir. »

Emma se pencha un peu plus. Et elle finit par voir l'homme. Il était petit et trapu, avec un gros ventre. Il portait un jean mal coupé et une veste en cuir marron. Elle regarda son visage, dont les traits étaient illuminés par la lune. Ses cheveux étaient gras et peignés en arrière, et la surface de sa peau paraissait étrangement irrégulière, marquée de cicatrices d'acné ou de petite vérole. Il affichait un air mauvais qui laissait entendre que Natasha – ou Shelley, comme il l'appelait – se trouvait dans une situation délicate.

L'adolescente le regardait courageusement dans les yeux, mais elle se tordait nerveusement les mains.

« Je te l'ai dit hier, Rory : c'est pas ma faute si les flics sont venus. J'ai bien dit à David que je leur parlerais pas. Mais ils sont allés le voir à son travail à cause de cette fille qu'a été retrouvée morte. Ils croyaient que c'était moi.

— David doit regretter que les flics se soient trompés, maintenant. » L'homme eut un rire gras. Puis il cracha par terre.

« Dis-moi que c'est pas Izzy. C'est pas elle, hein ? » Emma perçut de la détresse dans la voix de Natasha. Qui était Izzy ?

« Comment veux-tu que je sache qui c'est ?

— Alors vous l'avez pas retrouvée, hein ?

— Je suis pas là pour parler de ton abrutie de copine, Shelley. Elle savait pas la chance qu'elle avait, celle-là, et t'aurais jamais dû lui dire que t'allais prendre le bébé. Je te croyais pas si bête que ça.

— Mais elle le dira à personne, je te le jure.

— Pas si elle est morte, non. » Il se remit à rire. « Allez, oublie-la. Il faut qu'on réfléchisse à comment on va gérer les flics s'ils reviennent fouiner. Mais d'abord, je veux savoir pourquoi ils sont revenus. »

Emma avait réussi à trouver une position qui lui permettait de voir le visage de Natasha.

L'adolescente avait eu un air terrorisé, qu'elle parvint néanmoins à dissimuler rapidement. Rapidement, mais pas assez.

« Pauvre conne. Tu croyais qu'on savait pas qu'ils étaient revenus ? Maintenant que t'as mis les micros, on peut entendre ce qu'ils disent. Mais hier, qu'est-ce qu'ils voulaient ? »

Natasha baissa la tête et se mit à donner de petits coups de pied dans les feuilles mortes.

« Pareil, répondit-elle. Ils ont juste essayé de me faire dire où j'étais et comment j'étais revenue. Ils ont fait une nouvelle tentative. »

Elle mentait. Pourquoi ne voulait-elle pas lui parler de la vidéo qui avait été prise par les caméras de surveillance du train ?

L'homme attrapa Natasha par le bras. La jeune fille poussa un petit cri de douleur, qu'elle se hâta néanmoins d'étouffer. Il la secoua vivement puis mit son visage juste devant le sien.

« Je veux que les choses soient bien claires entre nous, Shelley. C'est toi qu'as voulu le faire, tu te souviens ? On avait d'autres options, mais t'as dit que t'allais nous faciliter la tâche. Qu'est-ce qui s'est passé entre-temps dans ta petite tête ? »

Natasha le regarda, le visage dénué d'expression. « Rien. Je suis contente de voir ce connard souffrir. Mais tout ça, c'est pas la faute d'Ollie. C'est un petit bébé mignon. Qui c'est qui s'occupe de lui ?

— Je te le dirais pas, même si je le savais. On s'occupe de nos affaires, toi des tiennes. » Il se remit à la secouer, encore plus fort. « Et qu'est-ce que je t'ai dit, hein ? Tu appelles pas le bébé par son nom. C'est "le bébé", point. Tout sera fini demain soir et tu pourras rentrer à la maison. Mais si tu fais foirer le truc, je suis un homme mort, et toi, tu sais ce qui t'arrivera, hein ?

— Je ferai pas foirer le truc. Je sais ce que je fais.

— Oublie pas : pour eux, t'es la seule personne impliquée. S'il se passe quoi que ce soit, j'aurai mis les bouts bien avant que t'aies la moindre chance de me balancer. Et c'est toi qui te feras coffrer. C'est perpète pour un kidnapping, t'es au courant ? »

Il la lâcha et la poussa violemment. Natasha recula en vacillant, mais elle ne dit rien.

« Ce truc devrait nous rapporter une véritable fortune, et on a fait la moitié du boulot, reprit l'homme. On te dira demain ce qui se passera ensuite. Et quand ce sera terminé, tu pourras dégager. T'auras plus jamais à le revoir, Shelley, et ils te retrouveront jamais. »

Mais de qui parlait-il ? Qui était la personne qu'elle n'aurait plus jamais à revoir ? David, Ollie, quelqu'un d'autre ?

Une chose était claire, cependant : le « connard » que Natasha voulait voir souffrir n'était autre que David. Comment pouvait-elle le détester à ce point ?

Le dénommé Rory se remit à parler ; Emma se pencha un peu plus.

Mais une brindille céda sous son pied, et le craquement résonna comme une explosion dans le silence du bois.

L'homme tourna vivement la tête et se mit à regarder droit vers l'arbre derrière lequel elle était cachée. Mais il faisait plus sombre dans le bois que dans la clairière ; il ne pouvait pas la voir. Il se mit néanmoins à avancer dans sa direction. Emma envisagea un instant de prendre ses jambes à son cou. Il ne pourrait pas la rattraper ; il était trop gros. Mais il comprendrait qu'elle l'avait vu et elle ne savait pas quelles conséquences cela aurait sur Ollie.

L'homme continuait d'approcher.

« Rory, murmura Natasha d'une voix anxieuse. Je crois que je ferais bien de rentrer. »

Il se retourna vers la petite. « Y a eu un bruit par là. T'as rien entendu ? »

Natasha secoua la tête. « Y a plein de bruits ici, c'est la campagne. T'as pas l'habitude. Ça devait être un lapin ou un truc comme ça. De toute manière, il faut que j'y aille. Emma, c'est une vraie salope. Elle va souvent fureter dans la maison en plein milieu de la nuit ; je veux pas qu'elle sache que je suis partie. »

L'homme tourna les talons pour revenir vers Natasha. Et, sans préambule, il passa sa grosse main autour de son cou, souleva son corps frêle et la plaqua contre un arbre.

Natasha se mit à tâtonner derrière elle pour essayer de s'accrocher à quelque chose et elle tendit vainement ses pointes de pied vers le sol. Emma vit la panique dans ses yeux. Elle semblait lutter pour respirer et des gargouillements commencèrent à sortir de sa gorge. S'il ne la lâchait pas rapidement, elle n'aurait pas d'autre choix que d'intervenir.

« Les types qui sont au-dessus de moi, ils sont pas aussi compréhensifs, tu sais ? » Le crâne plaqué contre l'écorce rugueuse, Natasha avait détourné le regard de son agresseur, comme si elle avait peur de son visage menaçant. « Il vaudrait mieux pour toi qu'ils te prennent pas en grippe. À côté d'eux, je suis doux comme un agneau. Alors fais ce qu'on t'a dit de faire, et fais-le bien, qu'on soit pas emmerdés. »

Il relâcha légèrement son étreinte et la tête de Natasha bascula vers l'avant. Aussitôt, il se remit à serrer. Sa tête percuta violemment l'arbre. Après avoir placé son visage juste devant le sien, il lâcha complètement prise. La petite tomba par terre, mais elle se redressa sur-le-champ, comme un boxeur craignant une nouvelle attaque.

« Maintenant fous le camp, avant qu'ils se rendent compte que t'es plus là. »

Natasha fit mine de se masser le cou, mais elle sembla se raviser. Après avoir jeté un dernier regard tourmenté à l'homme, elle tourna les talons et, la tête baissée, le dos voûté, elle disparut dans la nuit.

Emma attendit. L'homme resta quelques instants à regarder Natasha partir, puis il cracha par terre et s'en alla dans la direction opposée.

Emma avait envie d'attraper une grosse branche d'arbre, de lui courir après et de le frapper de toutes ses forces pour l'obliger à dire où était Ollie. Mais elle savait qu'elle n'avait aucune chance. Il devait bien faire deux fois son poids et il n'hésiterait certainement pas à l'étrangler s'il estimait qu'elle était gênante. Il y avait une chose, cependant, qu'elle pouvait faire : le suivre et relever sa plaque d'immatriculation, car il était fort probable qu'il était venu en voiture.

Contournant les arbres, elle prit la direction de la route, son plan étant de se cacher au coin du bois jusqu'à ce que le dénommé Rory l'ait dépassée.

Tout à coup, elle entendit derrière elle le rugissement d'un moteur. Elle s'allongea sur le sol pour ne pas se retrouver dans le faisceau aveuglant des phares. Des phares ? Du phare. Une puissante moto passa devant elle. Mais ses pupilles étaient trop contractées pour lui permettre de lire la plaque.

Traînant les pieds et ruminant ce que Rory venait de lui dire, Natasha retourna silencieusement à la maison. Elle avait mal au cou, à la gorge, à l'arrière de la tête. Mais cette douleur n'était rien comparée à la panique qu'elle ressentait quand elle pensait à toutes les choses qu'elle lui avait cachées.

Elle n'avait pas osé parler à Rory des photos prises dans le train. Jamais elle n'aurait dû regarder Rick comme ça. Mais il était beau et il lui souriait tout le temps. Dans le monde où elle vivait, les sourires étaient des choses rares et précieuses ; elle essayait toujours de les garder en mémoire, jusqu'à ce que leur chaleur finisse par disparaître complètement. Si les flics chopaient Rick – et apparemment c'était possible, à cause d'elle –, ce serait vraiment la fin.

Ils trouveront où il habite et ils comprendront d'où je viens.

Si elle avait parlé à Rory, il aurait empêché Rick de transporter le shit, et Rick aurait été en sécurité. Mais elle l'avait bouclé, parce qu'elle avait eu peur de la colère de Rory. Déjà qu'il était énervé contre elle parce qu'elle avait parlé aux flics et parce qu'elle en avait trop dit à Izzy... Bref, s'il avait su pour les caméras dans le train, et surtout s'il avait su qu'elle ne lui avait rien dit, elle aurait été foutue. Ils l'auraient mise au puits.

Le puits, elle détestait ça. Elle avait vite compris : elle leur obéissait toujours au doigt et à l'œil pour ne pas se retrouver dedans. Pourtant, des fois, ils l'y jetaient non pas pour la punir, mais pour l'obliger à faire des trucs. Et des fois aussi, c'était juste parce que Rory était de mauvais poil. Avec une erreur comme ça, en tout cas, ce serait forcément là qu'elle se retrouverait. Rien à manger, rien à boire, pas de chauffage et pas de lumière. Jusqu'à ce qu'elle implore leur pitié.

Mais ils n'auraient pas de pitié pour elle si elle faisait foirer l'affaire. Izzy, elle n'avait rien fait du tout, et pourtant ils l'avaient laissée deux semaines dans le puits (pour la rendre docile, d'après Rory), et ensuite ils l'avaient emmenée et elle était devenue l'une des filles de Julie. Elle avait tenu à peine une semaine avant de s'enfuir. Et franchement, ça se comprenait. Elle n'avait que treize ans, comme elle. Ces gros dégueulasses qui payaient Julie pour des filles comme Izzy... ils lui donnaient envie de gerber.

Serrant les poings, elle mit un grand coup de pied dans un caillou. Piquer des téléphones, faire passer du shit, ça allait encore. Mais elle ne voulait pas aller chez Julie.

Elle aurait bien aimé pouvoir se sauver. Une idée complètement idiote. Personne ne pouvait fuir le monde dans lequel elle vivait. Une fois qu'on y était, on y était pour la vie. C'était une espèce de prison. Une prison sans barreaux aux fenêtres. Et si elle essayait de s'évader, ce ne serait pas Rory Slater qui viendrait la chercher. Ce serait carrément Finn McGuinness.

Et si c'était ça qui était arrivé à Izzy ?

Il avait l'air tellement normal, ce Finn. Il avait même de la classe. Mais tout le monde savait qui il était et personne n'osait se mettre en travers de son chemin. Rory en avait super peur. Et au-dessus de Finn, il y avait encore un autre type, un type dont personne ne prononçait jamais le nom et qu'elle n'avait jamais rencontré. Heureusement pour elle, d'ailleurs.

Quand Finn et Rory lui avaient présenté le job, ils s'étaient arrangés pour que ça paraisse facile : faire souffrir David pour ce qu'il avait fait et emmener le bébé en promenade. Vachement plus simple que la plupart des trucs qu'elle avait faits jusqu'ici. Il fallait juste qu'elle veille à ce que personne n'appelle les flics. Et une fois que ce serait terminé, elle pourrait rentrer à la maison. Un jeu d'enfant.

Sauf que les choses ne s'étaient pas passées comme prévu. Ignorer les gens, ce n'était pas un problème : elle avait fait ça toute sa vie, ou presque. Bidouiller des téléphones, planquer des micros, gueuler après les autres... c'était la routine. Mais elle ne s'était pas attendue à trouver Ollie mignon. Elle ne s'était pas attendue à s'attacher à lui. Elle aimait bien quand il disait son prénom et qu'il lui souriait. Et maintenant, tout le monde était triste.

Natasha se sentait totalement anéantie par la douleur que ses actes avaient causée. David n'arrêtait pas de pleurer. Elle n'avait jamais vu un mec chialer avant, sauf à la télé. Une image de lui en train de pleurer quand il l'avait perdue six ans plus tôt lui vint subitement à l'esprit, mais elle essaya de la repousser. Rory, elle n'arrivait pas à se l'imaginer en train de pleurer, et Rick non plus, du reste. Jamais ils ne feraient ça. S'ils pleuraient pour rien, elle et les autres enfants, Rory leur mettait sur la gueule. « Tu vas voir, je vais te donner une bonne raison de chialer », il disait.

Les petits, ils finiraient bien par apprendre, comme elle avait appris.

Ce soir-là, cependant, elle avait pleuré. Pleuré pour la vie qu'elle aurait dû vivre. La vie qui leur avait été volée, à elle et à sa maman. Mais elle n'avait pas pleuré comme Emma. Quand Emma pleurait, on aurait dit que quelqu'un la découpait en petits morceaux avec une hache.

C'était peut-être ça qu'on ressentait quand on aimait vraiment quelqu'un.

Elle ne le saurait jamais.

31

« Merde », marmonna Emma quand elle essaya d'ouvrir la porte de derrière. Natasha devait l'avoir refermée derrière elle en rentrant. C'était évident, à bien y réfléchir. Elle s'assit sur un vieux banc de jardin branlant. Quand elle se serait un peu calmée, elle pourrait sûrement mieux réfléchir.

Et si elle m'avait vue ?

Elle avait pris un risque en suivant Tasha, mais maintenant, elle avait un nom. Enfin, un prénom. Mais un prénom assez peu courant. Pourvu que ce « Rory » dise quelque chose à Tom. Il le fallait. C'était la seule piste qu'ils avaient.

Emma se mit à trembler.

Où es-tu, mon petit Ollie ? J'espère que tu n'as pas froid.

La souffrance lancinante du manque se changea en une douleur aiguë. Un léger gémissement s'échappa de sa gorge. Elle passa ses bras autour de son corps et se mit à se balancer d'avant en arrière pour essayer de se calmer. Puis elle commença à réfléchir à chacun des mots qu'elle avait entendus, chacune des informations dont elle disposait, en se demandant si elle n'avait pas manqué quelque chose d'important, quelque chose qui aurait pu la mener à Ollie. Et elle continua ainsi jusqu'à ce que son cerveau finisse par s'engourdir complètement.

Elle ne savait pas depuis combien de temps elle était dehors, mais elle ne pouvait pas rester là jusqu'au matin. Son corps était désormais secoué de tremblements incontrôlables. Il ne fallait pas qu'elle tombe malade ; ce ne serait pas bien pour Ollie.

Mais comment rentrer à la maison ? David lui avait dit qu'il avait caché une clef quelque part au cas où ils égareraient la leur, mais elle n'arrivait pas à se rappeler où.

Désespérée, elle réessaya d'activer la poignée. La porte s'ouvrit immédiatement.

Hein ?

Elle était certaine qu'elle était fermée. Mais elle n'avait peut-être pas appuyé assez fort, ses doigts étant gelés.

Quand elle eut retrouvé la douce chaleur de la cuisine, elle retira ses chaussures pour se réchauffer les pieds sur le plancher. Elle se garda toutefois bien d'allumer la lumière, qui, en se déversant dans le jardin, aurait pu attirer l'attention de Natasha.

Ce fut donc à tâtons qu'elle se dirigea vers la bouilloire. Lorsqu'elle l'enclencha, une petite LED bleue s'alluma, éclairant les mugs qui se trouvaient sur l'étagère au-dessus. Elle en prit un et se tourna vers le réfrigérateur.

Soudain, elle crut que son cœur allait s'arrêter. La LED de la bouilloire s'était éteinte, replongeant la cuisine dans l'obscurité, et une main venait de l'attraper par la manche. Elle entendit la porte de la cuisine se refermer doucement et on la traîna jusque dans le hall.

« Mon Dieu, Natasha, mais qu'est-ce que tu fais là dans le noir ? chuchota-t-elle d'une voix rauque.

— Pourquoi tu m'as suivie ?

— Qu'est-ce que tu racontes ? J'avais besoin de prendre l'air, alors je suis sortie quelques minutes. Comment veux-tu que je dorme alors que tu m'as pris mon bébé ? »

Le visage de Natasha se trouvait à peine à quelques centimètres du sien, et la faible lumière du palier projetait sur ses joues des ombres grises, laissant ses yeux et ses lèvres dans l'ombre.

« Tu sais ce qui se serait passé s'il t'avait trouvée là, en train de nous regarder et de nous écouter ? Tu sais ce qu'il t'aurait fait ? »

Emma secoua la tête. « Je ne vois pas ce qu'il aurait pu me faire de pire que ce qui a déjà été fait. »

Natasha rapprocha encore son visage du sien.

« Il t'aurait tuée, espèce de conne », chuchota-t-elle.

Emma ne répondit pas.

« Tu te rends pas compte. Ces types sont capables de descendre des gens juste parce qu'ils ont mal parlé à leur femme. Et toi tu l'as surpris en train de dire qu'il avait kidnappé ton bébé. Comment tu crois qu'il aurait réagi s'il l'avait su ?

— Je ne vois pas ce que ça peut te faire, répondit Emma, soudain frappée par l'incohérence du comportement de sa belle-fille.

— Je m'en fous. Mais s'il t'avait tuée, y aurait eu un témoin. Moi. Et ils aiment pas les témoins. C'est dangereux. »

Emma tourna le dos à Natasha. Elle ne voulait pas qu'elle voie la peur se refléter dans ses yeux.

« Et comment crois-tu qu'il aurait réagi s'il avait su que tu lui avais menti ? rétorqua-t-elle. Pourquoi ne lui as-tu pas dit que tu t'étais fait repérer par la police dans le train ? Ça non plus, ça ne lui aurait pas fait plaisir, tu ne penses pas ? »

Il y eut un silence, ponctué par le tic-tac de la pendule du hall.

« Oublie pas que je t'ai sauvé la vie, c'est tout. Je te préviens : je le referai pas. »

Emma sentit un léger mouvement derrière elle : Natasha était partie.

32

Il était deux heures du matin quand Tom rentra dans sa maison édouardienne. Il ouvrit la porte de sa chambre. Leo était étendue sur son lit, exactement comme il l'avait imaginée : la couette remontée jusqu'en haut de la poitrine, laissant ses bras nus exposés, ainsi que ses pieds, qui dépassaient sur un côté.

Pour ne pas la réveiller, il décida d'aller se laver dans la grande salle de bains plutôt que dans celle de la suite. Il sortit donc de ses poches ses clefs et ses téléphones, qu'il posa doucement sur la commode. Il aurait aimé pouvoir se déshabiller et se glisser directement dans le lit pour réveiller Leo de son paisible sommeil, mais il lui semblait qu'une bonne douche chaude lui permettrait de se défaire d'une partie des marques que cette journée avait laissées sur lui, et de toute façon, après avoir passé vingt heures dans les mêmes vêtements, la douche était moins un désir qu'une nécessité.

Au cours des quelques heures qui venaient de s'écouler, il n'avait pas eu une seule occasion de réfléchir à autre chose qu'au petit Oliver Joseph. Toute pensée relative à Jack avait été fermement repoussée dans un petit coin de son esprit. Mais il y avait aussi le problème de la banque. Quelles irrégularités pouvait-il bien y avoir sur le compte de son frère ? Il ne devait s'agir que d'un problème administratif, mais en le réglant, il obtiendrait peut-être quelques réponses à ses questions. Pour prouver son identité, il avait envoyé à la banque des photocopies certifiées conformes de son passeport et il espérait trouver le temps d'appeler dans les jours à venir.

L'esprit en ébullition et le corps épuisé, Tom se doucha, se sécha et retourna dans sa chambre pour se glisser dans le lit. Il avait besoin de sommeil, mais il avait surtout besoin de Leo. Elle ne lui en voudrait pas s'il la réveillait. Et pendant quelques instants, elle l'empêcherait de penser à ce bébé disparu, à cette jeune fille morte, et elle apaiserait la tension qu'il sentait encore dans ses membres.

Leo était magnifique dans son sommeil. Son visage était tourné vers lui et l'un de ses bras tendu au-dessus de sa tête. Il l'embrassa sur la bouche et passa une main sous la couette pour sentir sa chair chaude et accueillante.

Sans ouvrir les yeux, elle baissa le bras pour l'étreindre et enroula sa jambe autour de sa cuisse.

« Coucou », murmura-t-elle en faisant glisser sa main le long de son dos.

À ce moment-là, dans l'esprit de Tom, il n'y eut plus rien d'autre que Leo, qu'il réveilla lentement pour lui laisser le temps de revenir des lieux secrets qu'elle avait dû visiter dans ses rêves. Il écarta ses cheveux de son front et l'embrassa à nouveau, puis il enfouit le visage dans son cou pour atteindre sa clavicule, un endroit qu'il adorait caresser. Elle commença à gémir doucement contre son oreille.

Peu à peu, ses gémissements prirent une tonalité différente et il la sentit s'accrocher à ses épaules.

« Et merde, marmonna-t-il en reconnaissant le son de son portable qui s'était mis à vibrer sur la commode. Désolé, Leo, il faut que je réponde. »

Il sentit qu'elle le suivait du regard pendant qu'il se dirigeait vers la commode et il entendit un grognement de frustration.

« Reviens, Tom. Tu ne peux pas me laisser comme ça. »

Il n'avait pas le choix. Mais ce n'était pas un appel. C'était un texto.

Tasha a vécu avec un homme appelé Rory. Il conduit une grosse moto, mais pas une Harley. Il appelle Tasha « Shelley ». Ollie n'est pas avec lui. C'est demain que ça se produira, c'est sûr. Enfin, aujourd'hui, vu l'heure qu'il est. Natasha l'a interrogé sur la jeune fille morte. Elle a demandé si c'était « Izzy ». Je n'en sais pas plus. Emma

Tom se tourna vers Leo et leva les mains en l'air en un geste de désespoir.

« Qui c'est ? » demanda-t-elle.

Il secoua la tête. « Excuse-moi, mais je ne peux pas te le dire. Il faut que j'y aille. »

Leo fronça les sourcils, mais pas plus d'une seconde ou deux.

« Vas-y, dit-elle, avant que je saute du lit pour te faire la peau.

— Excuse-moi, répéta-t-il en se dirigeant vers la porte, prenant au passage une poignée de vêtements.

— Et arrête de t'excuser tout le temps ! » lui lança-t-elle en guise d'adieu.

Après avoir doucement refermé la porte derrière lui, Tom prit son téléphone.

« Becky ? Excuse-moi, mais il faut absolument que je te voie. Dans mon bureau, d'ici une demi-heure. Essaie de rassembler le reste de l'équipe, si tu peux. On doit agir vite. »

33

CINQUIÈME JOUR

Emma sentit l'autre côté du lit s'affaisser lentement. Le soleil entrait à travers les rideaux ouverts. Mais la torpeur matinale disparut aussitôt qu'elle se rappela les événements de la veille. La terreur se remit à affluer dans ses veines. Déchirée par une douleur toujours aussi vive, elle se redressa brutalement.

Si tu savais comme tu me manques, Ollie chéri.

David était assis sur le rebord du lit, et il y avait sur la table de chevet un mug de thé qui, à en juger par sa surface marbrée, devait être froid.

« Tu as dormi », lui dit-il.

Il avait raison. Comment y était-elle parvenue, après tout ce qui s'était passé ? Elle l'ignorait. Peut-être la certitude qu'Ollie ne rentrerait pas dans les heures à venir l'avait-elle inconsciemment libérée du fardeau de l'attente, ce qui lui avait permis de grappiller ces quelques heures de sommeil agité. Mais tout cela était fini, désormais : elle sentait de nouveau pleinement le poids de l'absence.

Ollie. La sensation de sa peau douce, le son de ses cris et de son rire, son odeur de lait chaud après son dernier biberon de la journée lui manquaient atrocement. Comment une souffrance qui n'avait pas été infligée par un choc physique pouvait-elle être aussi vive ? Comment la détresse émotionnelle avait-elle pu se changer en un vide si douloureux ? Elle n'aurait pu désigner les parties de son corps qui la faisaient souffrir, mais elle savait qu'aucun analgésique ne pourrait la soulager.

Elle n'avait pas besoin d'expliquer cela à David, cependant : il devait éprouver la même chose qu'elle. Voire pire.

« Je ne pensais pas dormir si longtemps, mais j'étais tellement fatiguée... Quand je suis venue me coucher, il était quatre heures. Comment vas-tu ?

— Mal. Comme toi, j'imagine. Je me suis réveillé lorsque tu m'as rejoint. Tu as mis tes pieds sur les miens ; on aurait dit des blocs de glace. Après ça, je n'ai pas réussi à me rendormir. Et comme je n'arrêtais pas de me tourner et de me retourner, j'ai fini par me lever, pour ne pas te réveiller. »

Emma se souvint du moment où elle était allée se coucher, le corps tremblant à cause du froid, mais aussi de la sombre menace que Natasha avait proférée. Elle avait envie de raconter à David ce qui s'était passé, ce qu'elle avait appris, comment elle s'était discrètement glissée dans la chambre d'Ollie pour envoyer un texto à Tom avant d'aller se coucher. Mais elle n'avait pas oublié ce que celui-ci lui avait dit : il y avait des micros dans leur chambre ; quelqu'un pouvait entendre tous leurs échanges.

Elle rejeta les couvertures sur le côté.

« Je vais prendre un bain ; ça me fera du bien. Tu viens avec moi pour discuter ?

— Je descends te faire un autre thé et j'arrive. »

Au moment où ils se serrèrent dans les bras l'un de l'autre, une partie de la douleur qui tenaillait les membres d'Emma disparut, pour revenir à la seconde même où leurs deux corps se séparèrent.

L'eau du bain était beaucoup trop chaude, mais Emma savoura la sensation de brûlure qu'elle éprouva au moment où elle s'y plongea. Elle pensa à ces gens très pieux qui se livraient à l'autoflagellation. Elle avait toujours trouvé cela complètement stupide, mais il lui semblait qu'elle comprenait mieux désormais : et si la douleur physique visait à atténuer une douleur émotionnelle intense ?

La porte s'ouvrit doucement.

« Houla, on se croirait dans un hammam, ici. Je peux ouvrir la fenêtre, Em ? Je ne te vois même pas, avec toute cette vapeur.

— Non, désolée. Si tu as trop chaud, retire ton pull. » Emma ne savait pas si leurs voix pouvaient être entendues à travers une fenêtre ouverte, mais elle ne voulait pas prendre le risque.

« Je vais laisser la porte ouverte, alors.

— Non, ferme-la, s'il te plaît. Si Tasha arrive, je ne veux pas qu'elle nous entende. »

Natasha n'entrerait pas dans leur salle de bains, mais Emma avait peur que leurs voix ne soient captées par les micros placés dans leur chambre.

Il y avait des milliers de choses dont elle avait envie de discuter avec David. Elle n'était cependant pas sûre qu'il apprécie le fait qu'elle ait contacté la police. Mieux valait donc ne pas lui en parler.

« Écoute, David, je comprends parfaitement que tu veuilles protéger Tasha. C'est ta fille, et tu l'aimes. Ça me paraît tout à fait normal. Quoi qu'elle puisse faire, l'amour que tu as pour elle restera intact et inconditionnel. Mais il y a une chose que j'ai remarquée hier : quand je lui ai parlé d'Ollie et de l'affection qu'il avait pour elle, quand je l'ai mise sous pression, elle a eu l'air déstabilisée. Très légèrement, mais tout de même. J'envisage donc de continuer de l'attaquer sous cet angle.

— "L'attaquer" ? Enfin, Emma, réfléchis un peu à ce que tu dis. On croirait que tu parles d'un malfaiteur. »

Emma fut tentée d'évoquer le trafic de drogue et les enlèvements d'enfants. Néanmoins elle se retint.

« Écoute, dit-elle d'une voix dont le calme était en contradiction totale avec le trouble qui agitait son esprit, nous voulons tous deux la même chose. Elle nous a dit hier que c'était aujourd'hui que tout allait se jouer. Je voudrais essayer de lui faire baisser la garde. Mais il ne faut pas que tu interviennes.

— Tu es sûre que c'est la bonne stratégie ? Nous ne savons pas encore ce qu'ils veulent... Si Natasha n'est pas dans son état normal, les choses pourraient mal tourner. »

Emma fronça les sourcils. « Qu'est-ce que tu entends par là ? C'est de l'argent qu'ils veulent ; je ne vois pas ce qu'ils pourraient vouloir d'autre...

— Je n'en suis pas si sûr. Ça ne me paraît pas logique. Dans ce cas, pourquoi ont-ils enlevé notre enfant et pas celui de quelqu'un de riche ou célèbre ? Il doit bien y avoir dans le coin des gens plus intéressants que nous sur ce plan-là.

— Dans ce cas, qu'est-ce qu'ils attendent de nous ? » Frissonnant à l'idée que la fortune de Tom ne serait peut-être pas la solution à ses problèmes, Emma s'enfonça un peu plus dans le bain. Elle observa le visage de David. Il lui cachait quelque chose, c'était certain.

« Peut-être qu'ils veulent nous obliger à agir pour eux. À commettre un acte criminel. »

Quoi ? Que voulait-il dire par là ? Qu'ils allaient lui demander de placer quelque part une bombe qui tuerait trois cents personnes ? Ou d'entrer dans une banque et de tirer sur des femmes et des enfants innocents ? En serait-il capable ? Pourrait-il pointer une arme sur le front d'un enfant si on lui demandait de le faire pour sauver Ollie ?

Emma éclata en sanglots. Plongeant ses bras dans l'eau, David la serra fort contre lui.

« Ça va aller, Emma. Je peux le faire. Je sais que je peux. Mais si tu préfères essayer de mettre Tasha de notre côté, je te soutiendrai. »

Emma appuya sa tête contre l'épaule de son mari. Elle n'avait aucune envie de tirer un trait sur tout ce qu'ils avaient toujours partagé, mais malgré la proximité de leurs deux corps, elle avait l'impression qu'un mur était en train de se dresser entre eux. David savait ce que ces gens allaient leur demander ; il y avait quelque chose qu'il ne lui avait pas dit.

34

La nuit avait apporté des résultats inespérés à l'équipe de Tom. À quatre heures du matin, tout le monde avait été briefé et un plan avait été mis au point.

C'était le nom de Rory, associé à la moto, qui avait débloqué les choses. La tentation d'éplucher les données de la police pour voir si ce prénom était associé à un casier judiciaire avait été forte, mais Tom y avait résisté. Il préférait ne pas utiliser d'ordinateur. S'il y avait une taupe dans son équipe, ce genre de recherche risquait de lui mettre la puce à l'oreille. Il ne pouvait pas prendre ce risque.

Deux indices semblaient mener à une organisation criminelle : le comportement qu'avait eu Natasha dans le train et son apparente implication dans un trafic de drogue. Becky et Tom en avaient conclu qu'ils avaient besoin d'un spécialiste du crime organisé, quelqu'un ayant de l'expérience dans les problèmes de drogue et de dealers. Philippa leur avait recommandé un ancien collègue à elle, l'inspecteur Andy Hughes. Il avait travaillé sous couverture pendant deux ans et venait tout juste de reprendre son rôle, légèrement moins dangereux, d'enquêteur « ordinaire ». Fraîchement rasé, les cheveux coupés court et le corps tonifié par des heures de travail en salle de sport, il était méconnaissable. Du moins avait-il l'air de le penser. Mais, au fond de son regard marron foncé, on percevait les traces de la pression qu'il avait subie au cours de sa longue et précédente mission.

Sa participation se révéla payante dès le moment où Tom lui décrivit l'homme qu'Emma avait vu avec Natasha.

« Je pense savoir qui c'est, chef, dit-il. Je suis quasiment sûr qu'il s'agit de Rory Slater. Il habite à Cadishead, dans une grande maison victorienne décrépite, avec sa femme, qui s'appelle Donna, et tout un tas de gamins. C'est un sous-fifre ; il ne s'occupe que de la distribution. Il ne faisait pas partie de mes cibles, mais je le connais. Ce dont je me souviens, c'est qu'il semblait avoir vachement peur du type qui tire les ficelles. Ils ne rigolent pas, dans ce gang ; c'est vraiment un truc sérieux.

— À votre avis, comment Natasha a-t-elle pu se retrouver chez lui ? » demanda Becky.

Andy secoua la tête. « Je ne sais pas. Ce qui me paraît le plus probable, c'est qu'elle soit tombée sur une petite frappe qui s'est dit qu'elle pourrait lui être utile. Le type a dû penser qu'on lui offrirait une récompense, ou un truc comme ça, et qu'il se ferait de l'argent. Mais comme personne n'a rien proposé, il s'est retrouvé bloqué avec elle. À moins d'être complètement abruti, on ne va pas essayer d'extorquer de l'argent à un père de famille quand on sait qu'il est constamment entouré de flics, comme c'était le cas de David Joseph à l'époque. Et comme il y a des tas de gamins chez Rory, un de plus, un de moins... La plupart n'ont jamais mis les pieds à l'école. Il doit leur trouver d'autres occupations. »

Tom avait eu l'impression d'une avancée majeure, mais il avait été déçu, bien que peu surpris, d'apprendre que Rory Slater était tout en bas de la hiérarchie de l'organisation.

Rory, d'après Emma, avait affirmé qu'Ollie n'était pas chez lui. Tom, cependant, avait très envie de fouiller sa maison. Il fallait qu'ils soient absolument certains que le petit n'y était pas, mais en même temps, ils ne pouvaient pas prendre le risque d'alerter le gang par une grossière descente. Il fallait une approche plus subtile.

Pour commencer, les Slater allaient être placés sous surveillance, chose dont Becky s'occupa aussitôt.

« Pensez-vous que Rory pourrait vous reconnaître, Andy, si vous vous présentiez comme un agent de police venu pour l'interroger sur un problème lié à l'un des enfants ? demanda Tom.

— Non. Même ma propre mère ne me reconnaissait pas quand j'étais sous couverture. Je mettais des lentilles pour changer la couleur de mes yeux. Rory Slater ne m'a jamais vraiment rencontré. Et en plus, il ne m'a jamais entendu parler. Il faudrait qu'il soit bien plus malin qu'il ne l'est pour reconnaître en moi le poivrot qui s'est trouvé deux, trois fois dans le même pub que lui.

— OK. Avant de les mettre sous surveillance, j'aimerais me faire une idée de ce qui se passe dans cette maison, et surtout, je voudrais savoir si Ollie y est ou pas. Accepteriez-vous de vous rendre sur place, Andy, en cachant sur vous un micro pour que nous puissions écouter la conversation ? »

Andy haussa nonchalamment les épaules. Ce genre de mission devait être un véritable jeu d'enfant pour lui.

À Cadishead, l'équipe de surveillance avait identifié une série de magasins faisant face au domicile des Slater. Comme des camionnettes de livraison allaient et venaient toute la journée, il était peu probable qu'un véhicule banalisé se démarque du lot.

À dix heures du matin, donc, tout fut en place. Le grand jardin des Slater, jonché de jouets, était déjà plein d'enfants.

Depuis la camionnette, Tom vit Andy ouvrir un vieux portail de bois qui pendait sur ses gonds. Deux des enfants se mirent à le dévisager d'un œil curieux, mais les trois autres l'ignorèrent.

« Ta maman est là, mon grand ? » demanda Andy à l'un des garçons. Tom constata avec soulagement qu'il l'entendait distinctement.

Le petit garçon grommela quelque chose d'incompréhensible.

« Et ton papa ?

— Nan. Il est chez le bookmaker. Il rentre jamais avant le dîner. » La voix semblait être celle d'un tout-petit.

Tom vit Andy s'accroupir pour se mettre au niveau de l'un des enfants et sortir une photo de l'une de ses poches. Celle du garçon du train.

« C'est l'un de tes frères ? demanda Andy d'une voix toujours aussi chaleureuse.

— Nan. Je l'ai jamais vu. » Même depuis la camionnette, Tom avait pu remarquer que le petit garçon ne s'était même pas donné la peine de jeter un œil à la photo. Apparemment, les enfants étaient formés dès leur plus jeune âge.

Une fillette d'environ neuf ans s'approcha d'Andy puis s'arrêta, les mains sur les hanches.

« Je sais pas ce que tu fous là, mais casse-toi. »

Andy lui répondit calmement :

« Sois gentille : va dire à ta maman que j'aimerais la voir, d'accord ?

— Nan. Elle aime pas les mauvaises nouvelles. Et puis qui t'es, d'abord ?

— Agent Hughes. » Il était peu probable que quelqu'un lui demande sa carte.

« J'en ai rien à foutre », murmura la fillette en riant, avant de partir vers la maison. Andy la suivit. Ils ne pouvaient désormais plus le voir, mais ils entendaient chacun des mots qu'il prononçait.

« "Bienvenue à la maison, Shell." Jolie banderole, les enfants. »

Il y eut un bruit sourd en arrière-fond.

« Attention, mon grand, tu vas tomber de l'échelle. »

Tom entendit une sorte de grognement suivi de ce qui ressemblait vaguement à un « ta gueule ».

« C'est gentil, ce message. Qui est Shell ?

— C'est notre sœur. » On aurait dit la voix d'une petite fille.

« La ferme, abrutie, fit une voix qui paraissait être celle d'un enfant plus âgé. Et toi, casse-toi. T'as rien à faire là, si t'as pas de mandat. »

Andy ne répondit rien, mais Tom n'eut aucun mal à imaginer l'expression de mépris qu'il devait afficher. Il savait d'expérience que quand des enfants essaient de vous énerver, la meilleure solution consiste à les traiter avec dédain. La plupart n'ont pas suffisamment confiance en eux pour continuer s'ils se sentent méprisés.

« Pour qui est cette bougie ? demanda Andy.

— Qu'est-ce que c'est que ce raffut ? » La voix, au départ distante, était devenue plus sonore à mesure que la personne se rapprochait.

La question posée ne reçut pas de réponse.

« Madame Slater ? » dit Andy.

On entendit soudain un bébé pleurer. Dans la camionnette, tout le monde se crispa.

« Comme il est mignon, reprit Andy. Quel âge a-t-il ? Huit mois environ ? »

Très intelligent, songea Tom.

« Elle a neuf mois, mais je vois pas ce que ça peut vous faire, marmonna la femme d'une voix agressive dont le son légèrement sifflant trahissait une consommation excessive de tabac. Si vous êtes venu pour l'école, vous pouvez rentrer chez vous. Je fais ce que je peux, mais y en a douze et j'ai pas de voiture. Des fois, on y va à pied, mais j'ai des problèmes avec mes jambes. Alors je vois pas ce que je pourrais faire.

— Douze enfants, ça fait beaucoup, répondit Andy sur le ton de la conversation. Ils sont tous à vous ?

— Qu'est-ce que vous voulez dire par là ?

— Rien. Je me demandais juste si vous en aviez adopté.

— Y en a quelques-uns qui sont à ma sœur. Elle les aimait pas, alors ils sont venus vivre avec moi. »

Tom se promit de s'informer sur la sœur de Donna Slater aussitôt qu'Andy serait sorti de la maison.

« Bon, qu'est-ce que vous voulez, hein ? Mon Rory va pas tarder à rentrer, et les flics, il les aime pas trop. Alors vous feriez bien de vous magner.

— Je n'ai qu'une seule question à vous poser, madame Slater, répondit Andy. Connaissez-vous ce jeune homme ? » Il y eut une brève pause. « Regardez la photo, madame Slater. Regardez-la vraiment.

— Jamais vu », se contenta-t-elle de répondre au bout de deux secondes, avant de se mettre à tousser longuement.

On n'entendait pas un bruit autour d'eux. Soit les enfants étaient partis, soit ils retenaient leur souffle en attendant sa réponse. Tout à coup, sans transition, le brouhaha reprit. Tom supposa qu'il avait dû y avoir une forme de communication silencieuse entre la femme et les enfants.

« Merci de m'avoir accordé un peu de votre temps, madame Slater. J'espère que vous passerez un bon moment avec votre fille, quand elle rentrera.

— Comment est-ce que vous savez ça ? demanda la femme d'une voix hargneuse.

— J'ai deviné tout seul. Mais peut-être un peu grâce à cette grande banderole accrochée à votre mur. »

Quelques minutes plus tard, Tom regarda Andy lutter pour rouvrir le portail cassé puis avancer dans leur direction. Tout en marchant, il se mit à parler :

« Ils connaissent le type. Ça ne fait aucun doute. Si c'est bien votre Natasha qu'ils appellent Shelley, ils attendent son retour à la maison pour ce soir ou demain. Je me trompe peut-être, mais je dirais que le type du train était dans sa chambre. J'ai vu l'un des enfants les plus grands faire un signe de tête à un petit, qui est discrètement monté à l'étage. Pour lui dire de se cacher, j'imagine. De toute façon, je n'avais aucun droit de fouiller la maison, et ils le savaient. Quant au bébé, je ne pense pas qu'il était là. Si ça avait été le cas, ils auraient eu beaucoup plus peur de ma visite. Les gamins sont mal fagotés, mais apparemment pas mal nourris. Ils ne respirent pas spécialement la santé, enfin, ils ont le teint plutôt gris que rose, mais ils ne sont pas maigres et je n'ai pas vu de traces de coups. Du reste, ils avaient tous des pulls pour supporter le froid de canard qui règne dans cette maison. »

Sans ralentir ni regarder dans leur direction, Andy passa devant la camionnette et continua son chemin.

« Les gamins savent bien ce qu'ils ont à faire. Aucun d'eux n'a regardé la photo. J'imagine qu'on leur a appris, parce qu'ils sont trop jeunes pour dissimuler leurs émotions. Ils ont l'air très solidaires. Quand la bonne femme est arrivée, ils se sont tous activés. Sauf un ou deux, qui se sont faits discrets. Mais aucun signe de Rory. Je vais passer chez le bookmaker, pour voir s'il y est. Je vous tiens informés. Une dernière chose : il y avait une bougie qui brûlait devant la photo d'une fille. Une blonde, d'environ douze ans. À plus tard. »

Tom laissa passer cinq minutes puis il sortit de la camionnette, laissant les membres de l'équipe de surveillance à leur travail. Il avait trois choses à vérifier : combien d'enfants étaient censés se trouver dans cette maison ; si Donna Slater avait bien une sœur ; et, le cas échéant, si l'un de ses enfants avait disparu.

Face à la maison des Slater, juste de l'autre côté de la rue, deux hommes étaient assis dans un appartement miteux au-dessus d'un salon de coiffure décrépit. Des voix haut perchées de femmes criant pour se faire entendre par-dessus le bruit des sèche-cheveux ponctuaient la musique qui s'échappait des enceintes, situées pile sous le plancher du studio.

« Cette musique commence vraiment à me taper sur les nerfs, dit l'un des deux hommes. S'ils repassent encore une seule chanson de cette saloperie d'Adele, je te jure que je descends et que je leur explose leur chaîne. »

L'autre se mit à rire. « Ça m'étonne que tu reconnaisses cette musique, Jim. Si j'étais toi, je ne suis pas sûr que ce serait le genre de truc que j'avouerais.

— C'est la chanteuse préférée de ma femme. À la maison, j'ai pas le choix, mais s'il faut en plus que je me la coltine toute la journée... Enfin, ça vaut peut-être mieux que le boucan que font toutes ces bonnes femmes. Et piapiapia, et piapiapia, elles n'arrêtent jamais. De quoi est-ce qu'elles peuvent bien jacter ? »

La question resta en suspens dans l'air froid et humide de la pièce terne où ils étaient assis. Le papier peint sale se décollait par endroits des murs de plâtre, son jaunissement accentué par le nombre de cigarettes que les deux hommes avaient fumées au cours de la longue semaine qui venait de s'écouler. Il y avait dans un coin un vieux canapé marron, dont le rembourrage ressortait au niveau des accoudoirs. Et devant, une table de jeu pliante et deux chaises aux dossiers incurvés qui semblaient dater de la même époque que les magasins du rez-de-chaussée. C'était sûrement l'une des pièces les plus déprimantes qu'ils aient eu l'occasion de voir dans leur vie.

Cette absence de confort, néanmoins, ne les gênait pas. Ils avaient apporté leurs propres chaises. Et à cet instant précis, ils avaient tous deux l'esprit en ébullition, un état que Jim attribuait aux vapeurs âcres des laques pour cheveux bon marché qui filtraient à travers le plancher. Ça devait leur intoxiquer le cerveau. Pour le moment, cependant, il avait d'autres choses en tête.

« Qui c'est ? » demanda-t-il en reposant ses jumelles sur leur trépied. De sa main libre, il enclencha la caméra qui se trouvait sur le trépied d'à côté. Il n'avait pas besoin de vérifier le viseur : le téléobjectif était en permanence rivé sur la maison d'en face.

« Je ne sais pas. Moi, ce qui m'intéresse, c'est la camionnette garée devant la boucherie halal. Ça fait vingt-cinq minutes qu'elle est là, et je n'ai vu personne entrer ou sortir. Pas de livraison. Vu sa position, je dirais que c'est quelqu'un qui est en planque. Un type qui surveille la maison des Slater.

— Génial. Mais si c'est le cas, qu'est-ce que l'autre abruti est allé fiche à l'intérieur ? S'il se fait repérer, ce débile va tout faire foirer. »

Jim poussa sur ses pieds. Sa chaise à roulettes partit en arrière et buta contre la table. Il attrapa son paquet de cigarettes et se propulsa à nouveau vers la fenêtre.

Quelques minutes plus tard, le type finit par sortir de chez les Slater. Il traversa la rue.

« Il n'a même pas jeté un coup d'œil à la camionnette, mais il parle tout seul. Il est connecté avec eux. »

Ils observèrent. Au bout de quelques minutes, la porte latérale de la camionnette s'ouvrit du côté opposé à la maison des Slater. En sortit un homme de grande taille, vêtu d'un jean bleu foncé et d'une veste noire.

« Qui c'est ?

— Putain. C'est Tom Douglas. Il est inspecteur-chef dans la Brigade des incidents majeurs. Mais qu'est-ce qu'il fout là ? »

Jim marmonna un chapelet de jurons.

« Il faut qu'on les arrête avant que ça tourne au vinaigre. Et merde ! Comme si on avait besoin de ça... »

L'autre homme prit son téléphone et composa un numéro.

35

Les trois petits déjeuners étaient restés intacts sur la table, et le bacon que personne n'avait mangé embaumait la pièce. Emma avait tenu à cuisiner pour garder son corps occupé, même si son esprit continuait de tourner en rond. Elle n'avait pas l'habitude de rester assise sans rien faire, et tous les problèmes qu'elle avait rencontrés dans le passé avaient toujours engendré chez elle de véritables explosions d'énergie. Mais il n'y avait pas que cela, cette fois-ci. Contrairement à David, elle était consciente que toutes les conversations qui avaient lieu dans la cuisine étaient écoutées, et elle avait beau avoir envie de continuer à attaquer Natasha, elle était persuadée que la jeune fille ne se laisserait pas aller si elle se savait entendue. Et évidemment, elle ne pouvait pas la traîner de force dans la salle de bains.

Tout en essayant de réfléchir, Emma remit sa chaise sous la table et commença à ramasser les assiettes.

« Je m'en occupe, Em, dit David. Je suis désolé qu'on n'ait pas fait honneur à ton petit déjeuner. J'ai l'impression que si j'avalais quoi que ce soit, ça me resterait littéralement coincé dans la gorge.

— Je me demande ce qu'ils ont donné à Ollie pour son petit déjeuner, répondit-elle. J'espère qu'ils savent ce que les bébés de son âge aiment manger. Tu penses que oui, Natasha ? Ou tu crois qu'ils sont plutôt du genre à lui donner des cacahuètes salées ou du raisin avec des pépins dedans ? » Elle regarda droit dans les yeux sa belle-fille, qui paraissait pâle ce matin. Mais elle ne manquait pas d'énergie, apparemment, puisqu'elle se mit à la regarder à son tour, fixement et avec un air de défi.

Furieuse, Emma fit claquer les assiettes sur le plan de travail, si fort qu'elle fut surprise qu'aucune ne se soit cassée. Puis elle se retourna vivement vers la table et croisa les bras.

« Bon, dit-elle, aussi déterminée que possible. On va sortir faire une promenade. Tous les trois. Allez chercher vos manteaux.

— Quoi ? »

Enfin une réponse de la part de Natasha.

« Moi, je sors pas. T'es pas ma mère. T'as pas à me dire ce que j'ai à faire. »

Très courageux, Natasha.

« Si. Parce que je suis une adulte, et toi une enfant. Tu es peut-être capable de faire des choses horribles que même dans mes rêves les plus fous je n'aurais pas pu m'abaisser à faire – elle ignora le regard de reproche de David –, mais tu ne m'empêcheras pas d'aller faire une promenade, et ton père vient avec moi. Si tu veux pouvoir nous surveiller, tu ferais mieux de nous accompagner. Sans quoi on pourrait très bien partir en ville et appeler la police.

— Et si quelqu'un téléphone, Em ? demanda David, qui semblait se demander à quoi elle jouait.

— Ils n'appelleront pas sur le fixe. Ils appelleront sur le portable dont Natasha ne se sépare jamais. Celui qu'elle a dû faire entrer en douce dans la maison en le cachant dans la poche de ma polaire. »

Sans attendre de réponse de qui que ce soit, Emma se dirigea comme une furie vers le hall, d'où elle revint avec trois manteaux de tailles différentes. Natasha la regarda en plissant les yeux quand elle lui tendit violemment la polaire rouge.

« Mets-la. Il fait froid. Et puis ça ne t'a pas gênée de la porter quand tu avais besoin de grandes poches, hein ? Il faut qu'on bouge. Qu'on récupère un peu d'énergie. Venez, tous les deux. »

Certaine que David allait la suivre, Emma ouvrit la porte de derrière, chaussa des bottes vertes en caoutchouc et commença à avancer.

Elle s'arrêta au croisement de la rue et du chemin et, comme elle s'y attendait, deux minutes plus tard, David et sa fille arrivèrent en traînant les pieds.

Elle tourna les talons et reprit sa marche. Elle voulait s'éloigner de la maison avant de commencer à s'attaquer à Natasha. Quelques mètres plus loin, elle s'arrêta de nouveau devant un chemin qui traversait les champs et menait à une ancienne piste cavalière qu'elle avait empruntée une ou deux fois. Natasha et David finirent par la rejoindre. Elle leur indiqua la direction à suivre.

« J'emmenais souvent Ollie là quand il était tout petit, dit-elle d'un air détaché. Je le mettais dans une écharpe de portage, mais la tête tournée vers l'extérieur, pour qu'il puisse admirer le paysage. Il adorait ça. Je parie que ta maman t'emmenait aussi ici, quand tu étais bébé. Ce n'est pas toi qui m'as dit ça, David ? Que Caroline adorait marcher avec Tasha, quand elle était petite ? »

David mit quelques secondes, mais il comprit :

« Oui. Et on y allait tous ensemble, le week-end. Tu t'en souviens, Tasha ? Et quand tu as eu ton premier vélo, tu as insisté pour faire tout le chemin avec. On t'avait dit que ce n'était pas assez plat pour un vélo, surtout avec les petites roues, mais tu n'as rien voulu savoir. Bref, j'ai dû te pousser. J'en ai eu mal au dos pendant des jours. » Comme pour lui montrer qu'il n'y avait dans ses paroles aucun ressentiment, David se pencha vers sa fille en souriant.

« Tu te souviens de ta maman ? lui demanda Emma comme aurait pu le faire n'importe quelle belle-mère lors d'une promenade en famille. Je t'ai dit, l'autre jour, que je l'avais rencontrée plusieurs fois. Je voyais bien à quel point ton papa l'aimait. »

Emma n'avait aucune notion de psychologie infantile, mais elle avait l'intuition que plus elle jouerait sur cette histoire de papa/maman, plus Natasha aurait la sensation d'appartenir à la famille, et plus elle se sentirait liée à Ollie.

« Mais j'ai perdu contact avec eux quand je suis partie en Australie, reprit-elle. Peu de temps après, mon ex-fiancé est mort. Je ne te l'avais pas dit, hein ? Ça a été très dur. C'est vraiment horrible de perdre quelqu'un qu'on aime. Tu as dû souffrir énormément quand tu as perdu ta maman. Tu te souviens de l'accident ? »

Le visage de Natasha s'était crispé. Elle n'était, après tout, qu'une petite fille. Une petite fille qui avait perdu sa maman dans un terrible accident et qui avait été élevée par ce sale type nommé Rory. Contre toute attente, Emma eut soudain envie de la serrer dans ses bras. Et elle le fit.

L'espace d'une brève seconde, Tasha se laissa aller contre elle, avant de la repousser et de se remettre à avancer comme une furie. Emma décida de lui laisser quelques instants pour se reprendre. Puis elle accéléra le pas et vint à nouveau se poster à côté d'elle. David resta légèrement en retrait dans le chemin étroit.

« Quand j'ai repris contact avec ton papa, un an après ta disparition, c'était un homme dévasté. Ta maman lui manquait beaucoup, mais je crois sincèrement que c'était toi qui lui manquais le plus. Pendant deux ans, il ne m'a presque parlé que de toi. Il ne savait pas ce qui était arrivé à sa petite fille et il s'en voulait de ne pas vous avoir accompagnées ce soir-là. Ta maman a eu cet accident, et toi, tu as disparu... Ce n'était pas une bonne conductrice, d'après ton papa. Elle a peut-être perdu le contrôle du véhicule ? Tu étais en train de parler avec elle ? Elle s'est retournée pour te regarder et c'est à ce moment-là qu'elle a quitté la route ? C'est ça qui s'est passé, Tasha ? Elle t'aimait tellement que si tu avais eu besoin d'elle, je suis sûre qu'elle se serait retournée. C'est pour ça que tu es comme ça ? Parce que tu penses que c'est toi qui as causé l'accident ? »

Tasha marmonna quelque chose.

« Qu'est-ce que tu as dit ? » lui demanda Emma.

La petite leva vers elle son visage crispé.

« C'est pas moi ! commença-t-elle à crier. C'est pas ma faute. » Elle se tourna vivement vers David. « Dis-lui que c'est pas ma faute. »

Pendant une seconde, tous trois restèrent immobiles, Natasha et David se fixant du regard, Emma observant le visage blême de David. Un muscle se mit à palpiter au-dessus de son sourcil gauche. Il fallait qu'elle fasse quelque chose pour faire retomber la tension.

« Ce n'est la faute de personne, Tasha. J'essayais juste de comprendre ce qui s'est passé. Pourquoi ta maman a perdu la vie dans cet accident. »

Emma tendit la main à Tasha, mais l'adolescente s'écarta d'elle. Tournant le dos à son père, elle baissa la tête et se remit à marcher.

Emma avait échoué. Mais il y avait sûrement quelque chose qu'elle pouvait dire ou faire pour briser ses barrières défensives. Elle était tellement concentrée pour chercher ses mots qu'elle faillit manquer les premières paroles de Tasha quand celle-ci se mit à parler :

« C'est la faute du type. Le type du téléphone. »

Emma n'intervint pas. Elle avait trop peur de dire quelque chose qui empêcherait Natasha de poursuivre. Au bout d'une seconde ou deux, la petite reprit :

« Y avait une voiture en travers de la route et maman a freiné. Et puis son téléphone s'est mis à sonner. Je pensais pas qu'elle allait répondre, mais elle l'a fait. Et tout d'un coup, elle a accéléré. Je l'ai entendue crier au téléphone : “Pourquoi est-ce que je peux pas m'arrêter ? Qu'est-ce qui se passe ?” Et ensuite, la voiture est partie dans tous les sens.

Elle a crié au secours. Elle a crié au type du téléphone, mais c'était trop tard.

— Qu'est-ce qu'elle a crié, Tasha ? Tu t'en souviens ?

— Bien sûr que oui. Je me souviens de tout ; j'étais pas un bébé, et c'est pas le genre de truc qu'on oublie.

— Alors, qu'est-ce qu'elle a crié ?

— Juste un nom. Je sais pas ce que ce type lui disait, mais elle, elle criait son nom. »

Emma attendit en silence qu'elle se remette à parler.

« Elle allait s'arrêter. Si elle s'était arrêtée, elle serait pas morte, pas vrai ? Mais le type du téléphone lui a fait peur. Elle a laissé tomber son portable et elle s'est mise à rouler super vite pour contourner la voiture. Et ensuite, elle lui a crié dessus, mais c'était trop tard. Tout ça, c'est sa faute à lui.

— Tu te rappelles ce qu'elle a crié ? »

David était devenu blanc.

« Ouais, je te l'ai dit. C'était le nom du type. Ce type, je le connais pas, mais je le déteste. Jack. C'est ça qu'elle a crié : "Jack." »

36

Tous les membres de la petite équipe étaient assis dans le bureau de Tom, dont l'atmosphère semblait alourdie par l'odeur âcre de ces trop nombreux corps chauds et ces trop nombreuses tasses de café. Rory Slater n'était pas chez le bookmaker, mais ils avaient fini par le localiser et par le prendre en filature, dans l'espoir qu'il contacterait ses chefs. Son téléphone fixe était sur écoute, mais jusque-là, aucun signal de portable n'avait été capté en provenance de son domicile. Donc, pour le moment, il n'y avait rien d'autre à faire qu'attendre.

Ils s'étaient penchés sur chacun des associés de Slater connus de la police, mais cette piste s'était révélée assez peu concluante. Selon Becky, il ne s'agissait que de « salopards tout à fait ordinaires », dont aucun n'était à même d'organiser... un truc comme « ça ».

Becky avait le nez collé à son ordinateur. Elle se frottait souvent les yeux. Tom savait d'expérience qu'il n'y a rien de pire que de regarder un écran quand on a beaucoup d'heures de sommeil en retard.

« Je l'ai », murmura-t-elle soudain, plus pour elle-même que pour les autres.

Malgré le ton très faible de sa voix, toutes les personnes présentes dans la pièce se tournèrent vers elle.

« Donna Slater a une sœur, Sylvia Briggs. Trois enfants : deux filles et un garçon. L'une des filles a treize ans ; elle s'appelle Isabella. Je crois que je ferais bien d'aller rendre une petite visite à Mme Briggs.

— Bien joué, Becky, commenta Tom avant de regarder les autres. Nous savons tous ce qui est en jeu, alors mettons-nous au travail. Et n'oubliez pas que nous ne devons courir aucun risque. La vie de ce bébé dépend de nous. »

La pièce se vida. Tom s'accouda à son bureau et laissa son menton retomber sur ses mains jointes. Il n'avait qu'une envie : coincer Rory Slater dans une salle d'interrogatoire et le cuisiner jusqu'à ce qu'il lui avoue où se trouvait Ollie. Mais il ne pensait pas que Slater soit en possession de cette information. Le bébé avait dû être confié à une personne occupant une position intermédiaire. Slater n'était qu'un élément d'une petite cellule appartenant à une organisation plus vaste.

Tom se tourna vers son ordinateur pour vérifier ses e-mails. Il n'y aurait bien sûr rien sur Ollie Joseph là-dedans, mais il avait d'autres problèmes à régler. Et il n'avait toujours pas recontacté la banque suisse. Pour le moment, il ne pouvait rien faire pour aider

Ollie, et Becky s'occupait de la triste affaire de la jeune fille morte.

Il prit quelques instants pour réfléchir. Nous étions samedi, mais il se souvint du message : « Vous pouvez me joindre à n'importe quelle heure du jour ou de la nuit. » Les services que proposait ce genre de banque devaient être accessibles sept jours sur sept, vingt-quatre heures sur vingt-quatre. En tout cas pour les clients qui disposaient de suffisamment d'argent.

En consultant les derniers appels qu'il avait passés sur son portable, il n'eut aucun mal à retrouver le numéro suisse.

« Bonjour. Je suis Tom Douglas. J'aurais aimé parler à M. Charteris. »

On lui demanda de patienter quelques instants.

« Bonjour, monsieur Douglas. Pourrais-je procéder à quelques vérifications de sécurité avec vous ? »

Tom lutta pour se souvenir du mot de passe qu'il avait envoyé. Il en divulgua les troisième et huitième lettres.

« Parfait, monsieur Douglas. Merci de nous avoir rappelés. Comme je vous l'ai dit dans mon message, quand le compte a été ouvert, le nom d'un bénéficiaire, dans l'éventualité d'un décès, avait été mentionné. Et il se trouve qu'il s'agit bien du vôtre. Naturellement, dans les cas où personne ne sait que quelqu'un possède un compte chez nous, nous ne pouvons pas être informés du décès de son propriétaire. Je vous présente mes condoléances.

— Merci. Vous avez mentionné des irrégularités, concernant le compte, dont vous auriez aimé discuter avec moi...

— Oui. Pensez-vous que votre frère ait pu confier des informations s'y rapportant à quelqu'un d'autre que vous ? »

Tom prit quelques instants pour réfléchir. À Emma, peut-être. C'était ce qui lui paraissait le plus probable. Mais si ç'avait été le cas, elle lui en aurait parlé quand il avait essayé de lui donner de l'argent après la mort de Jack. Melissa était une autre possibilité. Elle vivait avec son frère depuis six mois au moment de sa mort et elle avait remué ciel et terre pour obtenir une partie de son héritage, qui, d'après elle, lui « revenait de droit ». Mais si elle avait eu accès à ces quatre millions, elle n'aurait sûrement pas essayé d'obtenir le reste des biens. Tom n'avait aucune idée de ce qu'elle était devenue. Il n'avait jamais eu ses coordonnées et ne l'avait pas vue depuis la mort de Jack. Toutes les négociations s'étaient faites par le biais de l'avocat de Melissa, un homme qui paraissait bien trop rusé pour être honnête et dont Tom se méfiait.

« Je ne vois personne, non. Pourquoi cette question ?

— Eh bien, je suis navré de vous informer que le compte a été fermé. Le solde a été intégralement liquidé il y a quelques mois de cela (en septembre, pour être précis) et transféré sur un autre compte aux îles Caïmans. Au vu des circonstances, je peux bien sûr vous procurer les détails de ce transfert, mais je doute que cela vous aide. »

Ah, le système bancaire, avec ses lois secrètes...

Tom ne s'était donc pas trompé : la personne qui s'était introduite chez lui au cours de l'été avait dû voler les identifiants de connexion pour vider le compte.

Il était sur le point de poser une question à M. Charteris quand le téléphone de son bureau se mit à sonner. Après s'être excusé et lui avoir demandé s'il pourrait le rappeler plus tard, il raccrocha et prit l'autre combiné.

« Tom Douglas, dit-il machinalement en réfléchissant aux différentes pistes qui lui permettraient de remonter jusqu'à la personne ayant vidé le compte.

— Tom, il faut qu'on parle. Dans mon bureau, dans une heure.

— Philippa ? Je suis très occupé, tu sais ? Ça ne peut pas attendre ? » L'attitude despotique de sa supérieure avait parfois tendance à l'agacer, mais la plupart du temps il l'acceptait, hiérarchie oblige. Et puis, ce jour-là, il avait trop de choses en tête pour envisager de s'y opposer.

« Non. Je ne peux pas attendre. Je viens de recevoir un coup de fil du chef de Titan[1]. Dans une heure, je te prie. »

La communication fut coupée. Que pouvait bien lui vouloir le Département régional contre le crime organisé ?

« Et merde », marmonna-t-il.

1. Titan : nom donné au Département régional du Nord-Ouest contre le crime organisé (North West Regional Organised Crime Unit). Les Départements régionaux contre le crime organisé sont des groupements de forces de police locales visant à contrer les organisations criminelles dont l'influence s'étend sur plusieurs comtés (*N.d.T.*).

37

Les seuls sons que l'on pouvait entendre étaient le chant d'un oiseau, le distant ronronnement d'un tracteur et le bruit de succion de trois paires de bottes en caoutchouc sur le chemin qui était brusquement devenu un bourbier. Personne n'avait parlé depuis la révélation de Natasha. Tous trois semblaient perdus dans leurs pensées.

Emma ne savait pas ce que David était en train de se dire, mais elle n'avait aucun mal à se l'imaginer. Pourquoi Caroline aurait-elle crié le nom d'un autre homme juste avant l'accident ? Qui était ce Jack ? Un frisson lui parcourut le dos. Jack n'était pas un prénom si courant. Mais, si c'était « son » Jack, pourquoi aurait-il téléphoné à Caroline ? Que lui avait-il dit ?

Elle comprenait la stupeur de David ; elle se sentait elle-même complètement désorientée. L'accident de Caroline s'était produit moins d'une semaine avant la mort de Jack et seulement quelques jours avant qu'elle ne reçoive sa lettre de suicide. Lettre qu'elle n'avait d'ailleurs pas perçue comme telle au moment où elle lui était parvenue. Le contenu laissait plutôt entendre qu'il s'apitoyait sur son sort, et elle avait été tellement choquée par la façon dont il l'avait quittée quelques mois plus tôt qu'elle avait cru qu'il cherchait simplement à obtenir son pardon. Et elle ne l'en avait pas jugé digne.

Mais ensuite il était mort, et elle s'était dit qu'elle aurait dû faire quelque chose quand elle avait reçu la lettre : appeler Tom, ou même Jack, pour en parler avec lui. Quelque chose, n'importe quoi. Ce n'était pas parce qu'elle était écœurée par la façon dont il l'avait traitée qu'elle avait souhaité sa mort...

Mais il y avait quelque chose, ou plutôt quelqu'un, qu'elle n'avait jamais compris : Melissa, qui semblait être sortie de nulle part et qui était restée avec Jack pendant les six derniers mois de sa vie. À ce jour encore, elle restait une pièce du puzzle de leur relation qui lui échappait totalement. Tout comme le suicide de Jack.

Emma était tellement absorbée dans ses pensées qu'elle avait momentanément perdu conscience de ce qui se passait autour d'elle. Elle jeta un coup d'œil à Natasha, dont le regard semblait empreint de doute et d'incertitude, et aussitôt elle sentit l'espoir renaître en elle. Elle avait toujours l'impression qu'on lui avait arraché le cœur, mais elle avait les idées plus claires, désormais.

« Ça va, Em ? » lui demanda David.

Elle acquiesça. « Tu penses que c'était mon Jack ? s'enquit-elle, même si elle croyait déjà connaître la réponse.

— Je ne vois pas qui ça aurait pu être d'autre, mais je ne comprends vraiment pas pourquoi il aurait appelé Caroline.

— Quelle était la nature de leur relation ? »

David tourna vivement la tête vers elle. « Quoi ? »

Emma ferma les yeux. Elle s'était mal exprimée ; elle aurait dû se douter que David ne retiendrait que le mot « relation ».

« Je veux dire : comment l'avait-elle connu et comment se faisait-il qu'elle le connaisse au point d'avoir son numéro de téléphone ? »

David, qui semblait légèrement apaisé, continua d'avancer. S'il s'avérait que Caroline avait eu une aventure avec Jack, il serait totalement dévasté. Tout comme elle.

« Tu sais qu'il s'occupait de la sécurité informatique à mon boulot ? finit-il par répondre en se tournant vers elle.

— Oui. C'est d'ailleurs pour cette raison que je vous ai connus, Caroline et toi, à l'occasion de ces soirées caritatives. Mais je n'aurais jamais pensé que Caroline et Jack étaient proches au point d'échanger leurs numéros.

— Moi non plus, marmonna David.

— Qui Jack a-t-il rencontré en premier : toi ou elle ?

— Moi. J'étais à un séminaire sur la sécurité Internet. Jack était l'intervenant principal et j'ai été impressionné par sa prestation. Alors quand il m'a fallu mettre à jour le système quelques mois plus tard, c'est à lui que j'ai fait appel. »

Tasha se trouvait désormais loin devant eux. La tête baissée, elle semblait perdue dans ses pensées. Ils pouvaient bien lui laisser un peu de temps pour elle.

« Et Caroline ? demanda Emma d'une voix hésitante.

— Elle passait au bureau deux fois par semaine, parfois plus. Quand Tasha a commencé l'école, elle s'est retrouvée un peu désœuvrée. Elle n'était pas très sociable. Enfin, elle n'était pas du genre à aller à la salle de sport ou je ne sais quoi, mais elle disait qu'elle se sentait angoissée à l'idée de rester toute la journée seule à la maison. Alors, régulièrement, elle allait en ville, faisait un peu de shopping et passait une petite heure au bureau. Jack, lui, venait tous les deux ou trois jours pour vérifier le travail que faisait son équipe, mais c'était bien avant l'accident de Caroline. Au moment où elle est morte, Jack avait vendu sa société depuis longtemps, et cela faisait des mois qu'on ne l'avait pas vu à un rassemblement ou à une fête quelconque. Je suppose qu'après votre rupture il n'avait plus tellement envie de participer à ce genre de choses. Enfin bref, je ne vois vraiment pas pourquoi il aurait eu le numéro de portable de Caroline. »

Emma réfléchit quelques instants.

« Et si, à l'époque où il travaillait pour toi, il avait profité de sa position pour récupérer ton carnet d'adresses ? Je pense que c'est une hypothèse tout à fait plausible. Jack adorait accumuler les informations. Il disait toujours : "Les données, c'est la panacée." Je ne suis donc pas surprise qu'il ait eu son numéro. Ce qui m'étonne, en revanche, c'est que la police n'ait pas réussi à retracer son appel.

— Ils savaient qu'elle avait reçu un coup de fil juste avant l'accident, mais ils m'ont dit que l'appel provenait d'un numéro non enregistré. »

Emma secoua la tête. Jack avait un penchant pour le secret qui touchait parfois aux limites du ridicule.

Elle était ravie de la petite distraction que lui avait procurée cette conversation, mais il ne fallut pas bien longtemps au vide douloureux pour regagner sa poitrine. Caroline et Jack étaient morts. Ils leur manquaient énormément, mais cette douleur n'était rien comparée à la peur qui la tenaillait quand elle songeait à Ollie.

Devant eux, Natasha plongea soudain sa main dans la poche de la polaire. Elle en sortit son téléphone, qu'elle porta aussitôt à son oreille. Au même instant, David et Emma s'élancèrent vers elle.

Natasha se tourna vers eux. Elle mit sa main devant elle pour leur faire signe de ne pas trop s'approcher, puis plaça son index sur ses lèvres.

« Salut, Rory », dit-elle en baissant les yeux vers ses pieds.

Lentement, elle releva la tête pour regarder David et Emma. Ses yeux s'agrandirent, ses pupilles se dilatèrent.

« Finn ? souffla-t-elle. Je... »

Ils s'étaient arrêtés à environ deux mètres d'elle et pouvaient entendre le son rauque d'une voix d'homme, dont les paroles étaient incompréhensibles. Le ton employé, en revanche, était indéniablement celui de la colère.

« Je leur ai rien dit, Finn. J'ai jamais parlé de Rory. »

David commença à avancer vers Tasha et fit mine de lui prendre le téléphone, mais elle secoua furieusement la tête.

« Pardon. Je sais que j'aurais dû dire à Rory qu'ils m'avaient repérée. Je sais que j'aurais dû le faire pour qu'il puisse changer de plan. Pardon. Mais j'avais peur qu'il se foute en rogne contre moi. » La voix de Tasha était devenue un murmure à peine audible et ses yeux étaient baignés de larmes.

« Non, Finn, non. Je te le jure. Les flics sont pas au courant pour Ollie. Lui fais pas de mal, hein ? » Ces derniers mots avaient été prononcés d'une voix si basse que son interlocuteur devait avoir eu du mal à les entendre. Et pourtant, c'était un véritable cri du cœur.

Le téléphone rivé à l'oreille, Tasha resta silencieuse quelques minutes, à écouter son correspondant. Et au moment où elle raccrocha, ses jambes semblèrent se dérober sous elle. David la rattrapa juste à temps. Il la conduisit jusqu'à un banc qui se trouvait de l'autre côté du chemin.

« Qu'est-ce qu'il y a, Natasha ? s'exclama Emma. Qu'est-ce qui se passe ? Qui est ce Finn et que veut-il ? » Elle avait envie de secouer l'adolescente. Elle tendit le bras pour l'attraper par les épaules. Mais quand elle vit ses yeux noirs de peur, elle se ravisa et se mit à lui caresser doucement le bras.

« Je sais pas ce qu'ils vont me faire, maintenant. T'avais raison, l'autre soir. J'aurais dû parler à Rory des caméras de surveillance. Finn m'a dit qu'il s'était fait arrêter par les flics.

— Ah, fit Emma. Mais ce type m'a tout l'air d'un sale enfoiré. Alors c'est peut-être une bonne chose, non ?

— Quoi ? » fit David, qui ne pouvait évidemment pas comprendre de quoi elles parlaient.

Mais Emma et Tasha l'ignorèrent. Le moment n'était pas aux explications.

« N'importe quoi. C'est pas une bonne chose, nan. Ils me font plus confiance, maintenant. Et donc, ils vont sûrement me tuer. Tu comprends pas que le plan risque de foirer ? Et tout ça à cause de moi ?

— Et Ollie ? demanda Emma. Quelles conséquences cela pourrait-il avoir sur Ollie ? »

Natasha secoua la tête. « Ça change tout. Maintenant, ils doivent se demander s'ils peuvent continuer le boulot, si c'est pas trop risqué. S'ils doivent tout arrêter, ils vont me tuer. Finn va voir ce que le chef va dire. Je sais pas qui c'est, ce type ; on dirait une ombre. Je crois que même Rory l'a jamais vu.

— Qu'est-ce que c'est que ce “boulot”, Tasha ? Est-ce qu'on ne pourrait pas juste leur donner de l'argent et récupérer Ollie ? » demanda Emma.

Mais Tasha n'écoutait pas. « C'était censé se terminer aujourd'hui. Vous auriez pu récupérer Ollie, et moi, j'aurais pu rentrer à la maison. » Elle avait la tête baissée et des larmes coulaient sur ses joues.

Emma s'accroupit dans le chemin boueux. « Nous n'avons pas envie que tu partes, Tasha. Nous voulons qu'Ollie rentre. Mais nous voulons aussi te garder. Nous n'avons aucune intention de t'abandonner.

— Mais vous le ferez. Vous pensez peut-être que vous m'abandonnerez pas, mais vous le ferez. »

Emma leva les yeux vers David, dont le visage, sous la lumière crue du soleil, était marqué par des plis si profonds qu'il semblait avoir vieilli de vingt ans. Elle se retourna vers Tasha et posa les mains sur ses épaules.

« Jamais nous ne t'abandonnerons, Tasha. Il est hors de question qu'on te laisse tomber. »

Les sanglots de la petite faisaient trembler tout son corps et elle avait désormais les mains sur les yeux.

« Mais vous le ferez. Bien sûr que vous le ferez. T'as toujours pas pigé, hein ? Toi, tu veux Ollie, mais moi, jamais personne a voulu de moi. Même Rory, il veut pas de moi. Ce qui l'intéresse, c'est juste ce que je peux faire pour lui. »

David tomba à genoux dans la boue. « Je ne sais pas de quoi vous parlez, Emma et toi, mais je sais une chose : tu as toujours été aimée et désirée, Tasha. Et tu le seras toujours. »

La petite retira ses mains de ses yeux. Son visage devint dur.

« C'est pas vrai. J'étais qu'un pion dans un jeu. C'est Rory qui me l'a dit. J'ai jamais été rien d'autre qu'un pion. »

Emma réfléchissait à chacun des mots qui avaient été prononcés. Elle avait la tête qui tournait, mais pour le moment, la seule chose à laquelle elle voulait penser était Ollie. Elle regarda David, qui venait de prendre sa fille dans ses bras. Natasha se pencha vers lui. Puis, brutalement, elle le repoussa.

« Nan ! »

Ce fut comme si David venait de recevoir une décharge électrique. Ses traits étaient désormais déformés par un mélange d'émotions qu'Emma ne parvint pas à déchiffrer.

« Mais j'ai pas fait que des conneries, murmura Tasha. Au moins, les flics sont pas au courant pour Ollie. Si c'était le cas, je serais déjà morte.

— Je crois que tu en rajoutes un peu, ma chérie, dit David. Tant que tu seras avec nous, personne ne te fera du mal. »

Natasha le regarda. « N'importe quoi. Tu sais très bien que c'est pas vrai. Tu le sais même mieux que n'importe qui. »

Emma s'éloigna d'eux. Elle ignorait ce qui se passait entre Natasha et son père, mais elle savait que ça n'aiderait pas Ollie, et elle n'avait plus assez de forces pour s'y intéresser.

Elle plongea la main dans sa poche et sentit la masse dure de son téléphone. Jusqu'ici, elle l'avait toujours considéré comme une bouée de sauvetage. Mais désormais, sa surface froide lui brûlait les doigts. Et si cet objet n'était en fin de compte que le symbole d'une condamnation à mort ? Pour Tasha, et peut-être même pour Ollie.

38

Tom aurait vraiment préféré pouvoir se passer de ça. Il ignorait ce que ces types de Titan voulaient, mais ça ne pouvait pas être aussi important que de retrouver le jeune Ollie Joseph. Comme se faisait-il que Philippa ne l'ait pas compris ? Malheureusement, il n'avait pas d'autre choix que de se plier à sa volonté. N'ayant aucune envie de passer plus de temps dans un bureau qu'il n'en passait déjà, il n'avait jamais éprouvé le désir de dépasser son grade actuel d'inspecteur-chef, mais il y avait bien des fois où il aurait aimé avoir le pouvoir de dire non.

Il frappa un coup à la porte close du bureau de Philippa puis l'ouvrit sans attendre son habituel « entrez ». Encore une chose qui avait le don de l'énerver. On aurait dit qu'elle se prenait pour la reine, parfois. Quand elle recevrait sa prochaine promotion (chose qui paraissait inévitable au vu de son efficacité), elle deviendrait si imbue d'elle-même que sa tête ne passerait plus les portes.

Son bureau était à l'image de sa personnalité, ou du moins de la personnalité qu'elle se plaisait à exposer à la face du monde, lisse et conventionnelle. Les quelques tableaux au mur ne révélaient absolument rien du caractère de la personne qui les avait choisis. À bien y réfléchir, d'ailleurs, c'étaient des décorateurs qui avaient dû les acheter. Les lignes du bureau étaient épurées, et il y avait dans un coin trois corbeilles à courrier métalliques qui, contrairement à celles de Tom, ne débordaient pas de partout. Froid mais fonctionnel, pour résumer.

Philippa était comme à son habitude vêtue d'un tailleur sombre et d'un impeccable chemisier blanc. Chacun de ses cheveux raides et auburn semblait être à sa place, leur extrémité traçant juste en dessous de ses oreilles une ligne nette apparemment immuable. Face à elle, et dos à la porte, se trouvait un homme en veste à rayures qui se leva et se tourna vers Tom au moment où il entra.

Sans attendre que Philippa fasse les présentations, Tom lui tendit la main. « Tom Douglas, dit-il en se concentrant sur la poigne ferme de l'inconnu à l'allure distinguée.

— Paul Green », répondit celui-ci, avant de se rasseoir.

Il lui fit signe de prendre place à côté de lui. Tom s'installa puis se tourna vers Philippa.

« Que puis-je faire pour vous ? demanda-t-il.

— M. Green voudrait te parler d'un éventuel placement sous surveillance de l'une des cibles de Titan.

Un homme répondant au nom de... » Philippa jeta un œil à son carnet. « ... Rory Slater. »

Tom n'eut pas le temps de dire quoi que ce soit. Green s'était déjà tourné vers lui.

« Si vous permettez que je vous explique, Tom. Je peux vous appeler Tom ? » Il n'attendit pas sa réponse pour poursuivre. « Ça fait pas mal de temps qu'on garde un œil sur Slater. Je sais que vous vous intéressez à lui car vous pensez qu'il pourrait être l'homme qui a hébergé Natasha Joseph. Mais il fait partie d'une vaste organisation criminelle, et cela fait maintenant plusieurs années que nous menons une opération visant à en arrêter le chef. Nous sommes désormais certains de son identité, mais il nous est pour l'instant impossible de passer à l'acte. Il ne se salit pas les mains ; il laisse ça à ses sous-fifres. Slater est tout en bas de l'échelle, mais par son intermédiaire, on pourrait se rapprocher du chef. »

Green sortit de sa sacoche quelques photos, qu'il posa sur le bureau.

« Elles ont été prises ce matin. Vous aviez envoyé quelqu'un chez les Slater et vous étiez en planque dans une camionnette juste de l'autre côté de la rue. Écoutez, Tom, laissez tomber. Cette opération est bien trop importante pour être fichue en l'air par une petite enquête sur une adolescente qui est de toute façon rentrée chez elle. »

Philippa intervint : « Nous n'avons pas encore eu l'occasion de discuter ensemble de l'intérêt que tu portes à ce Slater, Tom. J'imagine que c'est un nom qui vient tout juste de sortir.

— Exact. Il est apparu au milieu de la nuit, pour être précis. » Tom se tourna vers Green. « Mais il ne s'agit plus d'une simple enquête sur une jeune fille disparue. Le problème, monsieur Green, est que Slater est impliqué dans le kidnapping d'un bébé. » Comme Tom ne le savait que trop bien, quand un enfant est en danger, il devient la priorité numéro un, passant avant absolument tout, y compris le crime organisé.

« Merde », marmonna Green.

Ce juron fut suivi par un long silence.

« Ça fait longtemps qu'on surveille cette petite bande, reprit-il. Nous savons que Slater en fait partie, et aussi un type plus haut placé dans la hiérarchie : Finbar, ou Finn, McGuinness. C'est un homme de main et un salopard de sociopathe. » Paul Green prit un verre d'eau sur le bureau et en but une longue gorgée avant de poursuivre :

« McGuinness s'est déjà fait coffrer. Il avait servi de chauffeur dans une affaire de vol à main armée. Il est sorti de prison il y a environ huit ans, mais contre toute attente, il a réussi à éviter les ennuis depuis. Sa femme tient un food truck à Salford. Ses hamburgers sont très demandés, paraît-il. Nous savons que Slater va chercher la drogue qu'il revend dans le food truck de McGuinness, et nous avons essayé de retracer la chaîne d'approvisionnement à partir de là. Finn McGuinness est un type très discret, mais il terrorise tout le monde. Nous nous sommes abstenus de mener la moindre opération contre ce food truck tant que nous n'avions pas repéré le grand manitou, le type qui est à la tête de l'organisation. Mais nous avons fini par y arriver : nous sommes désormais certains de son identité. »

Tom leur expliqua ce qu'il savait sur Slater et son implication dans l'enlèvement d'Ollie Joseph.

« Rien de tout cela ne me surprend, Tom, commenta Green. Ces gars sont très organisés, mais aussi très opportunistes. Ils ne sont jamais à court d'idées. Ils vendent de la drogue, des armes à feu, des femmes, tout ce qu'ils peuvent refourguer dans la rue. Mais si une occasion se présente, quelque chose qui sort de l'ordinaire, ils n'hésitent pas à en tirer parti.

— Et vous pensez qu'ils ont quelque chose en tête en ce moment, c'est bien ça ? demanda Philippa.

— Nous en sommes sûrs, mais nous ne savons pas exactement quoi. Nous avons un capteur humain qui travaille pour eux, mais cet homme occupe pour l'instant une position très subalterne. Il sait quand même que cela doit se produire bientôt. Il se tient prêt depuis deux jours. »

Tom avait toujours trouvé complètement absurde l'expression « capteur humain ». Il était beaucoup plus à l'aise avec le terme « indicateur », voire « taupe », mais dans le bureau de Philippa, le politiquement correct était toujours de mise.

« Tu penses que le kidnapping et ce projet pourraient être liés ? lui demanda Philippa.

— C'est possible », répondit Tom. Il donna à Green davantage de renseignements sur l'enlèvement d'Ollie et lui expliqua pourquoi il ne pensait pas que l'argent en soit le motif.

« Un *tiger-kidnapping* ? murmura Green. En tout cas, ça ne m'étonnerait pas d'eux...

— Nous ignorons ce qu'ils vont demander à David Joseph, mais d'après nos informations, la demande devrait lui être signifiée aujourd'hui. Et une fois que Joseph aura fait ce qu'on lui dira, le bébé sera rendu sain et sauf à sa famille. Enfin, nous l'espérons. Compte tenu des renseignements sur le timing que vous a fournis votre capteur humain, il me semble donc probable que les deux affaires soient liées, oui. Que savons-nous d'autre ? »

À ce moment-là on frappa à la porte.

« Attendez ! » aboya Philippa.

Mais la porte s'ouvrit sur Becky.

« Je suis vraiment désolée, chef, dit-elle avec une petite grimace nerveuse, mais on a besoin de Tom. On a un problème : il y a dix minutes, les types de la police des transports ont arrêté le garçon à qui Natasha avait souri dans le train, et ils ont aussi embarqué Slater pour l'interroger, parce qu'il était venu chercher le gamin à la gare. »

Paul Green poussa une sorte de grognement. Tom compatit : plusieurs années de travail risquaient d'être réduites à néant... Naturellement, les hommes des transports n'avaient pas été mis dans le secret pour l'enlèvement d'Ollie ; ils pensaient donc que la priorité était toujours de retrouver les ravisseurs de Natasha.

« Ils viennent tout juste de m'en informer, reprit Becky. Je leur ai bien dit qu'ils ne devaient en aucun cas mentionner le nom de Natasha Joseph. J'espère que cette recommandation n'arrive pas trop tard. Sinon on est mal. »

39

La peur n'était pas une chose nouvelle pour Natasha. Pendant plus de six ans, cela avait été sa réalité quotidienne : peur de mettre Rory en colère, peur d'être surprise en train de voler, peur que sa vie reste toujours aussi horrible. Mais là, la peur avait atteint de nouveaux sommets. Elle en avait des nausées. Elle savait ce qui arrivait aux gens qui décevaient Finn. Elle l'avait vu de ses yeux, un jour où elle se trouvait à un endroit où elle n'aurait pas dû être. Mais Emma et David ne la croiraient jamais. Ils ne pouvaient même pas s'imaginer...

Ils ne lui parlaient plus, de toute façon. Ils ne savaient pas quoi lui dire, et elle comprenait. Mais les choses n'étaient pas censées se passer comme ça. Elle n'était pas censée s'attacher à l'un d'eux. Ni à Emma, ni à Ollie, et certainement pas à David. Elle avait été toute contente quand on lui avait proposé ce boulot, notamment parce qu'elle avait très envie de donner à son père une idée de la vie qu'on l'avait forcée à mener. Et en plus, il y avait une récompense à la clef : encore une année de répit avant d'être envoyée chez Julie. Elle aurait fait n'importe quoi pour ça.

Presque toutes les filles qui allaient chez Julie devaient passer quelque temps dans le puits d'abord. Pour les rendre dociles, d'après Rory, mais aussi pour leur faire comprendre ce qui leur arriverait si elles essayaient de s'enfuir. Ce trou creusé dans le sol au fond de la cave... Natasha en avait une peur bleue depuis la première fois qu'elle s'y était retrouvée. Elle avait six ans à ce moment-là et elle s'était senti comme engloutie par l'obscurité.

Est-ce que je suis morte ? C'était la seule pensée qui lui venait à l'esprit. *Ce n'est pas comme ça qu'on se sent quand on est en vie. Alors ça doit être comme ça qu'on se sent quand on est mort.* Avant, jamais elle ne s'était retrouvée seule, sans personne à qui parler, quatre jours d'affilée. Pendant des heures, complètement désorientée, elle avait tourné en rond, trébuché dans le noir, touché les parois humides en terre battue, et demandé, supplié que quelqu'un vienne lui parler. Mais son appel était resté vain.

Le sol et les parois du puits étaient gelés et de l'air glacial passait à travers les interstices de la trappe. Elle avait pleuré, pleuré et encore pleuré, mais personne n'était venu.

Qu'est-ce que j'ai fait de mal ? Pourquoi est-ce qu'on m'a mise là ?

Et puis il y avait eu l'homme dont la voix ressemblait à un bruit de pas sur du gravier. L'homme qu'elle connaissait maintenant sous le nom de Finn McGuinness. Elle l'avait entendu parler, mais elle ne se souvenait plus de ce qu'il avait dit. À part un truc :

« Sa mère est morte. Elle ne nous est plus d'aucune utilité. Débarrassez-vous d'elle. »

Ces mots, elle se les était répétés plein de fois dans sa tête. « Sa mère est morte. » Cette partie-là, elle l'avait bien comprise, mais il lui avait fallu du temps pour assimiler le reste.

Si elle ne leur était d'aucune utilité à cette époque, c'était encore pire maintenant. Elle avait merdé sur le transport du shit et elle avait merdé sur ce job. Mais il ne la laisserait pas partir. Personne n'était jamais parti. Ce qui ne lui laissait que deux options.

Soit on se débarrasserait d'elle, comme aurait dit Finn, soit elle finirait chez Julie, comme Izzy.

Elle ne savait pas ce qui était le pire.

Emma s'assit sur l'herbe. Elle sentit l'humidité pénétrer le tissu de son jean, mais elle n'y prêta pas attention. Elle prit doucement la main de Natasha dans les siennes.

« Comment vas-tu, Tasha ? » lui demanda-t-elle. L'adolescente ne répondit pas. Elle baissa la tête et se mit à regarder ses doigts, qu'elle retira un à un des mains d'Emma. C'étaient les doigts d'une enfant, avec des ongles rongés et légèrement sales.

« Pourquoi as-tu accepté de faire ça ? De prendre Ollie ? Est-ce pour cette raison que tu es revenue à la maison ? Pourquoi nous veux-tu du mal ? S'il te plaît, Tasha, explique-nous. Je t'assure que nous ferons de notre mieux pour te comprendre. »

Natasha jeta un regard en biais à David.

« T'as qu'à lui demander, à lui. »

David se leva et alla se poster de l'autre côté du chemin, face aux champs. Il avait beau leur tourner le dos, Emma voyait bien qu'il était crispé. Au bout de quelques instants, il se retourna et vint s'agenouiller devant sa fille.

« Tasha, rester à la maison, ne pas vous accompagner, ta mère et toi, ce soir-là... tout ça a été une terrible erreur. Une erreur que j'ai toujours regrettée et que je regrette encore. C'était égoïste de ma part. J'aurais dû venir. J'ai fait tout ce que j'ai pu pour te retrouver. Demande à Emma. Regarde dans les journaux. Je ne sais pas ce que je peux te dire d'autre. J'ai même lancé un nouvel appel à témoins, pas plus tard que l'année dernière. »

Natasha le regardait d'un air toujours aussi méfiant. Et tout à coup, elle se mit à marmonner : « Tu n'es pas Natasha Joseph. Natasha Joseph est morte. Tu es Shelley Slater. Shelley Slater. Pas Natasha Joseph. Tasha est morte. Son père ne veut pas d'elle. Tu es Shelley Slater.

— C'est ça qu'ils t'ont dit ? » demanda doucement David en caressant les cheveux emmêlés de sa fille, qui avait toujours catégoriquement refusé l'aide d'Emma pour les laver ou les coiffer.

Pour la toute première fois, Tasha laissa son père la toucher sans ciller. Elle acquiesça et renifla. « Je voulais pas le dire. Je voulais pas dire Shelley Slater. Alors ils m'ont rebalancée dans le puits. Et ils m'ont obligée à y rester jusqu'à ce que je le dise. Ensuite, ils arrêtaient pas de me demander comment je m'appelais, et si je leur disais pas Shelley Slater, ils me remettaient dans le puits. Il faisait froid et humide, et j'avais rien à manger. Mais Rory avait peur que quelqu'un me reconnaisse et il disait que ça valait pas la peine de prendre des risques pour moi. Il disait qu'il regrettait de s'être retrouvé avec moi, que j'étais un vrai boulet.

— Tu ne retourneras jamais là-bas, Tasha, je te le promets. Je t'ai peut-être laissée tomber il y a six ans, mais je suis ton papa, et tu vas rester avec moi. »

Tasha se tourna vivement vers lui. Son visage était rouge de colère.

« Tu comprends rien, ou quoi ? Ils me laisseront pas rester !

— Écoute-moi, Tasha, intervint Emma. Je sais que la situation est très difficile pour toi, ma chérie, mais je crois connaître quelqu'un qui pourrait t'aider. C'est un ami à moi et il est très doué pour régler les problèmes compliqués. Qu'est-ce que tu en penses ? Tu aimerais le rencontrer ? »

Tasha leva vers elle son visage baigné de larmes.

« Nan ! hurla-t-elle. Si tu le dis à quelqu'un, tu reverras jamais Ollie. Et en plus, ils me tueront.

— Mais je ne vois pas d'autre possibilité, murmura Emma. Si Finn a dit que le marché n'aurait en fin de compte pas lieu, il faut nous faire aider. Il me suffirait de passer un petit coup de téléphone... »

Il fallait qu'elle mette Natasha de son côté. Et le meilleur moyen d'y parvenir était sans doute de lui faire croire qu'il existait une voie de sortie pour eux trois.

« Tu peux pas, répondit Tasha. Mon téléphone est sur écoute, et le vôtre, je l'ai bidouillé. »

Emma se leva en essuyant d'un revers de main les brins d'herbe humide restés collés à son jean.

Elle avait espéré pouvoir utiliser le portable de Tasha, mais manifestement ce n'était pas possible. Tout en se retournant pour faire face à sa belle-fille, elle plongea les mains dans ses poches. C'était un risque, un immense risque, et elle espérait vraiment ne jamais avoir à le regretter.

Les battements de son cœur s'étaient accélérés. Et elle pouvait désormais sentir une veine palpiter contre le col de sa veste. Lentement, elle sortit le téléphone de sa poche et le tendit à Natasha.

Sa belle-fille ouvrit grand la bouche. « Putain, mais tu te rends compte de ce qui va se passer s'ils savent que t'as un téléphone ? Tu te rends compte de ce que t'as fait ? »

Emma garda le silence.

« T'as appelé les flics, c'est ça ? Tu leur as parlé de Rory ? Tu l'as fait, hein ? T'es con, ou quoi ?

— Emma ? »

Ignorant l'interrogation de son mari, elle se tourna légèrement pour lui adresser un sourire contrit. Puis elle s'agenouilla devant Natasha.

« On a besoin de leur aide, Tasha. Tu penses que tu vas avoir des ennuis avec Finn et Rory, mais tu ne dois pas oublier qu'ils ont toujours Ollie. Nous ne pouvons pas attendre de savoir ce qu'ils ont décidé. Si ça se trouve, il est déjà trop tard. Tu es sûre que tu ne voudrais pas rencontrer mon ami ? »

Natasha se leva d'un bond et poussa Emma pour s'éloigner.

« Et si Finn l'apprend, hein ? Comment tu crois que Rory et lui ont su que les flics étaient venus me voir ? Ils ont plein de flics véreux avec eux. Putain, si tu l'as dit aux poulets, je suis sûre qu'y en a un qui l'a répété à Finn. Sûre et certaine, même. »

Tasha, qui s'était accoudée à un portail, baissa la tête et se mit à pleurer en silence. Seuls les tremblements de ses épaules trahissaient ses sanglots.

Emma regarda le téléphone qui se trouvait toujours dans sa main.

Était-ce vraiment la solution à tous ses problèmes ? N'avait-elle pas commis la plus stupide erreur de sa vie en révélant ce secret à Natasha ?

40

« Raconte-moi », lui dit Tom en s'asseyant derrière son bureau.

Tâchant de se montrer aussi concise que possible, Becky répéta ce que la police des transports lui avait dit : le garçon à qui Natasha avait souri avait été vu dans un autre train, et cette fois-ci, c'était lui qui portait un sac à dos. Le flic en civil faisait une tournée de routine sur cette ligne quand il l'avait repéré, reconnaissant son visage grâce aux photos qui avaient circulé, et il l'avait donc suivi. Le garçon avait abandonné son sac – exactement le même que celui que Natasha avait porté. Et quand il était revenu à la gare de Manchester Victoria, Rory Slater l'attendait. Ils avaient donc tous deux été arrêtés. Slater avait nié toute implication, affirmant que le garçon avait dû être manipulé par ses camarades de classe.

« Pourquoi Slater l'attendait-il ?

— J'ai aussi posé la question. Il a dit qu'il était dans le coin, mais n'a pas expliqué pourquoi. Le garçon devait peut-être être payé pour la livraison ? Quand on a saisi le sac à dos de l'autre adolescent à qui il l'a passé, on a trouvé dedans deux kilos de shit, ça valait bien un peu de pognon. J'imagine que Slater ne lui faisait pas confiance pour ramener l'argent directement à la maison.

— Qu'est-ce que tu crois que cette histoire va changer à l'affaire ? » demanda Tom.

Becky se sentit légèrement flattée d'être consultée.

« Du point de vue de Slater, il ne s'agit que d'un contrôle de routine. Mais il pourrait parfaitement avoir appris que nous avons repéré Natasha via les caméras de surveillance. Et dans ce cas, si nous ne lui parlons pas d'elle, il risque de se douter de quelque chose. Du coup, je pense que le mieux serait que les gars des transports montrent une photo de Natasha à Slater et au garçon et qu'ils leur demandent s'ils la reconnaissent. Ils diront que non, et l'affaire s'arrêtera là. Slater ne doit surtout pas savoir qu'on est au courant que Natasha a vécu avec lui. Si c'est le cas, il se demandera pourquoi on ne l'a pas arrêté plus tôt.

— Merde, marmonna Tom en se mettant à pianoter nerveusement sur son bureau. Et il comprendra qu'il ne peut y avoir qu'une raison : que nous savons pour le kidnapping. »

Le bureau resta silencieux pendant un instant, tandis qu'ils songeaient tous deux aux conséquences de cette potentielle catastrophe.

« OK, finit par dire Tom. On va essayer d'utiliser ça à notre avantage. En toute logique, les types des transports devraient aller perquisitionner chez Slater pour voir s'il cache de la drogue. On pourrait envoyer un de nos hommes avec eux pour qu'il mette la maison sur écoute ?

— Mais s'ils font la moindre bourde au sujet de Natasha, on devra garder Slater en cellule jusqu'à ce que tout soit terminé, et ça risque de ne pas être facile.

— Tu ne crois pas si bien dire, répondit Tom. On vient de me demander de me tenir à l'écart de Rory Slater. Il y a une autre opération en cours. Un gros truc. Il va falloir qu'on agisse en coordination avec les types de Titan. Ça ne les amuse pas du tout, et je les comprends.

— Et merde, fit Becky. Euh... il y a un truc que je ne t'ai pas encore dit : je suis allée voir Sylvia Briggs, la sœur de Donna Slater. Je l'ai interrogée sur ses enfants. Aucun d'eux ne vit avec elle. Deux habitent chez sa sœur, Donna. Je l'ai interrogée plus particulièrement sur Isabella. Elle m'a dit qu'elle avait commencé à fuguer quand elle avait neuf ans et qu'elle avait arrêté depuis longtemps d'essayer de la chercher.

— Il y a des gens vraiment charmants, tu ne trouves pas ? »

Becky sourit, même si ce n'était pas drôle. Heureusement, elle n'eut pas à répondre : le téléphone portable de Tom s'était mis à sonner.

Pendant quelques secondes, celui-ci écouta attentivement son correspondant.

« Calme-toi, Emma, ça ne sert à rien de paniquer, finit-il par dire. Mais il va falloir qu'on vous fasse sortir de cette maison. Si ça se trouve, vous n'êtes pas en sécurité ; nous n'avons pas encore évalué les risques. Où êtes-vous, en ce moment ? »

La voix de Tom était basse et tendue ; Becky comprit immédiatement que quelque chose n'allait pas.

« OK. Rentre chez toi, prends des cabas et montez tous dans la voiture. Pas la Range Rover de David : elle se remarque trop. N'oublie pas d'emporter ton sac à main. Comme si tu allais faire des courses. Il faut que ça ait l'air normal. Je vais m'arranger. Appelle-moi quand tu te seras un peu éloignée de la maison ; je te dirai où aller. »

Il s'interrompit de nouveau.

« Ah, j'allais oublier : il faudrait que tu portes quelque chose de facilement reconnaissable : un vêtement de couleur vive, mais pas trop ajusté. Je t'expliquerai plus tard. Il commence à flotter ici, alors prends un truc avec une capuche. Quand tu m'appelleras, ne porte pas ton téléphone à ton oreille. Mets-le sur haut-parleur et laisse-le sur tes genoux. Dis à Natasha de prendre son portable. Il doit être équipé d'un traceur GPS. S'ils ne la trouvent pas, ils risquent de paniquer. Bon, maintenant, répète-moi tout ce que je viens de te dire. »

Il écouta silencieusement. « Parfait. On se retrouve dans moins d'une heure. Tu es géniale, Emma. Tu te débrouilles super bien. »

Au cas où il leur faudrait répéter les instructions plus tard, Becky avait pris en note tout ce qu'avait dit Tom. Son supérieur se tourna vers elle.

« Je veux que les types des transports gardent Rory Slater jusqu'à nouvel ordre. Les Joseph sont en danger. Je n'ai pas d'autre solution que de les conduire dans un lieu sûr. Mais Slater et ses supérieurs ne vont pas accepter ça. Ils vont vouloir récupérer Natasha. Ils ne peuvent pas se permettre de la laisser partir : elle en sait bien plus qu'elle ne le pense elle-même. Il nous faut un plan pour assurer la sécurité de cette famille, Becky. Et nous avons dix minutes pour l'élaborer. »

41

Emma déverrouilla la porte de la salle de bains et entra dans la chambre. David, debout, l'attendait.

« Emma... »

Et merde ! Pour ne pas l'affoler, elle avait omis de lui parler des micros.

« Oh, mon chéri, mais qu'est-ce qu'on va faire ? » l'interrompit-elle. Elle se précipita vers lui et le prit dans ses bras. « Chut », lui murmura-t-elle.

Il s'écarta d'elle et la regarda d'un air abasourdi. Pourrait-il un jour lui faire à nouveau confiance ? Mais il n'était pas stupide. Brusquement, il la reprit dans ses bras. Elle laissa échapper un petit cri de surprise, qui ne tarda pas à se changer en début de sanglot.

« Je ne te reconnais plus », chuchota alors David à son oreille, d'une voix si basse qu'elle se demanda si elle avait bien entendu. Il avait l'air si triste, si seul. Elle regrettait de ne pas avoir le temps de lui donner des explications. Elle lui avait menti, l'avait maintenu dans l'obscurité, et maintenant elle insistait pour qu'il se plie à sa volonté. Cela lui ressemblait si peu !

Elle l'attira dans la salle de bains et referma la porte derrière elle.

« Je suis désolée, David, chuchota-t-elle. Tout s'est passé très vite, et je savais que tu t'opposerais à ce que je contacte la police. Mais je ne pouvais pas rester sans rien faire...

— Tu ne crois pas qu'on aurait dû en discuter ensemble avant ? » dit-il.

Emma inspira profondément. Il fallait qu'elle reste calme.

« Si, certainement. Mais les choses sont différentes pour toi : tu es écartelé de tous côtés. Je ne voulais pas te stresser plus que tu ne l'étais déjà. En tout cas, tu dois savoir une chose : notre cuisine, notre chambre et notre salle à manger sont sur écoute. Ils peuvent entendre tout ce qu'on dit. »

David redressa brusquement la tête et fronça les sourcils. « Tu veux dire que Tasha a mis des micros dans notre maison ? »

Emma acquiesça. « Tasha a été élevée dans une famille de criminels. La pauvre petite ! L'enlèvement, les micros, la drogue... j'imagine que rien de tout cela ne l'impressionne. Seuls Finn et Rory lui font peur. Elle est terrorisée par ces deux types, c'est pour ça qu'elle ne leur a pas dit qu'elle s'était fait repérer par les caméras de surveillance. Elle a commis une grave erreur, et maintenant elle vit dans l'angoisse. Écoute, il faut qu'on agisse. Le temps nous est compté. »

Elle posa son index sur ses lèvres et ouvrit la porte de la chambre.

Puis elle se mit à chercher dans sa commode sa longue veste à capuche bleu roi qu'elle portait rarement car elle était trop grande. Elle ne pouvait plus supporter de voir la confusion dans les yeux de son mari. Mais il lui épargna cette peine : alors qu'elle s'activait, elle l'entendit traverser la pièce et refermer la porte derrière lui. Pour se calmer les nerfs, elle s'accorda le luxe de rester assise deux minutes sur le lit. Puis elle se leva pour sortir. Mais elle s'arrêta au niveau de la porte.

Si son corps et son esprit étaient complètement obnubilés par Ollie, elle savait qu'elle allait devoir parler à Tom de son frère. La révélation de Natasha concernant le dénommé Jack, qui avait téléphoné à Caroline juste avant sa mort, avait été un choc. Elle se hissa sur la pointe des pieds pour sortir la vieille boîte à chaussures du haut du placard. Après en avoir un peu fouillé le contenu, elle trouva ce qu'elle cherchait : deux feuilles de papier, qu'elle plia minutieusement avant de les ranger dans son sac avec son téléphone.

Acte II, pensa-t-elle en ravalant sa salive avec peine, au moment où elle descendit l'escalier.

La cuisine était silencieuse. Elle se dirigea vers le réfrigérateur et en ouvrit la porte.

« Bon, fit-elle d'une voix déterminée. Tasha a dit qu'il ne se passerait rien aujourd'hui. Mais espérons qu'Ollie sera de retour demain. Si je veux tenir, je dois m'accrocher à cette idée. Il faut que je me dise qu'il est chez ses grands-parents pour deux ou trois jours, ou un truc comme ça. Et puis il faut qu'on mange. Nous n'avons plus de viande, plus de lait, plus rien. Il n'est pas question qu'il revienne dans une maison où tout le monde est affaibli ou malade. Bref, on va aller faire des courses. »

David regarda fixement le contenu du réfrigérateur : dans la porte, il vit une bouteille de deux litres de lait à peine entamée, et sur les étagères, de la viande et des légumes frais.

Emma se tourna vers Tasha en hochant la tête pour l'encourager.

« Tu peux pas sortir. Je t'ai déjà dit que tu pouvais aller nulle part sans moi, répondit la petite d'une voix faible et peu convaincante.

— Alors tu n'as qu'à m'accompagner pour me surveiller. Allons-y tous ensemble. Comme ça, tu pourras être certaine que je ne ferai rien que... que tes maîtres pourraient ne pas apprécier. »

Elle avait failli prononcer le nom de Rory. Elle s'était reprise juste à temps.

« David ? Allez, viens avec nous. Ça nous fera une sortie en famille », dit-elle avec un rire sarcastique qui se termina une fois encore en sanglots.

David alla chercher ses clefs.

« Non. On prend ma voiture. J'ai envie de conduire. J'ai besoin de conduire. »

Son mari haussa les épaules et jeta ses clefs sur la table. Emma poussa tout le monde vers la porte.

Il régnait dans la voiture un silence oppressant et Emma se demanda une nouvelle fois comment le silence pouvait tellement varier en tonalité. Ce silence, elle le sentait dans son cœur comme un cri strident. Elle avait l'esprit complètement absorbé par Ollie, s'imaginant en train de caresser ses doux cheveux, mais elle ne cessait de repousser les pensées qui se rattachaient à lui. Il fallait qu'elle se concentre sur l'essentiel : le retrouver en vie.

Elle n'avait aucun mal à imaginer ce qui se passait dans la tête de David. Il se faisait un sang d'encre pour Ollie, lui aussi, mais la vie que Natasha avait vécue au cours de ces six dernières années devait également le tourmenter, et il fallait en plus qu'il accepte l'idée qu'elle, sa femme, lui avait menti.

Dans les premiers temps où ils étaient ensemble, David et elle avaient parlé ouvertement des petites déceptions qu'ils avaient connues dans leurs précédentes relations de couple, et ils s'étaient mis d'accord sur le fait qu'il n'y aurait jamais entre eux le moindre secret. De son côté, elle avait tenu sa promesse. Jusqu'à ce que Natasha apparaisse dans sa cuisine. Depuis lors, elle avait menti sur ses sentiments et caché de nombreuses choses à son mari.

Elle jeta un coup d'œil à son rétroviseur pour observer sa belle-fille. Tasha était avachie sur le siège arrière, le visage décomposé, le regard hanté par des images de son passé et de son avenir. C'était une petite fille qui avait plus que jamais besoin de sa maman, et Emma aurait tout donné pour pouvoir faire revenir Caroline.

Elle avait appelé Tom à la minute même où ils avaient quitté la maison, en veillant bien à suivre ses instructions, c'est-à-dire à laisser le téléphone sur ses genoux et à le mettre sur haut-parleur. Il lui avait demandé de se rendre dans un supermarché (mais pas celui où ils avaient l'habitude d'aller) et de se garer dans l'allée la plus fréquentée du parking.

David avait gardé le silence jusqu'à ce que la communication soit terminée.

« Qui était-ce ?

— Tom Douglas.

— Douglas ? Le frère de Jack ?

— C'est un ami, David. Je l'ai appelé parce que je pensais qu'on allait nous demander une rançon, et il se trouve que, de toutes les personnes que je connais, c'est lui qui a le plus d'argent. L'argent de Jack. On pourrait peut-être acheter le retour d'Ollie, tu sais ? »

David la regarda, son visage triste montrant à quel point il trouvait cette hypothèse improbable.

Arrivée au supermarché, Emma se gara sur une place à peine assez large pour sa voiture. Puis elle coupa le moteur.

« Maintenant, on attend. »

Autour d'eux, des clients avançaient vers l'entrée, la tête baissée sous la pluie, certains serrant la main de leurs enfants ou de leur conjoint, d'autres se débattant seuls avec les chariots montés sur des roues branlantes.

Emma avait toujours son téléphone posé sur ses genoux et elle le regardait toutes les cinq secondes environ. Enfin, il se mit à vibrer. Elle appuya sur « Répondre » puis sur le symbole du haut-parleur.

« OK, Emma. Tu as bien choisi ta place de parking, mais il faut que tu saches qu'ils vous ont sûrement suivis. »

Il y eut un petit cri de surprise à l'arrière de la voiture.

Tom poursuivit : « Ils ont dû vous retrouver grâce au traceur GPS du téléphone de Natasha. On a repéré toutes les voitures suspectes qui sont entrées dans le parking avec un ou plusieurs hommes à l'intérieur. Et on pense avoir trouvé la bonne grâce à la plaque. Ils vous observent, alors vous allez devoir vous montrer très prudents, et surtout ne pas laisser paraître le moindre signe de peur. Ils viennent de s'engager dans votre allée, ils savent où vous vous trouvez. Ne vous retournez sous aucun prétexte, ils se demandent sûrement pourquoi vous n'êtes pas encore sortis. Tournez-vous les uns vers les autres et faites semblant de vous disputer. Je vous dirai quand ils seront passés. »

C'était là une instruction qui ne serait sans doute pas bien difficile à suivre, pensa Emma en regardant le visage renfrogné de David, qui de toute évidence regrettait déjà d'avoir accepté de venir.

Tasha s'enfonça un peu plus dans son siège. Emma se tourna vers David en lui hurlant la première chose sans rapport avec Ollie qui lui vint à l'esprit : pourquoi ne s'était-il pas encore occupé du bazar qu'il y avait dans le jardin ? Ceux qui les filaient ne pouvaient pas l'entendre, de toute façon ; l'important, c'était l'expression de son visage. David la regarda fixement sans rien dire, affichant un air choqué qui n'avait rien de feint. Elle continua pendant deux minutes environ, jusqu'à ce que la voix de Tom se fasse entendre de nouveau.

« C'est bon : ils sont passés. Bien, il pleut à verse, alors mettez vos capuches ou vos chapeaux et courez vers le supermarché. Emma et Natasha, dirigez-vous rapidement vers le fond, où se trouvent les toilettes.

Engagez-vous dans le couloir ; quelqu'un sera là pour vous attendre. David, traînez un peu. Prenez un chariot et dirigez-vous ensuite vous aussi vers les toilettes, comme si vous alliez les retrouver.

— Est-ce qu'ils vont nous suivre ?

— Je ne pense pas. Mais ils vont certainement surveiller votre voiture et attendre votre retour. » Tom s'interrompit. « Ça va aller ?

— Oui, répondit Emma. À tout de suite. »

Elle raccrocha et s'apprêta à ouvrir sa portière. Mais David l'attrapa par le bras.

« Emma, tu es vraiment sûre de ton coup ? Je n'aime pas ça. »

Emma ne put lui répondre. Elle non plus n'aimait pas ça. Mais si le plan était annulé à cause de l'arrestation de Rory, elle ne savait pas ce qu'il adviendrait d'Ollie. Il fallait donc qu'elle mette toutes les chances de son côté.

Elle adressa à David un sourire qu'elle voulut rassurant puis ouvrit sa portière et se tourna pour libérer Tasha, retenue prisonnière par la sécurité enfant.

42

Emma et Tasha furent accueillies dans le couloir des toilettes par une femme d'un âge indéterminé. Avec sa tenue légèrement négligée et ses chaussures confortables, elle aurait pu avoir tout aussi bien quarante que soixante ans. Elle ne leur sourit pas, mais les regarda avec méfiance en se présentant à elles comme Mme Calyton et en leur disant que M. Douglas allait les recevoir.

Sans attendre la réponse d'Emma, elle se mit ensuite à avancer. Mais Tasha ne la suivit pas.

« Qu'est-ce qu'il y a ? chuchota Emma.

— Je crois qu'elle m'a reconnue, répondit la petite, d'une voix tout aussi basse.

— Tu veux dire qu'elle aurait vu ta photo dans un journal ?

— Nan. Je crois qu'avant, elle travaillait dans un autre supermarché, près de là où j'habite. C'était une de mes cibles. »

Emma la regarda d'un air déconcerté. Tasha poussa un soupir d'exaspération.

« J'allais piquer des trucs là-bas », dit-elle, comme s'il s'agissait d'une évidence.

Emma ferma les yeux. Puis elle prit la petite par la main.

Le bureau dans lequel elles arrivèrent était une pièce étouffante, dotée d'une unique fenêtre en verre dépoli devant laquelle s'entrecroisaient de fins barreaux de métal. Fermée et située très haut sur le mur, elle ne laissait quasiment filtrer aucune lumière. Comment une personne normale pouvait-elle travailler ici ? Si on l'avait obligée à le faire, Emma serait devenue folle, c'était certain.

Tom, debout dans un coin, observait un panneau d'affichage. Emma dut résister à l'envie de se précipiter vers lui pour le serrer dans ses bras. En renforçant des liens dont David et Tasha seraient exclus, elle risquait de rendre la situation encore plus difficile qu'elle ne l'était déjà.

Le regard de Tom rencontra celui d'Emma, mais il ne lui révéla rien. Elle comprit.

Puis Tom se tourna vers Tasha. « Tu dois être Natasha. Tu es une jeune fille très courageuse. Nous savons que ça n'a pas dû être facile pour toi. Assieds-toi. On va faire le point ensemble et voir ce qu'on peut faire. D'accord ? »

La porte s'ouvrit à nouveau et David fut invité à se joindre à eux.

« David, dit Tom en lui tendant la main. Tom Douglas. »

Tom avait disposé des chaises autour d'une table basse. Dès qu'ils se furent assis, il prit la parole :

« Nous n'avons pas beaucoup de temps. Si vous ne regagnez pas rapidement la voiture, ils vont se poser des questions. Dans votre situation, n'importe qui se dépêcherait de parcourir les allées pour prendre des produits de première nécessité. Il faut donc qu'on fasse vite. OK ? »

Emma et David acquiescèrent. Tasha, quant à elle, semblait vouloir éviter le regard de Tom.

« Natasha, je sais que tu es dans une situation difficile, mais si tu veux que je t'aide, il va falloir que je te pose une ou deux questions. D'accord ? » Tom attendit une réponse qui ne vint pas. « Nous comprenons que tu n'as fait que ce qu'on t'a dit de faire. Mais les choses ne se sont pas passées comme prévu, c'est bien ça ? »

Tasha était redevenue une enfant : elle se cachait derrière ses cheveux, le regard rivé sur ses baskets, avec lesquelles elle donnait de petits coups de talon dans les pieds de sa chaise. Mais elle hocha la tête, presque imperceptiblement.

« Nous connaissons Rory Slater et Finn McGuinness. Ce sont des hommes dangereux. Et nous devons te protéger d'eux. Mais pour cela, il va falloir que tu nous aides. »

Emma vit une larme tomber sur le genou de Tasha. Tom aussi, apparemment.

« Tu as peur d'eux, c'est ça ? » demanda-t-il à l'adolescente.

Nouveau hochement de tête, légèrement plus appuyé que le précédent.

« La seule façon de te libérer de cette peur, c'est de nous aider à les faire enfermer dans un endroit où ils ne pourront plus te faire du mal. »

Un son qui ressemblait à un rire de dérision se fit entendre derrière le rideau de cheveux blonds.

Tom regarda Emma et David d'un air attristé.

« Est-ce que tu connais leur plan, Natasha ? Tu as dit à Emma et à ton papa qu'il ne serait peut-être pas mis en œuvre parce que Rory Slater avait été arrêté. Mais quel était-il, ce plan ?

— Je sais pas. Ils ont juste dit que David devait s'y attendre.

— Pourquoi ton papa aurait-il dû s'attendre à quoi que ce soit ?

— J'en sais rien. J'ai fait ce qu'on m'a demandé, c'est tout.

— Pourquoi donc as-tu accepté ? Ce n'était pas un boulot facile pour une jeune fille comme toi. »

À ces mots, Natasha releva la tête et la tourna brutalement vers Tom. « Vous croyez qu'on a le droit de dire non ? Vous savez ce qui se serait passé, si j'avais dit non ? » Elle ouvrit légèrement la bouche, et son jeune visage devint l'illustration même de l'incrédulité. Puis sa tête retomba et elle se mit à marmonner quelque chose.

« Excuse-moi, Natasha, qu'est-ce que tu as dit ? »

Elle releva à nouveau la tête. « J'ai dit que j'avais envie de le faire. »

La pièce devint silencieuse.

« Et pourrais-tu nous dire pourquoi ? finit par demander Tom d'un ton persuasif.

— Je crois qu'on devrait passer à autre chose, Tom. C'est beaucoup trop éprouvant pour Tasha. » David regarda sa fille, le visage plissé par l'inquiétude. « Il faut aller de l'avant, maintenant. Tu n'es pas d'accord, Tasha ? »

L'adolescente poussa un soupir méprisant.

Emma observa le visage de Tom. Que pouvait-il bien penser ?

« Bon. Qu'est-ce qui va se passer, à ton avis, si leur plan est annulé à cause de l'arrestation de Slater ?

— Ils vont me tuer. » Sa voix était basse désormais, mais pas du tout hésitante. Elle n'avait aucun doute là-dessus.

« Et si le plan est mis en œuvre et qu'il échoue ? »

Cette fois-ci, elle mit un certain temps à répondre. « Alors, je rentrerai et ils me jetteront dans le puits pour me punir, et ensuite, ils m'enverront chez Julie. »

Tom leur adressa un regard interrogateur. Emma hocha la tête pour lui signifier qu'elle comprenait au moins en partie ce que Tasha venait de dire, mais le temps n'était pas aux explications.

« As-tu envie de rentrer ? » demanda Tom.

Après avoir relevé les yeux pour regarder David puis Emma, Tasha haussa les épaules et laissa son menton retomber contre sa poitrine. Pauvre petite ! Il semblait évident qu'elle avait l'impression de n'être chez elle nulle part.

Emma lui prit la main. « Tu n'y retourneras pas, Tasha. On ne les laissera pas te reprendre. »

Tasha repoussa violemment sa main. « Ah ouais ? Et si c'est moi ou Ollie ? Allez, me dis pas que tu changeras pas d'avis... »

Tom regarda Emma. Manifestement, il ne souhaitait pas qu'elle intervienne.

« Nous allons veiller à ce que personne ne te fasse de mal, Natasha. Il faut juste que tu m'aides un peu. Commençons par l'endroit où tu as vécu.

Il y avait beaucoup d'autres enfants, là-bas, non ? C'était bien ? »

Natasha poussa un nouveau soupir méprisant. « Nan, se contenta-t-elle de répondre.

— Tu avais des amis ?

— Ouais. Izzy.

— Quel âge a Izzy ?

— Pareil que moi », répondit-elle doucement. Elle releva la tête et regarda Tom droit dans les yeux. « Est-ce qu'elle est morte ? »

Emma entendit David inspirer bruyamment. Elle ferma les yeux. Encore une chose qu'elle ne lui avait pas dite.

« Pourquoi penses-tu qu'elle pourrait être morte ?

— Parce qu'ils l'ont mise dans le puits jusqu'à temps qu'elle craque, et ensuite, ils l'ont envoyée chez... » Natasha s'interrompit et fronça les sourcils. « Elle m'avait dit qu'elle voulait se sauver, et moi, je lui ai dit des trucs que j'aurais pas dû lui dire. Si elle s'est sauvée, ils ont dû la rattraper. Y avait une fille... Vous avez cru que c'était moi... C'était Izzy ?

— Malheureusement, je ne peux pas te répondre. Je ne sais pas. Vraiment. Mais je pense que c'est possible. Si elle s'était enfuie, à ton avis, où serait-elle allée ?

— Dans la forêt. Quand elle faisait le mur, chez sa mère, c'est là qu'elle allait.

— Tu m'as parlé d'une certaine Julie. Qui est-ce ? »

Tasha releva la tête. Son regard passa de Tom à Emma puis d'Emma à Tom. Elle couvrit sa bouche de sa main.

« Nan. J'ai jamais parlé d'une Julie. » Sa respiration se fit plus rapide et elle baissa les yeux.

Combien de temps encore allait-elle tenir ? Emma n'en savait rien, mais elle trouvait que Tom se débrouillait plutôt bien. Peut-être parce qu'il avait lui-même une fille. Tasha semblait s'être ouverte à lui, mais depuis qu'il avait mentionné le nom de Julie, elle paraissait de nouveau méfiante.

« Bon, oublions cette Julie pour le moment. Ce que j'aimerais savoir, c'est comment tu en es venue à vivre avec Rory et Donna Slater. »

Elle regarda David pendant un long moment avant de se retourner vers Tom.

« C'est la nuit où maman est morte. » Sa voix semblait légèrement plus aiguë, comme si elle était redevenue la petite fille qu'elle était un peu plus de six ans plus tôt. « Y a des gens qui sont arrivés. J'ai cru qu'ils voulaient me faire du mal, mais en fait, y en a un qui m'a attrapée et il m'a juste balancée à l'arrière d'une voiture. » Elle s'interrompit.

« Et si tu me racontais tout ce dont tu te souviens de cette nuit-là ? Essaie de faire de ton mieux ; c'est tout ce que je te demande. »

Emma observa le visage de Tasha. Elle ne regardait personne ; ses yeux étaient rivés sur une corbeille à papier située dans un coin de la pièce. Son visage était crispé, comme si elle avait volontairement contracté chacun de ses muscles. Le seul son que l'on entendait était le discret ronronnement d'un vieux système de chauffage qui projetait de l'air tiède autour de leurs pieds. Quand Tasha se mit à parler, sa voix était basse ; un murmure à peine audible. Les trois adultes se penchèrent vers elle pour l'écouter.

« Je crois que je m'étais endormie et que je me suis réveillée parce que j'ai entendu maman parler. Elle conduisait très très doucement, et j'ai vu qu'il y avait une voiture en travers de la route. Je crois que maman s'est arrêtée. Mais tout à coup, elle s'est mise à aller super vite. On est montées sur le talus et j'ai cru que la voiture allait basculer. Et puis on est retombées, mais ensuite, la voiture est partie dans tous les sens, on aurait dit que maman pouvait plus aller tout droit. Et puis on est remontées sur le talus, et la voiture s'est retournée. Sur le toit. Maman a crié – Tasha regarda Emma –, comme je t'ai dit, mais c'était trop tard. »

Tom jeta à Emma un regard interrogateur, mais elle secoua la tête. Tôt ou tard, il faudrait bien qu'elle le lui dise. Mais pas maintenant.

« Tu te souviens de ce qui s'est passé ensuite ?

— Tout d'un coup, y a plein de gens qui sont arrivés. Ils sont sortis de la haie et ils se sont jetés sur moi. Je pleurais parce que maman était morte, et je me suis mise à crier parce qu'on aurait dit qu'ils marchaient à l'envers. Et puis y en a un qui m'a sortie de mon siège auto. »

Emma se risqua à jeter un coup d'œil à David. Son visage était blanc. Elle aurait aimé pouvoir lui prendre la main, mais Tasha se trouvait entre elle et lui. Ce récit était la preuve incontestable que la mort de Caroline n'avait rien d'accidentel. Tout avait été minutieusement orchestré, et Tasha ne s'était pas sauvée, comme ils l'avaient toujours cru. David devait être complètement bouleversé par ce qu'il venait d'apprendre.

« Y a-t-il autre chose dont tu te souviennes ?

— Pas vraiment. Les gens, ils arrêtaient pas de se crier dessus. Je me souviens d'une seule chose que j'ai entendue. Quelqu'un a dit : “Mais qu'est-ce qu'on va en foutre, de cette putain de gamine ?” C'était la première fois qu'on m'appelait comme ça. »

Emma était certaine que ça n'avait pas été la dernière.

43

Emma vit que Tom regardait sa montre. Elle savait que le temps leur était compté, mais il commençait à avoir l'air préoccupé.

« Tu nous as beaucoup aidés, Natasha, mais maintenant, il faudrait que je parle à ton papa et à Emma. Je n'ai aucune envie de te cacher quoi que ce soit, mais je pense qu'il y a certaines choses qu'il vaut mieux que tu ne saches pas, au cas où Rory ou Finn décideraient de te recontacter. Tu comprends ? »

Tasha se tourna vers Emma et la regarda d'un air inquiet en se mordant la lèvre supérieure.

« Je ne crois pas que Tasha devrait rester seule, Tom. Je ne peux pas aller avec elle ? demanda Emma.

— Ne t'inquiète pas. Becky est dans le hall. Elle veillera sur elle. Attends, je vais l'appeler. »

Après avoir consulté un Post-it qui se trouvait sur le téléphone du bureau, Tom composa un numéro. Pendant qu'il parlait, Emma se tourna vers Tasha.

« Tu seras en sécurité avec Becky, Tasha. Nous veillons tous sur toi, je te le promets. »

Les yeux de l'adolescente s'emplirent de larmes, mais très vite, elle détourna son regard d'Emma et se mit à respirer bruyamment. Emma se tourna vers Tom. Comme s'il était lui aussi bouleversé par la détresse de cette enfant, il secoua tout doucement la tête.

L'ambiance fut heureusement allégée par Becky, dont le sourire naturel sembla se projeter dans la pièce. L'expression de son visage révélait un juste mélange d'inquiétude compte tenu des circonstances et de confiance tranquille dans l'avenir. Tout en lui proposant quelque chose à boire, elle conduisit Tasha vers le couloir. Quand la porte se referma, le silence retomba.

Mais Tom ne tarda pas à revenir à l'essentiel :

« Bon. Voilà ce que nous allons faire : Emma, tu restes avec moi. Becky va changer de haut avec toi et rentrer avec David et Natasha. »

Emma sentit ses yeux s'emplir de larmes. Elle releva légèrement le menton, espérant ainsi les empêcher de couler. Si elle se laissait aller, elle se mettrait à sangloter et elle perdrait le peu de contrôle qu'elle avait encore sur elle-même. Lorsqu'elle se décida enfin à parler, sa voix était chevrotante.

« Tu m'avais dit que tu m'aiderais, Tom. Et en ce moment si terrible, tu voudrais me séparer de ma famille ? De quel droit ? Et s'ils s'apercevaient de la supercherie et que ça fichait tout en l'air ?

— Il faut qu'on ait quelqu'un dans votre maison, Emma. Ça ne sera que pour trois ou quatre heures, pas plus.

— Pourquoi ? » demanda-t-elle à travers ses lèvres pincées.

Tom la regarda en face.

« Nous devons procéder à une évaluation des risques. Si je pouvais choisir, je vous enverrais tous les trois dans un endroit sûr dès maintenant, et je commencerais les négociations pour que votre bébé vous revienne sain et sauf. Si je laisse Natasha et David rentrer, c'est parce que je pense que la meilleure stratégie pour Ollie, c'est de leur faire croire que vous vous conformez à leurs souhaits. Becky, elle, pourra élaborer un plan pour assurer votre sécurité à tous, je lui fais confiance. »

Emma comprit qu'il était inutile de résister. Elle se sentait de toute façon isolée. Elle n'avait personne à son côté : ni Ollie, ni David... ni Tasha, se surprit-elle à penser.

« Il faut aussi que Becky parle à Natasha pour déterminer si elle est bien de notre côté, et pas du leur. Nous n'avons pas le temps de nous en assurer ici et nous ne pouvons pas prendre le risque de nous tromper. »

Sur ce point, Emma n'était pas sûre d'elle. La motivation de Natasha était la peur. Mais se sentirait-elle plus en sécurité en prenant leur parti ou en se pliant à la volonté de ses maîtres ? Elle avait l'habitude du gang et elle connaissait les règles qui le régissaient. Emma avait toutefois l'étrange sensation de passer à côté d'un point important. Il lui avait semblé que Tasha essayait de lui dire quelque chose. Si seulement elle pouvait savoir ce que c'était...

« Tu as encore besoin de moi, Tom ? Je sais qu'on n'a pas beaucoup de temps, mais je voudrais expliquer moi-même à Tasha pourquoi je ne rentrerai pas. Je n'ai pas envie qu'elle pense qu'une fois encore quelqu'un l'a laissée tomber. » Du coin de l'œil, Emma vit que David la regardait en fronçant les sourcils, mais elle était concentrée sur Tom, qu'elle suppliait silencieusement d'accepter.

Il finit par hocher la tête. *Ouf !*

« Deuxième porte à droite. Mais il faut qu'on soit sortis d'ici dans cinq minutes. »

Emma se leva. À sa grande surprise, Tom l'accompagna jusqu'à la porte. Il la lui ouvrit et fit un pas dans le couloir.

« Tu vas bien ? chuchota-t-il. J'aurai besoin de temps avec toi aussi. Je t'expliquerai plus tard. »

Emma ne comprit pas du tout ce qu'il voulait dire, mais elle acquiesça et commença à avancer dans le couloir, consciente que Tom la regardait pour s'assurer qu'elle arriverait bien dans la pièce où Becky et Tasha attendaient.

Tom avait l'impression d'avoir enfin compris l'histoire, ou presque. Caroline et Natasha, ou peut-être juste Caroline, avaient été prises pour cibles pour une raison qu'il ignorait encore. Les malfaiteurs (les mêmes, apparemment, que ceux auxquels ils étaient actuellement confrontés) s'étaient cachés derrière les haies. Et la voiture qui, d'après Natasha, se trouvait au milieu de la route avait été enlevée avant que la police n'arrive sur les lieux. Une tentative de vol avec agression qui aurait mal tourné ? Peut-être. Mais c'était tout de même peu probable.

En tout cas, quoi qu'ils aient pu chercher à obtenir, argent ou autre, ces malfaiteurs s'étaient retrouvés face à un problème : Caroline était morte. Des flics s'étaient donc mis à rôder partout et ils avaient dû faire une croix sur leurs projets. En outre, ils s'étaient retrouvés avec Natasha sur les bras, et la petite avait été témoin de la scène. Ce n'était pas un bébé ; elle aurait pu raconter à la police tout ce qui s'était passé.

Il était difficile de déterminer ce que David Joseph pouvait ressentir vis-à-vis de tout cela. Il avait le visage pâle, les traits tirés, le regard tourmenté, comme s'il revivait chacune des secondes de l'accident. Et pourtant... Ce n'était probablement pas le meilleur moment pour le juger, étant donné tout ce qu'il avait vécu au cours des derniers jours, mais Tom avait l'intuition qu'il cachait quelque chose : une peur bien plus profonde que celle qu'il aurait dû ressentir. C'était un homme plutôt séduisant : de taille moyenne, mince, avec des cheveux blonds et des traits fins. Mais son charme paraissait purement superficiel.

Est-il assez bien pour Emma ? Tom soupira. Ce n'étaient pas ses affaires.

« Bon, dit-il en se rasseyant face à David. Becky ne vient pas seulement avec vous pour évaluer les risques. Il faut que vous lui expliquiez quelque chose. Savez-vous ce qu'est un *tiger-kidnapping* ?

— Oui. C'est enlever une personne pour faire faire quelque chose à une autre. Quelque chose d'illégal. C'est bien ça ?

— Tout à fait. Vous dirigez une banque qui contient une chambre forte, il me semble. Joseph & Son ? »

David acquiesça.

« C'est donc la cible la plus probable. Je voudrais que vous expliquiez à Becky tous les moyens par lesquels ils pourraient envisager de s'y introduire et tout ce qu'ils pourraient y chercher. »

Tom était quasi certain qu'il ne s'agissait pas du premier *tiger-kidnapping* visant Joseph & Son, mais le moment aurait été mal choisi pour en parler.

« Ça ne peut pas être ça, répondit David, avec apparemment plus d'espoir que de conviction. Ils ne peuvent pas pénétrer dans les locaux. Ou, en tout cas, pas par effraction. C'est impossible. Et même s'ils réussissaient, comment pourraient-ils savoir ce que contient chaque coffre ? Non, ça doit être autre chose... »

Cela semblait pourtant être la cible la plus évidente. Pourquoi David cherchait-il à rejeter cette hypothèse ?

« Nous ne devons exclure aucune piste. Mais pourriez-vous m'expliquer brièvement pourquoi vous pensez que c'est impossible ?

— Ma banque dispose du meilleur de tous les systèmes de sécurité actuellement disponibles. Tout est contrôlé par informatique. Les portes sont équipées de serrures horaires. Même moi, je ne pourrais pas m'y introduire en dehors des heures d'ouverture.

— Quand avez-vous installé ce système de sécurité ? demanda Tom.

— Il y a neuf ans environ, mais les logiciels sont régulièrement mis à jour. C'est l'ancienne société de votre frère qui a fait le boulot. Boulot qui a été supervisé par Jack lui-même juste avant qu'il ne vende sa boîte. Je vous assure que c'est un véritable petit bijou de technologie. Je ne rigole pas avec ça ; j'ai compris la leçon. » Comme pour se reprocher une erreur qu'il aurait commise, David soupira en levant les yeux au ciel.

« Qu'entendez-vous par là ?

— Quand j'ai repris la direction de la société, après la mort de mon père, j'ai été invité à un séminaire sur la sécurité informatique que Jack présidait. C'était la première fois que je le rencontrais, et je l'ai trouvé littéralement génial et très persuasif. Mais je me suis dit que je n'avais pas les moyens de m'offrir ses services. Et je l'ai vite regretté.

— Poursuivez, je vous en prie, l'encouragea Tom.

— Deux mois après le séminaire, notre base de données a été piratée. Un matin, quand je suis arrivé à la banque, il y avait un fichier au milieu de mon écran d'ordinateur. Pas un e-mail, un fichier. Comme si je l'avais enregistré sur mon bureau. Je l'ai ouvert, et dedans il y avait la liste de nos vingt clients les plus importants, avec leurs noms, leurs adresses, leurs numéros de passeport... et les codes de sécurité de leurs coffres. En bas du document, il était écrit que mon ordinateur avait été piraté et que mes clients en seraient informés si je ne payais pas une certaine somme. On me demandait de noter rapidement les coordonnées du compte bancaire sur lequel je devais faire le versement, car cinq minutes après avoir été ouvert, le message disparaîtrait. Et le fait est qu'il a bien disparu. Je n'avais donc aucun intérêt à en parler à la police. Je ne disposais plus d'aucune preuve. »

Tom sentit sa gorge se serrer.

« Vous souvenez-vous du nom du compte ?

— Il n'y avait pas de nom. Seulement un numéro. Enfin, pour être tout à fait exact, il me semble qu'il y avait deux lettres aussi, mais surtout des chiffres.

— Avez-vous toujours ce numéro ? »

David poussa un soupir entre ses lèvres pincées. « Non. Je l'ai gardé quelque temps au cas où une occasion de l'utiliser se présenterait, mais au final, j'ai fini par le déchirer. Et je suis directement allé voir Jack, qui m'a installé le meilleur système de sécurité qu'on puisse avoir. »

Tom aurait certainement dû essayer d'obtenir davantage de détails, mais il ne put s'y résoudre. Il n'en avait de toute façon pas vraiment besoin.

44

Complètement ramassée sur elle-même sur le siège passager, Emma semblait à bout de nerfs.

La voix de Becky se fit entendre dans le talkie-walkie.

« Tout est OK, dit-elle. David est allé chercher la voiture et l'a avancée devant la porte du supermarché, comme si Emma et Natasha étaient restées dedans pour se protéger de la pluie. On a sauté à l'intérieur et on a laissé David charger les cabas dans le coffre. S'ils étaient dans le coin, ils ont juste dû voir le sweat bleu d'Emma passer devant eux comme un éclair. J'avais rabattu ma capuche pour qu'ils ne puissent pas distinguer mon visage.

— Merci, Becky. Tiens-moi au courant. Je dépose Emma et je t'appelle pour faire le point. Redis à David de bien faire attention aux micros de la cuisine et de la chambre, mais je pense que vous pouvez désactiver celui de la salle à manger pour avoir un endroit où discuter. Emma dit que David et elle ne vont dans cette pièce que rarement ; donc, j'imagine qu'ils ne s'attendent pas à vous entendre parler dedans. Il va falloir que tu demandes à David de jouer un peu la comédie, quand vous arriverez. Qu'il dise : "Tu devrais aller t'allonger un peu", ou un truc comme ça. Ensuite, tu rentres dans la chambre et tu en sors discrètement pour qu'ils croient qu'Emma est allée se coucher. De cette façon, ils ne s'étonneront pas de ne pas l'entendre. Ça te va ?

— Pas de problème, chef. »

Tom raccrocha et se tourna vers Emma.

« Tout va bien, Emma. Becky sait ce qu'elle a à faire ; dès qu'elle aura terminé, je te ramènerai chez toi. En attendant, tu vas rester un peu chez moi. »

Le reste du trajet se fit dans un silence total. Une fois garé devant sa maison, Tom conduisit rapidement Emma à l'intérieur : la pluie torrentielle s'était changée en un crachin glacial. Sans même regarder autour d'elle, Emma suivit Tom dans la cuisine et alla s'installer sur le tabouret qui se trouvait à l'extrémité de l'îlot central.

« Tu as froid ? » lui demanda-t-il. Elle avait commencé à trembler au moment où ils avaient quitté le supermarché. Et n'avait pas cessé depuis. Mais Tom ne savait pas si cette réaction était due au froid ou à l'angoisse.

« Ça va, répondit-elle en levant les yeux vers lui. C'est juste que, chaque fois que j'ai froid, ou chaud, ou faim, je pense à Ollie. Est-ce qu'il est assez couvert ? Est-ce qu'on lui donne assez à manger ?

— Je comprends. Ce doit être horrible. Mais il faut absolument que tu tiennes le coup. Bon, qu'est-ce que je peux te servir à boire ? » Tom alluma la machine à café. Vu le nombre d'heures de sommeil qu'il avait en retard, il avait pour sa part bien besoin d'un double expresso.

« Je prendrais bien un gin tonic, si c'est possible. Je crois que ça ne me ferait pas de mal. »

Tom se mit à fouiller dans un placard. Il était certain d'avoir du gin, mais du tonic... ? Au moment où il mettait enfin la main sur la bouteille, il entendit un discret reniflement. Emma devait être en train de pleurer en silence. Le ton de sa voix, quand elle se remit à parler, était inégal, irrégulier :

« Natasha, je l'ai vraiment haïe, tu sais ? J'avais vraiment envie de la tuer. Mais plus j'en apprends sur son passé et l'avenir auquel elle s'attend, plus je me fais du souci pour elle. C'est ridicule, je sais. Mais j'ai envie de me battre pour elle aussi. Je ne veux pas qu'elle revienne à sa vie d'avant. Je ne peux pas laisser faire ça.

— Moi non plus, je ne peux pas laisser faire ça. Et je t'assure qu'on va arrêter tous les types qui sont impliqués là-dedans. Tous, jusqu'au dernier. Pour commencer, il faudrait que je dispose d'un maximum d'informations, et c'est aussi pour ça que je t'ai fait venir ici. Je voudrais que tu te souviennes dans les moindres détails de toutes les conversations que tu as eues avec Natasha et de celle que tu as surprise entre elle et Rory Slater. »

Tout en lui tendant son verre, Tom observa son visage. Elle se mordillait la lèvre et cherchait à éviter son regard.

« Qu'est-ce qu'il y a ? lui demanda-t-il en venant s'asseoir à côté d'elle. Dis-moi. »

Comme si elle réfléchissait aux mots qu'elle allait employer, Emma garda le silence quelques instants.

« Je ne sais pas si ça pourrait nous aider, finit-elle par dire, mais d'après Tasha, Caroline a crié le nom d'un homme juste avant l'accident. J'en ai discuté avec David, et selon lui, Caroline ne connaissait qu'une personne portant ce prénom. Jack. »

Tom se crispa. Ces propos lui avaient fait l'effet d'un électrochoc. Entre la carte SD, la banque suisse, la liste de noms et de dates et, bien sûr, ce que David venait de lui révéler, Jack était très présent dans son esprit depuis quelque temps. Jusqu'ici, cependant, ces pensées relevaient davantage de l'exercice intellectuel. Le fait que Caroline Joseph ait crié le nom de son frère juste avant l'accident changeait la donne : des décharges d'adrénaline lui parcouraient désormais le corps. Naturellement, il pouvait s'agir d'un autre Jack. Mais quelles étaient les chances que Caroline ait connu un autre homme répondant à ce prénom, un homme dont son mari n'aurait jamais entendu parler ?

Emma s'était mise à lui expliquer comment Caroline avait fait la connaissance de Jack, mais il l'écoutait d'une oreille distraite. Il venait de se souvenir que Leo avait mentionné le nom de David Joseph quand elle avait passé en revue la liste des clients de son frère.

« À quoi est-ce que tu penses ? » lui demanda Emma.

Il fallait qu'il se reconcentre sur Natasha et Ollie.

« Je m'interroge sur la fiabilité de la mémoire d'un enfant de six ans. Je ne me souviens pas de grand-chose de l'époque où j'avais six ans. Et toi ?

— Moi non plus. Mais, à ma décharge, c'était il y a plus de trente ans. Quand on a treize ans, c'est beaucoup moins loin. Et puis il faut dire que ça a été une expérience traumatisante pour elle.

— En tout cas, sa version paraît crédible, notamment quand elle dit avoir eu l'impression que les gens marchaient à l'envers. La voiture était retournée. C'est comme ça que les services d'urgence l'ont retrouvée, quand ils sont arrivés.

— Lorsque Tasha nous a raconté l'histoire, elle a aussi dit autre chose. Elle a dit que Caroline avait crié : “Qu'est-ce qui se passe ?” à la personne qu'elle avait au téléphone. Il se peut que Tasha ait mal compris, bien sûr, mais si sa maman avait l'air d'avoir peur, il est fort probable que cela ait marqué son jeune esprit. »

Des images avaient commencé à se dessiner dans la tête de Tom quand Natasha lui avait parlé de ses ravisseurs. Les propos d'Emma rendaient ces images bien pires encore. Il n'aimait pas du tout le tableau qu'elles composaient.

Tom avait invité Emma à prendre son verre et à aller s'installer dans le séjour. Il aurait préféré lui parler pour essayer de lui extirper chacune des informations dont Natasha lui avait fait part, mais elle lui avait dit qu'il lui semblait plus facile de coucher les choses sur papier. Elle allait tenter de revivre chacune de ces conversations et de les relater aussi précisément que possible.

De retour dans sa cuisine, Tom reçut un appel en provenance de la salle de travail : Rory Slater avait été autorisé à rentrer chez lui, rien ne prouvant qu'il ait un rapport quelconque avec la drogue transportée par son fils. Le domicile des Slater avait été perquisitionné et, naturellement, rien n'avait été trouvé. Toutes les choses dignes d'intérêt avaient dû être sorties de la maison dès que ses occupants s'étaient aperçus que Rory et Rick n'étaient pas rentrés de la gare. Mais la fouille leur avait permis de mettre les lieux sur écoute, et Tom priait pour qu'il en ressorte quelque chose : n'importe quoi qui pourrait leur donner une idée de l'endroit où se trouvait Ollie.

Becky avait également demandé à l'agent Nic Havers de retourner chez Sylvia Briggs pour effectuer sur elle un prélèvement ADN. Il leur faudrait vingt-quatre heures pour obtenir les résultats, mais ils sauraient alors avec certitude si le corps retrouvé dans le bois était bien celui d'Isabella, alias « Izzy » Briggs. Vingt-quatre heures minimum. Si le résultat se révélait positif, les Slater devraient être interrogés puisque Izzy avait vécu avec eux, et si Ollie n'avait toujours pas été retrouvé à ce moment-là, tout deviendrait bien plus compliqué encore.

Cette affaire était si problématique que Tom aurait aimé avoir son frère à son côté pour qu'il l'aide en lui créant un diagramme quelconque. Jack, décidément, n'était jamais loin de ses pensées.

Quand Tom retourna dans le séjour, Emma était allongée sur le canapé. Les yeux fermés, elle serrait dans sa main des feuilles de papier qui ne provenaient pas du carnet qu'il lui avait donné. Elle ouvrit les yeux et le regarda.

« Cette conversation sur Jack m'a rappelé quelque chose. J'ai un truc à te montrer. Les deux lettres que j'ai reçues de lui. Celle avec laquelle il m'a quittée et celle dans laquelle il me demandait pardon juste avant de mourir. Je te les ai apportées toutes les deux. »

Tom se crispa. Il n'avait aucune envie de lire ça. Il avait assez de choses à l'esprit ; pas besoin de s'embrouiller encore les idées en y ajoutant des souvenirs de Jack.

Emma posa les lettres sur la table basse.

« Je les ai imprimées. Je savais qu'il les effacerait de mon ordinateur aussitôt que je les aurais ouvertes et lues. Alors c'est la première chose que j'ai faite quand je les ai reçues.

— Tu ne m'avais pas dit qu'il avait mis un terme à votre relation en t'envoyant un mail ?

— Oui, mais ce n'est pas exactement ce qui s'est passé. En fait, il a piraté mon ordinateur.

— Comment ça ?

— Eh bien, tu sais que Jack n'était pas du genre à s'embêter à envoyer des mails. Et si tu te souviens bien, il détestait le téléphone. »

Tom s'en souvenait en effet très bien. Chaque fois que Jack se retrouvait contraint d'utiliser un téléphone, fixe ou portable, il tenait l'appareil dans une main et se frottait le sommet du crâne de l'autre, comme s'il était complètement décontenancé. Cela avait toujours beaucoup fait rire Tom et Emma.

« S'il voulait m'envoyer un message, reprit celle-ci, il le mettait par écrit puis il s'introduisait dans mon ordinateur et laissait un fichier ou un dossier en plein milieu de mon écran de bureau pour que je ne puisse pas le manquer. C'était aussi un moyen de me faire savoir qu'il était là et qu'il pouvait voir tout ce qu'il y avait dans ma bécane, s'il en avait envie. Ça l'amusait beaucoup. »

Tom garda le silence pendant un instant. « As-tu parlé de cela à David ? » finit-il par demander.

Emma parut déconcertée. « Il sait que Jack m'a plaquée par mail, ou presque, mais si tu parles du piratage de mon ordinateur... je ne crois pas, non. Pourquoi ?

— Pour rien ; qu'importe. » Il ne préférait pas formuler ses soupçons à haute voix, même devant Emma.

Il prit les lettres et regarda la première. Mais il comprit immédiatement que c'était là une chose qu'il devait faire en privé, et il était en train de réfléchir à une façon de s'excuser sans paraître malpoli quand Emma reprit son carnet et son stylo. « Vas-y », chuchota-t-elle.

Il ne se le fit pas dire deux fois.

Chère Emma,

Ce message est pour moi très difficile à écrire, mais je ne pense pas que je pourrais supporter d'avoir cette conversation en face à face.

Au cours des quelques mois qui viennent de passer, j'ai eu l'impression que nous nous étions éloignés l'un de l'autre. Peut-être parce que je ne travaille plus beaucoup et que j'ai trop de temps libre. En tout cas, en restant avec toi sept jours sur sept, vingt-quatre heures sur vingt-quatre, j'ai fini par comprendre que nous avions en réalité peu de chose à nous dire. C'est quand tu es partie rendre visite à ta famille que tout a changé : je me suis rendu compte pour la première fois que je me sentais libéré par ton absence. Et maintenant que je suis à Londres, loin de toi, cela me paraît plus évident encore.

Je suis désolé si tout cela te paraît cruel. Ce n'est pas censé l'être. Nous avons passé ensemble de merveilleux moments dans le passé, mais nous n'avons pas d'avenir en tant que couple.

Il y a quelque chose que je dois te dire dès maintenant car je suis certain que tu finiras par le découvrir : j'ai rencontré quelqu'un. C'est une femme qui partage mes valeurs, qui apprécie la liberté dont je jouis maintenant et qui ne passe pas son temps à chercher la prochaine cause qu'elle pourra défendre. Elle a envie de profiter de la vie tout autant que moi, et c'est pour cette raison que nous partons dès demain à Monaco, où j'envisage de nous acheter une place au soleil.

J'espère que tu trouveras en toi la force de me pardonner pour la souffrance que cette lettre va inévitablement occasionner, mais je pense que tu as besoin d'un homme beaucoup plus sérieux que moi.

J'ai fait transférer le titre de propriété de la maison à ton nom ; tu peux la garder, je te donne ma bénédiction. J'ai également fait retirer mon nom de nos comptes joints ; sers-toi librement des sommes (non négligeables) qui se trouvent dessus. Comme tu le sais, j'ai de l'argent ailleurs, et si un jour tu te retrouvais confrontée à des problèmes financiers, n'hésite surtout pas à me contacter.

Avec toute mon affection,

Jack

Tom relut la lettre. Il n'arrivait pas à croire que Jack ait pu faire ça à Emma. Ça lui ressemblait si peu. Il aurait plutôt imaginé qu'il aurait mis un terme à leur relation en provoquant une dispute monumentale, afin de ne pas apparaître comme l'unique responsable de la rupture...

Il déplia la seconde lettre. Le message était beaucoup plus concis :

Mon Emma chérie,

Je te demande pardon si la lettre que je t'ai envoyée il y a quelques mois t'a fait du mal. Tu ne méritais pas ça. Tu es, et tu as toujours été, une femme merveilleuse. J'ai commis beaucoup d'erreurs dans ma vie, et le moment de rendre des comptes a fini par arriver. La décision que j'ai prise va engendrer beaucoup de souffrance, notamment au sein de ma famille ; heureusement il leur reste Tom. Il n'y a pas d'autre moyen, je dois mettre un terme à cette existence qui m'est devenue insupportable. Je suis désolé d'en être arrivé là, mais le temps est venu pour moi de quitter ce monde. Cette fois-ci, c'est un adieu définitif.

J'aimerais que tu me pardonnes tous mes échecs et que tu trouves ton bonheur. S'il y a bien quelqu'un qui le mérite, c'est toi.

Jack

Tom sentit sa gorge se serrer. Qu'avait-il bien pu arriver à son frère pour qu'il en vienne à penser que la vie ne valait plus la peine d'être vécue ?

45

Becky avait réussi à accomplir deux des tâches qui lui avaient été assignées, mais elle avait du mal avec la troisième : Natasha s'était enfermée dans sa chambre et refusait de lui parler. Becky était tout de même parvenue à la convaincre de laisser son téléphone en bas : elle était donc certaine qu'elle ne contacterait pas ces salopards pour leur divulguer des informations. Mais elle s'occuperait d'elle plus tard. Pour commencer, il fallait qu'elle fasse son rapport à Tom.

Il répondit immédiatement à son talkie-walkie.

« Tom, tout va bien ici. Mais j'ai procédé à l'évaluation des risques, et ce n'est vraiment pas terrible. Il y a plusieurs points d'entrée possibles au rez-de-chaussée : une porte à l'avant, des portes-fenêtres dans la salle à manger, et dans l'immense cuisine à l'arrière de la maison une porte classique et des portes vitrées qui donnent sur le jardin.

— Et merde ! Ça ne va pas être facile de les protéger. Tu penses qu'on pourrait faire venir des hommes à nous à l'intérieur ? »

Becky détestait avoir à annoncer de mauvaises nouvelles à Tom. Ce qu'elle aimait, c'était résoudre les problèmes, pas en créer. Elle ne voyait pourtant aucune solution susceptible de fonctionner.

« Je sais qu'on a conclu que la maison n'était apparemment pas sous surveillance, mais ces types m'ont l'air rusés et je préférerais ne pas prendre de risques. Pour l'instant, je ne vois aucun moyen d'entrer discrètement par l'arrière : toutes les allées du jardin mènent au chemin qui longe la maison et repart vers la façade. On pourrait faire ça de nuit, à la rigueur, mais pour pénétrer dans le jardin de derrière, il faudrait commencer par couper un arbre dans l'une des haies, et ce serait bruyant.

— Qu'est-ce que tu préconises, alors ?

— Écoute, Natasha n'est pas en sécurité, et elle le sait très bien. Si les choses tournent mal, c'est à elle qu'ils le reprocheront, et on sait parfaitement ce qui lui arrivera. Mais même si tout se passe comme ils l'avaient prévu, ils voudront qu'elle revienne ; ils ne peuvent pas se permettre de la laisser ici. Pour la protéger, je pense que le mieux serait d'envoyer un groupe d'intervention tout près d'ici. Très, très près. »

Une fois que Tom lui eut donné son accord pour convoquer des hommes, Becky se mit à lui décrire les conversations qu'elle avait eues avec David Joseph.

« Je vais me montrer aussi succincte que possible : la chambre forte et tous les bureaux de Joseph & Son se trouvent au sous-sol. L'accès au bâtiment se fait via une entrée commune. Des tas de gens connaissent le code, mais ça ne peut pas les conduire plus loin que le hall de l'immeuble. Ensuite, il y a un autre digicode pour descendre chez Joseph & Son, mais il est connecté à une minuterie et la porte ne peut pas s'ouvrir en dehors des heures de travail.

— Est-ce qu'il est sûr de tout ça, Becky ?

— C'est ce qu'il dit. Il faudrait interroger les gens qui ont mis en place le système pour en être sûr. Quoi qu'il en soit, chaque coffre-fort dispose de deux clefs : une détenue par son propriétaire et une autre par Joseph & Son. Il faut les deux pour ouvrir un coffre. Les clefs de la société sont entreposées dans une pièce protégée par une serrure biométrique que seules les empreintes de quatre personnes peuvent ouvrir. David, naturellement, compte parmi elles. Ensuite, il faut passer une autre porte protégée par une serrure biométrique pour pénétrer dans la zone principale de la chambre forte. Voilà. »

Becky espéra ne rien avoir oublié. Les mains dans les poches, David Joseph lui avait expliqué tout cela en arpentant la pièce de long en large et en répétant un nombre incalculable de fois qu'il était impossible d'accéder à la chambre forte.

« Et le contenu des coffres ? Est-ce qu'il sait ce qu'il y a dedans ? demanda Tom.

— Il dit qu'il n'en a aucune idée. Les clients sortent la caisse de leur coffre-fort et l'emportent dans une salle privée. Il y a aussi des coffres ordinaires de tailles diverses, sans caisse à l'intérieur. D'après David, un casse au hasard serait une perte de temps totale. Il pense que la plupart d'entre eux contiennent des documents personnels, des testaments, des actes de propriété, voire des lettres d'amour. Il maintient que de toute façon personne ne pourrait les ouvrir. Du coup, il dit être persuadé que ce qu'on va lui demander n'a rien à voir avec la chambre forte.

— Mais je sens qu'il y a un "mais". Qu'est-ce que tu en penses, Becky ? »

Becky n'avait pas vraiment envie de se mouiller, mais elle savait que Tom comprendrait, même s'il apparaissait plus tard qu'elle s'était trompée.

« Je ne le crois pas, Tom. Il sait qu'on va s'en prendre à la chambre forte, mais il ne veut pas qu'on sache qu'il le sait. »

Il n'y avait rien, dans la conversation qu'il venait d'avoir avec Becky, que Tom jugeait nécessaire de partager avec Emma. Il ne voulait surtout pas qu'elle sache que sa maison était vulnérable. Il avait néanmoins une chose à lui demander. Car il avait beau lutter pour essayer de les oublier, les paroles de Jack ne cessaient de le hanter.

Cette existence qui m'est devenue insupportable.

« Ça va ? lui demanda la jeune femme quand il entra dans le séjour.

— Ça va. J'aimerais savoir comment tu réagirais si je demandais à une professionnelle d'étudier la dernière lettre de Jack pour essayer de mieux comprendre l'état d'esprit dans lequel il se trouvait quand il l'a rédigée. »

Emma se laissa retomber contre le dossier du canapé. « Fais comme tu le sens, Tom, ça m'est égal. Tu veux dire... une psychiatre ?

— Non. Une linguiste légale. Ce sont des gens qui étudient la façon dont le langage est utilisé, en analysant les mots et la structure des phrases pour essayer de mieux comprendre leur signification sous-jacente. »

Emma haussa les épaules. « C'est à toi de voir. Mais ça me paraît un peu abstrait, puisqu'il est mort, de toute façon. »

Elle avait raison, évidemment. Tom avait néanmoins découvert beaucoup de choses sur son frère. Et il avait du mal à leur donner un sens.

« Merci, Emma. Merci beaucoup. Becky en a presque fini dans ta maison. Il lui reste juste à parler à Natasha, et ensuite, tu pourras rentrer. Et cette liste, ça avance ?

— Je ne sais pas si ce que j'ai écrit pourra t'aider... Tasha m'a parlé du type de missions qu'on lui confiait et des punitions qu'elle recevait. Je ne suis pas sûre que tu trouves là-dedans quoi que ce soit d'intéressant, mais en attendant que Becky t'appelle, je vais essayer de voir s'il n'y aurait pas autre chose qui me reviendrait à l'esprit.

— Très bien, dit Tom. Je dois passer un ou deux coups de fil. Je serai dans mon bureau, si tu as besoin de moi. Et ne t'inquiète pas, si j'ai la moindre information, je te le ferai savoir immédiatement. Ça te va ? »

Emma hocha distraitement la tête. De toute évidence, elle préférait être seule.

Le bureau de Tom était en réalité un vaste espace qu'il avait dégagé dans le hall d'entrée de sa maison. La pièce, qui disposait d'une petite cheminée, était étonnamment chaleureuse, même en plein hiver.

Tom s'assit et regarda encore un peu les lettres, avant de les repousser tout au bout de sa table.

Il avait envie de rappeler Becky, mais s'il y avait eu quelque chose de nouveau, elle l'aurait recontacté. Il regarda sa montre.

« Et puis merde », marmonna-t-il. De toute façon, il allait bien falloir qu'il le fasse. Il remit les lettres devant lui, prit son téléphone et se leva. Tout en composant le numéro, il s'approcha de la fenêtre. La nuit était noire et lugubre, le fin crachin faisait chatoyer les réverbères jaunes, dont la lumière se reflétait sur le trottoir humide. Mais, si les perspectives étaient déprimantes, il y avait toujours un espoir que les lendemains soient meilleurs. Comment se faisait-il que Jack ne l'ait pas compris ?

On lui répondit au bout de la quatrième sonnerie.

« Clara ? C'est Tom Douglas. Écoute, j'aurais un service à te demander... »

Tom lui parla de la lettre de suicide. Clara lui dit que le moyen le plus rapide de la lui faire parvenir serait de la prendre en photo avec son téléphone.

« Pourrais-tu me fournir un autre échantillon de son écriture ? Quelque chose qui me permettrait de faire une comparaison ? lui demanda-t-elle.

— Oui. Une lettre par laquelle il a mis un terme à une très longue relation. Est-ce que ça irait ?

— Très bien, oui. Je peux te faire une étude préliminaire, si tu veux. Ce sera superficiel, juste mes premières impressions. Pour quelque chose de plus approfondi, il te faudra malheureusement attendre un peu...

— Ta réaction initiale devrait me suffire. Mais si j'ai besoin d'une étude plus fouillée, évidemment je te paierai.

— On s'arrangera plus tard. Envoie-moi tout ça. Je regarde et je te rappelle. »

Tom remercia Clara et raccrocha. Du plat de la main, il défroissa les lettres. Puis il les prit en photo. Au moment où il les envoya à Clara, il sentit ses épaules se détendre légèrement.

De nouveau, il regarda sa montre. Le temps semblait s'être arrêté. Il se rendit dans la cuisine pour se faire une autre tasse de café. Et il était sur le point de retourner dans le séjour pour demander à Emma si elle avait faim quand il se rendit compte qu'il n'avait lui-même pas mangé depuis des heures. Quand il était rentré chez lui la veille au soir, il était beaucoup trop tard pour dîner, et de toute façon, la seule chose dont il avait envie était de se lover contre le corps chaud de Leo.

« Merde », marmonna-t-il, soudain frappé par la culpabilité. Il venait de s'apercevoir qu'il n'avait pas appelé Leo depuis qu'il l'avait abandonnée au beau milieu de la nuit.

Sans réfléchir, il prit son téléphone privé.

« Coucou, dit-il. Excuse-moi de ne pas t'avoir appelée ; je suis complètement débordé.

— Où es-tu ? Chez toi ? »

Ne sachant que répondre, Tom garda le silence.

« Euh... Ce n'est pas une question piège, tu sais, Tom ?

— Excuse-moi, Leo. Je suis chez moi, oui, mais je ne peux pas te voir ce soir. Je ne peux pas t'expliquer pour le moment, c'est un peu délicat. Mais je te jure que je le ferai une fois que tout sera réglé. »

Son téléphone professionnel se mit à sonner.

« Et merde ! Je suis vraiment désolé, mais il faut que je te laisse : j'ai un autre appel. »

Il aurait voulu ajouter qu'il l'aimait et qu'il la rappellerait le lendemain. Mais elle avait déjà raccroché.

Tout en haussant les épaules, il prit l'autre appareil.

« Tu as fait vite, Clara. Je n'attendais pas de tes nouvelles avant plusieurs heures.

— C'est généralement le temps qu'il me faut pour une étude détaillée. Mais ces lettres sont courtes, et il y a quelques observations qui me sont immédiatement venues à l'esprit. Mon analyse durera environ cinq minutes. Tu es prêt à l'entendre ?

— Je t'écoute, répondit Tom, qui regrettait presque de l'avoir contactée.

— La première chose que j'ai à dire, c'est que, si ces lettres sont très intéressantes pour moi sur le plan professionnel, elles ont dû être extrêmement douloureuses pour la personne qui les a reçues.

— Je ne te dirai pas le contraire.

— Ai-je raison de penser que Jack est mort juste après avoir envoyé la seconde lettre ? demanda Clara.

— Il l'a envoyée la veille de sa mort. C'est pour ça qu'Emma a été si bouleversée. Elle s'est dit qu'elle aurait dû faire quelque chose.

— Eh bien, tu peux dire à cette Emma qu'elle peut arrêter de culpabiliser. Je serais très surprise s'il s'agissait d'une lettre de suicide. »

Tom fronça les sourcils. Que voulait-elle dire par là ? Cela lui paraissait pourtant évident.

« Nous savons tous les deux qu'il existe deux types de suicide : les gens qui meurent parce qu'ils veulent vraiment mourir ; et ceux qui cherchent à lancer un appel à l'aide, sauf que les choses finissent ensuite par dégénérer. Ton frère est mort dans un accident, c'est bien ça ?

— C'est exact. Son bateau a été retrouvé en morceaux.

— Ça n'a pas l'air d'un appel à l'aide mis en scène. Rien à voir avec une personne qui prendrait des somnifères en espérant que quelqu'un arriverait à temps pour la sauver, par exemple. S'il voulait vraiment que cet accident ait lieu, alors il voulait vraiment mourir.

— C'est ce que je dirais aussi, oui, répondit Tom en se demandant où elle voulait en venir.

— Eh bien, dans ce cas, je suis encore plus convaincue qu'il ne s'agit pas d'une lettre de suicide. »

Clara avait désormais toute son attention.

« Et qu'est-ce qui te fait penser ça ?

— De façon générale, on peut dire que la plupart des personnes qui ont réellement décidé de se donner la mort ont mis terme à toute relation avec le monde extérieur. Elles sont psychologiquement isolées des autres. Elles ont pris une décision : la mort, dans leur esprit, est la seule et unique solution. Il est atypique, pour une personne qui a sincèrement décidé de se tuer, de montrer qu'elle a conscience de la douleur qu'elle va infliger aux autres. Cette lettre a été écrite par un homme qui ne me semble pas assez replié sur lui-même pour envisager de se suicider. Il se fait du souci pour Emma, pour sa famille... »

Tom garda le silence. À première vue, c'était plutôt une bonne nouvelle. Mais pourquoi avait-il l'impression que ce n'était pas le cas ?

« Tu es sûre de ça ?

— Je dirais que Jack envisageait certainement de faire quelque chose, mais au moment de la rédaction de cette lettre, et c'est là un point déterminant, je ne pense pas qu'il ait eu l'intention de se tuer. Évidemment, il se pourrait aussi que son état d'esprit ait changé et qu'il ait connu dès le lendemain une phase de dépression irrationnelle. Mais les vrais suicidaires, par opposition à ceux qui espèrent être arrêtés à temps, tendent à se donner la mort immédiatement après avoir écrit leur lettre. Ils veulent qu'on la retrouve *après* leur mort, parce qu'ils ne veulent surtout pas être arrêtés.

— Merci, Clara, murmura Tom. Je te revaudrai ça.

— Attends. J'ai autre chose qui devrait t'intéresser. La première lettre, la lettre de rupture... il est possible qu'elle ait bien été envoyée par Jack, mais je suis quasi certaine que ce n'est pas lui qui l'a écrite. »

Tom était déjà ailleurs : des images dures et très nettes des derniers instants de son frère avaient commencé à envahir son esprit. Mais les propos de Clara l'interpellèrent.

« Excuse-moi, qu'est-ce que tu as dit ?

— Je pense que cette lettre a été écrite par une femme. C'est peut-être celle dont il parle qui lui a dicté ces mots... En tout cas, je suis sûre que ce ne sont pas les siens.

— Qu'est-ce qui te fait dire ça ?

— Pour commencer, il y a trop de pronoms personnels et d'allusions aux relations sociales. Mais il y a d'autres indices : les femmes ont tendance à présenter les informations en utilisant des tournures négatives, comme “je ne pense pas” et “nous n’avons pas d’avenir”. Elles se couvrent en utilisant des formules de politesse pour arrondir les angles. Par exemple : “peut-être” ou “je suis désolé si”. Et elles font davantage référence à des processus cognitifs et émotionnels : penser, sentir, espérer... Voilà. Si tu veux une analyse plus complète, je serai ravie de te la fournir, mais il te faudra attendre un peu.

— Je ne pense pas que ce soit nécessaire. »

Quand Tom raccrocha, après avoir remercié Clara d’avoir réagi si promptement, ses pensées restèrent fixées sur le message qu’Emma avait pris pour une lettre de suicide.

Il avait toujours cru que la mort de son frère avait été due à un accident, mais au vu de tout ce qu’il venait d’apprendre et de tout ce qu’il en avait déduit, il lui fallait désormais accepter la possibilité que Jack ait été assassiné.

46

Becky se mit à courir dans le hall en marmonnant des jurons. Elle était entrée dans la cuisine pour aller se chercher un verre d'eau et évidemment c'était à ce moment-là que quelqu'un s'était mis à l'interpeller dans son oreillette. Avec ces saletés de micros, elle ne pouvait bien sûr pas répondre avant d'avoir quitté la pièce.

« Inspectrice Robinson, finit-elle par dire, à bout de souffle, quand elle eut refermé la porte de la salle à manger.

— Chef, Donna Slater a reçu un coup de fil il y a quelques minutes. Ça venait d'un portable, donc on n'a pu entendre que son côté de la conversation. Mais comme la femme qui était à l'autre bout de la ligne n'arrêtait pas de crier, en faisant un rapide nettoyage audio, on a réussi à reconstituer une partie de ce qu'elle a dit. »

Becky se sentit soudain ragaillardie. Si cette conversation n'avait pas eu un intérêt quelconque, personne ne l'aurait contactée pour lui en faire part.

« L'appel venait d'une autre femme, que Donna Slater appelait Julie. On a reconstitué le tout du mieux qu'on a pu et on vous a envoyé l'enregistrement, mais on a pensé que vous aimeriez en connaître les grandes lignes dès maintenant. »

Becky se mit à taper du pied impatiemment.

« La dénommée Julie a parlé d'un bébé qui ne dormait pas. Elle a dit, ou plutôt hurlé, que personne ne lui avait expliqué que ce serait aussi difficile d'avoir un bébé. Ce à quoi Donna Slater a répondu : "Ouais, quand c'est le premier, c'est toujours compliqué de savoir ce qu'il faut faire quand il pleure." Alors au départ, comme on sait que Donna Slater a élevé une dizaine d'enfants, on s'est dit que cette Julie devait juste être une jeune maman qui demandait conseil à une amie.

— Mais ?

— Mais ensuite, Donna Slater a dit : "Si j'étais toi, j'essaierais de lui donner un biscuit, à ce petit." Personnellement, je n'ai jamais eu de bébé, mais ça ne me viendrait pas à l'idée de donner un biscuit à un nouveau-né. »

Becky sentit les battements de son cœur s'accélérer. Une femme venait d'« avoir » un bébé, mais ce bébé n'était pas un nouveau-né, et apparemment, c'était un garçon. Ça ne pouvait pas être une coïncidence. Ça ne pouvait être qu'Ollie.

Tom avait bien fait de la laisser en paix, mais Emma avait beau se complaire dans sa solitude depuis ces dernières vingt-quatre heures, il y avait une énorme différence entre se pelotonner dans le fauteuil de la chambre d'Ollie, où elle pouvait sentir la présence de son fils partout autour d'elle, et se retrouver assise dans une pièce qu'elle n'avait jamais vue auparavant, entourée d'objets qui appartenaient à quelqu'un d'autre. Elle se sentait perdue, seule, même si elle savait que Tom était dans la pièce d'à côté.

Elle essuya rageusement ses larmes d'un revers de main. Elle ne devait pas penser à sa propre souffrance. Elle devait concentrer chacune de ses pensées sur Ollie. Pour lui faire savoir à quel point il lui manquait et à quel point elle l'aimait.

Mais cette histoire de Jack et de ses liens avec Caroline l'avait complètement déstabilisée. Comment avait-il pu savoir que quelque chose allait arriver ? Pourquoi avait-elle l'impression que le passé et le présent étaient en train de se rejoindre ?

Il avait fallu à Emma beaucoup de temps pour admettre qu'elle ne pourrait jamais aimer un homme comme elle avait aimé Jack. Cet enthousiasme débordant qu'elle ressentait chaque fois qu'il rentrait à la maison après un jour ou deux d'absence ; la passion avec laquelle il l'aimait ; les moments de joie, quand il la prenait dans ses bras pour danser avec elle, qu'il la serrait fort contre lui ou la faisait tournoyer dans la pièce jusqu'à ce qu'ils finissent par s'écrouler de rire sur le fauteuil le plus proche... Jamais elle ne connaîtrait à nouveau cela.

Il lui avait fait énormément de mal et, du coup, elle avait eu envie d'une relation plus calme. Elle pensait avoir trouvé cela avec David. Mais, au cours des quelques jours qui venaient de s'écouler, chacun d'eux avait découvert une facette de l'autre dont il ignorait l'existence. David ne se serait pas imaginé qu'elle pourrait s'éclipser de la maison en pleine nuit pour suivre Natasha, et elle-même attendait qu'il se montre plus dynamique, qu'il prenne davantage d'initiatives. Or on aurait dit qu'il était tout à fait disposé à rester assis, les bras croisés. À laisser les choses suivre leur cours et à faire comme si tout finirait par s'arranger tout seul.

Pourraient-ils un jour revenir à la relation qui les unissait auparavant ?

Elle n'eut pas le temps d'y réfléchir : Tom venait d'entrer dans la pièce, ses traits fatigués illuminés par l'enthousiasme.

« Je viens de recevoir un appel de Becky », dit-il.

Emma se leva d'un bond. De bonnes nouvelles, apparemment.

« Tu te souviens que Natasha a mentionné une femme nommée Julie ? Eh bien, nous pensons que cette Julie pourrait être la personne qui détient Ollie. »

Emma ferma les yeux et avala sa salive avec peine.

« Mais nous ne savons pas qui c'est, répondit-elle. Alors comment allons-nous la retrouver ?

— En demandant à Natasha », répondit Tom sans hésiter.

Allongée sur le lit, Natasha regardait le plafond, dont le noir uniforme n'était rompu que par le large cercle d'une petite lampe de chevet. Elle n'aimait pas le noir. Elle n'avait jamais pu le supporter depuis cette nuit où, pendant quelques secondes, tout était devenu sombre, quand la voiture de sa mère s'était retournée. Sa tête avait cogné contre le toit, ses jambes s'étaient balancées dans le vide. Et après, elle ne se souvenait que d'avoir été traînée hors du véhicule. Elle ne cessait de hurler, mais l'un des types l'avait secouée pour la faire taire. Tout autour d'elle, elle entendait des murmures inquiets, des voix basses et pressantes. C'était celui qui l'avait secouée qu'elle entendait le mieux. On aurait dit qu'il avait mal à la gorge ou qu'il était enrhumé : sa voix était rauque, dure, saccadée. Elle ne se souvenait plus de ce qu'il avait dit. Sauf d'un truc. Ces trois phrases qu'elle s'était répétées des milliers de fois dans sa tête depuis :

« Sa mère est morte. Elle nous est plus d'aucune utilité. Débarrassez-vous d'elle. »

Après ça, il l'avait poussée vers un type qui ne sentait pas bon (c'était Rory, maintenant elle le savait), lequel l'avait lui-même balancée à l'arrière d'une voiture.

Elle avait cru qu'elle allait mourir, et ensuite, pendant très longtemps, elle avait regretté que ça n'ait pas été le cas, parce que, quand ils l'avaient sortie de la voiture, ils l'avaient jetée dans le puits direct. Pour la cacher, et pour qu'on ne l'entende pas. Elle pouvait encore sentir l'odeur dégoûtante de la pièce, le froid et l'humidité qui la faisaient frissonner. Ils avaient dit qu'elle devrait y rester jusqu'à ce que la situation soit sûre. Elle n'avait pas compris alors ce que ça signifiait. Mais maintenant elle savait. Ils la laisseraient là le temps qu'elle soit convaincue d'être Shelley Slater, et non Natasha

Joseph. Ils voulaient qu'elle oublie le passé. Tout était fini. Terminé.

Et à présent ce passé qu'elle était censée avoir oublié était de retour. Est-ce qu'elle était Natasha Joseph ou Shelley Slater ? Elle ne savait plus. Et son avenir, là-dedans ? Elle ne pouvait pas rester là. Ils ne la laisseraient pas.

Elle se sentait seule, comme si elle avait été larguée au beau milieu du désert. Ça lui faisait penser à un film qu'elle avait vu avec les tout-petits, à la maison.

Il aurait sûrement mieux valu pour tout le monde qu'elle soit morte. C'était peut-être ça, la solution ? Si ça se trouvait, d'ailleurs, c'était comme ça qu'Izzy avait vu les choses...

Tout d'un coup, elle sentit son corps se crisper. Quelqu'un venait de frapper à la porte. Mais qu'est-ce qu'ils lui voulaient, encore ?

« Tasha, c'est Becky. Il faut que je te parle. Je peux entrer ? » La voix était un murmure anxieux.

Mais la policière ne pourrait pas pousser la porte, avec la commode que Natasha avait mise derrière.

L'adolescente regarda la poignée s'abaisser.

« Je ne peux pas parler fort, à cause du micro qui est dans la chambre de ton père. Mais c'est au sujet d'Ollie. On pense savoir où il est et on aurait besoin de ton aide. »

Natasha se leva. Elle se faisait du souci pour Ollie, elle ne voulait pas qu'il lui arrive quelque chose. Mais si les flics le retrouvaient grâce à elle, Rory et Finn viendraient se charger de son cas.

Elle mobilisa toutes ses forces pour pousser la commode.

« Qu'est-ce qui se passe ? » demanda-t-elle quand Becky fut entrée.

Sans répondre, la policière alla s'asseoir sur le lit et lui fit signe de s'installer à côté d'elle. Elle obéit. Becky parut toute contente, et surtout très étonnée.

« Tu sais à quel point c'est important, hein ? dit-elle à Natasha en prenant ses mains dans les siennes. Il ne faut surtout pas que tu parles à qui que ce soit de ce que nous savons. Tu as bien compris, hein ? »

Ils la prenaient pour une idiote, ou quoi ?

« Tom dit que tu as parlé d'une femme appelée Julie. Qu'est-ce que tu sais sur elle ? »

Natasha sentit sa bouche s'assécher. Julie, elle ne l'avait jamais vue, mais elle savait tout sur elle : ce qu'elle faisait et comment elle gérait ses filles.

Elle secoua la tête. Elle n'avait vraiment pas envie de parler de ça.

« Allez, Natasha. Ollie a besoin de ton aide. Il est temps pour toi de choisir ton camp. Je sais que c'est dur. Je sais que tu as très peur de Rory Slater et du reste de la bande, et c'est parfaitement normal. Mais nous ne pouvons pas te protéger si nous ne te faisons pas confiance. Tu es ou avec eux, ou avec nous. Qu'est-ce que tu choisis ? »

Natasha sentit qu'elle allait craquer. Elle était fatiguée. Elle avait passé toute sa vie à avoir peur : peur de faire quelque chose de mal à la maison, peur d'être surprise en train de piquer des trucs, peur d'être Shelley Slater alors qu'elle était Tasha Joseph, elle le savait. Mais sa plus grande peur avait toujours été que Finn vienne la trouver.

Ils croyaient qu'ils la comprenaient, mais ils se trompaient. Pour la comprendre, il aurait fallu qu'ils sachent, mais ils ne savaient rien du tout. Et puis il n'y avait pas de place pour elle ici. Ici ou autre part, d'ailleurs. Elle ne savait pas ce qu'elle devait faire ; le plus facile, c'était sûrement de leur donner ce qu'ils voulaient. Elle n'avait aucune idée de ce qui lui arriverait ensuite, mais il y avait une chose dont elle était sûre : depuis qu'il était parti, Ollie lui manquait. Elle regrettait de ne plus l'entendre crier son nom ou de ne plus le sentir essayer de l'attraper par la jambe. Elle regrettait tout simplement qu'il ne soit plus là. Elle ne voulait pas qu'il lui arrive quelque chose. Et le seul moyen pour elle de le protéger était de les aider. Eux, les flics, son père. Tous ces gens qu'on lui avait toujours appris à détester. Ollie était innocent. C'était peut-être le seul, d'ailleurs. Et c'était pour lui qu'elle allait se battre.

« Julie, je sais pas où elle habite, dit-elle doucement. Je te jure que je sais pas. Par contre, je sais qu'elle a deux maisons ; j'ai entendu Rory dire ça à Donna. Et je sais qu'elle a des filles qui travaillent pour elle : y en a dans la rue, mais les plus petites, comme moi, elles sont dans une de ses maisons. Mais pas celle où elle habite. Voilà, c'est tout ; je sais rien d'autre. »

Becky prit un air déçu ; elle lui serra tout de même la main.

« OK, et s'il y avait quoi que ce soit dont tu te souvenais, n'hésite pas à me le dire. Tu veux descendre avec moi ? »

Elle secoua la tête. Becky se dirigea vers l'escalier.

Il y avait bien un autre truc qu'elle pouvait lui dire pour l'aider. De toute façon, elle était dans la merde jusqu'au cou, alors qu'est-ce que ça pourrait bien changer ?

« Becky, Julie fait des hamburgers dans un food truck. C'est là que Rory va chercher le shit. »

Becky se tourna vers elle avec un immense sourire. Natasha ressentit quelque chose qui ressemblait à de la fierté.

« Super, Tasha. Tu es vraiment super. Viens avec moi. Je vais contacter Tom ; il aura peut-être deux ou trois choses à te demander. Tu veux bien ? »

Natasha n'eut pas le temps de répondre. David, tout essoufflé, venait d'arriver en haut de l'escalier. Il tenait à la main son téléphone. Qui sonnait.

Sans dire un mot, il le lui mit dans la main. Aussitôt, elle eut envie de vomir. Elle n'avait plus envie de parler à personne. Ni maintenant ni jamais. Mais elle n'avait pas le choix.

« Allô ? » murmura-t-elle en regardant David, puis Becky.

Elle écouta puis raccrocha.

Ignorant son père, elle continua de regarder Becky. Si elle se mettait à parler, sa voix allait sûrement se briser. Alors elle ravala sa salive pour essayer de se maîtriser. Ce que Rory lui avait demandé, elle ne pouvait pas le lui donner. Et évidemment, comme elle ne le lui avait pas dit, il allait le lui faire payer. Bref, elle était déjà morte.

« Qu'est-ce qu'il y a, Tasha ? » lui demanda Becky. Et elle finit par se rendre compte que cela faisait déjà plusieurs fois qu'elle lui posait la question.

« Finalement, c'est bien ce soir que ça va se passer. Ils veulent parler à David dans dix minutes. Mais ils veulent qu'Emma soit là aussi. »

Tom était en train de se demander si le moment était venu de ramener Emma chez elle quand son talkie-walkie se mit à biper.

« Becky ? Qu'est-ce qui se passe ? »

Becky lui expliqua rapidement tout ce que Natasha avait dit, y compris au sujet du coup de fil de Rory Slater.

« Bien joué, dit Tom. Ce serait donc cette Julie qui tiendrait le food truck... Écoute, je suis presque certain que Paul Green, de Titan, m'a dit que la femme de l'un des hommes de main du gang tenait un food truck de hamburgers. Mais apparemment, elle ne fait pas que ça... Bon, je vais recontacter Titan pour demander s'ils ont l'adresse du mari de Julie, Finn McGuinness. Et ensuite, j'enverrai des hommes sous couverture. Avant de lancer un assaut, on doit avoir la certitude absolue que le bébé se trouve bien là. »

Tom entra dans le séjour : Emma, qui avait compris au ton de sa voix que quelque chose était arrivé, se leva brusquement.

« Mais on n'aura pas le temps de faire revenir Emma chez elle avant qu'ils ne rappellent, Becky. Donc, il va falloir que tu briefes David. Il n'a qu'à leur raconter qu'Emma est malade. Et insister pour qu'ils lui expliquent ce qu'il faut faire, en disant qu'il notera tout sur papier. »

Emma fit mine de lui arracher le talkie-walkie des mains. « Qu'est-ce qu'il y a ? Qu'est-ce qui se passe ? » hurla-t-elle.

Tom plaça sa main devant lui. Puis, pour l'encourager à se calmer, il se mit à lui caresser doucement l'épaule.

« Dis-lui de dire qu'il doit mettre le téléphone sur haut-parleur. Pour avoir les mains libres et pouvoir noter les instructions. Laisse ton talkie-walkie allumé, mais bloque tous les appels entrants. Et sois discrète, surtout, pour ne pas te faire repérer par les micros de la cuisine. N'oublie pas : je veux absolument entendre ce qu'ils demandent. »

Après avoir coupé la communication, Tom entreprit immédiatement de consulter sa liste de contacts pour retrouver le numéro de Paul Green.

Le visage d'Emma reflétait un mélange d'espoir et de crainte, mais il n'avait pas le temps de lui expliquer ce qui venait de se passer.

L'officier de Titan décrocha dès la première sonnerie.

« Tom ? Les choses se précisent, de votre côté ?

— Oui. Et du coup, j'en déduis qu'elles doivent aussi se préciser du vôtre. Il faudrait que vous nous donniez l'adresse de Finn McGuinness. Pourriez-vous demander à quelqu'un de l'envoyer par talkie-walkie à l'inspectrice Robinson ? » Tom laissa à Green quelques instants pour digérer ces demandes. « Et de votre côté ?

— Notre capteur humain nous a affirmé que "ça" aurait bien lieu ce soir. Mais il n'est toujours pas en mesure de nous dire de quoi il s'agit exactement.

— Quel est son rôle dans tout cela ?

— Je ne peux pas vous l'expliquer pour le moment. Je suis désolé, mais vous savez comment c'est. Plus tard, peut-être.

— Bon. De notre côté, on attend de savoir ce qu'ils vont demander. On vous recontactera à la minute même où ils nous le diront. »

Tom mit un terme à la communication. Et il était sur le point d'expliquer ce qui venait de se passer à Emma quand son talkie-walkie lui signala un appel de Becky.

D'abord, il n'entendit personne parler. Juste un téléphone qui sonnait en arrière-fond. Et tout à coup, une voix :

« David Joseph à l'appareil. Qu'est-ce que vous voulez, et surtout, où est mon fils ? »

47

Emma était totalement pétrifiée. Qu'était-il en train de se passer ? Tom n'avait pas eu une seule seconde pour le lui expliquer depuis qu'il était revenu dans le séjour, mais il ne cessait de lui adresser des hochements de tête crispés, qu'il voulait sûrement rassurants mais qui ne l'étaient en réalité pas du tout. Elle ne pouvait rien dire, cependant : il venait de remonter le son du talkie-walkie, et elle entendait désormais David parler :

« Dites-moi ce que je dois faire. Qu'on en finisse rapidement et que je puisse retrouver ma famille. » Sa voix était lourde de tension.

Il y eut un silence de quelques secondes. Puis David répondit :

« Vous n'avez pas le droit de me dire ça. Vous voulez que je vous aide, ou quoi ? »

Tom fronça les sourcils.

« Non, elle n'est pas là. Elle est malade, si vous voulez tout savoir. Elle rejette tout ce qu'elle ingurgite, même l'eau. Dites-moi ce qu'il faut lui dire ; je transmettrai le message. »

Il y eut un autre silence.

« Non ! Je ne peux pas aller la chercher, reprit David, qui semblait avoir mis dans le mot "non" toute la rage qu'il avait refoulée au cours des derniers jours. Vous n'avez pas d'autre solution que de passer par moi. Dites-moi juste ce que je dois faire. »

Nouveau silence. Emma se demanda s'il n'en avait pas fait un peu trop. Et surtout, surtout, pourquoi il n'avait pas mis le haut-parleur.

« Mais pourquoi ne peut-on pas faire comme ça ? Je vous l'ai dit : je ferai tout ce que vous me demanderez. Je ferai n'importe quoi pour récupérer mon fils. »

Silence. Plus long, cette fois-ci.

« Vous savez très bien que ce n'est pas vrai », murmura David.

Encore un silence. Qui dura, et sembla même s'éterniser. La communication avait dû être coupée.

Tom finit par éteindre son talkie-walkie.

« Becky devrait aller s'enfermer dans la salle à manger pour m'appeler d'une seconde à l'autre. Je n'ai pas bien compris ce qui venait de se passer avec David, mais j'ai de bonnes nouvelles. Je ne voudrais pas te faire une fausse joie, mais nous pensons savoir où habite Julie. Nous devons nous assurer qu'Ollie est bien chez elle avant de lancer l'assaut. Et si nous ne nous sommes pas trompés, nous devrions pouvoir le récupérer très rapidement. »

Le talkie-walkie de Tom se mit à grésiller. « Oui, Becky. Qu'est-ce qui se passe, bordel ? Pourquoi n'a-t-il pas mis le téléphone sur haut-parleur ? »

Tom était fou de rage contre David Joseph. Cela aurait été tellement plus simple s'ils avaient pu entendre les deux côtés de la conversation.

« Il a dit qu'il avait oublié, Tom. Je n'arrêtais pas de lui faire signe de l'enclencher, mais il m'a ignorée.

— Tu lui as demandé ce qu'ils avaient dit ? Certaines de ses réponses paraissaient un peu bizarres. » Tom s'était mis à arpenter la pièce de long en large.

« D'après lui, ils veulent le ravoir au téléphone, mais avec Emma, dans une heure, pour les dernières instructions. J'ai essayé de lui faire répéter mot pour mot tout ce qu'on lui avait dit, mais il avait l'air très stressé ; je n'ai pas osé insister.

— Bon. Et le groupe d'intervention ? Est-ce qu'il est en position ? »

Becky acquiesça.

« Parfait. Tu sais ce qui te reste à faire. Prends la Range Rover, comme si tu allais faire le plein. Tu sais où. On se voit dans un quart d'heure environ. Bien joué, Becky. »

Le visage blanc d'Emma paraissait fantomatique à la lumière des lampes du séjour. Les ombres autour de ses yeux étaient d'un noir de jais. Tom se sentit assailli par la culpabilité. Elle devait être désespérée de savoir ce qui était en train de se passer.

« Ils vont rappeler dans une heure et ils veulent que tu sois là. Mais il faut que tu saches que nous ne sommes pas en mesure de faire rentrer quelqu'un dans la maison pour vous protéger. Ce qui veut dire que quand David sortira pour faire ce qu'ils lui demanderont de faire, tu te retrouveras toute seule avec Natasha. Tu seras exposée. Je n'aime pas ça, Emma.

— Tant pis. Faisons ce qu'ils demandent. Tu m'as dit que tu savais où était Ollie... Si tu vas le chercher, on se fiche pas mal de qui est où, non ?

— Nous avons des hommes qui vérifient les informations concernant Ollie. Mais ça prendra sûrement du temps. On ne peut pas débarquer comme ça dans une maison pleine de gangsters. Et puis, s'il n'était pas là, ça foutrait tout en l'air. Écoute, voilà ce qu'on va faire. »

Tom lui exposa rapidement le plan qu'il avait échafaudé pour la faire rentrer chez elle.

« Pendant le trajet, tu me parleras de tes notes et je te donnerai quelques conseils de sécurité pour quand tu te retrouveras seule dans la maison avec Natasha. Et ces conseils, il faudra absolument que tu les suives, Emma. Parce que ces types ne rigolent pas du tout. »

Ni Tom ni Emma n'ouvrit la bouche pendant les quelques secondes qui suivirent le départ rapide de la maison. Emma, toute raide, était légèrement penchée en avant, comme si elle pensait ainsi pouvoir faire accélérer le véhicule.

Ils devaient d'abord retrouver un officier, qui avait apporté un talkie-walkie, puis rejoindre Becky à une station-service située à environ dix minutes du domicile d'Emma. Une fois encore, les deux femmes allaient échanger leurs hauts dans les toilettes. Comme il pleuvait toujours, elles avaient une bonne excuse pour garder leurs capuches.

« À ton avis, Tom, pourquoi veulent-ils que je sois là ?

— Je ne sais pas. Mais je pense qu'il est inutile de se poser des questions. Ils désirent probablement que tout se déroule comme ils l'avaient prévu. »

Pour garder l'esprit d'Emma occupé et l'empêcher de trop penser aux différents scénarios possibles, Tom lui demanda de lire ses notes, l'engageant à donner davantage de détails à mesure qu'elle parlait. Il ne s'autorisa à exprimer son opinion qu'une fois :

« Pauvre gamine ! » murmura-t-il, quand Emma lui eut raconté l'histoire du puits dans lequel Natasha avait été jetée et où elle était restée jusqu'à ce qu'elle accepte d'être Shelley Slater.

Les lumières de la station-service commençaient à se rapprocher.

« Dès que tu seras de retour dans la maison, tu vérifieras que ton téléphone est complètement chargé. Je parle bien sûr du portable australien. Mets-le en mode silencieux, coupe le vibreur, éteins-le et ne l'allume que si tu en as besoin. Tu le donneras à David juste avant qu'il parte. On ne peut pas lui donner de micro : c'est la première chose qu'ils vont vérifier. Pareil pour le téléphone. Tu lui diras que s'il doit les rencontrer, il n'aura qu'à le laisser dans la voiture. »

À ces mots, Emma se raidit un peu. Mais il fallait qu'il lui fasse comprendre les choses.

« Entre-temps, n'oublie pas de mettre le téléphone sur haut-parleur si vous devez m'appeler.

Je couperai le son du mien pour qu'ils ne puissent pas m'entendre. Sur ton portable australien, un traceur GPS a été enclenché pour que nous puissions suivre la personne qui l'aura avec elle. Ils ne sont pas au courant que tu l'as, donc ils ne peuvent pas le localiser ; mais nous, si. Dis bien à David de l'emporter là où ils lui diront d'aller, mais dis-lui aussi de se montrer très prudent s'il l'utilise. S'il doit rencontrer un membre de l'organisation, il faut absolument qu'il l'éteigne. Ils doivent avoir des détecteurs de signaux. Alors insiste bien là-dessus. »

Tom lui donna également quelques instructions sur la façon dont elle devait utiliser le talkie-walkie qu'elle allait emporter.

« Ça sera ta bouée de secours, Emma. Dès que David sera parti, il faudra que Natasha et toi vous enfermiez dans l'une des pièces de l'étage et que vous poussiez quelque chose de lourd devant la porte. Si tu entends quoi que ce soit d'inquiétant, tu appuies sur le bouton rouge. Ça te mettra directement en contact avec le chef de notre groupe d'intervention, qui se trouve actuellement à moins de trois minutes de ton domicile. Bref, tu n'as pas de souci à te faire. »

Tom se gara dans le parking de la station-service et sortit de la voiture pour accompagner Emma jusqu'au magasin. Comme les mouvements de la jeune femme paraissaient saccadés, il passa un bras autour de ses épaules pour essayer de lui transmettre une partie de sa force. Quand ils furent au fond du magasin, Emma entra dans les toilettes et disparut de son champ de vision. Après avoir acheté un magazine et des bonbons à la menthe, Tom retourna à sa voiture en regardant sa montre. Exactement comme un homme qui s'impatienterait en attendant le retour de sa femme.

Puis il sortit son téléphone.

« Philippa ? C'est Tom.

— Comment ça va ? L'inspectrice Robinson m'a fait part des dernières nouvelles concernant Ollie. Où en êtes-vous, maintenant ? »

Tom lui expliqua ce que le gang avait demandé.

« Écoute, cette famille est vraiment en danger. »

Tom regarda le parking vide et le fin crachin qui tombait sans discontinuer depuis des heures. Naturellement, il avait pris un risque en choisissant de laisser les Joseph dans cette maison, mais si Emma faisait exactement ce qu'il lui avait dit, il n'y avait a priori pas de souci à se faire. Par ailleurs, vu la façon dont les choses se présentaient, s'il les avait tous conduits en lieu sûr pour essayer de négocier ouvertement avec le gang, il y aurait eu peu de chances pour que quelqu'un revoie un jour le petit Ollie Joseph.

« Tiens-moi au courant, Tom. Je n'aime pas ça, mais je comprends bien que tu n'as pas le choix. »

48

Assise sur le rebord du lit, Natasha agitait nerveusement les pieds au-dessus du sol et serrait ses mains entre ses cuisses pour les empêcher de trembler. Becky était partie, et Emma allait revenir et découvrir le sort que le gang leur réservait. Pour la première fois depuis qu'elle avait emmené Ollie, Natasha était seule dans la maison avec David.

Elle avait tout fait pour l'en empêcher, mais il y avait une idée qui s'était introduite de force dans sa tête : *Qu'est-ce qui se serait passé si je n'avais pas emmené Ollie ? Qu'est-ce qui se serait passé si je leur avais désobéi ?*

Mais c'étaient des questions idiotes. Ils auraient envoyé Finn la chercher, c'est tout. Pour qu'elle puisse rester, il aurait fallu que la famille se cache quelque part. Et l'Angleterre n'était pas un pays assez grand pour échapper à des types comme Finn McGuinness.

Mais elle n'était pas la seule responsable ; il y avait quelqu'un d'autre.

David.

Ils étaient seuls dans la maison ; elle ne pouvait pas passer à côté de cette occasion : sa seule chance d'obtenir des explications. Mais elle avait peur de la vérité. Et si Rory lui avait menti pendant toutes ces années et qu'elle ait détesté David pour rien ? De toute manière, il fallait qu'elle sache. Serrant les poings, elle finit par se lever et se diriger silencieusement vers l'escalier.

Son père était dans le séjour. Debout dos à la porte, les avant-bras appuyés sur le rebord de la cheminée, la tête baissée. Natasha s'arrêta derrière lui et essaya de rassembler son courage pour lui parler. Mais elle avait dû faire un peu de bruit, car David se tourna vivement vers elle.

« Tasha ! Tu m'as fait peur ! Qu'est-ce que tu fais, comme ça, debout derrière moi ? Viens t'asseoir. »

Natasha ne bougea pas. David fronça les sourcils.

« Tu ne vas pas te remettre à refuser de me parler. Je croyais qu'on avait dépassé ce stade.

— Il faut que je te demande un truc, David.

— Demande-moi tout ce que tu veux, mais viens t'asseoir. »

Natasha ne bougea pas.

« Je veux savoir pourquoi t'as fait ça.

— Pourquoi j'ai fait quoi ?

— Tu sais très bien de quoi je parle.

— Tasha, ma chérie, je t'assure que non. »

Elle ravala sa salive avec peine et lutta de toutes ses forces pour prononcer ces mots à haute voix :

« C'est parce que tu m'aimais pas moi, ou parce que t'aimais pas maman ? »

David détourna son regard du sien.

Pas besoin de continuer à poser des questions. Son visage parlait de lui-même.

Mais ce qu'elle voulait savoir, c'était *pourquoi.*

Tout s'était passé comme prévu à la station-service. Becky lui avait rendu ses clefs et elles avaient échangé leurs hauts. Emma s'était ensuite précipitée dehors en essuyant ses yeux avec un mouchoir et en laissant tomber sa capuche pour bien montrer son visage au cas où elle aurait été observée. Elle avait fait le plein, était allée payer et était désormais en train de rentrer. Elle ne savait pas ce que l'avenir lui réservait, mais elle espérait de tout son cœur qu'elle allait retrouver Ollie.

Elle se sentait en sécurité sur la route principale, mais dès qu'elle bifurqua pour s'engager dans les petites rues, elle fut frappée par la vulnérabilité de sa position. Les essuie-glaces se balançaient en rythme d'un côté à l'autre et le faisceau des phares projetait de petits fragments de lumière argentée sur les fines gouttes de pluie. Elle tourna à gauche et se retrouva sur une ligne droite. Personne devant.

Mais, soudain, il y eut une lumière aveuglante. Un reflet dans le rétroviseur. Une voiture la suivait.

« Merde. »

Sans porter le téléphone à son oreille, Emma passa un appel et enclencha le haut-parleur.

« Tom ? dit-elle. Tu m'entends ?

— Oui. Très bien. Ça va ?

— Non. Je suis dans les petites rues et il y a une voiture derrière moi. Qu'est-ce que je dois faire ?

— Ne t'inquiète pas, Emma. C'est un de nos hommes. Il tournera à gauche au prochain carrefour quand, toi, tu tourneras à droite, et un autre commencera à te suivre à ce moment-là. Tu es en sécurité.

— Pourquoi ne me l'as-tu pas dit ?

— Excuse-moi. Je ne savais pas si j'aurais le temps d'organiser ça et je ne voulais pas te faire une promesse que je ne pourrais pas tenir. Je veux juste m'assurer que tu es en sécurité pour rentrer chez toi. »

Comme Tom le lui avait dit, la voiture qui la suivait prit une autre direction au premier embranchement et, quelques instants plus tard, elle aperçut de nouveau des phares dans son rétroviseur et pria pour qu'il s'agisse bien d'une voiture de police. Le portail de sa maison ne tarda pas à se profiler devant elle. Elle sentit tous ses muscles se relâcher sous le coup du soulagement.

Ravie d'être de retour mais craignant les heures qui allaient suivre, Emma se gara dans l'allée puis resta quelques instants assise, la nuque enfoncée dans l'appuie-tête.

Le flux d'adrénaline de la demi-heure qui venait de passer s'était tari, emportant le peu d'énergie qui lui restait. Quand elle descendit de la voiture et entra silencieusement dans la maison, elle avait l'impression d'avoir vieilli de trente ans.

Le hall était noir. Personne ne s'était donné la peine d'allumer.

La porte du séjour était entrouverte. David était là, debout, mais, curieusement, il ne se précipita pas vers elle. Apparemment, il ne l'avait pas vue. Son regard était rivé sur sa fille et il paraissait horrifié.

Emma était sur le point d'entrer pour demander ce qui s'était passé quand Natasha se mit à parler :

« Dis-le-moi. » Il y avait dans sa voix quelque chose qui évoquait une douleur lancinante.

« Je ne vois pas de quoi tu parles. Je t'assure !

— T'es un menteur ! Dis-moi ce qui s'est passé. Dis-moi ce qui s'est passé cette nuit-là, y a un peu plus de six ans. »

Emma recula lentement. Elle ne savait pas de quoi il retournait, mais c'était entre Tasha et David.

« Je ne sais pas combien de fois je vais devoir te répéter à quel point je regrette de ne pas vous avoir accompagnées.

— Arrête ! fit Tasha. Recommence pas avec ça. Jamais tu nous aurais accompagnées. Jamais. Sinon ça aurait pas marché, hein ? »

Dans l'ombre du hall non éclairé, Emma observait son mari. Sa pomme d'Adam montait et descendait. Il avait apparemment du mal à avaler sa salive.

« Qu'est-ce que tu sais, Natasha ? Ou qu'est-ce que tu crois savoir ?

— Tu pourrais pas juste dire la vérité ? Pour une fois dans ta vie ? demanda la petite d'une voix dure, l'air déçu.

— Arrête ça, Tasha. C'était il y a six ans et tu es de retour avec nous. On va récupérer Ollie, et ensuite on passera à autre chose.

— Ça serait génial, hein, si on pouvait passer l'éponge sur ces six années ? Mais moi, ces années-là, je pourrai jamais les oublier, David. Alors dis-moi ce qui s'est passé. Pourquoi tu voulais qu'on soit enlevées, maman et moi ? Pourquoi t'as fait ça ?

— Ce n'est pas comme ça que ça s'est passé, Tasha. Normalement, il n'aurait rien dû vous arriver, je t'assure. »

Emma dut ravaler un petit cri de surprise. Mais de quoi était-il en train de parler ?

« Alors qu'est-ce qui aurait dû arriver, hein ? Est-ce que maman était au courant ? »

David se détourna de sa fille. Manifestement, il ne voulait pas qu'elle voie son visage.

« Bien sûr que non. Elle n'aurait jamais accepté, et de toute façon, elle n'était pas très douée pour jouer la comédie. Il fallait que ça ait l'air vrai pour que la police la croie ensuite. Tout était censé se terminer très rapidement. Ta maman et toi deviez être emmenées dans un endroit sûr. Juste pour une heure ou deux. Jamais je ne vous aurais mises en danger. Personne ne devait vous faire du mal.

— Quoi ? » s'exclama Tasha d'une voix incrédule.

Oh, David, qu'est-ce que tu as fait ? Emma n'avait pas envie d'en entendre davantage, mais elle n'arrivait plus à bouger.

« Je ne pouvais pas savoir que ta mère allait exploser la voiture. Et je ne sais pas pourquoi ils t'ont enlevée. Je n'aurais jamais imaginé ça.

— Et qu'est-ce que tu croyais qu'ils allaient faire ? J'avais six ans, j'étais pas un bébé. J'aurais pu dire aux flics ce qui s'était passé. J'aurais même pu reconnaître des visages. »

David garda le silence.

« Alors ils m'ont dit la vérité, hein ? murmura la petite.

— Je suis désolé, Tasha. À cette époque, ça me semblait être la meilleure solution. Je devais de l'argent. À des gens... violents.

— Ouais, je sais. Ces gens-là, je les connais très bien. J'ai vécu avec eux pendant six ans.

— Je savais qu'il y avait des diamants dans l'un des coffres-forts, et je savais lequel. Mais s'ils étaient juste entrés par effraction et qu'ils l'avaient forcé, j'aurais été impliqué. Le plan, donc, c'était qu'ils fassent semblant de vous enlever. Ils devaient juste faire semblant !

— Pour maman et moi, ça aurait été bien réel, tu crois pas ?

— Oui. Mais ça n'aurait pas duré longtemps. Je devais les aider à pénétrer dans la chambre forte pour qu'ils puissent voler les diamants. Mes dettes auraient été remboursées, et ta maman et toi auriez été tout de suite libérées. Les flics auraient pensé que j'avais été contraint de le faire. Et personne n'aurait été blessé. C'était ça, le plan.

— Mais quand ça a foiré, si tu savais qui m'avait enlevée, pourquoi est-ce que t'as rien dit aux flics ?

— Je ne savais rien ! Je n'ai jamais su ! Je te le jure. Le type à qui je devais l'argent a disparu de la circulation, et je n'ai jamais connu son nom. On se voyait souvent, pourtant. On jouait aux cartes ensemble. Et... je me suis enfoncé là-dedans ; je n'arrêtais pas de me dire que la chance allait tourner... Bref, ce type, c'était le seul lien que j'avais, et je ne l'ai jamais revu. »

Emma entendit un petit rire haut perché. Ou ce qui ressemblait à un mélange de rire et de sanglot.

« Mais t'es vraiment abruti, ou quoi ? Ils étaient tous dans le coup. Tous les types avec qui tu jouais aux cartes. Je parie qu'ils faisaient semblant de pas se connaître. Je me trompe ? Ils t'ont piégé dès le départ. Encore un pigeon qu'est prêt à balancer son argent par les fenêtres. Mais comment t'as payé ta dette, alors, s'ils ont pas pu forcer le coffre ? »

David ferma les yeux et répondit d'une voix si basse qu'Emma eut du mal à l'entendre :

« L'assurance vie de ta mère. »

La petite prit une bruyante inspiration, qui se changea aussitôt en sanglot.

C'en était trop.

Emma ouvrit la porte en grand et la prit dans ses bras. Serré contre le sien, le corps de Tasha se détendit un peu.

« Emma », murmura David, dont le regard ne cessait de passer de sa fille à elle, comme s'il se demandait ce qu'elle avait entendu de la conversation.

Mais la seule chose à laquelle Emma pouvait penser était le chagrin de son mari à l'époque où ils s'étaient mis ensemble. En ce temps-là, David parlait sans arrêt de l'amour qu'il avait pour sa famille et disait à qui voulait l'entendre que, s'il avait la possibilité de revenir en arrière, il ferait les choses différemment. À bien y réfléchir, c'était peut-être plus que du chagrin. Ou peut-être quelque chose de totalement différent.

Comme de la culpabilité.

49

Becky était ravie d'être de retour dans un monde normal, avec des personnes face auxquelles elle savait comment réagir. Comme la racaille de Manchester. Au moins, ces gens-là, elle pouvait généralement lire en eux : savoir ce qu'ils pensaient. Ce qui n'était pas le cas de ceux avec qui elle venait de passer ces quelques heures. Même si, en apparence, il s'était montré plutôt coopératif, elle avait eu l'impression que David avait érigé un mur entre elle et lui.

Quant à Natasha, c'était une tout autre histoire, évidemment. Elle semblait complètement perdue, ce qui était tout à fait compréhensible, mais elle avait tout de même commis un grave délit. Et de plus, elle avait été formée à voler, mentir, transporter de la drogue... Alors, était-elle criminelle ou victime ? Becky savait comment réagir face à un criminel ou à une victime, mais quand les deux étaient mêlés dans une seule et même personne, elle se sentait toujours un peu décontenancée. Elle avait tendance à percevoir la vie de façon assez manichéenne. Le bien d'un côté, le mal de l'autre.

Tom lui disait souvent que les choses ne sont jamais toutes noires ou toutes blanches, et que parfois des gens bien commettent de mauvaises actions. Mais Becky ne pouvait s'empêcher de penser que la vie serait plus simple si les gens bien se comportaient toujours comme tels et les gens mauvais comme les sales pourris qu'ils étaient.

« Je te trouve bien taciturne, lui dit Tom, alors qu'ils s'engouffraient dans une rue sombre et humide de la banlieue de Manchester.

— Désolée. Je pensais que nous nous étions tout dit.

— C'est le cas. Mais d'habitude, ça ne t'empêche pas de l'ouvrir. »

Tout en haussant les sourcils, Becky tourna lentement la tête vers Tom, qui, bien sûr, affichait un sourire en coin.

« Allez, Becky, dis-moi ce qui ne va pas. »

Becky prit quelques instants pour réfléchir.

« Tu sais, quand David était au téléphone avec... avec je ne sais qui, d'ailleurs, puisqu'on n'a rien pu entendre... eh bien, je n'arrêtais pas de lui faire signe d'enclencher le haut-parleur. Et il me voyait très bien. J'ai même essayé de m'approcher de lui pour le faire à sa place. Mais il s'est écarté de moi. Qu'est-ce que tu en penses ?

— Tu crois qu'il pourrait être impliqué ?

— Je ne sais pas, Tom, mais j'espère que non. »

Tom gara sa voiture à côté de celle de Becky.

« Alors on est deux. » Sans couper le moteur, il se tourna vers elle. « Bon, on a un groupe d'intervention tout près de chez la famille Joseph et un autre à Salford, à côté du domicile de Finn McGuinness. Nous présumons que c'est là que Julie a amené le bébé, et non dans son autre maison, qui doit être pleine de filles et de clients aux regards inquisiteurs. Est-ce que tu pourrais te rendre sur place pour récupérer Ollie quand tout sera sûr ? Avec un peu de chance, on pourrait le retrouver sain et sauf avant qu'ils n'aient eu le temps de faire quoi que ce soit... »

Becky observa le visage crispé de Tom. Elle savait à quel point tout cela devait être difficile pour lui et, l'espace d'un instant, elle fut tentée de le prendre dans ses bras pour l'embrasser sur la joue. Mais, après une ou deux secondes de réflexion, elle détourna la tête.

« J'y vais, chef », dit-elle en ouvrant la portière. Et elle se dépêcha de rejoindre le sanctuaire de son véhicule.

Tom regarda la voiture de Becky s'éloigner. Il aurait aimé pouvoir se dire qu'au moment où elle arriverait à Salford, le petit Ollie aurait été retrouvé. Mais il ne devait pas se montrer trop optimiste. En tout cas, si le bébé était sauvé rapidement, le gang devrait faire une croix sur ses projets. Quelles conséquences cela aurait-il sur le travail de Titan ? Des conséquences négatives, sûrement. Car si les gangsters annulaient leur plan, Paul Green et son équipe ne pourraient pas les prendre la main dans le sac, et leurs longues années d'efforts seraient réduites à néant.

Tom avait maintenant le temps de réfléchir aux différentes informations qui lui étaient parvenues au cours des dernières heures. Mais son esprit ne cessait de revenir à Jack : les lettres, le compte bancaire, son habitude de s'infiltrer dans l'ordinateur des gens pour leur laisser des messages... La vie qu'avait menée son frère lui semblait de plus en plus claire, et de moins en moins attrayante. Mais sa mort était plus obscure que jamais. Accident, suicide ou meurtre ?

Serait-il un jour en mesure de le savoir ?

Il fallait qu'il arrête de penser à Jack, mais chaque fois que l'enquête prenait une nouvelle direction, son nom semblait apparaître inopinément. Ce qui l'intriguait le plus était le coup de fil qu'il avait apparemment passé à Caroline. Comment avait-il pu savoir ce qui allait arriver ?

L'enlèvement de Natasha Joseph n'avait pas eu lieu par hasard. Il s'en doutait depuis quelque temps maintenant, mais il n'arrivait pas à imaginer que la mort de Caroline ait été planifiée (personne ne peut planifier un accident de la route avec une précision telle que la mort soit une certitude). Alors, quel était le plan originel ? Que Caroline soit enlevée ? Ou Natasha ? Ou toutes les deux ? Était-ce aussi un *tiger-kidnapping* ?

Et Jack ? En avait-il été informé ? Manifestement, oui. Mais comment et pourquoi ?

Becky avait raison sur un point : le comportement que David avait eu au téléphone laissait entendre qu'il cachait quelque chose. Tom était certain que

David Joseph était la clef de l'énigme. Il avait envie de le secouer pour lui faire avouer la vérité. Mais il n'était pas à sa portée.

Il ouvrit sa portière d'un coup sec. Pour le moment, il ne pouvait rien faire d'autre qu'attendre.

50

La salle à manger des Joseph était retombée dans le silence. Depuis qu'Emma était apparue dans la pièce, personne n'avait ouvert la bouche. On aurait dit que nul n'osait le faire, de peur de déclencher quelque chose. David regardait sa femme d'un air angoissé, et elle le regardait aussi, l'air vide.

Natasha était contente qu'Emma soit rentrée à la maison. Et elle était contente qu'elle ait entendu, au moins en partie, les aveux de David. Cela dit, elle n'en avait pas encore fini avec son père.

Elle se dégagea des bras d'Emma, mais resta tout près d'elle. David avait toujours le regard rivé sur sa femme, comme s'il cherchait à deviner ce qu'elle pensait.

« J'ai une dernière question à te poser, papa, dit Natasha en essayant de mettre dans ce dernier mot tout le dégoût qu'il lui inspirait. Pourquoi est-ce que tu m'as pas récupérée quand tu en as eu l'occasion ? »

David resta bloqué. Même ses yeux ne bougeaient plus, et ses mains pendaient de chaque côté de son corps, telle une statue. Le seul bruit qu'on entendait était le léger tic-tac de l'horloge murale du hall. Natasha garda le silence. Elle s'attendait presque à ce qu'Emma intervienne pour lui dire qu'elle était ridicule. Mais elle ne le fit pas.

David finit par répondre à sa question :

« Je n'ai jamais eu l'occasion de te récupérer. Qu'est-ce qui te fait penser ça ? »

Natasha sentit la colère refaire surface en elle. Il était vraiment pathétique. « Ils m'ont passé l'enregistrement, David. Tu sais : celui où ils t'ont dit que tu pourrais me récupérer si tu faisais quelque chose pour eux. Tu te rappelles ? Et toi, qu'est-ce que t'as répondu ? T'as répondu non. »

Jamais elle ne pourrait oublier le jour où Rory lui avait fait écouter cet enregistrement. Il était en rogne parce que David avait refusé de se conformer à leurs plans. « Il veut pas de toi », avait murmuré Rory. Il rôdait dans la pièce, tournait autour d'elle, lui passait et lui repassait l'enregistrement... comme si tout était sa faute. « S'il te récupérait, tu dérangerais sa petite vie tranquille. Du coup, il nous a dit qu'on pouvait te garder. » Rory lui avait mis une claque à l'arrière du crâne. « Tu sers à rien, ma pauvre fille. À rien. »

« Écoute, Natasha, ce n'est pas comme ça que ça s'est passé. » David essayait encore de se défendre. Il la dégoûtait tellement qu'elle avait envie de vomir. Comment pouvait-il penser qu'il avait eu raison ?

« Alors comment ça s'est passé, hein ? demanda-t-elle. On t'a proposé de te rendre ton enfant au bout de quatre ans, et toi, t'as répondu : "Nan merci" ? »

Emma lui prit la main. Tout en tentant de ne pas trop penser à ce qui avait suivi, Natasha se laissa faire.

« Je n'avais aucun moyen de savoir que tu étais vraiment avec eux. Ils ne pouvaient pas me le prouver.

— Ils t'ont envoyé une photo. Qu'est-ce que tu voulais de plus ? »

Après cet épisode, c'était elle, encore une fois, qui avait pris. Et si David allait montrer la photo aux flics ? Et s'il se comportait comme un père de famille normal ? Si ça se trouvait, la photo allait circuler, et elle se ferait repérer dans la rue ou par l'une des assistantes sociales qui venaient à la maison. Donc, elle avait dû rester cachée. Et Rory l'avait jetée dans le puits. Comme ça. Juste parce que le plan avait échoué et qu'il n'avait personne d'autre sur qui passer ses nerfs.

David essayait toujours de se trouver des excuses. Sa voix était faible ; on aurait dit un gémissement. Il n'aurait jamais parlé comme ça s'il avait été élevé comme elle l'avait été.

« Ça aurait pu être une petite fille qui te ressemblait. Je ne pouvais pas savoir. Si j'avais été certain que c'était toi, ça aurait été différent.

— Ils t'ont demandé de passer un coup de fil. Un coup de fil, c'est tout. Au moment où ce type qui se vantait partout d'avoir plein de pognon dans un de tes coffres était sur le point de le vider. Qu'est-ce que tu t'es dit, hein ? Que je valais même pas la peine d'essayer ? »

Elle n'avait plus envie d'écouter ses mensonges. De se demander si Rory et Finn ne lui avaient pas menti : s'ils n'avaient pas trafiqué cet enregistrement, si elle ne pourrait pas un jour vivre heureuse ici. Quel choix horrible, si tant est que c'en soit un. Vivre ici avec David ou retourner là-bas et se faire punir.

Natasha sentit ses yeux la picoter. *Quel choix horrible.*

Emma ne pouvait détacher son regard de Tasha. Comme il devait être terrible pour la petite d'entendre ça, d'apprendre que son père avait eu l'intention de la faire souffrir, même pour quelques heures, juste pour résoudre ses problèmes personnels. Elle aurait préféré mourir plutôt que de faire ça à Ollie. Elle n'avait pas de mots pour dire ce qu'elle éprouvait.

Et David paraissait plus inquiet de sa réaction à elle que de celle de sa fille !

« C'était une erreur, Emma. »

Explique ça à ta fille, songea-t-elle. *C'est à Tasha qu'il faut le dire, pas à moi.* Mais elle savait qu'il ne le ferait pas. Il voulait qu'elle soit de son côté, qu'elle le soutienne, qu'elle le comprenne, comme elle l'avait toujours fait.

« Pourquoi n'as-tu pas fait davantage d'efforts pour contacter ces gens ? Pourquoi n'as-tu pas fait ce qu'ils t'ont demandé pour récupérer Tasha ? Ou appelé la police, je ne sais pas... »

Mais elle connaissait déjà la réponse. Il n'avait pas eu le courage. Il s'était plus inquiété de ce qui allait lui arriver à lui s'il racontait toute l'histoire à la police que de ce qui arriverait à sa fille. Et il avait espéré que tout finirait par s'arranger sans qu'il ait à faire quoi que ce soit.

Des souvenirs des heures qu'elle avait passées avec lui à parler de la disparition de Caroline et de Tasha se rappelèrent à sa mémoire, et une idée lui vint soudain à l'esprit : David n'avait pas eu beaucoup de mal à accepter la mort de Caroline. Il en parlait souvent, mais on voyait bien que c'était la disparition de Tasha qui le tourmentait le plus. Était-ce dû au chagrin, à la culpabilité... ou à la peur ? À la peur, peut-être. Peur qu'à un moment ou à un autre tout ne finisse par lui revenir en plein visage. Ce qui était arrivé à Tasha était le seul de ses problèmes qui ne disparaîtrait jamais. Parce qu'il avait beau chercher à l'ignorer, il ne pouvait pas le refouler totalement. Il était toujours dans un petit coin de sa tête. Et deux ans plus tôt, il était réapparu avec toute sa force. Mais il n'avait rien fait.

David était encore en train de se passer la main dans les cheveux, et cette manie qu'elle avait à une époque trouvée touchante commençait à l'irriter au plus haut point.

« Je n'ai jamais été en mesure de les contacter, affirma-t-il. C'étaient toujours eux qui m'appelaient. J'ai tout essayé. Je pensais que quand les choses se seraient calmées, quand les flics auraient arrêté de rôder tout le temps autour de moi, on pourrait conclure l'affaire et je pourrais récupérer Natasha. Mais trois semaines après l'accident, le client a repris ses diamants. Il avait un acheteur.

— Et tu n'as rien fait ? demanda Emma, sans chercher à dissimuler son dégoût.

— Qu'est-ce que tu voulais que je fasse ? demanda David, qui semblait sincèrement déconcerté.

— Tu aurais pu le dire à la police.

— Quoi ? Leur dire ce que j'avais fait ? »

David la regardait comme s'il s'agissait d'une idée complètement stupide. Emma n'arrivait pas à le croire.

« Oui. Bien sûr que oui. Et pourquoi ne leur as-tu rien dit, quand tu as eu l'occasion de récupérer Tasha, il y a deux ans ?

— Écoute, les choses n'étaient pas aussi simples que ça. N'importe quel connard aurait pu inventer une histoire pour me faire croire qu'il avait Tasha. Et chez les flics, j'y serais allé, s'ils ne m'avaient pas dit qu'ils s'en prendraient à toi dans ces cas-là. Tu étais enceinte d'Ollie, Em. Je ne voulais pas perdre ma deuxième famille.

— Donc, t'as vendu la première pour protéger la deuxième, intervint ironiquement Tasha, comme s'il s'agissait d'une décision parfaitement rationnelle.

— Si j'étais allé voir les flics, j'aurais dû leur expliquer ce qui s'était passé il y a six ans. Et ils m'auraient coffré, évidemment. Ce n'est quand même pas si dur que ça à comprendre ! »

Emma eut tout à coup l'impression qu'un vent glacial s'était mis à souffler dans la pièce. Elle commença à frémir de froid et de peur.

« Et Ollie ? C'est toi aussi, David ? Tu les as laissés prendre mon bébé pour te tirer d'affaire parce que tu as encore fait je ne sais quelle connerie ? »

Elle entendit Tasha murmurer « non », mais son regard était rivé sur David. Il lui semblait pouvoir lire la réponse à sa question sur son visage horrifié. Mais le connaissait-elle vraiment ?

Le silence qui suivit fut brutalement rompu par la sonnerie du portable de Tasha.

À la demande de Tasha, Emma et David se rendirent dans la cuisine. La petite voulait que leurs voix puissent être captées par le micro et que chacun joue son rôle. Emma n'avait qu'une envie : attraper David par le cou et le secouer jusqu'à ce qu'il avoue tout. Mais elle s'exécuta. Pour essayer de soulager ses nausées, elle passa ses bras autour de son ventre. Elle ne savait pas si David avait quelque chose à voir avec l'enlèvement d'Ollie, mais elle savait que s'il n'avait pas pris cette décision six ans plus tôt, rien de tout cela ne serait jamais arrivé.

Pour bien montrer à leurs correspondants qu'ils étaient là, elle fit claquer quelques assiettes et ouvrit le robinet. Mais elle ne put se résoudre à parler à David.

Tasha vint les rejoindre une minute plus tard.

« David, ils sont au téléphone. Ils veulent te parler. Avec le haut-parleur. »

La petite posa le portable sur la table. Une voix déformée se mit à résonner dans la pièce.

« Note bien tout ça : à 2 h 30, cette nuit, tu vas te rendre en voiture chez Joseph & Son. Sous le porche arrière, tu trouveras une sacoche. Prends-la. Ensuite, tu rentreras dans le hall du bâtiment principal par l'arrière. Tu connais le code. À 3 h 01, tu taperas le code suivant sur le digicode sécurisé de la porte de Joseph & Son : 1563974. Ça te donnera accès aux locaux. Les serrures horaires seront désactivées. Ouvre la porte et cale-la. Si elle se referme, ça réenclenchera le système de minuterie et tu te retrouveras coincé à l'intérieur. »

David griffonnait frénétiquement et Emma prenait elle aussi des notes. Ils ne pouvaient pas se permettre de commettre la moindre erreur.

« Ouvre la porte de la pièce où il y a les clefs et prends celle du coffre 2909. Transfère le contenu du coffre dans les sacs que tu trouveras dans la sacoche et mets-les dans ta voiture. Tu as exactement cinquante-huit minutes pour faire tout ça. Quand ce temps sera écoulé, le système de sécurité fera une recherche automatique de faille. Il faudra donc que tu sois sorti et que tu aies refermé la porte. Dans le cas contraire, tu te feras choper par les flics et tu ne reverras plus jamais ton fils. Tu as bien compris ? »

David releva les yeux vers Emma, qui hocha la tête. Elle pourrait lui rappeler tous les détails avant qu'il ne parte ; ils avaient un peu de temps devant eux.

« On te recontactera sur ce téléphone à 4 h 10, heure à laquelle tu devras être retourné à ta voiture. C'est à ce moment-là qu'on te donnera les instructions pour la livraison. Il faut que tu sois en noir, de la tête aux pieds. Et n'oublie pas qu'il n'y aura pas du tout de lumière dans la chambre forte. »

Emma regarda son mari et, malgré tout ce qui venait de se passer, elle ressentit pour lui de la compassion. L'idée de parcourir seul, la nuit, les rues de Manchester pour se rendre dans ce bâtiment qui était là depuis des années et qui renfermait tant de secrets aurait suffi à faire blêmir le plus courageux des hommes.

« Tu as bien compris tout ce que je viens de te dire ?

— Oui, répondit David.

— Et toi, Emma ?

— Non. Quand vais-je récupérer mon bébé ?

— Lorsque le boulot sera terminé. On récupérera Natasha et vous récupérerez le bébé. On vous dira où vous pourrez aller le chercher quand Natasha sera rentrée. Il sera sain et sauf. »

Horrifiée, Emma se tourna vers sa belle-fille. C'était ce que la petite avait toujours dit. Mais Emma n'avait jamais pensé qu'ils en arriveraient là.

L'homme s'était remis à parler :

« Tu m'écoutes, Emma ?

— Oui, répondit-elle doucement, sans quitter du regard le visage pâle de Tasha.

— Tant mieux. Parce que ce n'est pas David qui va faire le boulot ; c'est toi. C'est toi qui vas descendre dans la chambre forte. Enfin, si tu veux récupérer ton fils, bien sûr. »

La communication fut coupée.

51

Localiser la maison où Ollie était censé se trouver avait été plus simple que Becky ne l'avait imaginé. L'équipe de Titan avait confirmé que la femme de Finn McGuinness était la propriétaire du food truck, et le couple, en apparence respectable, possédait une villa dans un quartier étonnamment chic de Salford, où les maisons n'étaient pas mitoyennes. Ce qui était en soi un soulagement, car les planques dans les rues où les bâtiments, et donc les habitants, étaient collés les uns aux autres étaient toujours de véritables cauchemars.

Becky avait été reléguée dans sa voiture, garée le long de la rue, de l'autre côté de la limite de sécurité fixée par le groupe d'intervention. Elle pianotait impatiemment sur le volant. McGuinness étant l'homme de main d'une organisation criminelle, il y avait de fortes chances pour qu'il cache chez lui des armes. Becky, donc, ne pouvait pas débarquer comme ça, en demandant simplement qu'ils rendent le bébé. C'était désormais le commandant argent[1] qui était responsable de la coordination des opérations et des prises de décisions. De fait, la présence de Becky était temporairement superflue. Elle n'avait rien d'autre à faire qu'attendre le feu vert : le moment où elle pourrait entrer pour secourir Ollie.

Elle était trop loin pour observer et, de toute façon, elle ne pouvait quasiment rien voir à travers son pare-brise, sur lequel de grosses gouttes de pluie s'assemblaient pour former de petites rivières d'argent. Comme elle ne voulait pas attirer l'attention en mettant les essuie-glaces, elle regardait par la fenêtre de sa portière les sombres silhouettes des arbres qui bordaient l'étroit cul-de-sac et protégeaient des regards les luxueuses propriétés situées très en retrait par rapport à la rue.

Il ne lui semblait pas juste que Finn McGuinness possède l'une de ces jolies villas, notamment quand elle songeait à toutes les vies détruites par la drogue qu'il revendait et tous les autres trucs plus ou moins louches qui lui permettaient de mener ce style de vie. Elle l'avait vu en photo, et il n'était pas du tout comme elle l'avait imaginé. Il ressemblait étrangement à un directeur de banque ; un homme qui se serait facilement fondu dans un quartier d'affaires. En dehors du fait qu'il avait toujours l'air de froncer

---

1. Commandement or-argent-bronze : structure de groupe d'intervention mis en place au Royaume-Uni en cas d'incident majeur. Le commandant or dirige les interventions de l'extérieur ; le commandant argent est le responsable sur le terrain. Si le groupe est important, le commandant argent peut être aidé par un ou plusieurs commandants bronze (*N.d.T.*).

les sourcils, son visage était totalement dépourvu de traits distinctifs. Ses cheveux gris, courts et bien peignés, étaient un peu clairsemés au-dessus de son front, mais rien dans son apparence ne pouvait donner le moindre indice sur la vie de criminel qu'il avait apparemment menée. Il n'était même pas grand (1,75 m environ), et sur toutes les photos qu'elle avait vues, il portait un élégant pardessus et une cravate rouge très classe. Un homme d'affaires pur jus.

Mais, même sur une image en deux dimensions, les yeux parlent d'eux-mêmes. Rien n'aurait pu changer ce regard dur et noir qui, une fois braqué sur vous, devait changer vos jambes en coton, et pas pour de bonnes raisons... Becky espérait vraiment qu'elle n'aurait pas à en faire l'expérience ce soir.

On pouvait voir une lumière allumée derrière l'une des fenêtres de l'étage, ce qui laissait entendre qu'il y avait quelqu'un dans la maison. Pour le moment, cependant, personne n'avait vu le moindre mouvement ni entendu le moindre bruit. Le commandant argent connaissait son travail, naturellement. Mais c'était une opération délicate, qui comptait beaucoup trop d'inconnues au goût de Becky.

La pluie se fit soudain plus forte, formant sur le pare-brise une couche d'eau uniforme. Plissant les yeux, Becky regarda l'image déformée qui s'offrait à elle : un homme du groupe d'intervention était en train d'approcher prudemment de la maison ; une silhouette sombre qui rasait les murs.

Les dispositifs de mise sur écoute allaient être installés. Il fallait absolument qu'ils entendent soit

Ollie, soit Julie. S'ils s'étaient trompés là-dessus, le petit ne s'en sortirait peut-être pas vivant.

Emma s'enferma dans la salle de bains. Elle ne voulait pas que Tasha ou David sache ce qu'elle éprouvait à l'idée de devoir faire ce cambriolage. Après le coup de téléphone, le regard horrifié que lui avait adressé la petite avait parlé de lui-même : elle ne s'était pas attendue à ça. David, pour sa part, avait paru soulagé de ne pas avoir été désigné.

Et Emma trouvait cela totalement écœurant.

Est-ce vraiment l'homme que j'ai épousé ? Des images de leur passé lui revinrent en mémoire : des agissements de son mari qu'elle avait peut-être mal interprétés. Elle avait toujours pensé que son incapacité à affronter les dures épreuves de la vie était due à sa nature optimiste. Mais elle s'était trompée. Il cherchait simplement à fuir la réalité. En ce moment même, il devait essayer de se convaincre que tout allait très bien en dressant la liste des raisons pour lesquelles il valait mieux que ce soit elle qui descende dans le silence de ce sous-sol obscur. De cette façon, il n'aurait pas à se sentir coupable.

Mais peu importait ce qu'il pouvait penser : il était hors de question qu'elle lui donne satisfaction en lui montrant à quel point elle était terrifiée.

Elle avait bien sûr déjà visité les locaux de la société, mais toujours en plein jour et en présence des six personnes qui y travaillaient. Et même là, elle avait trouvé qu'il y avait quelque chose d'effrayant. Cela faisait des mois, cependant, qu'elle n'y avait pas mis les pieds ; depuis la fois où elle était allée présenter Ollie aux employés de David, juste après sa naissance. Elle essaya néanmoins de visualiser les lieux, d'en fixer le plan dans son esprit.

L'entrée des clients donnait sur la rue principale, mais on lui avait dit de passer par l'arrière ; un accès qu'elle ne connaissait pas. Peu importait, de toute façon, puisque tout – bureaux, réception, coffres-forts – se trouvait dans les entrailles de la terre, sous les rues de Manchester.

Il y avait un escalier long et étroit qui menait à une minuscule zone de réception : une pièce juste assez grande pour abriter deux vigiles et une rangée de caméras derrière un comptoir.

Dans cette pièce, une porte donnait sur la salle des clefs, et un autre escalier menait aux locaux carrelés situés encore en dessous. C'était dans cette partie du bâtiment que se trouvait le bureau de David ; il disait souvent qu'il avait l'impression d'être une taupe, à passer toutes ses journées sous la terre. L'hiver, il ne voyait la lumière du jour que le week-end. Il n'y avait pas de fenêtres ; tout était beaucoup plus bas que le niveau du sol.

Lors de sa dernière visite, David étant occupé au téléphone, elle s'était retrouvée seule quelques instants. Et elle se souvenait avoir eu une impression étrange, la même que celle qu'elle avait un jour éprouvée dans une gare souterraine déserte de Londres. Le silence avait quelque chose de mortel, et on avait le sentiment d'être observé par les hordes de gens qui étaient passés par là avant nous.

David avait fini par revenir et il lui avait fait visiter les premières pièces du caverneux espace central.

Chacune était tapissée de rangées de coffres-forts. Flanquant la chambre forte, il y avait aussi une minuscule salle semblable à un cercueil de bois verni où chaque client pouvait emporter son coffre pour en examiner le contenu, en extraire quelque chose ou y ajouter quelque chose. Un lieu où cacher ses secrets.

La chambre forte ressemblait à un terrier de lapin : des pièces, et encore des pièces qui s'enchaînaient, certaines cachées dans des coins, d'autres s'ouvrant sur des espaces inattendus. Pendant la guerre, elle avait servi d'abri antiaérien, et Emma n'avait aucun mal à s'imaginer des gens pelotonnés contre les murs tandis que les bombes du Manchester Blitz détruisaient le Palace Theatre, à seulement quelques centaines de mètres de là.

La jeune femme frissonna. Ce n'était pas un endroit où elle avait envie de se retrouver seule, même en plein jour. Et elle ne savait pas comment elle allait réagir dans le noir. Mais elle le faisait pour Ollie. Elle ferait n'importe quoi pour Ollie.

Elle était assise sur le rebord de la baignoire. Il allait falloir qu'elle appelle Tom, mais elle ne savait pas encore ce qu'elle lui dirait. Devait-elle lui parler de David ? Du marché qu'il avait conclu six ans plus tôt ? Cela pourrait-il changer quelque chose à la situation actuelle ? Peut-être, mais elle ne le pensait pas. Et puis elle n'avait pas envie de lui en parler. Elle avait honte.

Elle ne pouvait pas regretter David, cependant. Sans lui, il n'y aurait pas eu Ollie. Et puis si David n'était pas disposé à se battre pour elle, sa femme, en prenant sa place dans la chambre forte qu'il connaissait si bien, elle était pour sa part déterminée à se battre pour son bébé jusqu'à son dernier soupir.

Elle prit son téléphone australien et appela.

« Qu'est-ce qui se passe, Em ? »

Tom écouta Emma lui répéter les instructions qu'elle avait reçues et lui raconter tout ce qui s'était passé depuis qu'elle était rentrée.

Il ne fut malheureusement pas étonné par ses révélations concernant David, qui expliquaient une partie de ses actes, ainsi que l'attitude de Natasha.

« Tu penses qu'il a quelque chose à voir avec ce qui se passe en ce moment, Emma ? »

Il fallait qu'il pose la question, même si cette idée n'avait sans doute pas traversé l'esprit de la jeune femme.

« Non, je ne crois pas, répondit-elle, sans paraître le moins du monde choquée par ses propos. Il a eu l'air complètement horrifié que je puisse penser ça. »

La voix d'Emma s'était brisée. Combien de temps encore allait-elle pouvoir tenir le coup ?

« Tu n'es pas obligée de le faire, Emma. On peut te donner une doublure : quelqu'un qui descendra dans la chambre forte pour toi.

— Non, Tom. Je marcherais sur des charbons ardents pour mon bébé, s'il le fallait. Si je laisse quelqu'un d'autre le faire et que ça tourne mal, je ne me le pardonnerai jamais. Et puis il faut mes empreintes digitales pour ouvrir les portes.

— Et merde. J'avais oublié les serrures biométriques. Pourquoi tes empreintes sont-elles enregistrées ? »

Emma lui expliqua que cela avait été fait par précaution, au cas où David tomberait malade. Comment ces types avaient-ils découvert que ses empreintes pouvaient ouvrir les portes ? Sûrement en piratant le système pour désactiver les serrures horaires...

« Mais avec un peu de chance, reprit Tom, tu n'auras rien à faire du tout. Si nous récupérons Ollie avant l'échéance qu'on t'a fixée, tu n'auras plus aucun rôle à jouer. »

Il y eut à l'autre bout de la ligne une sorte de sanglot étouffé. Tom décida de laisser à Emma quelques instants pour se reprendre.

« Ça va ? finit-il par demander.

— Oui. Je vais tout faire pour que ça marche, répondit-elle doucement.

— Je sais. Mais il y aura quelqu'un à ton côté à chacune des étapes, Em. N'oublie pas : on sera avec toi, et on assurera tes arrières. »

52

« Tout est OK, chef, dit Finn en regardant l'homme plus grand et plus jeune que lui qui se réchauffait debout devant la cheminée.

— Tu es confiant ? demanda celui que Finn appelait chef.

— Oui, je crois qu'on peut l'être. Cette bonne femme, elle va assurer. Son mari, j'ai pas du tout confiance en lui, mais elle, elle est solide. Le seul truc qui m'inquiète, c'est le timing. Si elle se barre pas à temps, l'alarme va se déclencher, et on sera niqués. Enfin, elle sera niquée. Mais ça m'étonnerait qu'elle merde là-dessus.

— Le hacker est-il prêt ?

— Oui. Il est quasiment sûr qu'il pourra désactiver l'alarme, mais il a pas pu faire le test. Cela dit, il doit sûrement y avoir une marge de deux minutes pour empêcher la fermeture automatique des portes avant que les flics arrivent.

— Et l'acheteur ? Il est sérieux ? Vous avez vérifié ? »

Le chef s'éloigna de la cheminée et passa rapidement ses mains sur l'arrière de son pantalon. Puis il prit sur une table un verre qui contenait un liquide transparent. Les deux glaçons qui flottaient à sa surface tintèrent en heurtant son rebord.

« Comme on a pu. Il nous a montré des biffetons, donc on sait qu'il a du pognon. Mais on peut pas en être plus sûrs que ça.

— Il est temps de se débarrasser de Rory, Finn.

— Oui. C'est un vrai boulet. On avait besoin de lui pour ce boulot, mais maintenant... Il sait pas y faire avec ses gamins. Rick et Shelley se sont fait repérer par des caméras, et puis y a l'autre : Izzy.

— Tu es sûr que c'était elle ? »

Le chef but son verre d'une traite. Ça ne pouvait être que de l'eau : le chef ne buvait jamais avant un boulot.

« À quatre-vingt-dix pour cent. D'après notre informateur, elle portait les bons vêtements : la chemise de nuit que Julie lui avait donnée. Il pense aussi qu'elle était défoncée à la kéta. Ça paraît logique. Elle aurait très bien pu en prendre chez Julie.

— Bon. Le principal, c'est qu'elle soit morte. Ça nous fait un problème de moins à régler. » Le chef avait l'air content, et c'était tant mieux : c'était le boulot de Finn de s'assurer qu'il soit content.

« Mais Shelley aurait pas dû lui parler du job. Si elle était pas déjà morte... » Finn n'eut pas besoin de terminer sa phrase. « En parlant de Shelley, il nous reste deux heures avant le transfert. Je vais aller la récupérer. Elle s'est bien démerdée avec le bébé, mais elle a commis des erreurs stupides, et il faut qu'elle paie pour ça. Elle a failli faire foirer tout le truc ; on peut plus lui faire confiance. »

Shelley Slater allait comprendre ce qui arrivait aux gens qui se mettaient en travers du chemin de Finn McGuinness. Mais Finn ne savait pas encore ce qu'il lui ferait. Le problème était que Julie ne voulait pas qu'elle soit marquée. Elle disait qu'elle pouvait leur rapporter une véritable fortune.

« Reviens dans une heure, alors. Quand tu auras récupéré la gamine », dit le chef.

Finn hocha la tête, mit ses gants en cuir et sortit.

53

Quand Tom arriva dans la salle de contrôle de Salford West, l'ambiance était tendue. Des opérateurs, assis derrière leurs ordinateurs, effectuaient silencieusement et efficacement leur tâche. Mais, malgré le calme apparent, on sentait bien que tous les occupants de la pièce étaient accablés par le poids de leurs responsabilités.

Sur une rangée d'écrans installés le long d'un mur, on pouvait suivre trois opérations simultanées. Le commandant or était en train de donner des instructions à ses hommes, que l'on apercevait devant la maison de Finn et Julie McGuinness. Mais, pour le moment, personne n'avait entendu le moindre bruit de bébé.

Plus loin, deux écrans diffusaient des images de l'environnement proche de Joseph & Son, où une équipe avait été déployée au cas où Emma se serait trouvée en difficulté.

Et au bout, il y avait encore trois écrans sur lesquels on pouvait voir un lieu que Tom ne reconnut pas. Mais, comme c'était sur ceux-là que Paul Green paraissait concentré, il en déduisit que cela devait être lié à l'opération de Titan.

« Où est-ce ? demanda Tom en se tournant vers Green.

— Un cimetière au bord de la M60. Ils ne l'ont pas choisi au hasard : pas de caméras de surveillance et plusieurs issues possibles. On pense que c'est l'endroit où les biens vont être remis à l'acheteur. Il paraît que le big boss aime que les choses se fassent là. Il n'a confiance en personne, visiblement.

— Ils n'ont pas dit à Emma où elle devrait aller après avoir quitté la chambre forte. Je présume donc que c'est votre indicateur qui vous a parlé de ce lieu.

— Exact. Et j'espère qu'il ne s'est pas planté. Mais je ne pense pas. »

Tom se sentit soudain pris d'un besoin presque viscéral d'en savoir plus. Il ne s'agissait pas simplement d'Emma, même si Ollie et elle restaient sa priorité. Le problème était que tout semblait étroitement lié aux événements d'il y a six ans et qu'il avait désespérément besoin de comprendre le rôle que Jack avait joué là-dedans. De toute évidence, il était au courant de quelque chose, le soir où Caroline était morte, et c'était lui qui avait installé le système de sécurité de Joseph & Son, sa société ayant été choisie parce que l'ordinateur avait été piraté par une personne qui laissait des messages sur les écrans de bureau de ses victimes.

Il n'y avait plus aucun doute dans l'esprit de Tom sur la provenance de l'argent qui avait alimenté le compte secret (et désormais vide) de son frère. Le lien qui unissait l'origine de ces fonds et les clients de Jack était trop fort. Jack avait piraté leurs ordinateurs pour leur vendre ses services, et Tom savait exactement comment il aurait justifié ça :

« Si je peux le faire, quelqu'un d'autre peut le faire aussi. » Tom entendait presque son frère. Mais Jack n'avait pas besoin de tromper ses clients. Il aurait très bien pu se contenter de leur montrer les faiblesses de leur système.

De nouveau, il entendit sa voix : « Si j'avais fait ça, ils ne m'auraient pas fait confiance. Ils m'auraient pris pour un type obséquieux et ils seraient allés voir ailleurs. Ne te fais pas plus bête que tu n'es, Tom. »

Tout cela n'expliquait pas comment Jack avait pu savoir que Caroline et Natasha allaient être enlevées. Ni pourquoi, le lendemain même du soir où il avait averti Caroline, Jack avait quitté le pays. Pour mourir quelques heures plus tard.

Cela faisait beaucoup de coïncidences, et Tom n'avait jamais aimé les coïncidences. Jack avait-il été assassiné ? Était-il mort à cause du rôle qu'il avait joué dans tout cela ? Pour avoir essayé d'avertir Caroline ?

Paul Green coupa court à ses pensées :

« Tom, il nous reste environ une demi-heure avant qu'Emma ne quitte son domicile. Vous auriez cinq minutes pour une rapide mise au point ? »

Il le suivit jusqu'à un tableau blanc sur lequel étaient affichées toutes les informations jugées utiles à l'enquête.

« Avez-vous une idée de la façon dont ces types vont s'y prendre pour désactiver le système de sécurité de la chambre forte ? demanda-t-il. D'après

David Joseph, c'est un truc en béton, mais manifestement il se trompe. J'imagine qu'il a été piraté. »

Paul Green acquiesça.

« Je pense aussi. Pour qu'Emma puisse entrer, il faut au moins que le dispositif de sécurité de la porte principale ait été désactivé. Mais ils ne la feraient pas descendre dans la chambre forte s'ils n'avaient pas une petite idée de ce qu'elle doit rapporter. Donc, j'imagine qu'ils savent exactement ce qu'il y a dans le coffre.

— Vous pensez que cette organisation criminelle dispose de ses propres hackers ? demanda Tom.

— Non. Je crois plutôt qu'ils en ont recruté un. Sûrement sur le dark web. Ce truc est un véritable paradis pour les hackers ; il y a plus de demandes que d'offres. Mais là, il s'agit d'un boulot bien spécifique. Il leur fallait une personne vraiment exceptionnelle, et je pense qu'ils l'ont trouvée.

— J'en déduis que ce hacker n'est pas votre indicateur.

— Pas du tout, non. »

Tom éprouva un vague sentiment de malaise. L'équipe de Titan semblait avoir la situation bien en main, mais si l'indicateur se faisait repérer, il ne donnait pas cher de sa peau.

« J'imagine que vous aimeriez en savoir un peu plus sur ce groupe. Vous connaissez déjà l'un de leurs sous-fifres : Rory Slater. Eh bien, il y en a plein d'autres comme lui. De notre côté, nous connaissons au moins deux hommes de main, Finn McGuinness étant le plus actif. Et nous sommes au courant des différentes activités de Julie McGuinness. Mais on s'occupera de tout ça plus tard. »

Tout en parlant, Paul Green avait pointé du doigt la photo de chacune des personnes qu'il avait mentionnées.

« Plus tard, c'est-à-dire dès qu'on aura mis la main sur le big boss. Nous avons eu beaucoup de mal à obtenir une photo de lui. Il est assez casanier et très doué pour se déguiser. Mais on a réussi à faire celle-ci un jour où il passait un portique de sécurité à l'aéroport de Manchester. »

Green désigna l'image d'un homme de grande taille vêtu d'un pardessus noir élégant qui tombait bien sur ses larges épaules. Tout en observant son visage, Tom s'approcha lentement du tableau.

« Non... », murmura-t-il. Il ne s'était pas attendu à cela, mais, d'une certaine façon, ça ne le surprenait pas. C'était une nouvelle pièce du puzzle, même s'il ne savait pas encore où l'insérer.

« Vous le connaissez ? demanda Green. Il s'appelle Guy Bentley.

— C'est peut-être comme ça qu'il s'appelle maintenant, répondit Tom, mais avant, c'était Ethan Bentley. Son père était le propriétaire de l'hôtel Bentley.

— C'est exact. Un hôtel où il se passait des trucs louches, jusqu'à ce qu'il soit détruit dans un incendie. Que Guy aurait apparemment commandité, même si rien n'a jamais été prouvé. Le père procurait des filles, des garçons, de la drogue, tout ce que les clients pouvaient demander. Mais Guy est beaucoup plus malin. Il est tellement discret qu'on se demande parfois s'il existe. Comment pouvez-vous connaître un type comme lui ?

— Il était ami avec mon frère, Jack. »

Green regarda Tom en plissant les yeux.

« Celui qui a installé le système de sécurité de Joseph & Son ? Il est mort il y a quelques années, non ? »

Tom hocha la tête. Il n'arrivait plus à parler. Cette information venait s'ajouter à une liste de choses vraiment horribles, et s'il ne s'était pas trompé dans ses déductions, il y avait de fortes chances pour que le responsable de la mort de Jack ne soit autre que l'homme dont il était en train d'observer le visage sur le tableau blanc.

54

« C'est pour Ollie que je le fais. C'est pour Ollie que je le fais. » Tout en conduisant, Emma ne cessait de se répéter cette phrase. Elle prit la bouteille d'eau qu'elle avait emportée et en but une gorgée. Elle avait la bouche sèche, mais sa peau était humide et froide.

Elle était presque arrivée.

Bien malgré elle, elle avait dû passer en revue chacune des instructions du plan avec David pour s'assurer qu'elle avait bien compris ce qu'elle devait faire. Après quoi elle avait donné à son mari le talkie-walkie et lui avait montré comment l'utiliser pour demander de l'aide en cas de besoin. Elle voulait être certaine que Natasha et lui étaient en sécurité. Mais elle n'était pas sûre qu'il l'ait écoutée.

D'abord d'une main, puis de l'autre, elle lâcha le volant pour essuyer ses paumes humides sur son vieux pantalon noir. Son téléphone se trouvait tout au fond de l'une des poches, allumé et sur haut-parleur. Et il y avait une lampe frontale sur le siège passager, avec des piles toutes neuves.

Emma conduisit la Range Rover dans une ruelle qui menait à la porte arrière du bâtiment abritant Joseph & Son et la gara sur l'emplacement livraison de l'atelier de confection adjacent.

Il régnait dans les rues de ce quartier un silence de mort, mais à moins d'un kilomètre de là, Manchester continuait à vivre : les boîtes de nuit se vidaient et les gens rentraient chez eux.

La ruelle n'était pas éclairée.

« J'y suis », chuchota-t-elle en ouvrant sa portière. Quand elle les posa sur le goudron humide, ses pieds, chaussés de baskets noires, ne firent aucun bruit. Aussi doucement qu'elle put, elle poussa la portière, mais le clic qu'elle émit en se refermant sembla résonner contre les murs de briques sombres, si proches de la rue qu'Emma se sentait oppressée, prise au piège. Il flottait dans l'air une odeur de vêtements humides émanant de la pile de chutes de tissu trempée par les pluies torrentielles du week-end qui avait été laissée sur le parking. À cela venait s'ajouter l'odeur de graisse rance du kebab ouvert vingt-quatre heures sur vingt-quatre qui se trouvait de l'autre côté, dans la rue principale.

Tom et son équipe pouvaient l'entendre via son téléphone. Mais, maintenant qu'elle était sortie de voiture, ils ne lui parleraient qu'en cas d'extrême urgence. Si elle disait quelque chose à voix haute, il fallait donc qu'elle ait l'air de le faire pour elle-même, car Tom ne savait pas si le gang avait placé des micros quelque part.

De plus, l'homme qui lui avait donné les instructions lui avait ordonné de prendre le portable de Tasha : s'ils le voulaient, ces types pouvaient l'allumer à distance et écouter chacun des mots qu'elle prononcerait. Et naturellement, grâce au traceur GPS, ils pouvaient suivre pas à pas son cheminement.

Près d'un siècle auparavant, le bâtiment qui lui faisait face avait été le cœur de l'industrie textile. Il abritait désormais diverses sociétés, principalement des compagnies d'assurances et des cabinets d'avocats. Joseph & Son était seul à en occuper le sous-sol.

Quand elle se fut approchée lentement de l'entrée commune, Emma se tourna d'un côté puis de l'autre pour regarder autour d'elle. Tom lui avait dit que ses hommes garderaient un œil sur elle depuis le moment où elle quitterait sa maison jusqu'à celui où elle entrerait dans le bâtiment. Mais cette idée ne parvenait pas à l'apaiser. Il y avait devant la porte de l'immeuble un grand porche sombre, et pas le moindre petit rayon de lumière pour l'éclairer.

Elle mit la lampe autour de sa tête et l'alluma.

À droite, un escalier menait à la chaufferie. Mais elle ne voulait pas regarder dans cette direction. De toute façon, la lumière de la torche ne serait pas assez puissante pour éclairer tous les recoins : s'il y avait là quelque chose ou quelqu'un, elle ne le verrait pas. Elle baissa la tête. Comme convenu, elle vit bien une sacoche dans un coin.

Un premier mot de passe commandait l'entrée dans le hall de l'immeuble. Après avoir tapé quelques chiffres et lettres sur le digicode qui se trouvait à droite de la porte, elle entra et se trouva face à la porte sécurisée de Joseph & Son. C'était là la partie la plus facile de sa mission.

« Bon, marmonna-t-elle comme pour elle-même, maintenant, il faut entrer dans la banque. »

Elle sortit le téléphone de Tasha de sa poche.

03:00.

Les soixante dernières secondes s'écoulèrent lentement, chacune semblant plus longue que la précédente. L'heure allait-elle finir par arriver ? Avait-elle vraiment envie qu'elle arrive ? Elle faillit sortir son téléphone australien pour vérifier, mais à ce moment-là, l'un des chiffres de l'horloge digitale changea.

03:01.

Elle tapa sur un nouveau digicode les sept chiffres qu'on lui avait donnés. Un clic rassurant se fit entendre. Elle poussa la porte et s'enfonça dans le couloir obscur.

« Il n'y aura pas de lumière, lui avait dit David. Elle est branchée sur minuterie au cas où quelqu'un oublierait de l'éteindre en fin de journée. Mais avec ma lampe frontale, ça devrait aller. »

Facile à dire. Ce n'était pas lui qui était là, séparé par une simple porte en acier d'un escalier qui menait droit vers l'enfer. Le faisceau de la lampe frontale ne portait qu'à quelques mètres devant elle. Au-delà, l'obscurité était absolue. Soudain, Emma se tourna de côté et laissa échapper un petit cri.

Qu'est-ce que c'est que ça ?

L'étroit faisceau de la lampe s'était reflété sur une porte en acier inoxydable : une lumière vive, projetée droit vers elle. On aurait vraiment dit que quelqu'un avait braqué une lampe dans sa direction. Elle s'approcha de la porte, mais se retrouva momentanément aveuglée par la lumière de sa torche se reflétant sur les barreaux verticaux polis. Rien ne lui avait jamais autant évoqué une cage. Une cage renfermant une menace bien plus terrifiante qu'un animal sauvage. La menace de l'inconnu. Que pouvait-il y avoir derrière ces barreaux ? Et si quelqu'un se trouvait là, à l'attendre ?

Elle poussa la porte d'acier et commença à descendre dans le néant obscur.

Malgré l'absence apparente d'activité, les écrans de surveillance des trois sites d'opération étaient attentivement observés dans la salle de contrôle, dont l'éclairage avait été limité au minimum pour rendre plus lisibles les images nocturnes. Tom ne pouvait détacher son regard de l'écran sur lequel s'affichait le bâtiment de Joseph & Son. Il ne pensait pas pouvoir le faire tant qu'Emma ne serait pas réapparue. C'est-à-dire cinquante-quatre minutes plus tard exactement.

Soudain, quelque chose attira son attention. Ce n'était pas très net, mais il était certain d'avoir vu une ombre.

« Paul, vous avez une seconde », dit-il d'une voix tendue en se rapprochant encore de l'écran. Il se tourna brièvement vers un opérateur. « Pourriez-vous repasser les trente dernières secondes, s'il vous plaît ? »

Green, qui l'avait rejoint, se mit à fixer l'écran lui aussi.

« Vous avez vu ? Là, fit Tom en pointant un angle.

— Encore une fois, s'il te plaît, Luke », demanda calmement Paul.

La séquence recommença.

« Vous avez raison, Tom. Qu'est-ce qu'on fait ? »

Mais les deux hommes savaient l'un comme l'autre qu'il n'y avait strictement rien à faire, mis à part avertir le groupe d'intervention.

Ils ne pouvaient parler à Emma ; c'était beaucoup trop risqué. Mais Tom n'avait aucun doute : quelqu'un avait suivi la jeune femme dans l'escalier menant à la chambre forte.

55

Une violente rafale de vent projeta des gouttes de pluie contre la fenêtre de la chambre de Natasha. Leur léger crépitement était le seul son que l'on pouvait entendre dans le silence de la maison. Natasha ne pouvait plus supporter de se trouver dans la même pièce que David. Comment pouvait-il croire que sa mère et elle n'auraient pas souffert si elles avaient été kidnappées et séquestrées, même pour quelques heures ? Pendant des années, elle avait espéré que Rory lui avait menti au sujet de l'accident, mais ce soir-là, elle avait été obligée d'écouter les excuses de David et, ce faisant, de se rendre à l'évidence : tout ce qu'on lui avait dit était vrai.

Natasha se souvenait de sa maman. Elle se rappelait son parfum : un truc doux et fleuri. Elle était tellement gentille, comparée aux gens avec qui elle avait vécu depuis. Elle se souvenait de son premier jour d'école : sa maman, qui avait lutté pour ne pas pleurer. Et ensuite, tous les après-midi, elle l'attendait devant les grilles. Jamais elle ne bavardait avec les autres parents : elle regardait les portes d'un air angoissé et, quand elle sortait, elle se mettait carrément à bondir en lui faisant de grands signes, comme si elles ne s'étaient pas vues depuis des mois. Elle lui disait qu'elle lui avait manqué toute la journée et qu'elle avait compté les heures jusqu'à son retour à la maison.

Bizarrement, Natasha savait que si sa maman n'était pas morte ce soir-là mais avait été enlevée, elle ne s'en serait jamais remise. Elle aurait probablement fini comme cette dame qui habitait à côté de chez Rory et Donna, une dame qui n'était pas sortie de sa maison depuis vingt ans, tout ça parce qu'il lui était arrivé quelque chose dont tout le monde ignorait la nature. Natasha et les autres enfants avaient inventé tout un tas de trucs pour essayer de lui faire ouvrir sa porte, mais elle restait toujours derrière sa fenêtre, à regarder dehors avec son visage rond et triste.

Comment se faisait-il que David n'ait pas compris le mal qu'il allait causer ?

Natasha regarda son reflet dans le miroir, ses larmes brillantes en harmonie avec les gouttes de pluie qui coulaient sur la fenêtre. Pendant longtemps, elle avait espéré que Rory lui avait raconté des mensonges. Ou au moins que David lui donnerait une explication avec laquelle elle pourrait vivre. Elle s'était même laissée aller à se demander si elle ne pourrait pas rester ici avec son père, Emma et Ollie, quand ils l'auraient récupéré.

Mais c'était un rêve de gamine. Elle ne savait pas ce qui allait se passer entre son père et Emma, maintenant, mais de toute manière, tout serait sa faute. Elle avait bousillé leurs vies comme David avait bousillé la sienne.

Et puis on ne la laisserait pas rester. Même si sa présence était désirée ici, ce qui n'était pas le cas. Elle ne voyait pas pour quelles raisons David et Emma se battraient pour la garder. Elle, la meilleure voleuse à l'étalage de l'ouest de Manchester, spécialiste du vol de portables, convoyeuse de shit et kidnappeuse d'enfants. Allez, sérieusement ?

Qu'est-ce qui allait se passer, maintenant ? Les flics allaient récupérer Ollie, et du coup, Rory, Finn, le chef, tous, allaient savoir qu'elle les avait trahis. Ils allaient comprendre que David ou Emma avait appelé les flics et qu'elle n'avait rien fait pour les en empêcher. C'était elle qui allait prendre. Elle aurait beau dire qu'elle n'était pas au courant, ils ne la croiraient pas. Et de toute manière, ils la tabasseraient jusqu'à ce qu'elle avoue la vérité. Et après... Après, elle savait bien ce qui l'attendait.

Natasha se leva pour aller jusqu'à la commode. Elle prit les beaux vêtements qu'Emma lui avait achetés et commença à les ranger dans un sac. Mais tout à coup, elle s'arrêta. Si elle faisait ça, ce serait du vol, et ils la détesteraient encore plus.

Elle sortit lentement les habits du sac, les plia et les remit dans les tiroirs. En bas de la commode se trouvait un autre sac contenant les vêtements avec lesquels elle était arrivée. Un par un, elle les enfila, remarquant pour la toute première fois la texture rêche du tissu bon marché, l'odeur de vieux et les taches sombres marquant les endroits où les enfants qui les avaient portés avant elle avaient renversé de la nourriture.

Elle était prête. Maintenant, elle n'avait plus qu'à attendre.

56

Emma essuya ses mains humides sur son pantalon et tendit de nouveau l'index de sa main droite. Ses empreintes avaient été rejetées. Si cela ne marchait pas au bout de la troisième fois, elle était quasi certaine que ses empreintes deviendraient invalides et qu'elle ne pourrait donc pas entrer dans la salle des clefs.

Elle replaça son doigt sur l'écran, attendit le bip et la lumière verte. Cela prit un petit moment, mais ce fut de nouveau la lumière rouge qui s'alluma.

Et merde ! Si elle ne pouvait pas entrer, tout serait fichu, et en plus, elle était en train de perdre du temps. Mais elle avait tellement chaud.

Alors qu'elle essuyait son front poisseux d'un revers de main, elle eut l'impression de sentir un courant d'air frais dans son dos, mais cela ne dura qu'une seconde. Elle se retourna, et sa lampe frontale illumina la petite salle de réception derrière elle. Rien. Elle avait dû rêver. Ou bien c'était un frisson dû à la peur.

Consciente qu'il ne lui restait plus qu'une chance, elle se retourna vers la porte. Elle avait essuyé son index, mais ça n'avait pas marché. Elle se souvint qu'il y avait aussi un indicateur thermique ; ses mains devaient être tellement chaudes et humides que ses empreintes en étaient devenues illisibles. Il lui vint une idée : elle mit son index dans sa bouche pour l'humidifier puis l'agita au-dessus de sa tête, espérant que sa chaleur corporelle se dissiperait un peu quand sa salive sécherait.

Et sans se laisser le temps de recommencer à transpirer, elle replaça son doigt sur l'écran. Des gouttes de sueur se mirent à couler le long de son dos.

Bip. Lumière verte. Un claquement sourd, et la porte s'ouvrit.

« Ça, c'est fait, Dieu merci », murmura-t-elle, suffisamment fort pour être entendue.

Elle tourna plusieurs fois la tête de gauche à droite pour illuminer les rangées de crochets auxquels étaient suspendues les clefs avec leurs étiquettes numérotées. Il ne lui fallut que quelques secondes pour trouver la bonne.

« Vingt-neuf, zéro, neuf », marmonna-t-elle en l'attrapant, avant de quitter la pièce précipitamment.

La salle des clefs lui avait donné un faux sentiment de sécurité. Il lui suffisait de pivoter sur elle-même, au milieu de cette pièce confinée, pour en voir les quatre coins. Mais désormais, elle était devant la porte de la chambre forte, et l'idée de tout ce qui se trouvait derrière – le vaste espace, les myriades de petites pièces, les sombres profondeurs que sa torche ne pourrait pénétrer, les angles qu'elle ne pourrait voir – l'emplissait d'une terreur glacée. Son corps se mit à trembler avant même qu'elle y entre.

Une fois de plus, elle dut utiliser son index comme clef. Le petit clic se déclencha dès la première tentative. Elle resta quelques instants immobile, redoutant le moment où elle se trouverait dans le vaste espace ouvert de la salle principale.

Allez, Emma. C'est pour Ollie que tu le fais. Elle ne pouvait pas se permettre de perdre du temps. Déterminée, elle appuya doucement sur la porte, qui s'ouvrit en tournant sur ses gonds bien huilés. Sachant que cette porte restait ouverte durant la journée, elle la repoussa aussi loin que possible. Elle avait peur qu'elle ne se referme. Peur de se retrouver piégée à l'intérieur.

Elle fit un pas dans la pénombre et bougea la tête pour essayer d'illuminer les confins obscurs de la pièce. À sa droite, plusieurs salles distinctes, dépourvues de portes et tapissées de grands coffres disposés en carrés de dix sur dix : cent contre chacune des parois latérales, et cent contre chacun des murs du fond.

À sa gauche, plusieurs pièces menaient à l'espace central, avec dans un angle celle où les clients pouvaient s'isoler : la seule munie d'une porte fermée. Emma se tourna sur le côté pour projeter le faisceau de sa lampe dans cette direction. Elle se sentait étrangement attirée par cette salle, le besoin instinctif de vérifier qu'elle était vide en arrivant presque à surpasser le désir de réussir sa mission.

Mais elle était en train de perdre du temps. Elle rajusta la lourde sacoche sur son épaule. Elle avait peur d'avancer, peur que le bruit de ses pas ne masque d'autres sons dans l'espace béant. Les angles des pièces paraissaient lointains, comme s'ils recelaient des secrets dans leur ombre.

Il fallait qu'elle réussisse.

La salle qui contenait le coffre 2909 était la plus éloignée de la porte. C'était une vaste pièce qui renfermait les coffres les plus grands. Sur l'un des côtés se trouvaient quelques-uns des derniers coffres à taille humaine, pour la plupart inutilisés. Certains, avec leur porte légèrement entrouverte, révélaient leur vide béant, mais les autres abritaient tous une potentielle menace invisible.

Elle posa la sacoche sur le sol et s'accroupit pour en examiner le contenu : plusieurs sacs en toile de jute soigneusement enroulés autour d'un objet solide, un tournevis, et, tout au fond, une perceuse. David l'avait prévenue qu'il y avait peu de chances pour que le gang détienne la clef du propriétaire du coffre. Il lui avait expliqué comment percer la seconde serrure, mais elle n'avait jamais utilisé de perceuse de sa vie, et elle avait si peu de temps...

Elle se rendit soudain compte qu'elle avait oublié de parler.

« Il va falloir que je le perce, bordel », murmura-t-elle, comme pour elle-même.

Mais tout à coup...

Qu'est-ce que c'est que ça ?

Elle avait entendu un bruit, derrière elle, quelque part dans la chambre forte. Un tout petit claquement, comme un bouton de vêtement qui aurait heurté l'une des portes métalliques.

Elle se retourna vivement et se mit à bouger la tête de gauche à droite pour éclairer les épaisses ténèbres. Rien.

Le calme étrange qui l'avait frappée lors de ses précédentes visites semblait peser sur la pièce comme un couvercle, aplatissant le silence. En observant les portes des immenses coffres qui se trouvaient de l'autre côté de la pièce, elle se rendit soudain compte qu'elle allait devoir leur tourner le dos. Dans cette position, les oreilles assaillies par le vacarme de la perceuse, elle serait incapable de voir ou d'entendre ce qui se passerait derrière elle.

Le cœur battant à se rompre, elle se tourna vers le coffre, plaça le foret contre le haut du cylindre de la serrure et alluma la perceuse. Mais le foret ripa et heurta bruyamment la porte en acier.

« Merde ! »

Elle remit le foret en place et essaya de nouveau. De nouveau, il glissa sur le métal. Emma étouffa un sanglot. Elle n'y arriverait pas. C'était trop dur.

Mais, tout à coup, elle s'immobilisa. Dans le silence qui avait suivi le moment où elle avait arrêté la perceuse, elle avait encore entendu un bruit. Et cette fois, elle était certaine de ne pas s'être trompée.

Elle était face au coffre. Si elle se retournait, elle devrait bouger la tête dans tous les sens pour illuminer les coins et les recoins du vaste espace noir. Son cœur battait très fort, mais durant cette seconde d'hésitation, elle entendit un bruit précipité de pas sur le sol en béton et sentit un déplacement d'air derrière elle. Un instant plus tard, elle fut violemment poussée contre le mur de coffres en acier. Une main gantée passa devant son visage et s'écrasa sur sa bouche, étouffant le hurlement qui essayait de s'en échapper.

Tom, complètement immobile, écoutait chacun des sons que produisait Emma. Il pouvait entendre sa peur, et il avait senti sa propre bouche s'assécher à chacune des épreuves qu'elle avait traversées. Plusieurs fois, il avait été tenté de remettre le son de son téléphone et de lui hurler de s'en aller. Il ne savait pas qui se trouvait avec elle dans la chambre forte, mais il y avait quelqu'un à qui Emma devrait faire face quand elle voudrait s'en aller.

La jeune femme avait cessé de percer, et il avait entendu une bruyante inspiration, puis ce qui avait ressemblé à un cri étouffé.

Depuis, un silence de mort était tombé sur la salle de contrôle. Paul Green s'était tourné vers lui, mais il n'avait pas prononcé un mot : ce n'était pas son affaire.

Tom finit par s'adresser au commandant or du groupe d'intervention.

« Emma est en difficulté. On va devoir envoyer quelqu'un pour l'aider, et du coup, ça va foutre en l'air toute l'opération. Je sais que c'est à vous d'en décider, mais je pense que vous feriez bien d'extraire ce bébé de chez McGuinness aussi rapidement que possible. »

Tom se pencha pour prendre son talkie-walkie.

« Nic ? Il faudrait que tu ailles rejoindre Emma. On ne sait pas ce qui se passe, mais il y a quelqu'un avec elle dans la chambre forte. Je ne vois pas comment tu pourrais faire ça discrètement, mais essaie quand même. »

Il s'interrompit. Paul Green s'était mis à agiter ses mains devant lui.

« Attends ! » s'exclama Tom à l'intention de Nic.

À travers les enceintes, un bruit s'était enfin fait entendre. Le son d'une perceuse.

« Pas tout de suite ! » ordonna Tom.

Mais si dans deux minutes il n'avait pas entendu la voix d'Emma, il dirait à Nic d'y aller.

57

David Joseph était assis seul dans sa cuisine, les bras croisés sur la table, la tête baissée appuyée contre ses poings serrés. Il n'arrivait toujours pas à croire que Tasha avait su, pendant tout ce temps, ce qu'il avait fait. Et maintenant, Emma savait, elle aussi. L'expression qu'elle avait eue l'avait terrifié : un mélange d'incrédulité et de dégoût. Mais il n'avait pas eu le temps d'en parler avec elle avant qu'elle parte. Et à l'heure qu'il était, elle devait être en train de vider un coffre dans la chambre forte pour récupérer Ollie.

Tasha ne pouvait même plus supporter de rester dans la même pièce que lui désormais ; elle s'était enfermée dans sa chambre. Il comprenait ce qu'elle ressentait. Il allait falloir qu'il leur explique, à elle et à Emma, que sur le moment cela lui avait semblé être la meilleure solution. Quand on doit de l'argent à des gens comme ça, on ne peut pas fuir la réalité. S'il avait vendu sa maison ou son entreprise, Caroline aurait été malheureuse pendant des mois, alors que si Tasha et elle avaient été enlevées comme prévu, elles n'auraient souffert que quelques heures.

Mais il cherchait à se trouver des excuses. Il avait compris, dès le jour où c'était arrivé, qu'il avait fait quelque chose de terrible. Quelque chose d'inexcusable. Et son seul espoir, désormais, était que Tasha et Emma comprennent à quel point il regrettait.

Une image lui vint à l'esprit : Emma, seule dans les profondeurs de la terre, sous les rues de Manchester. Avec le temps, il avait appris à aimer le silence si spécial de la chambre forte, mais il n'avait pas oublié à quel point il le détestait quand il était petit et que son père l'y emmenait. Le seul son que l'on pouvait entendre était le ronronnement des néons ; on aurait dit que la salle était complètement déconnectée du monde extérieur. Emma devait détester ce silence, elle aussi, mais il n'aurait pas pu y aller à sa place. Il aurait échoué, commis une erreur, tout fait foirer. Emma était solide, pragmatique, fiable. Tout ce qu'il n'était pas.

Un peu comme dans la chambre forte quand il était petit, il se sentait à nouveau déconnecté. Dans la cuisine, pas de silence oppressant : la pluie tambourinait sur le toit, le vent faisait bruisser les feuilles des arbres. Et pourtant il avait la même impression d'isolement. Il avait envie de réparer ses erreurs, mais il ne savait pas comment s'y prendre.

Avant de quitter la maison, Emma lui avait recommandé, pour sa sécurité, de se barricader dans une chambre avec Tasha en emportant le talkie-walkie des flics. Mais il ne le ferait pas. Il ne lui arriverait rien dans sa cuisine, et de toute façon, Tasha ne le laisserait pas entrer dans sa chambre. Et puis la vérité, c'était qu'il ne pouvait plus supporter de voir autant de haine dans ses yeux. Il préférait donc la laisser seule, le temps qu'elle comprenne tout ce qu'il lui avait dit.

Il n'y avait rien à craindre de la part du gang. Emma allait faire ce qu'on lui avait dit, leur rapporter le contenu du coffre, et ils lui rendraient Ollie. Il n'y avait que ça qui les intéressait.

Cependant, une pensée essayait de s'infiltrer dans son esprit, et il avait beau la repousser, elle revenait sans cesse. Ils avaient dit qu'ils voulaient récupérer Tasha, qu'ils ne diraient à Emma où elle pourrait trouver Ollie que lorsqu'elle les aurait rejoints. Mais cela était impossible. Comment pourrait-il laisser partir Tasha maintenant ? Était-il censé choisir entre ses deux enfants ? Si oui, Emma s'attendrait-elle à ce qu'il choisisse Ollie ?

Il devrait peut-être essayer de parler à nouveau à Tasha, pour lui faire comprendre qu'il n'avait aucune intention de la laisser partir, quoi qu'elle ait pu faire. Le problème n'était pas vraiment de savoir s'il pourrait ou non lui pardonner les souffrances qu'elle leur avait fait endurer, mais plutôt de savoir s'il pourrait lui-même se pardonner pour les années de souffrances qu'elle avait endurées par sa faute.

Mais toute cette introspection ne le menait nulle part. Il releva la tête et se redressa sur sa chaise.

Lentement, il avait pris conscience d'un nouveau son, venu s'ajouter au tic-tac de l'horloge et au rugissement du vent. Un bruit sourd, qui se répétait toutes les deux secondes environ. Le portail latéral ;

il claquait au vent. Ils l'avaient pourtant fermé quand Becky était là. Il en était certain.

Il se leva pour aller se poster à la fenêtre qui donnait sur la partie latérale du jardin. Le peu de lumière qui se déversait à travers les carreaux lui permit simplement de discerner l'ombre du grand portail. Il était ouvert et ses vantaux se balançaient d'avant en arrière.

Il aurait dû aller le fermer. Mais tout à coup, il ne se sentait plus aussi sûr de lui, plus autant en sécurité.

La décision finit par lui échapper : un grand bruit venait de résonner dans le silence de la cuisine. Le fracas d'une botte renforcée s'écrasant contre la porte.

David se retourna vivement pour essayer d'attraper le talkie-walkie sur le plan de travail, mais c'était trop tard. Deux hommes venaient d'entrer, vêtus de noir de la tête aux pieds, leurs visages dissimulés par des cagoules. Un colosse en T-shirt avait enfoncé avec son épaule ce qui restait de la porte et s'était précipité vers lui en criant des mots qu'il ne comprit pas, ces sens étant totalement saturés. Le colosse serra et desserra sa main autour de la barre de fer qu'il tenait, faisant bouger ses biceps couverts de tatouages.

Derrière lui se tenait un homme plus mince, armé d'un fusil semi-automatique.

« Monsieur Joseph ? dit ce dernier d'une voix qui évoquait un raclement de gorge. Je suis venu pour la gamine. Où est-elle ? »

David ne répondit pas. Sa langue était collée à son palais et il n'arrivait plus à respirer.

Lentement, l'homme se tourna pour braquer son arme sur lui.

« Je vous ai posé une question. »

David ravala sa salive avec peine. « Elle n'est plus là. On l'a emmenée dans un endroit sûr. »

L'homme se mit à rire. « Tu mens. Me dis pas qu'il t'a poussé une paire de couilles en une nuit, Joseph. »

Il se tourna vers le colosse.

« Va la chercher. »

Serrant fermement la barre de fer dans sa main gauche, son acolyte se dirigea vers la porte donnant sur le hall.

« Attends ! » s'exclama l'homme au fusil.

Il s'approcha du plan de travail. David sentit le sang lui monter au visage, et au moment où l'inconnu prit le talkie-walkie, il dut s'accrocher à la table pour se soutenir.

« Espèce de débile, siffla l'homme en agitant l'appareil dans sa direction. On t'avait bien dit de pas appeler les flics. Ça me paraissait clair, pourtant. C'est toi ou ta femme ? »

David ne répondit pas. L'homme se mit à rire. Un rire rauque et mauvais.

« Ça peut pas être toi. T'aurais pas eu les couilles. »

Sans quitter le visage de David de son regard noir, il se tourna légèrement vers le colosse.

« Ramène-moi la gamine. Et pas besoin de prendre de gants ; elle nous a baisés. » Il pointa sur David le canon de son fusil. « Après, si t'es sage, je te laisserai t'amuser avec cette sous-merde. Je veux qu'il nous dise ce qu'il sait. »

Malgré la cagoule, David sentait bien que le grand type devait sourire.

Mais ils n'auraient pas Tasha. Quoi qu'il ait pu faire dans le passé, il était hors de question qu'il la laisse à ces hommes.

Sans réfléchir, il courut vers la porte du hall, la referma violemment et s'y adossa.

« Vous ne l'emmènerez pas. C'est ma fille ; elle reste avec moi. »

L'homme laissa de nouveau échapper un rire mauvais. « Tu crois pas que c'est un peu tard pour penser à protéger ta fille, Joseph ? Et puis c'est pas la tienne ; c'est la nôtre. C'est l'une des nôtres. Elle s'est foutue de nous, mais on va lui faire payer. Maintenant, dégage le passage si tu veux pas être blessé. »

Comme pour lui demander son accord, le grand se mit à regarder son chef, qui hocha la tête.

Bien avant que le premier coup ne s'abatte en plein milieu de son ventre, David savait que le combat était perdu. Mais si Tasha apprenait à quel point il s'était battu pour elle, peut-être finirait-elle par comprendre combien il l'aimait ?

Il essaya de repousser le colosse avec ses poings, mais c'était comme s'il tapait dans un mur. Lorsque le deuxième coup s'abattit sur son visage, il tomba à genoux. Le colosse le remit debout et le poussa contre la porte. Puis il transféra la barre de fer dans sa main droite et le troisième coup tomba au-dessous de son menton, lui brisant la mâchoire. Au quatrième coup, sa pommette se désintégra.

Il ne sentit jamais le cinquième.

58

Emma avait l'impression que son cœur allait s'arrêter. Qu'était-il en train de se passer ? Qui était cet inconnu et que faisait-il dans la chambre forte avec elle ? Coincée contre le mur d'acier froid, elle était terrorisée. À en juger par la force qu'il avait dans les bras et la largeur de son torse puissant appuyé contre son dos, il ne pouvait s'agir que d'un homme. Ses jambes l'empêchaient de bouger et elle avait les bras enroulés autour de son propre corps. Elle ne pouvait rien faire. Elle pouvait à peine respirer.

Et si c'était un sans-abri qui l'avait suivie dans le bâtiment ? Conformément aux instructions, elle avait laissé les portes ouvertes. *Il va me violer.* Elle inspira pour essayer de sentir sa main. Pas d'odeur bizarre ; juste celle d'un homme propre.

Sans cesser d'appuyer sur sa bouche, il prit la perceuse de sa main libre et l'enclencha.

Il va me tuer.

Elle ne voyait pas ce qu'il faisait ; elle entendait juste le bruit de la perceuse, tout près de sa tête.

Soudain, le foret heurta le métal. *Mais qu'est-ce qu'il fait ?*

Tout bas contre son oreille, il se mit à parler ; un murmure à peine audible, qu'aucun micro ni téléphone n'aurait pu capter :

« Ce serait tout de même plus facile si je pouvais te lâcher. »

Était-ce bien cela qu'il avait dit ? Elle n'en était pas sûre, tant sa voix était basse.

Il la libéra de son poids en reculant. Elle tourna son visage, et il laissa doucement retomber sa tête, appuyant le front à côté d'elle contre la surface scintillante des coffres fermés. Sa lampe torche ayant basculé vers le haut au moment où elle avait été projetée contre le mur, elle ne l'éclairait pas directement, mais le reflet de la lumière sur l'acier lui permit de voir qu'il s'agissait bien d'un homme. Son visage était entièrement couvert par une cagoule. Il y avait juste une petite fente au niveau de sa bouche et deux, plus étroites, devant ses yeux d'un bleu électrique hypnotique, qui regardaient droit dans les siens.

Elle inspira bruyamment. Le message qu'il lui envoyait était clair : *Je suis là pour t'aider.*

Enfin, il la libéra de son étreinte, mais sans détourner la tête, comme s'il appréhendait sa réaction.

Soutenant son regard, elle secoua lentement la tête de gauche à droite. Elle avait envie de crier, de hurler, de frapper cet homme avec le peu de forces qui lui restaient. Mais elle était là pour Ollie.

Il baissa les yeux vers la perceuse puis pointa du doigt la poche d'Emma, celle où se trouvait son téléphone.

« Parle, articula-t-il sans produire le moindre son.

— Saloperie de perceuse », marmonna-t-elle, et il lui sembla voir un sourire derrière la cagoule. Elle songea au soulagement que Tom avait dû ressentir en entendant enfin sa voix après ce bref silence.

Le perçage ne prit que quelques minutes entre ces mains plus expérimentées et la dernière goupille finit par céder. Un coup de tournevis, et la serrure tourna. Ça avait marché !

« C'est bon », dit-elle pour Tom. Elle n'arrivait toujours pas à détacher son regard de l'homme, et son cœur continuait de tambouriner dans sa poitrine.

Elle inséra l'autre clef. La porte s'ouvrit. Le coffre, qui comptait parmi les plus grands, ne disposait pas de conteneur séparé. Après avoir baissé sa lampe frontale, elle se pencha vers l'intérieur et, cette fois-ci, elle ne chercha pas à dissimuler sa surprise.

« De l'or », souffla-t-elle en passant en revue les rangées de lingots empilés, dont la vive lumière jaune scintillait sous le faisceau de la lampe. Chaque lingot faisait environ huit centimètres de long sur quatre de large. Elle en prit un dans ses mains. C'était petit, mais très lourd. Tout en se faisant cette réflexion, elle se pencha un peu pour lire l'inscription gravée dans le métal.

1 KILO.

Combien pouvait-il y avoir de lingots là-dedans ? Cent, au moins...

Elle sentait les yeux clairs l'observer tandis qu'elle continuait de fixer, émerveillée, les profondeurs du coffre. Elle finit par se tourner vers l'homme cagoulé pour lui adresser un regard interrogateur.

Il rapprocha sa tête de la sienne. « Pas maintenant », murmura-t-il. Il pointa du doigt sa montre. Il ne lui restait plus que vingt minutes pour déplacer tout ça. Vingt minutes ? Mais comment avaient-ils pu croire qu'elle y arriverait ?

L'homme ramassa l'un des sacs et le tint ouvert devant le coffre. Puis il fit un signe de tête à Emma. Elle commença à prendre les lingots, un par un. Il lui donna un petit coup de coude et lui fit signe de les laisser tomber. Cela paraissait presque un sacrilège pour des objets aussi beaux, mais elle n'avait pas le choix. Elle plaça donc son bras dans le coffre et poussa les lingots dans les sacs.

Il leur fallut cinq minutes pour tout transférer. Une fois le coffre vidé, l'homme rassembla les sacs et, comme pour en évaluer le poids, les souleva un peu. Il en passa deux à Emma. C'était lourd, très lourd, mais les autres devaient être beaucoup plus remplis.

« On va les mettre de l'autre côté de la porte à minuterie », murmura l'inconnu contre son oreille, et ses lèvres effleurèrent sa peau.

Elle se pencha vers lui, sa bouche tout près de son oreille.

« Merci », chuchota-t-elle en appuyant brièvement sa tête contre la sienne. Puis elle se retourna et courut vers la porte. Elle eut du mal à monter l'escalier ; elle devait bien avoir une douzaine de kilos d'or dans chaque main. Mais elle réussit. Une fois en haut, elle laissa tomber les sacs et, alors qu'elle redescendait en courant pour aller en chercher deux autres, elle croisa l'homme dans l'escalier. Ils répétèrent l'opération plusieurs fois. Au bout d'un moment, elle regarda sa montre. Le temps était presque écoulé. Il ne lui restait que quatre minutes. Elle descendit aussi vite qu'elle put pour aller chercher les deux derniers sacs et le croisa une nouvelle fois. Il portait trois sacs, qui devaient tous être plus lourds que les siens. Leurs regards se rencontrèrent et elle sourit. Son premier sourire depuis des jours. Mais elle n'avait pas le temps de s'arrêter. Elle le remercierait comme il se devait quand tout serait terminé.

À bout de forces, elle prit les deux derniers sacs et se dirigea en titubant vers l'escalier.

« J'y suis presque », marmonna-t-elle pour les personnes qui l'écoutaient, sans plus se soucier que Rory ou ses supérieurs en fassent partie.

Après avoir jeté les sacs de l'autre côté de la porte, elle la franchit et la claqua. Une minute d'avance.

Elle s'adossa au battant et regarda autour d'elle dans le couloir sombre. Rien.

Elle se mit à avancer, passa l'angle du couloir et projeta le faisceau de sa torche dans l'obscurité.

Personne. L'homme était parti, se fondant dans les ombres de la nuit.

59

Un immense soupir de soulagement résonna dans la salle de contrôle quand ils entendirent Emma approcher de la porte à minuterie. Un bref moment d'inactivité s'ensuivit : Tom imagina Emma adossée à un mur, en train de reprendre son souffle. Elle pouvait sûrement porter une dizaine de kilos dans chaque main, et on aurait dit qu'elle avait fait trois allers-retours dans l'escalier. Étant donné le cours actuel du lingot d'un kilo, cela devait représenter une valeur d'environ un million et demi de livres.

« Allez, Emma », marmonna-t-il. Il lui restait à peine dix minutes pour mettre les sacs dans la voiture et passer le coup de téléphone.

Il commença à entendre de petits grognements au moment où elle soulevait les sacs et des bruits sourds chaque fois qu'elle en chargeait un. Les choses duraient plus longtemps que prévu et l'échéance se rapprochait dangereusement.

Soudain, il entendit l'autre téléphone sonner. Il l'imagina en train de le sortir de sa poche.

Naturellement, il ne put entendre que la voix d'Emma.

« Non, je ne suis pas encore dans la voiture, vous avez raison. Je viens de me coltiner une dizaine de sacs. Et je peux vous dire que ça n'a pas été de la tarte. »

Tom fronça les sourcils. Une dizaine de sacs ? Elle exagérait.

Mais, tout à coup, une idée lui vint à l'esprit. Il avait été tellement focalisé sur Emma pendant qu'elle montait les sacs qu'il avait cessé de regarder l'écran, puisqu'elle était de toute façon hors champ.

« Pourriez-vous me repasser la vidéo environ trois minutes avant la fermeture de la porte à minuterie ? »

L'opérateur s'exécuta.

Tom ne s'était pas trompé : il vit une silhouette noire se faufiler hors du bâtiment, tourner au coin de la ruelle et disparaître dans la nuit.

Cette fois-ci, il était tellement concentré sur les images qu'il faillit manquer ce qu'Emma s'apprêtait à dire. Mais le ton de sa voix l'alerta.

« Qu'est-ce que vous voulez dire ? geignit-elle. Je ne comprends pas ; j'ai fait tout ce que vous m'avez demandé. »

Et elle se mit à pleurer. De lourds sanglots déchirants, avec un mot qui se répétait après chaque inspiration saccadée : « Non. Non. »

Tom ne savait pas de quoi il retournait, mais ils ne pouvaient plus attendre.

« Sortez ce bébé de là, ordonna-t-il au commandant or. Maintenant ! Je ne sais pas ce qui se passe, mais on n'a plus de temps. »

Tom avait le regard rivé sur les images relayées dans la salle de contrôle par le groupe d'intervention chargé des McGuinness. Les hommes entrèrent dans la villa.

Il y eut des bruits de pas précipités. Le talkie-walkie de Becky était allumé ; il pouvait entendre son souffle. Elle hurla quelque chose, puis il lui sembla qu'elle montait un escalier quatre à quatre.

« Allez, Becky, murmura Tom.

— Quoi ? l'entendit-il dire. Vous êtes sûr ? Merde ! Tom, il n'est pas là. Ollie n'est pas là. Et Julie est inconsciente.

— Putain de merde ! » hurla Tom en tapant des deux mains sur la table.

« Tom, tu es là ? » Emma avait crié son nom en pleurant. Elle n'avait même pas cherché à dissimuler son identité. Ce qui voulait tout dire.

Il remit le son de son téléphone. « Qu'est-ce qui se passe, Emma ?

— Tu as récupéré Ollie ? »

Tom ferma les yeux.

« Tom ! hurla-t-elle. Tu l'as récupéré ?

— Je suis désolé, Emma. Il n'est pas là où on pensait. On est en train d'essayer de trouver où ils l'ont déplacé.

— Non ! » Tom perçut toute la souffrance contenue dans cette unique syllabe. Mais il ne pouvait rien faire.

Il entendit une portière claquer. Et quelques secondes plus tard, le bruit d'un moteur.

« Emma ! » cria-t-il.

Pas de réponse.

La voix de Nic Havers se mit à résonner dans son talkie-walkie :

« Elle est partie, chef. Et elle va vite. Très vite. On est en train de la suivre. Qu'est-ce que vous voulez qu'on fasse ?

— Pour l'instant, vous ne la lâchez pas d'une semelle. Je te recontacte, Nic. »

Tom reprit son téléphone. « Emma ! » hurla-t-il.

Pas de réponse.

Comment ont-ils pu savoir ? Tom avait dit que ce n'était pas possible. Comment ont-ils pu savoir ?

Le tumulte de ses propres pensées faisait rage dans le cerveau fatigué d'Emma.

« Tu as notre or, mais on a ton fils, avait affirmé son correspondant. On t'avait dit de pas contacter les flics. Tu nous as menti, Emma. Et on aime pas ça. »

Elle avait hurlé au téléphone. Mais ça n'avait rien changé.

Oh, Ollie. Pardon, pardon !

« Il faut que tu sèmes les flics. Maintenant. Qu'est-ce qu'ils t'ont donné ? Un micro, un talkie-walkie, un téléphone ? Bon, on s'en fout. Tu te casses et tu le balances par la fenêtre. Une fois que tu les auras semés, on te dira ce que t'as à faire. Si tu te plantes... ton fils est mort. »

Emma se fichait bien que les flics attrapent ou non ces types. Ce qu'elle voulait, c'était son bébé, et cette fois, elle allait faire exactement ce qu'on lui avait dit. Déterminée, elle écrasa la pédale d'accélérateur.

Calme-toi, Emma. Si elle exagérait, elle risquait de se faire arrêter pour excès de vitesse. Et avec tous les lingots d'or qu'elle avait dans la voiture, on ne la laisserait jamais repartir. Mais il fallait qu'elle trouve un moyen d'échapper à ses poursuivants.

Le téléphone, le téléphone. Elle baissa la fenêtre et balança son portable australien. Puis elle jeta un coup d'œil à son rétroviseur. Il y avait une moto derrière, dont le conducteur roulait en plein milieu de la route. Elle accéléra ; le motard ralentit légèrement. Et, soudain, elle comprit. Elle savait qui c'était. Et elle savait qu'il empêcherait les policiers de la suivre.

Priant pour que l'homme à la voix rocailleuse la rappelle sur le portable de Tasha, elle continua à accélérer.

« Chef, on est en train de la perdre. » C'était de nouveau Nic Havers. « Il y a une moto qui roule à deux à l'heure au milieu de la route, mais on ne peut pas la doubler sans allumer la sirène. Ça doit être un des leurs. »

Rory Slater, pensa Tom.

« Il faut aussi que je vous dise qu'elle a jeté un truc par la fenêtre, chef. On aurait dit un téléphone. »

Et merde ! Ils avaient compris qu'elle les avait appelés. Comment l'avaient-ils su ?

Tom se tourna vers Paul Green.

« Je vais appeler David Joseph. Si ça se trouve, c'est Natasha qui les a contactés ; elle s'est peut-être dit qu'elle avait commis une erreur en nous aidant. En tout cas, je ne vois pas par qui d'autre ils auraient pu le savoir. Je vais voir avec David ce qu'il peut en tirer. »

Il demanda à un opérateur de composer le numéro de fixe des Joseph. Mais personne ne répondit.

« Essayez le talkie-walkie », dit-il. Il fallait vraiment qu'il parle à David.

Pas de réponse.

« Envoyez le groupe d'intervention au domicile des Joseph, ordonna-t-il. On n'a rien à perdre : le gang sait qu'on est dans le coup, maintenant. Je n'aime pas ce silence.

— Tom ? » Paul Green venait de s'approcher de lui. « D'après mon capteur humain, tout se déroule comme prévu. Ils savent peut-être que nous sommes au courant pour Ollie et le cambriolage, mais Emma n'a jamais été informée du lieu où devait se dérouler l'échange, donc, à partir du moment où elle n'est pas suivie, ils n'ont aucune raison de modifier leurs plans. À ce qu'en sait le capteur humain, le lieu de rendez-vous n'a pas été changé. Si cela venait à se faire, il nous en informerait. »

Tom hocha la tête pour le remercier. Puis il reprit son talkie-walkie. « Nic ? Faites semblant d'essayer de dépasser la moto. Mais seulement semblant. Ayez l'air de la filer, mais laissez-la vous semer. Nous pensons savoir où elle va aller. S'ils voient qu'on continue de la suivre, ils changeront le lieu de rendez-vous, et on n'aura aucun moyen de la protéger. »

Tom recentra son attention sur les images : les écrans sur lesquels on pouvait voir l'endroit où l'échange devait avoir lieu. Le cimetière était noir, désert.

Il reçut un appel sur son talkie-walkie.

« Chef, on est au domicile des Joseph. La porte de derrière a été enfoncée. On a retrouvé David Joseph sur le sol de la cuisine. Il est dans un sale état. On a appelé une ambulance, mais je crois qu'il en a vraiment pris une bonne. »

Merde ! C'était vraiment de pire en pire.

« Et Natasha ? Est-ce qu'elle va bien ?

— Une minute, chef. » Tom entendit le policier parler à quelqu'un d'autre. « On a fouillé la maison et le jardin, chef. Aucun signe de la fille. Ils l'ont eue. »

60

Il faisait une chaleur étouffante dans le domicile des McGuinness. Becky s'essuya le visage avec un mouchoir chiffonné. Comment avaient-ils pu se planter à ce point ? L'entrée dans la propriété s'était déroulée conformément au plan. Ils avaient attendu le moment jugé opportun par l'équipe de contrôle pour débarquer. Et ils n'avaient rien trouvé. Rien, *nada*, que dalle !

Julie McGuinness était couchée au milieu de son lit, tout habillée. Et inconsciente. Sur la table de chevet, une petite bouteille en plastique de témazépam et une petite bouteille bleue de Bombay Sapphire.

« Merde ! fit Becky dans le talkie-walkie. Elle a pris des somnifères. Combien, je n'en sais rien. Il y a un flacon à moitié vide à côté d'elle, et une bouteille de gin. Ça ne ressemble pas à une tentative de suicide ; il reste plein de cachets dans le flacon. J'imagine qu'elle en avait marre d'entendre le petit pleurer sans arrêt après sa mère. Il nous faut un médecin pour voir si on peut la réanimer. »

Dans la salle de contrôle, on acquiesça ; les choses allaient être prises en main.

Becky regarda le corps qui gisait sur le lit. À quoi pouvait bien ressembler la vie de cette femme, mariée à Finn McGuinness ? Julie, naturellement, n'était pas un ange : elle travaillait pour le gang dans une autre propriété, où elle exploitait apparemment des filles d'à peine treize ans. Mais était-elle déjà comme ça avant sa rencontre avec McGuinness, ou l'était-elle devenue au contact de types de son espèce ?

La femme étendue sur le lit avait les cheveux mi-longs, d'une couleur trop sombre pour être naturelle, et un hâle artificiel, légèrement orangé. Les coins de sa bouche étaient affaissés et, en coulant, son mascara s'était incrusté dans ses pattes-d'oie. Elle devait être très belle dans ses bons jours, avec son corps mince et sa poitrine généreuse. Mais cette beauté n'était qu'artifice. Il y avait quelque chose de triste en elle. On aurait dit que le corps gisant sur le lit était celui de la vraie Julie déprimée qui se cachait derrière le glamour et les paillettes de la vie qu'elle avait choisi de mener.

« Vous avez une minute, chef ? On voudrait vous montrer un truc. »

Becky se retourna. Dans le couloir, un jeune flic boudiné dans son gilet pare-balles et bardé d'un semi-automatique déchargé lui indiquait une pièce de l'autre côté du palier. Becky le suivit. C'était une gigantesque salle de bains, avec un jacuzzi d'un côté et une immense douche à l'italienne de l'autre. Par terre, au milieu de la pièce, un matelas à langer en plastique et un paquet de couches affichant la photo d'un bambin. Le jeune flic sortit une couche du paquet et la tendit à Becky.

« Je ne sais pas si vous vous y connaissez en couches, chef, mais moi, ma femme vient tout juste d'avoir un bébé. Et je peux vous dire que des comme le mien, on pourrait en mettre deux dans une couche comme ça. »

Tout en hochant la tête, Becky se dirigea vers la poubelle et l'ouvrit. Elle contenait plusieurs sacs à couches. Ollie avait bien été gardé ici.

Mais où donc avait-il pu passer ?

61

Espèce d'imbécile, imbécile ! Pourquoi fallait-il toujours qu'elle se croie plus maligne que tout le monde ? Pourquoi ne s'était-elle pas pliée à leur volonté, comme David l'avait suggéré ?

David. Comment avait-il pu faire ça à Caroline et à Tasha ? Et maintenant, à cause de toutes les imprudences qu'il avait commises six ans plus tôt, elle avait perdu son bébé. Folle de rage, Emma frappa violemment le volant de ses deux mains.

Mais où est Ollie ? Pourquoi Tom ne l'a-t-il pas retrouvé ?

« Ollie chéri, je vais venir te chercher, je te le promets ! » cria-t-elle, comme si un moyen de communication télépathique pouvait lui permettre de communiquer avec son bébé.

Il fallait qu'elle cesse de réfléchir à ce qui s'était passé dans la chambre forte. Déterminée, elle rassembla toutes ses pensées, toutes ses interrogations, et les refoula dans un petit coin de son esprit. Elle recollerait les pièces du puzzle plus tard. Pour le moment, il n'y avait qu'Ollie.

Le type l'avait rappelée sur le téléphone de Tasha et elle avait suivi ses instructions. La sortie de l'autoroute se trouvait juste devant elle.

Et maintenant, qu'allait-il se passer ? Allait-elle rencontrer les hommes qui lui avaient pris son fils ? Les hommes qui avaient enlevé Tasha et l'avaient gardée pendant toutes ces années ? Ces hommes qui trouvaient acceptable de demander à un enfant de voler, de transporter de la drogue et de faire des choses bien pires encore ? Elle aurait aimé avoir un fusil automatique pour leur envoyer une rafale de balles et les descendre tous, jusqu'au dernier. Elle pouvait bien passer le reste de ses jours en prison, ça lui était égal. Au moins, elle aurait débarrassé le monde de cette vermine.

Au rond-point, elle prit la troisième sortie. Il n'y avait pas d'éclairage. La pénombre s'était installée autour d'elle comme du velours noir, percée par le faisceau jaune des phares, et les feux arrière laissaient dans leur sillage une traînée rouge, qui se reflétait sur la surface humide de la route.

La salle de contrôle redevint silencieuse : les images, sur les écrans, montraient que quelque chose était en train de se passer dans le cimetière désert. Au départ, ce n'avait été qu'un léger bourdonnement, mais il s'était fait de plus en plus fort, et un véhicule avait fini par apparaître. Une camionnette, d'où étaient sortis trois hommes avec des cagoules remontées sur le front, leurs visages parfaitement identifiables.

Paul Green poussa un soupir de soulagement. « Il est là. Le big boss. »

Tom n'eut aucun mal à se mettre à la place de Green. Le moment qu'ils avaient attendu pour intervenir et arrêter Guy Bentley, le moment pour lequel ils s'étaient préparés pendant des mois était enfin arrivé. Mais, comme Ollie était toujours porté disparu, ils ne pouvaient absolument rien faire.

Tom regarda l'écran. Cela faisait vingt ans qu'il ne l'avait pas vu, mais il aurait reconnu Guy/Ethan Bentley n'importe où. La maturité lui avait profité sur le plan physique : le visage hautain et la silhouette menue de l'adolescent de dix-sept ans étaient désormais plus distingués. Son nez busqué et ses lèvres charnues lui donnaient l'apparence d'un play-boy fortuné, et malgré la mauvaise définition de la caméra infrarouge, on pouvait voir qu'il émanait de lui une indéniable assurance.

À côté de Bentley, Finn McGuinness tenait à la main un fusil. Ses lèvres étaient pincées, il paraissait concentré. Il fit un tour sur lui-même, et son regard sembla pénétrer les massifs alentour.

Tom ne reconnut pas le troisième homme. Il s'était à moitié attendu à voir Rory Slater, mais cette mission devait être considérée comme beaucoup trop importante pour un homme de son grade. L'individu avait une allure similaire à celle de McGuinness, mais il était plus grand et avait un torse et des épaules de déménageur.

Jusqu'ici, personne n'avait encore parlé.

McGuinness regarda sa montre.

« Cinq minutes », dit-il, et sa voix fut parfaitement captée par les micros installés par l'équipe de Titan.

Paul Green se mit à parler dans son talkie-walkie pour informer brièvement son équipe de l'évolution de la situation. Mais ils n'avaient toujours pas la moindre idée de l'endroit où se trouvait Ollie Joseph. S'ils arrêtaient Bentley maintenant, on ne le reverrait sûrement jamais vivant. Ces types n'étaient pas du genre à se poser des questions.

Tom comprit qu'Emma allait arriver bien avant que les enceintes ne lui renvoient le bruit du moteur de sa voiture : en parfaite synchronisation, les trois hommes levèrent la main pour abaisser les cagoules sur leur visage.

Emma prit le dernier virage.

Ils étaient là. Trois hommes, qui portaient tous une cagoule avec juste trois fentes pour les yeux et la bouche. Exactement comme celle qu'elle avait vue un peu plus tôt.

Ils se tenaient côte à côte à l'arrière d'une camionnette, les jambes écartées. Deux avaient les bras le long du corps et les poings serrés, et le troisième tenait une arme qui ressemblait à un fusil à canon scié. Une nouvelle vague de peur déferla sur elle. Elle sentit comme un poids sur sa poitrine, et sa respiration s'accéléra. L'espace d'un instant, elle crut qu'elle allait s'évanouir, mais elle se ressaisit.

Devait-elle descendre de la voiture ou rester là ? Elle ne savait pas. Elle aurait aimé pouvoir appuyer sur l'accélérateur et leur foncer dessus pour les écraser comme des mouches contre leur camionnette.

Mais il fallait qu'elle pense à Ollie. Elle se gara à environ quatre mètres d'eux. Du canon de son fusil, l'homme armé lui fit signe de sortir de la voiture.

Craignant que ses jambes ne refusent de la soutenir, Emma ouvrit la portière et descendit prudemment. Le plus grand des trois hommes s'approcha d'elle puis fit signe à l'un de ses acolytes (celui qui avait des épaules de déménageur) de monter dans la Range Rover pour la rapprocher de la camionnette.

« Madame Joseph. Ou puis-je vous appeler Emma ? dit-il d'un ton neutre, comme s'ils venaient de se rencontrer dans une soirée.

— Comme vous voulez. J'ai fait ce que vous m'aviez demandé. Maintenant, rendez-moi mon fils, répondit-elle en sanglotant à moitié.

— Bien sûr. Nous sommes des hommes de parole, Emma. Mais vous n'auriez pas dû parler de cela à la police. Nous savons que c'est vous. »

Emma n'aimait pas du tout la façon dont les choses se présentaient. Comment avaient-ils pu avoir cette information ?

L'homme armé s'approcha et sortit de sa poche un appareil étrange. Il l'alluma et en consulta l'écran. Puis, comme s'il attendait qu'elle lui donne quelque chose, il lui tendit la main.

« Le téléphone, où il est ? » lui demanda-t-il d'une voix dure et rugueuse qu'elle reconnut immédiatement comme celle de l'homme qui lui avait donné les instructions.

Elle n'aurait pas cru cela possible, mais sa peur atteignit de nouveaux sommets. Un frisson lui parcourut le dos.

« Quel téléphone ? » demanda-t-elle. Elle avait balancé ce fichu truc par la fenêtre. De quoi pouvait-il bien parler ?

« Te fous pas de ma gueule. Où est ce putain de téléphone ? »

Emma resta figée sur place. L'homme remit son fusil à l'épaule et s'approcha d'elle. Il se mit à la fouiller en passant les mains sur son corps, s'attardant un peu sur ses fesses.

Elle frémit. Il rit.

Puis il fit remonter sa main entre ses cuisses et se mit à la masser avec son pouce. Le corps crispé de dégoût, Emma resta immobile.

« Arrête de faire le con, Finn, dit le chef d'un air détaché. Garde ça pour plus tard. »

Elle sentit alors la main glisser vers l'extérieur de sa cuisse pour s'arrêter sur sa poche.

« *Ce* téléphone », dit-il en en sortant le portable de Tasha. Évidemment. Comment se faisait-il qu'elle n'y ait pas pensé ? Son cerveau était totalement paralysé par la peur.

« T'en auras plus besoin », reprit-il en le glissant dans sa propre poche.

L'homme qui se trouvait dans la Range Rover hocha la tête, sans doute pour signifier qu'il n'avait trouvé à l'intérieur ni téléphone ni micro. Après avoir rapproché le véhicule de la camionnette, il en ouvrit les portières arrière.

« Merde », entendit-elle.

Un sentiment de panique s'empara d'elle. Comment ça, merde ? Qu'avait-elle fait de mal ?

« Surveille-la », dit le chef au dénommé Finn avant de s'approcher de la Range Rover.

Il regarda l'arrière de la voiture, où les sacs d'or avaient été entreposés, puis il releva la tête vers elle.

« Amène-la ici », ordonna-t-il.

N'ayant aucune envie que Finn la touche à nouveau, elle commença à avancer.

« Vous pouvez m'expliquer comment vous avez fait pour remonter tout ça toute seule, ma petite dame ? lui dit le chef d'un air dubitatif, voire suspicieux.

— N'est-ce pas ce que vous m'aviez demandé ? répondit-elle d'une voix tremblante.

— Ne faites pas la maligne avec moi, Emma. Nous pensions que vous n'en remonteriez que la moitié. Comment avez-vous fait ? »

Finn attrapa sa queue-de-cheval et tira en arrière, exposant sa gorge. Elle allait mourir si elle ne trouvait pas une réponse appropriée.

« En me donnant à fond, finit-elle par dire. L'adrénaline permet d'accomplir de véritables exploits, vous savez ? »

D'un signe de tête, le chef ordonna que l'or soit transféré dans la camionnette. Au même instant, on la lâcha.

Le colosse porta les sacs d'or dans la camionnette comme s'il s'agissait de simples filets de pommes de terre.

« Où est Ollie ? Où est mon fils ? » demanda Emma quand les derniers eurent été transférés.

L'homme qui était de toute évidence le chef et Finn, le salopard armé, échangèrent un hochement de tête.

« Monte dans la voiture », ordonna Finn en se dirigeant vers le côté passager de la Range Rover.

Il jeta son fusil au colosse puis sortit un pistolet de sa poche et le braqua sur elle.

« C'est toi qui conduis. Je vais te dire où il est. Mais si tu fais la conne, je te préviens qu'il sera mort avant qu'on arrive. »

62

La salle de contrôle était retombée dans le silence. Les seuls sons que l'on pouvait entendre étaient ceux provenant des talkies-walkies et des écrans de contrôle. Le dispositif audio avait retransmis chacune des terrifiantes paroles qui avaient été prononcées.

Tom n'arrivait pas à y croire. McGuinness venait de monter dans la voiture avec Emma. Emma, qui ne devait penser qu'à Ollie. Et faire confiance à Finn McGuinness pour la mener jusqu'à lui.

Le commandant or était en train de donner des ordres et d'informer le groupe d'intervention que McGuinness était susceptible en ce moment même de rentrer à son domicile. Il se tourna vers Tom et Paul Green.

« Je pense que nous savons tous comment ça va se terminer pour Emma Joseph. Il faut qu'on arrête McGuinness. Des objections ? »

Personne n'en formula.

Il y avait des véhicules banalisés à côté de chacune des sorties du cimetière. Paul Green demanda à ses hommes de prendre en filature McGuinness, qui pensait certainement qu'Ollie se trouvait toujours avec Julie. Emma étant avec lui, ils ne pouvaient pas se permettre de le perdre de vue.

Tom appela Becky sur son talkie-walkie. « Tu as environ dix minutes pour trouver où est Ollie ensuite ; tu te casses. Apparemment, McGuinness rentre chez lui. Fais parler Julie. McGuinness a Emma avec lui et il est armé. »

Becky comprit immédiatement ce que tout cela signifiait : elle étouffa un juron.

Dans la salle de contrôle, l'atmosphère était devenue électrique : il fallait trouver un plan pour filer Finn McGuinness. Car s'il se sentait suivi, les conséquences seraient sans doute catastrophiques pour Emma.

Tom aurait aimé pouvoir se rendre sur place pour veiller à la sécurité de la jeune femme, mais il fallait qu'il se montre raisonnable. Si ç'avait été quelqu'un d'autre, qu'aurait-il fait ? Il serait resté là, évidemment, dans la salle de contrôle, pour diriger les opérations.

Un des écrans attira soudain son attention. Dans le cimetière, les deux hommes restants se trouvaient toujours à côté de la camionnette.

« Qu'est-ce qu'ils attendent ? demanda-t-il à Paul Green.

— Notre indicateur. C'est lui, l'acheteur.

— Vous saviez que c'était de l'or, hein ? »

Green secoua la tête. « On n'en était pas sûrs. Notre indicateur ne nous a pas dit ce qu'il allait acheter ; il avait trop peur qu'un flic pourri aille le répéter à Bentley. Mais notre équipe spécialisée dans la cybercriminalité est tombée sur un type qui voulait échanger des bitcoins illégalement acquis contre de l'or volé. C'est courant, sur le dark web. Il avait discuté sur un forum du meilleur moyen de l'entreposer et la solution des coffres-forts avait été mentionnée.

— Et votre indic, qui est-ce ?

— Un autre habitué du dark web. Je suis quasiment certain qu'il veut se venger de Guy – ou Ethan – Bentley. C'est lui qui nous a dit que Bentley envisageait de faire un casse et il s'est proposé de lui-même pour acheter les marchandises volées.

— Mais comment Bentley a-t-il pu connaître l'identité du type qui planquait l'or ? Il fallait au moins qu'il ait son nom pour que le hacker trouve le numéro du coffre...

— Avec un frère comme le vôtre, vous devez savoir que, de nos jours, il est extrêmement facile de rassembler des informations sur une personne. J'imagine qu'il a étudié les commentaires qu'il avait laissés, les sites qu'il avait visités, ce genre de trucs. C'est comme ça qu'il a dû finir par découvrir son identité.

— Où est l'acheteur, en ce moment ? »

Green inclina la tête sur le côté. « Regardez le troisième écran. Il est là ; il attend. »

Tom se tourna vers l'écran que Paul Green lui avait indiqué. Un homme grand, en bombers noir, se cachait dans l'ombre, invisible aux yeux de Bentley et de son garde du corps. Tom pouvait juste discerner un crâne rasé et ce qui ressemblait à un bouc.

« Il est à l'autre extrémité du cimetière. Attendez ! Il sort son téléphone. »

Tout en portant l'appareil à son oreille, l'homme qu'on voyait sur l'écran commença à se frotter la tête de sa main libre.

Paul Green entreprit de lui poser des questions. De nouveau, l'homme porta sa main à sa tête et se massa le crâne.

Tom resta quelques instants à fixer l'écran.

« Pourrais-je parler à votre indic, Paul ? » finit-il par demander.

Green fronça les sourcils. « Pour quoi faire ?

— Pourriez-vous lui demander s'il serait d'accord pour me parler ? »

Green haussa les épaules.

« Blake, il y a un autre flic, l'inspecteur-chef Tom Douglas, qui voudrait te dire un mot, si ça ne te dérange pas. »

Tom aurait certainement ri du choix de ce pseudonyme s'il ne s'était senti aussi écœuré, abusé et en même temps aussi fou de joie.

Green lui tendit le téléphone, mais pendant quelques secondes il fut incapable de parler.

« J'imagine que ça te laisse littéralement bouche bée, hein, petit frère ? fit une voix que Tom ne connaissait que trop bien et qu'il n'aurait jamais cru entendre encore une fois dans sa vie. Toujours du côté des gentils, à ce que je vois ? À essayer de créer un monde meilleur ? »

Tom finit par retrouver sa voix.

« Qu'est-ce qui se passe, Jack ? Qu'est-ce que tu as fait ? »

63

Des sentiments de fureur, de soulagement, de bonheur se disputaient l'esprit de Tom alors qu'il écoutait la voix de son frère. Il regrettait amèrement de ne pas être dans le cimetière : il aurait mis son poing dans la figure de Jack, l'aurait fait tomber par terre puis l'aurait pris dans ses bras pour le serrer de toutes ses forces.

« Pourquoi es-tu impliqué là-dedans, Jack ?

— Je l'ai toujours été. Je pensais que tu avais compris, maintenant. »

Tom l'avait en effet compris, même s'il avait refusé de l'admettre. Ce qu'il n'avait pas compris, en revanche, c'était que Jack n'avait pas agi seul. Mais cela semblait désormais évident. Guy était dans le coup, lui aussi, depuis le départ. Toutes ces journées et ces soirées qu'il avait passées dans la chambre de Jack en évinçant Tom... Ils avaient dû piéger ensemble le père de Guy. À moins que Jack n'ait agi seul, et que Guy ne l'ait deviné. Peu importait, de toute façon. Après ça, Guy avait dû choisir les cibles, et Jack s'était occupé du piratage.

« Le piratage est une chose ; l'enlèvement en est une autre.

— Ne dis pas de conneries, Tom. Je n'ai rien à voir avec l'enlèvement de Natasha Joseph. Mon rôle était de pirater le système de sécurité, mais quand j'ai découvert ce que Guy avait en tête, j'ai essayé de l'arrêter.

— OK, tu n'es pour rien dans le kidnapping de Natasha. Mais tu as pris part aux préparatifs d'un cambriolage. Et ça, ça ne te gênait pas ? Quand as-tu retourné ta veste ? demanda Tom sur le ton de l'ironie, pour essayer de dissimuler sa détresse.

— Quand Guy a fini par comprendre que j'étais indispensable et qu'il a envoyé sa horde de bandits à mes trousses pour s'assurer que je ferais bien ce qu'on m'avait dit. Je me suis retrouvé complètement dépassé par la situation. Au départ, je prenais les choses à la rigolade, mais je me suis tout à coup rendu compte que c'était très sérieux et que Guy n'accepterait jamais de me laisser partir.

— Tu es une vraie ordure, Jack. Tu as fait tellement de mal à tellement de gens... » Le manège des émotions avait fait un nouveau tour et s'était arrêté à un autre endroit.

Il y eut un silence. Et quand Jack se mit à parler, sa voix était basse, contrôlée :

« Je pensais que Natasha et Caroline étaient mortes toutes les deux. Les escroqueries, ça ne me gênait pas. Enfin, façon de parler. Mais là, des gens étaient morts ; je ne voulais pas être mêlé à ça. Il fallait que je trouve un moyen de m'échapper.

Si je n'étais pas mort, Guy aurait envoyé Finn McGuinness me chercher, et si je m'étais contenté de disparaître, il s'en serait pris à toi ou à Emma, voire à Lucy, pour que vous lui disiez où j'étais. J'ai attendu une occasion de le baiser, j'ai attendu longtemps, et je crois que le moment de la revanche est enfin arrivé. C'est pour ça que j'ai pris autant de risques en venant ici. »

Tom ne savait pas quoi dire, mais il ne voulait pas que Jack s'en aille. Il ne voulait pas perdre le contact avec lui.

« Écoute, reprit Jack, j'adorerais discuter de mes choix avec toi, mais je crois qu'on a un problème à régler. Green m'a dit que Guy avait kidnappé le bébé d'Emma. Je n'aurais jamais cru qu'il referait ça un jour.

— Ollie était la seule carte qui lui restait. Il y a quelque temps, il a proposé à David de lui rendre Natasha en échange de son aide. Mais David a refusé de jouer le jeu.

— J'ai toujours su que c'était un lâche.

— Lâche ou pas, il s'en est littéralement pris plein la gueule, et Natasha a disparu. Ils ont dû l'emmener pendant qu'ils cassaient la figure à David. Et ils ont découvert qu'Emma nous avait contactés. Elle est dans sa voiture avec McGuinness, en ce moment.

— Merde ! »

Un seul mot. Mais qui portait en lui une intense émotion.

Tom avait envie de raccrocher. Envie de dire à son frère d'aller se faire voir. Envie de rester assis là, à écouter sa voix. En fait, il ne savait pas vraiment de quoi il avait envie. Mais il y avait deux choses dont il était certain : Jack connaissait ce gang mieux que quiconque, et Emma avait besoin d'aide.

« Comment as-tu su que ça allait arriver, Jack ? Comment as-tu su ce que Guy complotait ?

— Je l'ai observé. Pendant six ans, j'ai suivi chacun de ses mouvements sur le dark web, en attendant une occasion de lui tomber dessus. J'ai deviné qui était sa cible, et quand il s'est mis à rechercher un acheteur, je lui ai fait une offre. »

Une image très nette de Jack attendant sa revanche dans un endroit reculé du monde, assis dans une pièce noire et vide, le visage collé à son écran d'ordinateur, se dessina dans l'esprit de Tom. Il dut lutter de toutes ses forces pour l'effacer.

« Tu connais ces enfoirés ; tu étais l'un d'entre eux, dit-il.

— Je te trouve bien agressif, petit frère, mais tu as évidemment raison.

— Alors, qu'est-ce qu'on fait maintenant ?

— Moi, je vous fais gagner du temps ; et toi, tu assures la sécurité d'Emma. »

La communication fut coupée.

Tom posa le téléphone et ferma les yeux pendant une seconde. Qu'est-ce qui venait de se passer ? Il arrivait à peine à y croire.

« Euh... vous comptez m'expliquer un peu ? demanda Paul Green, qui le regardait attentivement.

— Pas vraiment, non. À un moment ou à un autre, il faudra bien que je le fasse, mais pour l'instant, on a un enfant à retrouver, une femme dont il faut assurer la sécurité et un sale type à arrêter. Votre indic, Blake...

— Vous voulez dire votre frère soi-disant mort, Jack ?

— ... il va nous faire gagner du temps.

— Saviez-vous qu'il était en vie ? demanda Green.

— Bien sûr que non. Et vous ? »

Question idiote. Ils ne l'auraient jamais autorisé à diriger cette opération s'ils avaient eu le moindre doute là-dessus. Heureusement, la conversation fut interrompue par un bruit émanant de l'une des enceintes : dans le cimetière, un téléphone s'était mis à sonner.

« Attendez, dit Green. Il faut qu'on écoute ça. »

C'était le portable de Guy Bentley. Il répondit avec grâce :

« Oui ? »

Il y eut un silence pendant que son correspondant parlait.

« Différer le paiement ? Comment ça ? De quel droit ? »

Ils ne purent entendre la réponse de Jack.

« Écoute, connard, on s'était mis d'accord sur un lieu et une heure. On t'attend. Où es-tu ? »

Nouveau silence.

« N'importe quoi. C'était juste une messagère. Évidemment qu'elle n'a pas été suivie. Sinon les flics nous seraient déjà tombés dessus... »

Guy faisait des allers-retours dans le chemin, et sa voix résonnait plus ou moins fort dans les enceintes selon le côté dont son visage était orienté.

« Je sais bien que tu pourrais te désister. Mais tu ne le feras pas. Enfin bon, si tu insistes, mon garde du corps viendra désarmé. OK. À dans une heure. »

Guy raccrocha et, les mains sur les hanches, se mit à regarder autour de lui.

Puis il se tourna vers son complice.

« Je ne vais pas rester ici à me geler les couilles pendant une heure. Et puis il est trop tard. Il faut qu'on trouve un autre lieu. On le lui indiquera quand il rappellera. Ce n'est pas à lui de fixer les règles. »

Green se tourna vers Tom et fit une grimace qui évoquait un grognement silencieux. Quel que soit l'endroit que Guy allait désormais choisir, ils n'auraient aucun moyen d'y placer des micros ou des caméras. Ils avaient gagné du temps, mais ils avaient perdu tous leurs avantages.

64

Tom ne cessait de repenser à Jack, avec son crâne rasé et son bouc. Sans son regard et sa façon si caractéristique de se passer la main sur la tête quand il était au téléphone, il ne l'aurait sans doute pas reconnu. Disparus, le long catogan négligé et la barbe de trois jours. S'il l'avait croisé dans la rue, seuls ses magnifiques yeux bleus auraient pu lui mettre la puce à l'oreille.

Mais ce n'était pas le problème : Jack leur avait laissé une heure pour retrouver Ollie et sauver Emma, et ils devaient utiliser chaque seconde à bon escient.

Il appela Becky sur son talkie-walkie.

« On est en train de faire sortir Julie de la maison, lui répondit son équipière, qui semblait à bout de souffle. On s'est dit que ça lui ferait du bien de prendre un peu l'air. Et de toute façon, il faut qu'on ait foutu le camp avant le retour de McGuinness. Attends : elle est en train de marmonner quelque chose. »

Tom perçut une sorte de grognement en arrière-fond. Puis il entendit la voix de Becky :

« Allez, Julie, où est cet adorable petit bébé dont vous vous occupiez ? »

Quelques paroles inarticulées. Suivies d'un petit cri de surprise.

« Vous pouvez répéter ça ? dit Becky d'une voix dure. Merde ! Putain de merde ! »

Tom attendit.

« Tom, elle dit qu'elle a donné des somnifères à Ollie parce qu'il n'arrêtait pas de pleurer. Du témazépan. Je lui ai demandé combien, et elle a juste secoué la tête. Attends ! Elle dit autre chose. » Il y eut un nouveau silence, mais aux bruits que l'on pouvait entendre en fond sonore, Tom comprit qu'ils étaient désormais à l'extérieur de la maison.

« Elle dit que c'est Mel qui a pris le bébé. Je lui ai demandé qui était Mel et où elle l'avait emmené, mais elle ne répond plus. Elle a vomi et elle tient à peine debout. Je ne me souviens pas avoir vu ce nom sur la liste que Titan nous a donnée. Je ne sais pas quoi faire. On va la mettre à l'arrière de l'une des camionnettes et l'emmener loin d'ici. Les hommes du groupe d'intervention sont en position, cachés dans l'ombre. Ils m'ont dit d'attendre dans ma voiture jusqu'à ce que McGuinness soit rentré et Emma soit en sécurité.

— OK, Becky. Fais ce qu'on t'a dit. On va essayer de remonter la piste de cette Mel, on te tient informée. Dès que tu en auras fini là-bas, je voudrais que tu retournes au domicile des Joseph. Il est arrivé quelque chose à Natasha, je ne sais pas quoi, mais il faut absolument qu'on retrouve cette pauvre petite. Personne ne sait où elle est, et je n'ai aucune envie d'avoir un autre cadavre d'adolescente sur les bras. »

Il entendit Becky pousser une sorte de grognement, mais n'eut pas le temps de lui en dire davantage : Paul Green, qui était de nouveau au téléphone, venait de prononcer le nom « Blake ». Ils devaient être en train de discuter de l'endroit où aurait lieu l'échange. Tom fit signe qu'il voulait parler à Jack, et quand Green eut terminé, il lui tendit le téléphone.

« Jack ? Tu comptes vraiment acheter cet or ?

— Seulement si je suis obligé de le faire. Je ne veux pas prendre de risques : il ne faut pas que Guy me reconnaisse. S'il sait que je suis en vie, il ne me lâchera jamais. Même s'il se retrouve en tôle. Il croit que je suis mort, et il doit continuer à le penser.

— Mais cet argent, tu l'as ?

— J'avais un compte caché, que j'ai vidé il y a quelques mois. Donc, oui, je l'ai. »

Tom n'en croyait pas ses oreilles.

« C'est toi qui as vidé le compte ? Le compte en Suisse ? Je croyais que c'était eux...

— Ah. Donc, tu as mis la main sur la carte SD. J'espérais que tu ne la trouverais pas... »

Comme sur la serrure percée dans la chambre forte, les goupilles étaient en train de sauter une à une, et bientôt Tom serait à même de tourner la clef pour découvrir la vérité. Il en était proche, tout proche, il le sentait.

« Bon, oublie ça pour le moment, Jack. Je voudrais que tu réfléchisses. Mel. Ça te dit quelque chose ? »

Jack soupira.

« Laisse Mel en dehors de tout ça, Tom. Elle n'a rien à voir là-dedans. » Le ton de sa voix était dur, protecteur.

« Qui est-ce ? Ne fais pas le con, Jack. C'est elle qui a Ollie.

— Quoi ? Écoute, tu dois te tromper. Je ne vois pas pourquoi elle aurait pris ce bébé...

— Pourquoi ? Parce que Julie lui a donné un somnifère pour l'empêcher de pleurer ? Qui est-ce ? Dis-le-moi.

— Décidément, c'est de pire en pire. Julie a toujours été stupide, mais Mel, tu sais très bien qui c'est. Tu l'as rencontrée deux fois et tu l'as détestée. Mel... Tu sais bien ? Melissa.

— Quoi ? Ta maîtresse ? La femme pour laquelle tu as plaqué Emma fait partie de ce gang ? Je ne sais même pas quoi te dire, Jack... » Avait-il jamais connu cet homme ?

« Tu n'as toujours pas pigé, hein, petit frère ? Mais qu'importe. Je peux localiser Mel. Envoyez-moi quelqu'un avec un ordinateur portable et un amplificateur de signal sans fil. Green sait où me trouver. Plus vous ferez vite, plus je pourrai faire vite pour retrouver Ollie. »

Sans donner d'autres explications, Jack raccrocha.

Il ne leur fallut que quelques minutes pour fournir le matériel à Jack. Cinq minutes plus tard, le téléphone de Tom bipa pour signaler la réception d'un texto. Jack lui avait envoyé l'adresse de Melissa sur sa messagerie privée. Manifestement, il n'avait pas perdu la main.

Tom prit son ordinateur sur ses genoux et l'ouvrit. Sa boîte mail était comme d'habitude inondée de pubs, mais dès qu'il vit le nom de Blake, il sut quel courrier il devait ouvrir. Il y avait en effet une adresse, ainsi qu'un message :

Mel est la maîtresse de Guy, elle l'a toujours été, alors sois prudent. Elle n'est pas dangereuse, mais les types de Guy pourraient l'être, s'ils sont dans le coin. À mon avis, la meilleure solution serait d'emmener Emma avec vous. Ça m'étonnerait que Mel remette le bébé dans les bras de quelqu'un qu'elle ne connaît pas. Or elle sait qui est Emma.

Mel a vu Guy faire des trucs horribles, mais elle ne le laisserait pas tuer un bébé sous ses yeux. Je suppose d'ailleurs que c'est pour ça qu'elle a pris Ollie. Mais ce n'est qu'une supposition. Elle doit sûrement avoir un plan, parce que Guy la tuera quand il saura ça. Bonne chance, petit frère.

Tom regarda l'écran sur lequel s'affichait la maison de Salford. Tout était calme et silencieux ; pas une personne en vue. Mais les hommes du groupe d'intervention étaient là, tapis dans l'ombre, à observer, attendant le moment où ils pourraient tomber sur McGuinness. Au loin, on pouvait discerner la voiture de Becky, garée au bout de la rue, hors de portée de toute arme à feu.

À la seconde même où Emma était entrée dans la voiture du mari de Julie, l'équipe de la salle de contrôle avait compris que les membres du gang n'avaient aucune intention de lui rendre Ollie. Ils n'avaient pas cherché à dissimuler l'identité de Finn McGuinness ; ils l'avaient même appelé par son prénom. Et désormais, d'après les agents qui suivaient la Range Rover, ce salopard s'apprêtait à conduire Emma à son domicile de Salford. Le sort de la jeune femme avait été scellé bien avant son arrivée au cimetière.

À l'intérieur de la Range Rover, l'atmosphère était étouffante. Il n'y avait plus d'air, et Emma pouvait sentir l'odeur de sa propre peur. Elle ne savait pas où elle était ; elle n'arrivait à penser qu'à Ollie. Le récupérer, le serrer dans ses bras.

Finn ne lui avait parlé qu'une fois au cours du trajet.

« Le chef m'a dit que t'avais été la copine de Jack Douglas. » Il avait laissé échapper un rire gras. « On a que ce qu'on mérite, tu sais ? Dommage qu'il soit mort. »

Emma avait froncé les sourcils. Il lui avait souri et s'était penché vers elle. Son haleine sentait le tabac froid.

« Dommage aussi que je n'aie pas eu le plaisir de le tuer de mes mains », avait-il ajouté, son visage à quelques centimètres du sien.

Écœurée, elle s'était détournée, et il avait ri de nouveau. Qu'est-ce que ça pouvait bien vouloir dire ? Comment connaissait-il Jack ? Mais elle n'avait pas le temps de penser à tout ça. Elle allait enfin retrouver son petit Ollie. Sa respiration s'accélérait à mesure que son enthousiasme grandissait. Ils n'allaient pas tarder à arriver, c'était certain.

Ils venaient de quitter l'autoroute. Et, suivant les instructions de Finn, elle s'engagea dans une large avenue bordée de maisons très en retrait par rapport à la chaussée.

« À gauche, et ensuite, troisième à droite. On va voir si Julie a su s'occuper de ton morveux. Tu peux prier pour qu'elle se soit pas pris une cuite et qu'elle l'ait pas fait tomber sur sa petite tête. » Il se mit à ricaner, mais Emma ne l'écoutait plus.

Julie ? Tom avait d'abord dit qu'Ollie était chez elle. Mais ensuite, il avait dit qu'ils ne l'avaient pas trouvé. Qu'est-ce que Finn allait faire s'il rentrait et qu'Ollie n'était pas là ? Emma n'en avait aucune idée, mais elle pouvait presque sentir son espoir se désintégrer, se briser en milliers de petits fragments.

Tout ce qu'elle avait fait, tout, elle l'avait fait pour rien. Elle avait envie de crier, de hurler sa détresse dans la nuit. Devait-elle le prévenir ? Lui expliquer que la police était déjà allée chez Julie et lui avait dit qu'Ollie n'y était pas ?

Mais tout à coup elle comprit comment tout cela allait se terminer. Elle avait entendu le chef appeler cet homme Finn. Elle s'apprêtait à se garer devant son domicile. Et quand il l'avait tripotée, le chef lui avait dit de « garder ça pour plus tard ».

Il ne la laisserait pas partir.

Comment avait-elle pu se montrer aussi stupide ? Ils allaient la tuer, pour la punir d'avoir contacté la police. Elle n'aurait jamais dû appeler Tom.

Mais il était trop tard pour réfléchir à ce qu'elle aurait dû faire ou ne pas faire. Elle s'était engagée dans une étroite allée et Finn venait de lui demander de couper le moteur.

Il fallait qu'elle le mette de son côté. Qu'elle lui fasse comprendre qu'elle n'était plus avec la police. Qu'elle trouve quelque chose pour lui inspirer confiance.

« Finn..., commença-t-elle.

— Ferme-la et sors de la bagnole. » Comme pour lui rappeler sa présence, il lui enfonça dans la cuisse le canon de son arme, qu'il rangea aussitôt dans sa poche. Et, sans lui laisser le temps de protester, il sortit.

Elle devait lui parler. Maintenant, avant qu'ils entrent dans la maison. Elle se sentait plus en sécurité dehors. Déterminée, elle finit donc par ouvrir sa portière.

« Finn ! cria-t-elle. Il faut que je vous dise quelque chose. »

Elle allait essayer de le raisonner ; elle ne voyait pas ce qu'elle pouvait faire d'autre. Demander qu'il lui rende Ollie, puisque la police était de toute façon au courant, mais elle ne leur dirait rien, elle...

Il se tourna vers elle et, d'un geste vif, porta sa main à la poche de sa veste.

Au même instant, le silence de la nuit vola en éclats. Des bruits se firent entendre de toutes parts, deux silhouettes noires jaillirent de derrière une haie, un homme tomba sur Emma et la plaqua au sol.

En quelques secondes à peine, tout fut terminé. Au moment où quelqu'un aidait Emma à se redresser, Finn était déjà cerné par quatre hommes et ses mains étaient menottées derrière son dos.

Il se mit à la dévisager de ses yeux noirs, et elle déglutit avec peine. Dans son regard obscur, une lueur s'était allumée, une lueur qui laissait clairement entendre ce qu'il s'apprêtait à lui faire.

Elle se détourna de lui. Becky Robinson courait dans sa direction.

« Vous allez bien, Emma ? » lui demanda-t-elle en passant gentiment son bras autour de sa taille.

Emma sentit ses jambes se dérober sous elle. Il s'était passé trop de choses en trop peu de temps, elle allait craquer, elle ne pouvait plus en supporter davantage. Becky resserra son étreinte.

« Écoutez, Emma, Tom pense savoir où se trouve Ollie. Il faudrait que vous alliez avec mon collègue. » Becky désigna un homme d'âge mûr qu'Emma ne reconnut pas. « Tom va avoir besoin de vous là-bas. Malheureusement, je ne peux pas vous accompagner ; il faut que je me rende autre part. Vous êtes sûre que ça va aller ? »

Emma avait perdu le fil après la première phrase, mais elle hocha la tête. Une seule pensée lui venait à l'esprit.

Ollie.

Elle se redressa et inspira profondément.

J'arrive, mon bébé.

Tom sortit en courant de la salle de contrôle. Il fallait qu'il se rende au domicile de Melissa, situé juste à la limite de sa juridiction. Son trajet allait être plus long que celui d'Emma, mais à cette heure de la matinée, il pouvait bien prendre le risque de passer par le centre-ville.

Il ne leur restait plus beaucoup de temps. Sur l'heure que Jack leur avait permis de gagner, près de trente minutes s'étaient déjà écoulées.

65

La maison de Melissa était située en haut d'une colline, isolée, entourée d'un paysage de lande nu et désolé. Manifestement, il s'agissait d'une grange rénovée : d'immenses panneaux de verre avaient remplacé les anciennes portes voûtées. De la lumière filtrait à travers une fenêtre dépourvue de rideaux, mais Tom était encore trop loin pour pouvoir discerner quelque chose dans les profondeurs du bâtiment.

Il se gara sur un chemin de terre en partie caché de la route par un bosquet de sorbiers. Et quand il sortit de voiture pour s'engager dans l'allée, il comprit immédiatement pourquoi la maîtresse de Guy Bentley habitait ce lieu. De là, on pouvait voir à des kilomètres, jusqu'à la ville la plus proche. Aucun véhicule ne pouvait s'approcher la nuit sans que la lumière de ses phares attire l'attention, et quand Guy venait lui rendre visite, il demandait certainement à l'un de ses sous-fifres de faire le guet. L'allée menait à la maison ; au-delà, un étroit chemin de pierre traversait la lande. Tom pria pour que la propriété ne soit pas surveillée.

Comme il continuait d'avancer, il reçut un appel sur son talkie-walkie.

« Tom ? Paul Green à l'appareil. On a un problème. Bentley fait des siennes. Il a dit à Blake, enfin à Jack, qu'il n'aimait pas le nouveau lieu de rendez-vous et qu'il en connaissait un meilleur. Une étable désaffectée, à environ cinq cents mètres de la maison de Melissa.

— Et merde », marmonna Tom. Il aurait été imprudent pour Guy d'inviter son acheteur au domicile de Melissa, mais s'il avait choisi un lieu aussi proche, c'était sûrement parce qu'il envisageait de profiter de l'occasion pour rendre visite à sa maîtresse.

« Dans combien de temps ? demanda Tom d'une voix dont le calme était en contradiction totale avec son état d'esprit.

— On ne sait pas, mais je pense que Guy sera dans sa propre voiture. L'or, par contre, sera dans la camionnette. Si ça se trouve, il était déjà à mi-chemin quand il a appelé Jack. Bref, je crois qu'il vaudrait mieux que vous nous attendiez.

— Merci, Paul. Quand pensez-vous arriver ?

— Dans vingt minutes environ. Mais il va falloir procéder à une approche prudente. J'ai vu les images satellites : si on débarque comme ça, ils se seront fait la malle avant qu'on ait eu le temps d'entrer. On a demandé un hélico et une ambulance. Les forces de police locales devraient arriver avant nous, mais avant de faire quoi que ce soit, attendez le groupe d'intervention. »

Tom raccrocha : il avait vu des phares approcher. Il retraversa le chemin pour aller se cacher derrière les arbres.

Trente secondes plus tard, une voiture s'engagea dans le chemin et se gara derrière celle de Tom. Emma sauta du véhicule banalisé avant même qu'il se soit arrêté.

« C'est là, Tom ? cria-t-elle en courant vers lui.

— Du calme, Emma. Je comprends que tu aies envie d'y aller tout de suite, mais tu dois te montrer raisonnable. Il faut d'abord que j'évalue le danger. »

Tom avait déjà décidé de ne pas attendre le groupe d'intervention. Si Ollie avait ingurgité des somnifères, chaque seconde comptait. Mais, avant de faire quoi que ce soit, il devait être sûr que Melissa était seule avec le petit.

« Excuse-moi pour tout à l'heure, Tom. Sur le moment, j'ai cru que je devais faire ce qu'ils m'avaient demandé. C'était idiot...

— Tu n'as pas à t'excuser. Je suis content que tu sois saine et sauve. Écoute, on en reparlera plus tard. Il faut que je te demande un truc. Et que je te dise deux choses. »

Elle se mit à le regarder d'un air méfiant.

« Qu'est-ce qui s'est passé dans la chambre forte, Emma ? »

Elle détourna son regard du sien.

Ah. Il ne s'était donc pas trompé.

« Qui est descendu avec toi ?

— Qu'est-ce que ça peut faire ? Allons chercher Ollie.

— C'était Jack, hein ? »

Emma ferma les yeux et serra fort les paupières. On aurait dit qu'elle était sur le point de craquer.

« Pas maintenant, Tom. Je n'ai pas envie de penser à ça. Laisse-moi aller chercher Ollie. S'il te plaît ! »

Elle avait raison. Cela pouvait attendre.

Et maintenant ? Devait-il lui parler de l'état de santé de David et de la disparition de Natasha ? Non. Tout cela pouvait attendre également, même si les hommes qui se trouvaient chez elle avaient continué de fouiller les environs et l'avaient informé qu'il n'y avait toujours aucune trace de la petite.

Il y avait cependant une chose qu'il devait absolument expliquer à Emma. « Écoute, Em, il faut que tu saches que Mel, la femme qui détient Ollie, est en réalité Melissa. » Il n'avait pas besoin d'en dire davantage.

« Je me fiche complètement de qui c'est, du moment qu'elle me rend mon bébé. Mais qu'est-ce qu'on attend ?

— Retourne dans la voiture. Je vais aller vérifier qu'elle est seule. » Tom se pencha vers le chauffeur. « Restez à l'écart pour le moment et surveillez Mme Joseph. Je vous appellerai quand vous pourrez l'accompagner. » Il se tourna vers Emma pour s'assurer qu'elle avait bien compris. « Fais ce que je te dis, Em, d'accord ? »

Emma ouvrit la portière et s'assit en travers du siège, les pieds en dehors de la voiture, prête à venir le rejoindre à la moindre alerte.

Tom commença à s'éloigner. Guy savait-il qu'Ollie était avec Melissa ? Il n'avait aucun moyen de le savoir, mais il allait falloir qu'il sorte le petit de là avant son arrivée.

Il contourna la maison silencieuse, en évitant l'allée pavée de galets. Il n'y avait pas de voiture en vue, mais il voulait vérifier les issues, au cas où il devrait s'échapper. Quand il fut revenu à son point de départ, fuyant la lumière qui filtrait à travers l'immense porte-fenêtre voûtée, il se cacha derrière des buissons, espérant ainsi pouvoir voir sans être vu.

Mais c'était trop tard. Pendant tout le temps où il était resté à l'arrière de la maison, il n'avait pas pu surveiller la route. Or une vive lumière venait d'illuminer l'allée. Tom s'accroupit derrière un houx. Au même moment, une Aston Martin Vanquish rouge se gara sur les galets.

Un homme en sortit, une main dans la poche de son pardessus, l'autre sur le téléphone qu'il tenait à son oreille.

Guy Bentley.

« Attends là, dit-il à son correspondant. L'acheteur devrait venir te rejoindre dans une demi-heure, mais je serai là avant. Je suis passé chez Mel chercher du matos. Et au fait, où est Finn ? Tu as eu de ses nouvelles ? »

Il y eut un silence.

« Quel crétin ! J'espère qu'il n'est pas en train de se faire la bonne femme. Je lui avais dit de les enfermer, elle et le gamin ; je lui avais dit de garder ça pour plus tard. Bon, continue d'essayer de le joindre. »

Guy appuya rageusement sur l'écran de son portable puis se tourna vers la maison. Au même moment, Tom perçut un mouvement sur sa droite. Il se retourna doucement. Un visage pâle brillait dans la lumière des lampadaires de l'allée.

Emma.

Qu'est-ce qu'elle foutait là ? Comment avait-elle fait pour échapper au chauffeur ?

Mais Tom n'avait pas le temps de réfléchir. Il ne fallait surtout pas que Guy la voie. D'un bond, il se leva de derrière le buisson, en prenant soin de faire bruisser les feuilles. Guy se tourna vers lui en plaçant la main sur sa poche droite.

Un flingue.

Soudain, son visage changea. Il avait compris qu'ils l'avaient piégé, même s'il ne savait pas comment. Mais il ne se laisserait pas faire. Il devait avoir une voie de sortie, un plan. Et pour le moment, le seul obstacle qui le séparait de la liberté était Tom.

« Ne serait-ce pas Tom Douglas ? Quelle agréable surprise ! Comment vas-tu, Tom ?

— Ethan », répondit Tom, qui ne voyait devant lui que la version adulte du gamin qui traînait jadis dans la chambre de son frère.

Sans pour autant douter une seule seconde que cette version était beaucoup plus dangereuse et immorale.

« Ethan ? répéta Guy en riant. Ça fait des années qu'on ne m'a pas appelé comme ça. Ton frère m'avait surnommé "Posh Guy" quand on était ados, et ça m'a tellement plu que j'ai gardé ce surnom. En laissant tomber le "Posh", bien sûr. Trop connoté. Tu veux entrer ? C'est la maison de mon amie. Mais j'imagine que tu es déjà au courant, hein ? Un flic aussi rusé que toi... Tu la connais, tu sais ? Tu l'as rencontrée quand elle se faisait passer pour la maîtresse de Jack. »

Tom voyait Emma derrière l'épaule de Guy, mais il ne pouvait rien faire pour lui communiquer un quelconque message. *Pourvu qu'elle ait le bon sens de rester à l'écart,* songea-t-il.

Gardant sa main droite sur sa poche, Guy lui fit signe d'entrer. Ils marchèrent ensemble jusqu'au porche.

« Arrête-toi, dit soudain Guy d'une voix dure, à mille lieues du ton amical qu'il avait précédemment adopté. Fais un tour sur toi-même. »

Tom s'exécuta.

Guy lui souriait, mais ses yeux étaient froids. « Talkie-walkie, s'il te plaît, et téléphones portables. Ça m'étonnerait que tu n'en aies qu'un. Si tu ne me donnes pas les deux, je me sentirai obligé de te fouiller. Et quitte à choisir, je ne préférerais pas. »

Tom obéit. Lentement. La seule option qui lui restait désormais était d'essayer de gagner du temps.

« Et maintenant, petit frère de Jack, qu'est-ce que je vais faire de toi ? » Guy avait dit cela sur le ton de la conversation. Et au même moment, il avait sorti son pistolet de sa poche pour le pointer sur Tom.

66

Du canon de son arme, Guy fit signe à Tom de passer devant lui. Il y avait à gauche du hall une porte autour de laquelle filtrait de la lumière. Tom l'ouvrit.

Assise dans un confortable fauteuil face à un feu de cheminée, une jeune femme tenait dans ses bras un bébé endormi. Ollie.

La femme tourna légèrement la tête, révélant à Tom son profil. Elle laissa échapper un petit cri de surprise au moment où Guy entra dans la pièce, son pistolet braqué sur la tête de Tom.

« Guy ? fit-elle en essayant de refouler sa peur. Je ne m'attendais pas à ta visite...

— C'est ce que je vois, oui, répliqua-t-il d'un air à la fois surpris et furieux. Qu'est-ce que tu fous avec le bébé ? »

Mel se retourna vers le feu, sans doute pour cacher à Guy la panique que Tom avait perçue dans ses yeux.

Elle répondit sans les regarder, d'un air de défi que les tremblements de sa voix rendirent peu convaincant.

« Julie m'a dit que tu ne comptais pas rendre le bébé. Elle était bourrée, alors je l'ai pris. Je ne voulais pas le laisser à Finn, ce tordu.

— Tu as quitté la maison ? demanda Guy, incrédule.

— Il faisait noir. Et je n'ai croisé personne. Enfin, à part Julie. Mais elle a déjà vu l'œuvre de son mari. »

Qu'est-ce qu'elle voulait dire par là ? Tom se posa la question, mais il garda le silence.

« Pauvre conne, dit Guy d'un ton calme mais menaçant. Je pensais que tu avais appris la leçon, il y a six ans. Je te présente Tom, le frère de Jack ; il est flic. Mais j'imagine que tu sais déjà tout ça, hein ? Quand la cavalerie doit-elle arriver, Tom ? »

Tom haussa les épaules. Il était hors de question qu'il révèle quoi que ce soit. Même si la situation pouvait mal tourner. Très mal tourner.

« Bon. De toute façon, mes hommes m'avertiront quand ils approcheront. Pourquoi as-tu contacté Tom, Mel ? »

Le canon de l'arme de Guy était désormais pointé sur Mel, qui tenait toujours Ollie contre sa poitrine, mais dont le regard était désormais fixé sur un point situé derrière Guy. Tom tourna discrètement la tête dans cette direction et, sous le coup de l'horreur, ferma brièvement les yeux.

« Laisse-la tranquille, Guy. C'est moi qui ai dit à Tom où la trouver. »

Au son de cette voix, Guy se retourna vivement, braquant son arme sur l'homme qui était apparu dans l'encadrement de la porte.

« Salut, petit frère, fit Jack en regardant Tom avec un sourire triste.

— Jack Douglas ? » murmura Guy en plissant les yeux. Il se mit à agiter son arme pour lui faire signe d'aller se poster à côté de Tom. « Qui l'eût cru ? Tu es revenu voir Mel, c'est ça ? J'imagine que tu te sens redevable envers elle. »

Guy adressa à sa maîtresse un rictus mauvais.

« Mel n'a jamais rien fait, dit Jack. Je lui ai menti, à elle aussi.

— Ne raconte pas de conneries. Après avoir fait foirer ce job que tu devais faire pour nous, tu n'aurais jamais pu t'en sortir sans l'aide de Mel. Mais elle a payé pour ça. Hein, ma chérie ? »

Tom regarda Mel, qui était toujours tournée vers le feu. Il n'avait qu'une envie : lui prendre Ollie des bras et courir vers la sortie. Mais il ne pouvait pas. Pas avec Guy, qui agitait son arme devant eux.

« Elle ne quitte jamais la maison depuis, reprit Guy. Tu savais ça, Jack ? Elle n'a pas mis un pied dehors depuis le jour où elle t'a aidé à te faire la malle. Allez, ma chérie, montre à Jack ce qu'il t'a fait. » Guy gardait un ton agréable et plaisant. Mais Mel ne bougea pas.

« Ne m'oblige pas à te forcer, Mel. Montre à Jack. »

Lentement, la jeune femme tourna la tête pour révéler le côté gauche de son visage. Une longue cicatrice en dents de scie de couleur rose brunâtre courait du bas de son œil jusqu'à son menton, étirant sa paupière vers le bas, en exposant l'intérieur, humide et rose.

« Espèce d'enfoiré ! s'exclama Jack.

— Oh, c'était juste un ou deux petits coups. C'est Finn qui l'a recousue. »

Sans anesthésie, bien sûr ; inutile de poser la question. L'espace d'un instant, Tom put presque sentir la douleur de Mel au moment où l'aiguille lui avait transpercé la peau. La jeune femme n'était pas innocente. Mais c'était de la sauvagerie pure.

« Bon, je m'occuperai de Mel plus tard. Pour l'instant... » Le ton de Guy avait changé. « ... à genoux, tous les deux.

— Pourquoi ne pas t'enfuir pendant qu'il est encore temps, Guy ? » demanda Jack, qui n'avait pas bougé d'un pouce.

L'ignorant royalement, Guy pointa son pistolet vers Tom.

Mais, sans préambule, Jack s'interposa et se mit à avancer vers Guy, ne s'arrêtant que lorsqu'il fut à quelques centimètres de lui.

Tout sourires, Guy braqua le canon de son arme sur son crâne.

« Tu oublies que je suis déjà mort, dit Jack. On ne peut pas tuer un homme mort. »

Le coup de feu qui brisa soudain le silence dispersa dans les arbres nus les premiers oiseaux du jour, qui s'apprêtaient à saluer l'aurore de leur chant mélodieux. Quant à Emma, elle eut l'impression qu'une lame acérée venait de lui transpercer la poitrine.

Sortant des buissons où elle s'était cachée depuis que Tom était entré dans la maison, elle se mit à courir dans l'allée, tête baissée. Elle n'avait qu'une pensée en tête : Ollie.

Parcourues par d'étranges douleurs, ses jambes palpitaient sous le coup de la tension qui contractait ses muscles. Elle hurla de douleur, mais continua à courir en boitant, traînant jusqu'à la porte noire de la grange rénovée ses mollets que les crampes avaient rendus durs comme de la pierre. Quand elle fut enfin à l'intérieur, elle se tourna vers la pièce silencieuse qui se trouvait à sa gauche ; la seule où l'on pouvait voir de la lumière.

Tout en pressant sa main sur le côté gauche de son ventre, où une douleur lancinante venait de se manifester, elle alla se poster dans l'encadrement de la porte.

Elle eut l'impression de plonger dans le noir. La seule lumière, vive, émanait d'Ollie, qui, sans doute réveillé par la détonation, s'était mis à pleurer. Elle ne prêta guère attention aux deux hommes qui gisaient sur le sol dans une mare de sang : elle n'avait d'yeux que pour son bébé, et pour la femme qui le serrait fermement dans l'un de ses bras en brandissant d'une main tremblante un pistolet dont le canon s'agitait dangereusement.

« Ne faites pas de mal à mon bébé ! hurla-t-elle. Tuez-moi, mais ne lui faites pas de mal. Je vous en supplie ! »

Elle regarda la femme en face et laissa échapper un petit cri de surprise. Qu'était-il arrivé à son pauvre visage ? Mais peu importait : cette femme avait Ollie, et pour le moment, c'était tout ce qui comptait.

« Donne-moi cette arme, Melissa. »

Tom. Dieu merci !

Sans prononcer le moindre mot, Melissa retourna le pistolet et le tendit à Tom en le tenant par le canon. Ses deux mains étant désormais libres, elle put serrer Ollie une dernière fois contre elle avant de se lever pour le remettre à Emma.

« Il est adorable. Je suis désolée pour tout ce qui s'est passé. » L'air sonné, Melissa se laissa tomber sur son fauteuil.

Mais Emma la regarda à peine. Ollie avait cessé de pleurer quand il avait entendu sa voix. Elle le pressa fort contre elle. Si fort qu'il laissa échapper un petit « hep ! » de protestation. Emma se mit à rire et à pleurer en même temps. Elle le hissa un peu plus haut pour pouvoir regarder sa peau douce, ses petites joues rondes, ses cheveux fins. Du bout des doigts, Ollie essuya ses larmes. « Mamamaman », dit-il doucement, tandis qu'un grand sourire venait illuminer son visage.

Emma le serra encore contre elle. Puis elle se tourna vers Tom, qui avait entrepris de pousser l'un des deux hommes au sol en le faisant rouler sur le côté. Sous ce premier corps couvert de sang gisait celui de Jack. Jack qui, sans ses cheveux hirsutes et sa barbe de trois jours, lui paraissait très différent, mais en même temps très familier.

Il avait dû se sacrifier pour Ollie...

Emma n'arrivait plus à respirer.

Mais soudain Tom tendit la main, et Jack ouvrit les yeux. Il regarda d'abord son frère, puis Ollie et Emma, qu'il observa attentivement, comme pour s'assurer qu'elle allait bien.

Enfin, il prit la main de son frère, qui l'aida à se redresser.

« Ce connard de Guy est beaucoup plus lourd qu'il n'en a l'air, marmonna-t-il.

— Ne refais jamais ça, Jack, jamais. Si Mel n'avait pas été là, tu serais mort à l'heure qu'il est. Mais qu'est-ce qui t'a pris, bordel ?

— Toi aussi, tu as oublié ? Comme je viens de le dire à Guy, je suis *déjà* mort. Écoute, il nous aurait tués tous les deux. D'ailleurs, il a failli me tuer en me tombant dessus. S'il avait tiré, ça t'aurait laissé une seconde ou deux de battement pour agir et le mettre à terre. »

Tom soupira en secouant la tête.

« Bon, on en reparlera plus tard. Il faut qu'on s'occupe d'Ollie. Melissa, Julie a dit qu'elle lui avait donné un somnifère. Tu es au courant ? »

Emma, horrifiée, tourna la tête vers la jeune femme. Celle-ci semblait toujours aussi sonnée, elle avait le regard rivé sur le corps sans vie de Guy, et un léger sourire flottait sur ses lèvres. Elle ne releva pas la tête pour répondre :

« Il va bien. Elle le lui a donné juste avant que j'arrive. Il pleurait parce qu'il avait soif ; elle n'avait même pas pensé à lui donner à boire. Sa petite bouche était toute sèche, et le cachet est resté collé sous sa langue, là où elle l'avait mis. Je l'ai retiré et j'ai essuyé ce qui pouvait en rester avec un linge humide. Il a bu beaucoup d'eau ensuite, et il s'est endormi. Mais je pense qu'il va bien. »

Melissa, comme hypnotisée, n'avait toujours pas détaché son regard du cadavre de Guy.

« Merci. » Ce fut le seul mot qui vint à l'esprit d'Emma.

« Je pense tout de même qu'il faut faire passer à Ollie un examen médical complet, intervint Tom.

Je vais emmener Emma et la confier à un officier, qui veillera sur Ollie et elle jusqu'à l'arrivée des secours. » On entendait des sirènes se rapprocher, ainsi que le bourdonnement d'un hélicoptère, quelque part au-dessus de la maison.

Tom se tourna vers Jack et Melissa.

« Je n'ai aucune envie de vous laisser, mais Ollie est ma priorité numéro un. Je reviens dans deux minutes. Restez là, tous les deux. »

Serrant fermement son bébé contre elle, Emma commença à avancer vers la porte. Mais c'était sur Jack que son regard était fixé. Elle essayait de le transpercer, de lire ses pensées, de lui communiquer les siennes, de lui ouvrir son cœur.

« Jack », murmura-t-elle.

Son regard s'adoucit, mais il secoua très légèrement la tête puis releva le menton pour lui faire signe d'y aller. Il fallait qu'elle y aille, oui, pour Ollie, mais il restait encore tant de choses à dire...

Au moment où Tom referma la porte derrière elle, Emma eut la sensation qu'elle venait de perdre Jack pour la troisième fois de sa vie. Et cela n'avait jamais été aussi triste.

67

Tom n'avait aucune envie de quitter les lieux, mais Ollie devait passer en priorité, et de toute façon, il avait besoin de temps pour réfléchir. Après avoir repris son talkie-walkie et ses téléphones, il passa le bras autour des épaules d'Emma et la conduisit jusqu'à la porte. À quelques mètres de là, dans l'allée, un policier releva la tête vers eux.

« Excusez-moi, chef. Elle a dit qu'elle avait envie d'uriner ; je ne pouvais pas la suivre. Après, je vous jure que je l'ai cherchée partout. »

Tom adressa un regard de reproche à Emma. Mais il ne pouvait pas lui en vouloir. Impatient de voir arriver l'ambulance, il la conduisit jusqu'au portail.

« Tu as été super, Emma, dit-il en regardant au loin. Ça va ?

— Maintenant, oui. Mais qu'est-ce qui s'est passé ?

— Jack, ce petit con, a voulu jouer les héros. Guy avait un flingue braqué sur lui, mais Melissa en avait un aussi, caché dans son fauteuil. Elle a tiré sur Guy, et j'ai d'abord cru qu'ils avaient fait feu au même moment. J'ai cru que Jack était mort, lui aussi. »

Et cela lui avait fait très bizarre. Son frère qu'il pensait mort mourant à nouveau... Il n'aurait pas dû ressentir un tel chagrin deux fois pour la même personne. C'était contre nature.

« Melissa n'a jamais été la maîtresse de Jack, hein ?

— Je ne pense pas. Elle a toujours été celle de Guy. Sa maîtresse, mais aussi son chien de garde. Si elle vivait avec Jack, c'était uniquement pour s'assurer qu'il se pliait à chacune des exigences de plus en plus dures et nombreuses de Guy. Mais avec le temps, elle a dû se prendre d'affection pour Jack. Et du coup, je crois qu'elle l'a aidé à s'échapper. »

Tom observa le visage d'Emma en se demandant si ses explications avaient amélioré les choses ou les avaient aggravées à ses yeux, mais Emma, le regard fixé sur Ollie, paraissait aux anges. Le petit avait niché sa tête dans le creux de son cou et elle essayait de le serrer encore plus fort contre elle. Un gyrophare bleu finit par approcher. Tom, soulagé, retira son manteau et le posa sur les épaules d'Emma.

« Est-ce que tu savais ce que faisait Jack, Em ? demanda-t-il. Je ne t'accuse pas de quoi que ce soit ; je me demande juste comment il a pu s'enfoncer à ce point-là. »

Comme si elle s'interrogeait sur la réponse à lui donner, Emma garda le silence pendant un moment.

« Je savais pour le piratage. Mais dans les mois qui ont précédé notre rupture, il avait l'air de se battre contre quelque chose ; et ça, je ne savais pas ce que c'était. Il était tout le temps en colère ; contre lui, pas contre moi. J'imagine que c'était à cause des trucs que Guy l'obligeait à faire. Ce n'est pas un mauvais bougre, Tom. Il a commis des erreurs dans sa jeunesse, et les choses ont fini par dégénérer, c'est tout. »

Tom l'écoutait, mais il aurait préféré être ailleurs. Jack venait d'essayer de lui sauver la vie, et probablement de sauver celle d'Ollie, et il avait risqué sa peau pour faire coffrer Guy Bentley.

Mais Jack était un criminel, et Tom était flic.

« Bon, on éclaircira tout ça plus tard. Je ne peux pas faire comme si rien ne s'était passé et que Jack n'avait rien fait. »

En parlant de crimes, Emma n'était toujours pas au courant de ce qui était arrivé à David...

« Écoute, Em, je suis vraiment désolé, mais j'ai de mauvaises nouvelles à t'annoncer. Après ton départ pour la banque, tout à l'heure, quelqu'un s'est introduit dans ta maison et David a été grièvement blessé. Il a été emmené à l'hôpital. »

Emma parut désorientée.

« Grièvement ? répéta-t-elle.

— Grièvement.

— Oh, mon Dieu, le pauvre ! Et Tasha ? Ils ne lui ont pas fait de mal ?

— Quand nos hommes sont arrivés, ils ont fouillé la maison, mais ils n'ont trouvé aucune trace d'elle. Je suis navré, Emma. Ils ont dû l'emmener. »

Après tout ce qu'avait fait Natasha, Tom pensait qu'Emma serait soulagée à l'idée qu'elle soit partie. Mais il lui suffit de jeter un coup d'œil à son visage horrifié pour comprendre que ce n'était pas le cas.

« Elle est en danger, Tom. Ils ont dû comprendre qu'elle savait que je vous avais contactés. Je ne sais pas ce qu'ils vont lui faire... Retrouve-la. Fais-le pour moi, s'il te plaît. Je ne veux pas qu'il lui arrive quoi que ce soit.

— On est déjà en train de la rechercher. Ne t'inquiète pas : on ne la laissera pas tomber. »

L'ambulance venait de se garer dans l'allée. Tom fit signe à l'officier d'y accompagner Emma et Ollie.

« Il faut que je retourne dans la maison. Ça va aller ? »

Tout en enfouissant son nez dans les cheveux d'Ollie, Emma hocha distraitement la tête puis se pencha de côté pour lui rendre son manteau. La seule chose qui l'intéressait était de serrer son petit garçon dans ses bras pour oublier toutes les horreurs qu'elle venait de vivre.

Tom se retourna donc vers la maison. Il aurait dû être euphorique. Ollie était sauvé, Guy Bentley était mort et Finn McGuinness se trouvait derrière les barreaux, où il serait bientôt rejoint par le reste des membres du gang. Mais il lui restait deux personnes à arrêter. Et il n'avait aucune envie de remplir ce devoir.

Debout devant la porte ouverte de la maison de Melissa, Tom regarda l'ambulance partir. Il cherchait peut-être à différer l'inévitable (à « procrastiner », comme aurait dit Leo), mais il fallait vraiment qu'il appelle Becky.

« Ollie est sain et sauf », dit-il. Becky poussa un cri de joie. « Et Guy Bentley est mort. Voilà les bonnes nouvelles de mon côté. Maintenant, dis-moi que tu as retrouvé Natasha. »

Dans la voix de Becky, la joie fit place à la tristesse.

« Aucune trace d'elle, Tom. Je suis désolée. »

Une colère froide s'empara de lui. Quand il pensait à ce que cette enfant devait désormais être en train de subir... Il aurait dû la protéger mieux que ça.

« Arrange-toi pour que quelqu'un arrête cet enfoiré de Rory Slater. Et sa femme, par la même occasion. Et veille à ce que la maison soit méticuleusement fouillée. Emma m'a parlé d'un endroit dans la cave qu'ils appellent le puits. S'ils ont encore enlevé cette pauvre petite, c'est là qu'ils ont dû l'emmener.

— Compris », répondit simplement Becky.

Tom raccrocha. Il avait une autre personne à appeler.

« Paul, où en êtes-vous ? Il faudrait procéder à deux arrestations, mais je n'ai vraiment pas le cœur de m'en charger.

— Je vois. Veillez juste à ce que ces deux personnes ne s'enfuient pas. Le groupe d'intervention devrait arriver d'une seconde à l'autre. Quant à moi, je serai là dans une dizaine de minutes. »

Tom informa Paul Green de la mort de Guy, et il entendit des cris de joie émanant de la voiture dans laquelle il était en train de rouler. C'était une bonne soirée pour Titan.

Le cœur lourd, il finit par ouvrir la porte du séjour. Il contourna le corps inerte de Guy.

Mel avait de nouveau le visage tourné vers le feu.

« Où est Jack, Mel ?

— Dans la salle de bains, répondit-elle sans se retourner. Il est parti nettoyer le sang, je crois. »

Tom alla s'installer dans un fauteuil, juste en face de la femme qui avait sauvé la vie de son frère.

« Merci pour ce que tu as fait ce soir. Je suis désolé d'avoir à te le dire, mais d'autres officiers s'apprêtent à arriver, et ils vont t'arrêter pour avoir tiré sur Guy. Écoute, je n'ai pas compris pourquoi tu avais fait ça. »

Un petit sourire triste se dessina sur le côté non défiguré du visage de Melissa.

« Tu as vu ce que Guy m'a fait rien que pour avoir aidé Jack. Que crois-tu qu'il m'aurait fait si je vous avais rendu le bébé ? »

Tom ne sut que répondre ; tout ce qu'il aurait pu dire n'aurait été que vaines platitudes.

« Mon intention n'était pas de tuer Guy ; ce flingue, c'était pour Finn. Je ne pouvais pas le laisser tuer un bébé. Et je savais qu'il viendrait chercher Ollie dès qu'il aurait fini de parler à Julie. Je m'étais donc préparée à le recevoir.

— Comment savais-tu que j'allais venir ? » demanda Tom. Il n'avait pas oublié que Melissa n'avait pas du tout paru surprise de le voir, alors qu'elle avait semblé complètement déconcertée par l'apparition de Guy.

« Quand Jack m'a localisée, il m'a appelée, après t'avoir dit où j'habitais. Il a pris un gros risque, tu sais ? J'aurais très bien pu le répéter à Guy. Mais il m'a dit que la seule chose qui comptait pour lui, c'était qu'Emma retrouve son bébé. Je ne savais pas qui, de toi ou de Finn, allait arriver en premier. Mais je ne m'attendais pas à voir Guy.

— Tu as sauvé la vie de ce bébé, la mienne et celle de Jack. Je suis sûr que la cour comprendra et se montrera clémente. »

Melissa se mit à rire.

« Mais j'ai très envie d'aller en prison, Tom. Tu le crois, ça ? Dans une prison pour femmes. Je me sentirai relativement en sécurité. Si je reste dehors, Finn s'arrangera pour me faire souffrir, même s'il se retrouve enfermé à Strangeways pour le reste de sa vie. Et j'espère que ça sera le cas, parce qu'il le mérite. Comme moi, d'ailleurs. Je ne suis pas une sainte, tu sais ? »

Mel commença à lui raconter sa vie avec Guy et les erreurs qu'elle avait commises. Elle parlait beaucoup, elle parlait trop. Au bout d'un moment, Tom finit par comprendre pourquoi. Il jeta un coup d'œil à la porte ouverte, derrière lui.

« Jack n'est pas dans la salle de bains, hein ? »

Affichant un air innocent qui n'aurait trompé personne, Mel tourna vers lui son visage dévasté.

« Je ne vois pas du tout de quoi tu parles. Il n'y a que toi et moi, ici. Il n'y a *jamais* eu que toi et moi. »

68

Natasha traînait les pieds sur le chemin étroit, la tête baissée pour cacher ses larmes. Il n'y avait personne pour la regarder, mais on lui avait toujours interdit de pleurer, et elle avait honte de ces sanglots qui menaçaient de l'étouffer. Elle n'avait aucune idée de l'endroit où elle allait. Mais tous les chemins mènent bien quelque part, non ?

Elle n'avait pas eu de problème pour s'enfuir de la maison. Il lui avait suffi d'attendre le bon moment : quand David était en train de s'apitoyer sur son sort dans la cuisine en se demandant si les flics finiraient par découvrir ce qu'il avait fait. Les derniers mots qu'il lui avait dits avaient été : « Ce n'est pas la peine d'en parler à qui que ce soit, hein, Natasha ? C'était une erreur, c'est tout. Une erreur stupide. »

Chaussée de ses baskets humides et couvertes de boue, elle suivait les ornières qu'avaient laissées les tracteurs. La pluie s'infiltrait dans son vieux duffle-coat et elle pouvait sentir des petites gouttes glacées lui couler le long du dos. Mais elle avait encore beaucoup de chemin à faire. En fin de compte, si, elle savait où aller. Mais c'était loin ; elle ne serait pas arrivée avant le lever du jour. Il fallait donc qu'elle trouve un endroit où se cacher, entretemps. Parce que Finn et Rory, bien sûr, allaient la chercher. Mais pas parce qu'ils voulaient d'elle...

C'était ça, le problème : personne ne voulait d'elle. David n'avait pas voulu la récupérer quand il en avait eu l'occasion, et si Rory et ses potes insistaient pour qu'elle rentre à la maison, ou ce qui lui en avait tenu lieu pendant six ans, ce n'était pas parce qu'ils voulaient d'elle. Ce qu'ils voulaient, c'était juste lui montrer qu'elle n'avait aucun moyen de leur échapper et profiter de tout l'argent qu'elle pouvait leur rapporter. Et puis elle en savait trop. Sur les escroqueries, le trafic de drogue dans le train, les acheteurs de téléphones volés...

Au départ, le boulot lui avait paru facile. Tout ce qu'elle avait à faire était de refuser de parler aux gens, de ne rien dire à personne, de trouver le bon moment pour sortir de la maison avec le bébé, de téléphoner à Rory puis de retourner chez les Joseph et de regarder son père souffrir pendant quelques heures, jusqu'à ce que tout soit terminé. Après, normalement, elle aurait dû repartir tranquillement.

Elle savait que David et Emma seraient furax contre elle et elle avait même pensé qu'ils lui mettraient deux, trois baffes pour lui faire dire où était Ollie. Mais elle était habituée à ça. Le truc auquel elle ne s'était pas attendue, par contre, c'était de ressentir ce qu'elle avait ressenti quand elle avait vu à quel point Emma aimait Ollie. À un moment, elle s'était même dit que peut-être, mais vraiment peut-être, elle pourrait un jour être aimée comme ça, elle aussi.

David, elle le détestait, bien sûr, mais Emma, elle avait été gentille avec elle. Et qu'est-ce qu'elle lui avait fait en échange ? Elle lui avait volé son bébé. Voilà ce qu'elle lui avait fait.

Natasha essaya d'expulser tout le chagrin qui avait grandi en elle dans un puissant gémissement qui se perdit dans la nuit.

Et en plus, elle avait fait une autre connerie pour laquelle ils allaient lui en vouloir à mort. Elle avait laissé tous les beaux habits qu'Emma lui avait achetés, mais il y avait un truc dont elle avait besoin, un truc qu'elle devait prendre.

De l'argent.

Elle n'avait pas besoin de beaucoup ; elle pouvait toujours piquer de la nourriture. Mais il lui en fallait quand même un peu, et elle n'avait jamais été une bonne pickpocket. Elle avait essayé quand elle était petite, mais sa victime l'avait attrapée par le col et l'avait secouée, et depuis, elle s'était toujours limitée au vol à l'étalage. Le problème, c'était qu'Emma avait emporté son sac à main et que le portefeuille de David était dans la poche de sa veste. Veste qu'il portait ce jour-là.

Du coup, il ne lui était resté qu'une solution. Une solution qu'elle avait trouvée vraiment nulle. Il fallait qu'elle arrête d'y penser, mais ça revenait tout le temps. De toute manière, ils la détestaient déjà, alors ça ne changerait pas grand-chose.

Là où elle allait, il y avait plein d'enfants comme elle : des enfants dont personne ne voulait, ou bien qui avaient été obligés de fuir des trucs plus horribles encore que la vie qu'elle menait. Elle voulait se cacher dans les tunnels qui passaient sous Manchester, un immense réseau construit cent ans plus tôt. Elle y serait sûrement en sécurité, mais il faudrait qu'elle marche pendant des kilomètres, et seulement de nuit, en prenant des chemins de traverse. Elle ne savait même pas où elle était, mais elle avait vu des panneaux quand ils étaient allés au supermarché, et apparemment, la ville la plus proche était Stockport. Si elle réussissait à aller jusque-là, elle pourrait demander à quelqu'un de l'aider quelques jours, le temps qu'elle trouve un moyen de rejoindre Manchester.

Elle n'arrêtait pas de repenser à ce qui s'était passé. Est-ce qu'elle avait fait le bon choix ? Est-ce qu'elle aurait dû rester ?

Le problème, c'est que s'ils avaient vu qu'elle était toujours là, dans la maison de son père et d'Emma, Finn et le chef auraient sûrement dit qu'ils ne rendraient pas Ollie tant qu'elle ne serait pas rentrée. David et Emma auraient donc été obligés de faire un choix. Elle ou Ollie. Et là, c'était couru d'avance. Ouais, mieux valait partir maintenant plutôt que d'avoir à les écouter se chercher des excuses et lui expliquer pourquoi ils ne voulaient pas d'elle. En plus, si elle partait, si elle disparaissait pour de bon, Finn n'aurait plus aucune raison de garder Ollie.

Mais peut-être qu'elle aurait dû rester quand même. Comme ça, Emma aurait eu plus de poids dans la négociation. Ouais, rester et se sacrifier pour qu'Emma puisse récupérer Ollie. Elle donna un petit coup de pied dans une motte de terre humide. Elle était vraiment incapable de faire un truc bien.

Le corps tremblant de chagrin et de remords, elle essuya ses larmes d'un revers de main et releva son visage vers la pluie.

Becky Robinson se tenait à l'écart de la cuisine des Joseph. La pièce était remplie de scientifiques, et de toute façon, il n'y avait rien à voir. Mis à part du sang, bien sûr. Emma se trouvait à l'hôpital avec Ollie, qui avait subi un examen complet, et les nouvelles étaient bonnes. Apparemment, les petites particules de somnifère qu'il avait ingurgitées n'avaient eu sur lui aucun effet secondaire.

Becky ne savait pas si Emma était allée voir son mari. Si elle ne l'avait pas fait, en tout cas, personne ne pourrait le lui reprocher, maintenant qu'elle savait. Tout ce qui était arrivé, à Natasha, à Caroline, et maintenant à Ollie et Emma, était la conséquence directe des actes que David avait commis six ans plus tôt.

Jumbo et son équipe avaient fini d'inspecter la maison ; il ne leur restait plus que la cuisine. Becky était donc libre de circuler dans les autres pièces. Elle se rendit dans la chambre de Natasha. Le lit était fait et tout était bien rangé. Il régnait dans ce lieu un ordre et une propreté qu'elle trouvait difficilement associables à l'idée qu'elle se faisait d'une jeune fille de treize ans. Ou en tout cas d'une jeune fille de treize ans proche de celle qu'elle avait elle-même été.

Elle ouvrit les tiroirs. À l'intérieur, de beaux vêtements, parfaits pour une ado comme Natasha, tous impeccablement pliés, comme si la personne à qui ils appartenaient y tenait vraiment. Becky essaya de réfléchir à ce que Natasha portait la première fois qu'elle l'avait rencontrée. Le pull rouge avec le fil décousu. Il n'y était pas.

Où es-tu, Tasha ?

Elle ne pouvait pas être chez Rory Slater. La maison était vide. Tous les enfants avaient été confiés aux services sociaux et les époux Slater étaient derrière les barreaux.

La maison avait été fouillée, mais l'équipe n'avait rien trouvé. Enfin, rien en dehors d'une cellule creusée dans le sol de la cave. Un truc à peine plus grand qu'un trou, avec des murs en terre battue. Froid et humide, il empestait la peur.

Becky se dirigea en frissonnant vers la chambre d'Ollie. À ce qu'elle pouvait en voir, les scientifiques avaient procédé à une recherche d'empreintes mais n'avaient rien déplacé. Son regard fut immédiatement attiré par un jouet qui se trouvait en plein milieu du tapis. Elle se pencha pour le ramasser. Une tirelire en forme de coccinelle. Becky la secoua. Pas un bruit. Elle était vide.

Elle s'apprêtait à la poser sur la commode quand elle remarqua qu'un petit bout de papier dépassait de la fente. Elle tira doucement dessus. Et après l'avoir déplié, elle déplaça une lampe pour pouvoir lire ce qui y était inscrit.

« Oh non », marmonna-t-elle. Et des larmes commencèrent à lui emplir les yeux. Il allait falloir qu'elle appelle Tom. Mais pas tout de suite. Elle ne pensait pas pouvoir prononcer ces mots à voix haute.

À Ollie Joseph.

Je te dois 7,36 £.

Signé : Natasha (ta sœur)

Dsl

69

SIXIÈME JOUR

Il était midi quand Tom put enfin rentrer chez lui. Il ne se souvenait plus de la dernière fois qu'il avait dormi ou mangé autre chose que des barres chocolatées et des chips.

Melissa avait maintenu qu'il n'y avait personne d'autre qu'eux dans la maison, mais Tom avait refusé d'entrer dans son jeu. Bien sûr, Jack n'était pas directement impliqué dans la mort de Guy, et il n'y avait aucun intérêt à mentir, puisque Paul Green savait qui il était. Jack n'avait commis aucun méfait : il avait simplement joué son rôle d'indic et n'avait en réalité jamais acheté l'or volé. Certes, ses crimes et délits passés étaient fort susceptibles de remonter à la surface. Cela étant, le fait qu'il ait aidé l'équipe de Titan à attraper Guy jouerait certainement en sa faveur, et de toute façon Jack n'était pas du genre à se défiler : il assumerait les conséquences de ses actes. Ce n'était donc pas la justice qu'il cherchait à fuir.

Tom ne pouvait oublier les mots qu'avait prononcés Melissa juste avant qu'on l'emmène :

« Jack t'aime, Tom. Il t'appelait toujours "le gentil". Il disait que tu avais plus d'honneur dans ton petit doigt qu'il n'en avait dans son corps tout entier. Tout ce qu'il a fait il y a six ans, il l'a fait pour les gens qu'il aime. Mais maintenant que Guy est mort, seuls toi, moi, Emma et quelques flics savons que Jack est encore en vie. Et les choses doivent rester comme ça. Je ne sais pas ce que Finn me réserve, même depuis sa cellule de prison, mais je sais que le sort de Jack serait dix fois pire que le mien. Le sort de Jack... et peut-être celui de son entourage. Bref, il faut qu'il reste mort. »

Tom n'avait pas trouvé de mots pour lui répondre. Ses cordes vocales semblaient bloquées.

Il ouvrit la porte mais, pour une fois, n'eut aucun plaisir à rentrer chez lui. Il aurait dû se faire quelque chose à manger puis aller directement au lit. Mais il ne pouvait pas. Il était trop énervé, trop agité et, plus que tout au monde, il aurait aimé que Leo soit là. Elle devait se demander ce qui se passait. Mais si Tom avait l'impression que cela faisait des semaines qu'il ne l'avait pas vue, pour elle, ce n'étaient rien de plus que deux petits jours de silence.

Il entra dans la cuisine et alluma la bouilloire.

Pendant qu'elle chauffait, il mit son ordinateur portable en charge. Puis il se retourna vers le plan de travail.

Ding, entendit-il.

Le dos toujours tourné à l'ordinateur, il resta figé sur place. Il n'y avait qu'une personne de sa connaissance qui pouvait faire ça. Il retint son souffle quelques instants, puis se retourna lentement.

Au milieu de son écran s'affichait un dossier intitulé *Le Gentil.*

Tom s'installa sur une chaise et cliqua dessus. Le dossier contenait un seul fichier.

Désolé d'être parti si vite, mais je me suis dit que tu comprendrais.

Je t'ai déçu ; j'en suis conscient. J'ai déçu Emma aussi, et maintenant, elle doit accepter non seulement ce que j'étais, mais aussi ce qu'est David.

Je l'aimais. Et je l'aimerai toujours.

Reste comme tu es, Tom. Tu es le héros de la famille. Je te regarderai de loin, mais tu ne sauras pas que je suis là.

L'argent que je t'ai légué a été acquis légalement ; ne te fais pas de souci. Je sais que tu sauras l'utiliser à bon escient. J'aurais préféré que tu ne découvres pas la carte SD. J'ai essayé de la récupérer, mais je ne l'ai pas trouvée. Désolé pour tout ce bazar, petit frère, mais il fallait que ça ait l'air vrai. Ton cottage dans le Cheshire est magnifique, soit dit en passant. Surtout la cuisine.

Si ça peut te rassurer, sache que mes biens mal acquis vont être redistribués comme il se doit. Mais je te passe les détails de tout ça.

Oublie que tu m'as vu. Ma mort est mon choix.
Le Méchant

Tom lut et relut le mot jusqu'à ce que sa vision soit brouillée. Par les larmes ou la fatigue, il aurait été incapable de le dire. Il savait que, dès qu'il toucherait son clavier, le fichier disparaîtrait de son ordinateur, tout comme il savait que Jack ne le recontacterait plus jamais de cette façon. C'était peut-être son tout dernier lien avec son frère ; il ne voulait pas le lâcher.

Devait-il vraiment rester mort ? N'y avait-il pas d'autre solution ?

Tom avait retrouvé son frère et l'avait perdu à nouveau. Ses émotions étaient confuses, un sac de nœuds impossibles à démêler.

Enfin, il se rassit et leva lentement le doigt pour appuyer sur la barre d'espace. Comme il s'y était attendu, le texte disparut. Après être resté un long moment le regard fixé sur l'écran vide, il se releva à contrecœur pour se diriger vers la bouilloire. Tout en versant de l'eau chaude dans un mug, il jeta un coup d'œil à son téléphone. Il avait un message ; la lumière clignotait. Il fallait qu'il appelle Leo, qu'il lui explique ce qui s'était passé, songea-t-il en appuyant sur le bouton pour écouter. Il avait besoin d'elle plus que jamais. C'était la seule personne qui pouvait lui apporter le réconfort et l'amour dont il avait soudain tant besoin.

Comme pour répondre à ses pensées, la voix de Leo se mit à résonner :

« Tom, c'est Leo. » Il esquissa un sourire. Comme s'il ne l'avait pas reconnue... « Je voulais juste te prévenir que je partais quelques jours. Puisque tu es apparemment très occupé, je me suis dit que j'allais en profiter pour prendre un peu de temps pour moi. Je t'appelle quand je serai rentrée. »

Tom s'adossa au mur et se mit à regarder fixement le plafond. Il savait bien que Leo avait toujours tendance à se défiler mais, pour la première fois depuis des mois, il se prit à se demander ce qu'il faisait avec cette femme qui ne pouvait lui garantir d'être à son côté quand il avait besoin de soutien.

Il se souvint de la passion, de la complicité, mais surtout de l'indéniable amour qui existait entre Emma et Jack, avant que son frère ne soit forcé de mettre un terme à leur relation. Aujourd'hui encore, malgré les épreuves qu'Emma avait endurées, il avait vu tout cela briller dans son regard quand elle avait cru que Jack était mort.

Connaîtrait-il un jour la même chose ?

Pour le moment, il avait juste envie que quelqu'un le serre dans ses bras pour apaiser la douleur de la perte. Mais il n'avait personne pour le faire.

70

UN MOIS PLUS TARD

Devant la fenêtre de sa cuisine, Emma observait les plantes et les arbres qui reverdissaient. Tant de choses s'étaient passées qu'elle ne s'était même pas aperçue que le printemps était déjà là, bien installé. C'était une belle journée ensoleillée, mais elle aurait préféré que le ciel soit sombre ; elle aurait préféré voir dans le carreau obscurci le reflet des yeux d'une jeune fille. Chaque fois qu'elle se retournait, elle s'attendait à trouver derrière elle une adolescente aux cheveux blonds hirsutes vêtue d'un duffle-coat trop grand. Elle l'aurait accueillie à bras ouverts.

Il aurait vraiment fallu qu'elle vende cette maison et qu'elle déménage. Mais elle restait pour Tasha. C'était le seul endroit que la petite connaissait ; si Emma partait, elle ne saurait jamais où la retrouver, si un jour elle décidait de le faire. Elle ne pouvait pas supporter l'idée que la vie de Tasha puisse se terminer de la même façon que celle de son amie Izzy. Tom avait confirmé que c'était bien la jeune fille retrouvée dans le bois. Il était presque certain qu'elle s'était donné la mort en ingurgitant une forte dose de kétamine volée dans la maison de Julie. D'après lui, beaucoup de prostituées utilisaient la kétamine pour s'anesthésier un peu avant l'arrivée de leurs clients. Le commerce de Julie était désormais fermé, mais d'autres ouvriraient sans doute pour combler ce vide dans le marché, et à la simple idée que Tasha puisse finir dans l'un d'eux, Emma avait envie de vomir.

Dans les quelques jours qui avaient suivi le retour d'Ollie à la maison, Emma était passée de la joie pour Ollie à l'inquiétude pour Tasha et David. Elle était restée trois jours au chevet de son mari, dans sa chambre d'hôpital, à lui tenir la main en pensant à tous les bons moments qu'ils avaient vécus ensemble et en se demandant ce que l'avenir leur réservait. Mais David ne lui avait plus jamais parlé. Ses blessures étaient trop graves ; il était mort au bout du troisième jour. Elle espérait qu'il avait compris qu'Ollie était sain et sauf : elle le lui avait répété doucement à l'oreille des dizaines de fois, en priant pour qu'il puisse l'entendre. Et elle lui avait menti, en lui disant que Tasha allait bien elle aussi et qu'elle était à la maison.

Mais Emma était réaliste : si David avait survécu, elle n'aurait pas pu passer une nuit de plus dans son lit. Comment avait-il pu ne serait-ce qu'envisager de faire vivre ce calvaire à sa femme et à sa fille juste pour se tirer d'embarras ? Elle ne cessait de se poser cette question et avait chaque fois l'impression de recevoir un coup de poing en pleine figure. Elle ne se serait plus jamais sentie en sécurité avec lui et n'aurait plus jamais pu lui confier Ollie. Elle regrettait qu'il soit mort, mais sa vie avec lui s'était terminée à la seconde même où elle avait appris ce qu'il avait fait.

Emma avait désormais beaucoup de mal à quitter Ollie du regard, même pour quelques secondes. Elle restait assise à ses côtés quand il faisait la sieste, et il lui avait fallu se faire violence pour ne pas déplacer son petit lit dans sa propre chambre. Ce n'était pas parce qu'elle était terrorisée dès qu'elle entendait des bruits de pas dans l'allée qu'elle devait communiquer ses sentiments à son fils...

Tom avait été un véritable soutien, même si elle voyait bien qu'il avait toujours beaucoup de mal à accepter l'idée que Jack soit vivant et ait disparu dans la nature. Là-dessus, il n'était pas le seul.

« Si je m'écoutais, je laisserais tomber mon boulot pour aller le retrouver, Em, lui avait-il dit un jour où il était venu lui rendre visite. Mais ça ne lui ferait pas plaisir. J'en suis certain. »

Il semblait si triste depuis ces horribles journées qu'ils avaient passées. Elle savait qu'il avait une amie ; il l'avait brièvement évoquée un jour où elle était chez lui. Mais, quand elle lui avait demandé de la lui présenter, il avait simplement répondu : « Non, pas pour le moment », et elle n'avait pas réussi à lui faire dire quoi que ce soit d'autre à ce sujet.

Tous les soirs, Emma allait se coucher en pensant à Jack et à ce qui aurait pu être. Elle revivait le moment où il l'avait touchée, la sensation de son corps contre le sien dans la chambre forte. Sur le coup, elle avait eu très peur, mais ensuite, une sorte de chaleur l'avait envahie. Avant même de le reconnaître, elle avait ressenti quelque chose de fort, d'intense. Puis elle avait vu ses yeux, et elle s'était perdue à nouveau.

Elle passait ses nuits à veiller sur Ollie et à rêver de Jack. Mais, dans la journée, elle se consacrait, avec Ollie, à tout autre chose. Et elle continuerait de le faire aussi longtemps que nécessaire.

Tous les matins, en descendant l'escalier, Emma adressait la même pensée au portrait toujours accroché dans le hall :

Je n'abandonnerai jamais, Caroline.

Puis, quasiment tous les jours de la semaine, elle se rendait en voiture avec Ollie jusqu'à Manchester ou Stockport, en changeant d'heure et de quartier aussi fréquemment que possible.

Et quand elle avait trouvé le lieu le plus fréquenté, elle posait à côté de la poussette d'Ollie une grande boîte en plastique sur laquelle elle se hissait. Immanquablement, les gens se retournaient pour la regarder. Et c'était à ce moment-là qu'elle se mettait à hurler :

« Tasha ! Natasha Joseph ! Rentre à la maison, Tasha ! »

Ollie ne tardait jamais à se joindre à elle. « Tassa », criait-il à son tour.

Elle choisissait toujours des zones commerçantes, car elle pensait qu'elle avait plus de chances d'y trouver de petits malfrats (le genre de personnes que Tasha avait fréquentées) occupés à faire les poches des passants ou à essayer de leur voler leurs portables. Chaque fois qu'elle croisait dans la rue un enfant qui aurait dû être à l'école, elle l'arrêtait pour lui montrer une photo de Tasha. Elle achetait des sandwiches et des gâteaux aux sans-abri ; tout ce qu'ils avaient à faire en échange était de garder une photo et de la montrer à un maximum de personnes. Elle avait imprimé des dizaines d'affiches, qu'elle distribuait généreusement à tous les gens qui semblaient mener une vie similaire à celle de la petite. La seule chose qu'elle leur demandait, c'était de les garder et de les donner à Natasha (mais peut-être ne se faisait-elle plus appeler ainsi ?) si par hasard ils venaient à la croiser.

La plupart du temps, les affiches finissaient par terre dès qu'Emma avait le dos tourné. Quelques-unes atterrissaient dans des poubelles. Mais peu importait, car sur ces affiches ne figurait pas uniquement un portrait de Tasha. Emma y avait aussi fait imprimer une photo d'Ollie, tout sourires, avec un message inscrit dans une bulle. Plus il y aurait d'affiches qui flotteraient au vent, resteraient collées à des murs sales ou retomberaient dans des rues poussiéreuses, plus il y aurait de chances pour qu'elles atteignent leur destinataire, qui recevrait alors ce message :

Natasha Joseph, s'il te plaît, reviens dans ta famille. Tu manques beaucoup à ton petit frère.

Remerciements

Comme pour tous les livres que j'ai écrits, l'aide et les conseils qui m'ont été si volontiers prodigués ont fait une énorme différence, et je ne pourrai malheureusement pas remercier tout le monde.

Un nouveau conseiller pour les aspects procéduraux du travail de la police m'a aidée pour cet ouvrage : Mark Gray, qui m'a expliqué quelques points très délicats, ne m'abandonnant que lorsque je risquais d'empiéter sur des domaines confidentiels. Grâce à ses réponses détaillées, mon esprit s'est engagé sur de nouveaux chemins, et je pense sincèrement que sans lui je n'aurais pas pu écrire *La Disparue de Noël.* Naturellement, dans l'intérêt du livre et de la tension narrative, il m'a parfois fallu m'éloigner des mesures que la police aurait employées dans la vie réelle et laisser un peu de créativité s'immiscer dans le récit. Toute erreur ne pourra donc être imputée qu'à moi-même. Mais merci beaucoup, Mark. Tu as été une véritable source d'inspiration.

La Disparue de Noël fait découvrir un nouveau type de spécialiste : la linguiste légale. Je voudrais remercier ma très chère amie le docteur Isabel Picornell de m'avoir inspiré une enquête qui requérait son expertise très spéciale. Elle m'a donné beaucoup d'idées pour mes futurs romans et a vérifié avec rigueur les mots que j'ai employés dans la séquence où ce livre traite de sa spécialité. Qui aurait pu croire que l'écriture d'une femme était si différente de celle d'un homme ?

Comme toujours, de nombreuses personnes m'ont offert de précieuses informations sur toutes sortes de sujets, des comptes en Suisse au fonctionnement des banques avec chambres fortes. Je n'ai pas nécessairement utilisé toutes ces informations, mais je tiens à remercier Nick, Patricia, Alan et Sheila pour m'avoir offert leur aide.

Mes premiers lecteurs ont été, comme toujours, fantastiques et m'ont fait de précieuses remarques et suggestions, pour certains tout au long du processus d'écriture. Merci à Kath, Judith, Ann, John, Ruth, Barry et Andria.

J'aurais bien du mal à sortir la tête de l'eau sans mes deux excellentes assistantes internet : Ceri Chaudhry et Alexandra Amor. Qui aurait pu croire que, basées dans le Hertfordshire et au Canada, des assistantes pourraient si bien travailler ? Toutes deux, à leur façon, ont résolu un nombre incalculable de problèmes du quotidien auxquels je me suis trouvée confrontée en tant qu'auteur auto-publiée. Je ne sais pas ce que je ferais sans elles.

Alan Carpenter, le maquettiste que je torture depuis longtemps maintenant, a encore créé une magnifique couverture pour l'édition anglaise, cette fois-ci sans que je lui fasse constamment changer ses plans. Avec la super-photo de Rick et avec Alicia, fantastique modèle (une petite fille vraiment heureuse, souriante... et très bonne comédienne), nous avons tout de suite compris que nous tenions la couverture qu'il nous fallait. Alan en a fait quelque chose qui, nous l'espérons vraiment, marquera les esprits.

De nouvelles personnes ont travaillé sur *La Disparue de Noël.* Je tiens particulièrement à remercier Lucy Ramsay de s'être montrée si enthousiaste dans sa contribution à la publication de ce livre. Helen Hart et son équipe de SilverWood Books ont également fait un travail époustouflant en préparant les exemplaires destinés à la presse en si peu de temps.

Enfin, comme toujours, je ne pourrai jamais assez remercier mon agent, Lizzy Kremer, la meilleure de tous, qui a été une merveilleuse source de soutien et de conseils, de même que le reste de l'équipe de David Higham Associates, notamment Laura et Harriet. J'ignore combien de fois elles ont relu ce manuscrit, mais grâce à leur aide et à leurs suggestions, associées à la contribution de trois excellents éditeurs (Clare Bowron, Lizzie Dipple et David Watson), ce livre est bien meilleur qu'il ne l'était avant leur lecture.

La Disparue de Noël a été un véritable travail d'équipe, et j'estime avoir beaucoup de chance d'être entourée par le meilleur groupe de professionnels, d'amis et de proches qui soit.

Cet ouvrage est composé de matériaux issus de forêts gérées durablement certifiées PEFC™.

Le Programme de reconnaissance des certifications forestières (PEFC™) est le plus grand organisme mondial indépendant de contrôle pour une gestion durable des forêts.

Pour en savoir plus, consultez le site www.pefc-france.org

PEFC
PEFC/14-38-00277
Certifié PEFC
Ce produit est issu de forêts gérées durablement et de sources contrôlées
www.pefc-france.org

Achevé d'imprimer en septembre 2021
par Novoprint
Dépôt légal : octobre 2021
Imprimé en Slovaquie